우습게 보지마
후회할 거니까

416 단원고 약전 **짧은, 그리고 영원한 3권**

우습게 보지마 후회할 거니까

2학년 3반

경기도교육청 약전작가단 지음
경기도교육청 엮음

굿플러스북

발간사

《단원고 약전》으로 영원히 기리다

‘기록하지 않은 기억은 망각되고, 기록은 역사가 된다.’ 우리가 오늘 그날의 이야기를 기록하는 이유입니다. 단원고 학생과 교사 261명을 포함해 모두 304명의 목숨을 앗아간 4.16 세월호 참사. 그들의 못다 한 꿈을 영원히 기억하고 우리의 책임을 통감하며 후대에 교훈으로 남기기 위해 이 참사를 기록하게 되었습니다.

‘세월호’의 기록은 우리 시대의 임무입니다. ‘세월호’를 하나의 사건으로만 기억하지 않고 역사의 기록으로 남겨야 하는 이유는 가장 소중한 가족을 잃은 사람들의 비통함 때문만은 아닙니다. 안전 불감증이라는 사회적 성찰과 국가의 부끄러운 안전 정책은 물론 역사의 진실을 제대로 알리고자 하는 마음이 모여 한 장 한 장 피맺힌 절규를 담게 되었습니다.

희생자 한 명 한 명의 삶과 꿈, 그 가족과 친구들의 기억을 기록하는 데 그치지 않고, 어떻게 기록해야 진실을 올곧게 담아내고 가장 많은 사람들과 이 기억을 공유할 수 있을까를 생각했습니다. 그래서 이번 참사의 아픔을 함께하고, 우리 시대의 사랑과 분노, 희망과 좌절을 문학 작품으로 기록해 온 작가들을 약전 필자로 모셨습니다. 아무리 훌륭한 작가가 있다 해도 아들딸, 형제자매를 떠나보낸 가족들이 이들을 만나서 이야기해 주지 않았다면 단 한 줄도 기록할 수 없었을 것입니다. 약전 발간에 대한 가족들의 관심과 참여가 1만 매가 넘는 원고를 만들어 낸 가장 소중한 밑거름이 되었습니다.

약전 작가와 발간위원들은 가족들이 있는 합동분향소, 광화문광장, 팽목항으로 찾아가 묵묵히 그 곁을 지키며 함께했습니다. 눈을 마주치고 짧은 인사를 나누고, 그렇게 시작해 몇 시간씩 마주 앉아 함께 울고 웃으며 '지금은 천 개의 바람이 되어 버린 그들'에 대한 이야기를 나눴습니다.

이렇게 12권의 책이 만들어졌습니다. 경기도는 물론 전국 방방곡곡에서 단원고 학생과 교사들의 삶을 약전을 통해 다시 만나고 그들과 함께할 것입니다. 그들의 꿈과 미래가 영원히 우리 곁에서 피어나길 기원하며, 이 시대를 살아가는 모든 분께 《단원고 약전》을 바칩니다.

2016년 1월

경기도교육청

기록의 소중함

《삼국유사》가 전승되지 않았더라면 천년 이후에 우리는 신라의 향가를 비롯해 우리 고대의 역사, 문화, 풍속, 인물들을 어떻게 추론할 수 있었을까? 모두 알다시피 정사인 《삼국사기》와 달리 《삼국유사》는 최초로 단군신화를 수록하고 학승, 율사와 같은 위인의 전기뿐만 아니라 선남선녀들의 효행을 기록했다. 우리가 진정 문화 민족의 후예임을 밝혀 주는 보물 같은 기록이다.

사마천의 《사기》 역시 마찬가지로 문명사회의 시원과 중국 고대사를 비추는 찬란한 등불이다. 그리고 나아가 이제는 인류의 공동 자산이 되었다. 흥미로운 것은 방대한 《사기》에서 가장 많이 사랑받는 부분은 '제왕본기'가 아니라 당대의 문제적 인간들의 이야기를 엮은 '열전'이다. 지배 계층 인물보다 골계 열전에 엮은, 당시 민중의 살아 숨쉬는 모습이 압권이다. 실로 이천여 년 전의 인간이라 믿기 어려울 정도로 사실적이다.

《삼국유사》와 《사기》 안에 부조된 인간사는 현대에도 부단히 여러 예술 장르로 부활, 변용되고 있다. 기록은 그토록 소중한 작업이다.

세월호 참사에 대한 보도, 영상물을 비롯한 기타 자료 등은 넘치고 또 넘친다. 해난 사고가 참사로 이어지는 과정에 대한 탐구, 분석, 평가 또한 앞으로 이어질 것이다.

'바다를 덮친 민영화의 위험성', '무분별한 규제 완화', '정부의 재난 대응 역량' 등의 문제는 정치의 영역일 터이다.

우리 139명 작가들과 6명의 발간위원들은 4.16 참사라는 역사적 대사건의 심층을 들여다보고 이를 기록하고자 했다. "잘 다녀올게요" 하고 환하게 웃으며 수학여행을 떠난 그들이 어떤 꿈과 희망을 부여안고 어떤 난관과 절망에 부딪치며 살았는지 있는 그대로 되살려 내고자 했다. 여기에는 결코 어떤 집단의 유불리나, 하물며 정치적 의도 같은 것이 있을 리 없다.

파릇한 나이에 서둘러 하늘로 떠나 버린 십대들의 삶과, 또한 이들과 동고동락한 선생님들의 생애를 고스란히 사실적으로 담았다.

로마의 폼페이 유적지에서 이천여 년의 시간을 뚫고 솟아난 한 장의 프레스코화는 실로 눈부시다. 머리 빗는 여성의 풍만한 몸매와 신라 여인을 연상시키는 의상, 그리고 이를 바라보는 어린 아들의 익살스런 포즈는 그 시대를 단번에 현대인에게 일러 준다.

프레스코화 기법의 핵심은 젖은 회반죽이 채 마르기 전에 그리는 것이라고 한다. 우리 역시 비극의 잔해가 상기 남아 있는 시기에 약전을 쓰려고 했다. 무척 고통스럽고 슬픈 작업이었다. 작가들은 떠나간 아이들과, 그리고 남아 있는 부모와 가족, 친지들과 함께 다시 비극의 한가운데 오래 머물러야 했다.

'왕조실록', '용비어천가', 《삼국사기》가 역사 기록이듯 '녹두장군', '갑오동학혁명', 무명의 여인들이 쓴 형식 파괴의 '사설시조' 등도 전통의 지평을 넓히는 우리 문화유산이다. 평가와 선택은 후세가 할 것이다. 우리는 다만 동시대인으로서 비극에 얽힌 인물들의 이야기를 기록한다.

함께 별이 된 아이들과 교사들이 하늘에서 편하시기를 기도하며, 고통스런 작업에 참여해 주신 가족, 친지분과 작가 여러분께 깊이 감사드린다.

2016년 1월

유시춘 (작가, 약전발간위원장)

2학년 1반

1권 | 너와 나의 슈가젤리

고해인	해바라기의 창
김민지	Be Alright
김민희	그러니까 민희는
김수경	나는야 친구들 고민 해결사
김수진	사랑하는 방법을 아세요?
김영경	영롱한 날의 풍경
김예은	예은이의 웃음소리
김주아	유려한 강물의 기운을 타고난 아이
김현정	어느 멋진 날
박성빈	깊고 넓은 우주, 버릴 게 하나도 없는 우리 딸
우소영	단원고의 이나영이라 불렸던 아이
유미지	구름은 왜 구름일까?
이수연	춤과 노래를 좋아하는 수재
이연화	너와 나의 슈가젤리
한고운	오래된 골목 속으로 사라지다

2학년 2반

2권 | 작은 새, 너른 날갯짓

강수정	웨딩드레스 디자이너를 꿈꾸며
강우영	내 곁에 있어야 할 넌 지금 어디에
길채원	우리들의 메텔
김민지	아프로디테 민지
김소정	아름다운 것이 없다면 세상은 끔찍한 곳이겠지
김수정	세상에서 만난 모든 것을 사랑했네
김주희	망고 한 조각
김지윤	추억의 창고, 노란 앨범
남수빈	마음은 이미 사학자
남지현	지현이의 기도
박정은	괜찮아요? 괜찮아요!
박혜선	엄마, 가끔 하늘을 봐 주세요
송지나	쪽지 편지
양온유	갑판에서 다시 선실로 뛰어든 반장
오유정	오! 유정 빵집에 오신 걸 환영합니다
윤민지	빛과 소금처럼
윤 솔	내 눈 속에 이쁨
이혜경	초록, 오렌지, 분홍, 빨강
전하영	작은 새, 너른 날갯짓
정지아	정지아 족장님의 아름다운 생애
조서우	춤추는 손
한세영	태풍이 지나간 자리에
허유림	시간 여행, 유림이의 역사 속으로

2학년 3반

3권 | 우습게 보지 마, 후회할 거니까

김담비	담비, 가족을 이어 준 복덩이
김도언	사랑으로 자라 사랑을 베풀며
김빛나라	내면이 툭 터져 영글어 가던 그때
김소연	아빠는 내 친구
김수경	따뜻한 눈사람, 수경이
김시연	깨박 시연, 그리고 재광
김영은	타고난 복
김주은	내 웃음소리를 기억해 주세요
김지인	나 행복해
박영란	영원한 작은 새, 엘리사벳
박예슬	또각또각 구두 소리
박지우	선물 같은 아이
박지윤	그림이 된 소녀
박채연	언제나 세상 모든 것이었던 채연아
백지숙	가만히 빛나는
신승희	멈춰 버린 시간을 붙잡고 싶어
유예은	우습게 보지 마, 후회할 거니까
유혜원	팔색조 같은 우리의 친구
이지민	궁극의 에이스를 위하여
장주이	주이라는 아름다운 세계
전영수	나의 신(神), 나의 교주, 나의 딸
정예진	눈이 오는 날마다, 너는
최수희	88100488
최윤민	머리부터 발끝까지 이쁜 아이
한은지	코스모스를 닮은 은지야
황지현	꿈이 없으면 뭐 어때!

2학년 4반

4권 | 제 별에서 여러분들을 보고 있을게요

강승묵	소울이 가장 중요한 '단세포밴드'
강신욱	푸근하고 듬직한 신욱이
강 혁	순애 씨의 하얀 돼지
권오천	세상을 다 가진 소년
김건우	작은 거인 건우 이야기
김대희	지켜 주고 싶어서
김동혁	엄마가 가져온 변화, 그리고 가족의 행복
김범수	이 똥깔놈!
김용진	마술이 마법처럼 제 삶을 바꿨어요
김웅기	잘 다녀오겠습니다
김윤수	하늘나라 작가가 된 윤수
김정현	형! 나 정현이야
김호연	진중하고 단정한 아이, 호연이
박수현	"사랑"을 입버릇처럼 말하던 소년
박정훈	정든 포도나무, 박정훈
빈하용	제 별에서 여러분들을 보고 있을게요
슬라바	주문을 외우면
안준혁	착한 돼지가 아니면 안 '돼지'
안형준	천둥 치는 날, 꼭 와야 해
임경빈	멋진 발차기 태권 소년 경빈이
임요한	파랑새의 집
장진용	쾌남, 주니어
정차웅	열여덟, 연둣빛처럼
정휘범	886번째 수요일부터 그다음 수요일까지
진우혁	그림, 라면, 게임, 우혁이를 표현하는 세 단어
최성호	벚꽃엔딩
한정무	충분히 좋은 기억
홍순영	여기, 한 아이가 있다

2학년 5반

5권 | 엄마, 큰 소리로 노래를 불러요

김건우1	속정 깊은 쿨 가이
김건우2	책임감과 배려심이 강했던 진정한 축구돌
김도현	자유로운 영혼의 작은 천재 피아니스트
김민성	속 깊고 철들었던 아들
김성현	형의 자리에 앉아
김완준	그 새벽의 주인공
김인호	사랑했고, 사랑하고, 영원히 사랑할 사람에게
김진광	나는 듣는 사람, 내가 네게 갈게!
김한별	한별아 나의 아가
문중식	체체, 엄마를 지켜 줘!
박성호	평화와 정의 실현을 꿈꾼 어린 사제
박준민	행복한 마마보이
박홍래	한 마리 자유로운 새가 되어 날아왔어요
서동진	끼가 넘치는 명랑 소년, 서동진
오준영	엄마의 편지 : 안산은 아침이 아프다
이석준	영원한 아가, 이석준 이야기
이진환	곁에만 있어도 절로 웃음이 나는 아이
이창현	바람처럼 빠르고 햇살처럼 따스한
이홍승	나는 이홍승
인태범	와스타디움 '편지 중계' 다시 쫌 안 되겠니?
정이삭	엄마, 큰 소리로 노래를 불러요
조성원	오! 해피 데이
천인호	너는 사랑만 주었다
최남혁	보석처럼 빛나는 아들
최민석	민석이는 떠나지 않았다

2학년 6반

6권 | 그만 울고 웃어 줘

구태민	아름다운 힘, 태민
권순범	너무 일찍 철이 든 아이
김동영	젖지 않는 바람처럼
김동협	여러분, 김동협의 모노드라마 보러 오실래요
김민규	이제 그만 울고 모두를 위해 웃어 줘, 엄마
김승태	아빠, 부탁해요!
김승혁	특별하지 않아 가장 특별했던 아이
김승환	선명한 밝은 빛, 저를 기억해 주세요
박새도	아직은 친구보다 가족이 더 좋았던 아이
서재능	큰 소리로 꿈을 말하다
선우진	네가 있는 세상보다 더 좋은 건 없을 거야
신호성	18세의 아리랑고개
이건계	내가 알고 있는 건계
이다운	이 노래 그대에게 들릴 수 있기를
이세현	나타날 수 없지만 분명히 존재한다
이영만	따뜻한 웃음, 순수한 영혼
이장환	장환이가 우리 친구라서
이태민	요리의 제왕, 이태민
전현탁	너처럼 착한 아이
정원석	빛을 가진 아이
최덕하	결정적 순간
홍종영	평등한 세상을 꿈꾼 쌍둥이 형
황민우	민우의 바다

2학년 7반

7권 | 착한 놈, 씩씩한 놈, 행복을 주는 놈

곽수인 다정한 아들이 될게요, 언제까지나
국승현 보라색 꿈이 된 승현이
김민수 렛잇고, 아무런 문제도 없어……
김상호 희망이 있어서 더 아름다웠던 시절
김성빈 '가족'과 함께했던 행복 발자취
김수빈 착한 놈, 씩씩한 놈, 행복을 주는 놈
김정민 너를 통해 보는 네 모습
나강민 기억 속의 소년
박성복 박성복 보고서
박인배 나는 두렵지 않다
박현섭 매일 너의 이름을 부른다, 현섭아
서현섭 나의 일기
성민재 땡큐, 크리스토프
손찬우 요리가 좋아지기 시작한 봄
송강현 게임의 왕, 강현이의 꿈
안중근 소중한 것들을 대하는 그의 태도
양철민 불꽃놀이 하자, 철민아!
오영석 웃고 웃기며 사는 즐거운 인생
이강명 안 되면 되게 하라
이근형 영원한 동생바보
이민우 어느 날 갑자기
이수빈 수학자를 꿈꾼 수빈이
이정인 사랑하는 사람들과 함께했던 소년의 시간
이준우 2차원과 3차원을 연결하기 위해
이진형 기억 속에 피는 꽃
전찬호 내 생애 가장 긴 편지
정동수 예비 로봇 공학자
최현주 힘껏 사랑받는 사람
허재강 엄마가 강이를 키웠고 강이는 엄마를 키웠다

2학년 8반

8권 | 우리 형은 열아홉 살

고우재 다시, 길 위에서
김대현 말 없는 바른 생활 사나이
김동현 달려라, 김동현!
김선우 먼 훗날의 옛날이야기
김영창 가슴 시린 이야기
김재영 엄마, 사랑해요
김제훈 형은 나의 우주입니다
김창헌 애인 같은, 철든 아들
박선균 로봇을 사랑한 소년
박수찬 수찬의 나날
박시찬 시와 찬양을 간직한 사람, 박시찬
백승현 혼자 떠나는 여행은 어떤 것일까?
안주현 기타 치는 자동차공학자
이승민 승민이와 엄마의 오랜 습관
이재욱 생명, 환경을 사랑한 재능꾸러기
이호진 너와 우리의 시작을 생각한다
임건우 우리 형은 열아홉 살
임현진 그 하얀 얼굴과 까만 안경도 무척 이쁘지만
장준형 엄마는 이름이 많아
전현우 속 깊은 아이
조봉석 태권 보이 조봉석
조찬민 소울 푸드 요리사 조찬민
지상준 이 소년이 사랑한 것들
최정수 미래를 연출하다

2학년 9반

9권 | 네 잎 클로버를 키운 소녀

고하영	담담하고 당당하게!
권민경	네 잎 클로버를 키운 소녀
김민정	엄마의 꽃 민정이
김아라	김아라, 수호천사 우리 딸!
김초예	누구랑 여행해도, 어디를 여행해도
김해화	엄마, 얼굴 예쁘게 작게 낳아 줘서 고마워
김혜선	그리움의 조각을 이어 붙이다
박예지	행복한 사람, 자기를 사랑할 줄 아는 사람
배향매	다시 올게요
오경미	그날, 무대의 막이 오를 때
이보미	보미의 편지
이수진	아기 고래의 꿈
이한솔	놀기도 잘하고 공부도 잘하던 당찬 공주
임세희	노란 나비가 되어 다시 찾아오렴
정다빈	빵을 만드는 작가
정다혜	항상 멋진 정다혜!
조은정	'효녀 은정'이라고 불러 줘
진윤희	포에버 영원한 친구, 윤희
최진아	나의 샴고양이 똑순이(쑤니)에게
편다인	별이 언니의 Star's Story

2학년 10반

10권 | 팥빙수와 햇살

구보현	이렇게 행복해도 되나 가끔 두려워
권지혜	미소 천사 지혜
김다영	간직해 줘요, 깨알 편지에 새긴 내 무늬
김민정	태어나 줘서 고마운 아이, 민정이
김송희	엄마랑 같이 행복하게 산다더니
김슬기	빨리 와, 나 화장실 가야 해
김유민	다시 태어나도 엄마와 함께
김주희	짧은 생애 그러나 큰 기쁨을 주었던 김주희를 기억하며
박정슬	마음을 담아, 사랑하는 사람들에게
이가영	더 가까이, 더 따듯하게!
이경민	갱이 이모
이경주	혼자 우는 친구가 있다면 늘 그 옆에 있고 싶다
이다혜	다 덤비라고 해, 나 이다혜야!
이단비	참 행복한 아이, 단비
이소진	그래도 나는 동생이 좋아
이해주	춤 잘 추는 영원한 반장
장수정	내 카페에 오는 사람들에게 천국을 보여 주고 싶다
장혜원	팥빙수와 햇살

별이 된 아이들 이야기

담비, 가족을 이어 준 복덩이

안산 단원고 2학년 3반 **김담비**

1. 마을회관 앞에서 동생 별이와 함께.
2. 쉬는 시간에 친구가 찍어 준 사진.
3. 고등학교 입학하고 나서 처음 교복을 입고.

담비, 가족을 이어 준 복덩이

딸을 잃고 1년, 담비 어머니 효숙 씨는 어깨 아래까지 긴 머리를 늘어뜨리고 있었다. 담비를 이야기하는 것은 쉽지 않았다. 아빠 조기하 씨와 엄마 박효숙 씨, 남동생 별이, 그리고 담비가 그토록 따랐던 두 이모, 은숙 씨와 경숙 씨. 담비가 두고 떠난 사진첩과 일기장, 편지들을 가운데 두고 모여 앉았으나 자주 말이 끊기고 고통을 누르느라 침묵이 흐르곤 했다. 아빠 기하 씨는 훤칠하고 늠름해 보였고 엄마 효숙 씨는 자그마하고 귀염성 있는 얼굴이었다. 갸름하고 오목조목 선이 고운 담비가 이 속에 있던 게 불과 1년 전인 것이다.

"생머리를 관리하기가 쉽지 않은데 담비 엄마 참 예쁘시네요."

수척한 효숙 씨를 다시 바라보며 건넨 말에 뜻밖의 대답이 돌아왔다.

"머리를 담비가 늘 손질해 줬어요. 수학여행 가기 전에 담비가 마지막으로 손질해 준 머리라서 자를 수가 없어요."

갑작스럽게 닥친 담비의 부재는 식구들의 시간을 그대로 멈추게 했다. 엄마는 딸의 손이 마지막으로 닿은 머리 모양을 바꿀 수가 없고, 기울어지는 배 안에서 무섭다고 전화하며 울던 딸의 목소릴 아빠는 평생 안고 가야 한다. '누나 보이'라고 놀림 받을 정도로 남매의 정이 깊었던 별이는 상처를 안고 허허벌판에 서 있다. 담비가 기르던 고양이는 담비가 학교에서 돌아올 시간이 되면 여전히 현관 앞으로 가서 주인을 기다리며 앉아 있다가 돌아서곤 한다.

수학여행 떠나기 전날, 담비는 처음으로 엄마에게 생부의 이야기를 물었다.

"엄마, 이제 이야기해 주세요. 아빠와 왜 헤어지게 된 거야?"

효숙 씨는 딸내미와 맥주를 한잔 했다. 혼인 신고를 마치자마자 날아들기 시작하는 카드 빚 명세서와 사채 이자 독촉 때문에 효숙 씨는 정신을 차릴 수가 없었다. 남편은 미안해하지도 부끄러워하지도 않았다. 급기야는 분유값을 걱정해야 하는 처지에 이르렀고 아랑곳없이 게임에만 빠져 살던 그는 결국 집마저 부동산에 넘긴 뒤 아내와 남매를 두고 집을 나가 버렸다. 효숙 씨는 혼자 식당 일을 하며 담비와 별이를 키웠다. 엄마가 식당에 나가 있는 동안 담비는 동생 별이의 보호자였다. 효숙 씨의 부모님과 형제들, 그러니까 담비의 외할아버지와 외할머니, 이모들과 삼촌이 담비 가족의 아픔을 함께 끌어안았다. 넉넉지 않은 살림이지만 아끼지 않고 나누었고 담비와 별이에게 따스한 언덕이 되어 주었다.

"담비야, 아빠 찾고 싶으면 나중에 어른이 됐을 때 찾아가. 그래도 돼."

엄마의 말에 담비는 도리질했다.

"엄마, 우릴 길러 준 지금 아빠가 우리 아빠야."

뜻밖에도 담비는 기억하고 있는 일이 많았다. 어느 날 담비가 자지러지게 우는 소리를 듣고 방 안으로 뛰어 들어간 효숙 씨는 기겁을 했다. 피 흘리는 담비를 안고 병원으로 달렸다. 아빠에게 맞아 나동그라지며 텔레비전 받침대 모서리에 눈이 찢긴 그때, 담비는 여섯 살이었다.

"엄마가 담비를 잘 봤어야 했는데 그러지 못해서 미안해."

담비의 눈 밑에 희미하게 남은 상처를 어루만지며 가슴이 아린 엄마에게 담비는 말했다.

"엄마가 왜 미안해. 그때 엄마는 목욕탕에서 빨래하고 있었잖아."

알면서도 모르는 척, 아파도 안 아픈 척, 나이보다 웃자라는 딸이 엄마는 늘 안쓰러웠다. 또래의 꼬마들이 아빠의 팔에 안겨 재롱을 피우는 걸 부러운 표정으로 바라보는 딸에게 어느 날 효숙 씨가 물었다.

"담비, 아빠 만들어 줄까?"

담비는 대뜸 대답했다.

"엄마, 빨리, 빨리 만들어 줘."

아빠 기하 씨는 지금도 담비와 별이를 처음 만나던 날의 감동을 잊을 수가 없다. 어린 담비가 또박또박 걸어오더니 스스럼없이 품에 안기는 것이 아닌가. 누나가 뭘 하든지 그림자처럼 따라 하던 별이도 기하 씨의 무릎에 엉덩이를 들이밀었다. 기하 씨는 가슴이 뛰었다. '내 아이들'이란 생각이 절로 들었다. 생부에게 받은 상처 때문인지 담비는 아무에게나 안기지 않았고 특히 남자 어른들을 꺼렸는데, 그런 담비가 기하 씨를 꼭 끌어안는 걸 보고 효숙 씨도 놀랐다. 총각인 당신이 아이가 둘인 나와 결혼한다고 하면 세상 사람들이 둘 다 미쳤다고 할 것이라며 한사코 거절하는 효숙 씨에게 기하 씨는 말해 왔다. 우리만 똑바르게 잘 살면 된다, 내가 내 새끼들을 키우겠다는데 누가 뭐라고 할 것이냐. 두 아이를 만난 그 순간, 효숙 씨의 연인이었던 기하 씨는 아빠이자 남편으로서 새 삶이 시작되는 것을 느꼈다. 기하 씨는 아내에게 말하곤 했다. 담비는 우리를 이어 준 복덩이라고.

아빠의 말처럼 담비와 별이는 부모가 아픔을 딛고 맺은 인연을 단단하게 매듭지어 주는 천사들이었다. 담비도 다른 아이들처럼 아빠의 가슴에 안겨서 거리를 활보하게 되었다. 횡단보도에서 마주 오는 짧은 스커트 아가씨들을 본 어느 날, 담비는 잡고 있던 아빠 손을 놓고 팔을 벌리며 자기를 안으라고 했다. 아빠는 속내를 모르고 무심히 딸을 안아 올렸다. 아가씨들이 아빠를 곁눈질하며 스쳐 지나가는데, 담비가 아빠의 목을 꼭 끌어안으며 야무지게 쏘아붙였다.

"우리 아빠예요!"

아빠는 그만 딸바보가 되고 말았다. 눈에 넣어도 아프지 않다는 게 무슨 말인지 알 것 같았다. 직장 동료들 앞에서든 친구들 앞에서든 입만 열면 딸 자랑이 늘어졌다.

"우리 담비가 우리말 겨루기 대회에서 최우수상 받아 왔네."

"논술 쓰기 대회에서 최우수상을 받았대."

"내 딸이어서가 아니라 진짜 이뻐. 내가 말 안 하려고 했는데 이번에 시험을 또 이렇게 잘 봤다네."

아빠는 딸이 장차 법관이 될 거라고 믿었다. 그것은 담비의 꿈이기도 했다. 힘이 없고 가난한 사람들은 법의 보호마저 받기 어렵다는 것을 어떻게 알았을까? 변호사도 사지 못하는 사람들을 위해 일하고 싶어 했다. 담비에겐 정의로운 성품이 있었다. 옳지 않은 것은 옳지 않다고 분명하게 표현했다. 괴롭힘을 당하는 친구를 대신해 싸웠다.

담비의 그토록 따스했던, 어른스러웠던 마음을 기억하는 것이 고통스러워서 이모들은 한마디를 하려면 열 번의 울음을 삼켜야 한다. 엄마가 연년생 아우인 별이를 임신하여 배가 불러 오자 담비는 한동안 강원도 철원의 외가에서 보살핌을 받게 되었다. 할아버지, 할머니, 외삼촌, 이모들의 전폭적인 사랑 속에서 담비는 예쁘게 자랐다. 할머니는 담비가 작은이모 경숙 씨의 무릎에 앉는 걸 걱정하셨다. 교통사고 후유증으로 경숙 씨의 다리가 불편했기 때문이다. 경숙 씨는 담비를 더욱 꼭 끌어안고 묻곤 했다.

"우리 담비, 누구 닮아서 이렇게 예뻐?"

담비는 예쁜 미소를 지으며 이모에게 대답해 줬다.

"이모."

할머니는 할 수 없다는 듯 피식 웃으셨다. 밥 먹을 때도, 씻을 때도, 잘 때도 담비는 늘 이모 곁에 붙어 있었다. 이모가 친구와 약속이 있어 외출하게 되면 말로는 다녀오라고 하면서도 눈엔 서운함이 가득했다. 경숙 씨는 그 눈이 슈렉의 고양이 같았다고 표현했다. '가지 마, 가지 마' 라고 말하는 것 같은 그 눈을 보면 차마 발이 떨어지지 않았다. 그러면 담비는 눈치 빠르게 아무렇지도 않은 척 활짝 웃어 보이며 "이모 올 때까지 안자고 기다리고 있을 테니까 대신 맛있는 거 사다 줘야 해" 하고 이모를 안심시켜 주는 것이었다. 그렇게 두고 나온 담비가 눈에 밟혀서 조카가 아니라 네 딸 아니냐고 경숙 씨는 친구들의 놀림을 받곤 했다. 외가인 철원을 떠나 안산으로 돌아온 뒤에도 담비와 별이는 방학만 되면 외가로 달려갔고, 방학이 끝날 무렵 아쉬워하며 돌아왔다. 담비의 일기 속에서 외할머니는 담비를 데리고 만두를 빚고 수정과를 담그고 찐빵을 찌신다. 제사, 명절, 생신 때처럼 담비의 표현대로 북적북적 식구들이 모이는 날, 할머니의 음식 준비를 소꿉장난처럼 거들면서 겨우 초등학교 2학년이었던 담비는 그 과정을 일기에 꼼꼼하게 적어 놓았다. 조용하면서도 활발하고, 새침하면서도 풍부하고, 맺고 끊음이 똑 부러지면서도 다정다감한 담비의 성품은 외가에서 보낸 어린 시절의 나이테일 가능성이 크다.

담비가 있는 모든 장소에는 이모들이 함께 있었다. 무서운 꿈을 꾸고 일어났을 때도, 목욕할 때도, 개울에서 썰매를 타고 놀 때도, 도시락을 싸 들고 소풍 갈 때도, 맛있는 것을 만들어 먹을 때도…… 집으로 돌아오는 날마저 '마지막으로' 개울에 나가 놀아 주는 이모가 일기의 편 편마다 등장한다. 이 꼬마 아가씨는 자기네 식구들이 외가를 떠나오는데 하필, 할머니와 할아버지도 볼일을 보러 나가셔서 혼자 집을 지켜야 하는 이모를 걱정한다. 어린 아기 때부터 사춘기 소녀로 성장하기까지 담비의 이모 사랑은 변함이 없었다. 담비는 이모와 배드민턴을 하거나 쇼핑하거나 산책하는 걸 좋아했다. 걸음이 불편한 경숙 씨는 사람들의 시선에 위축되었지만, 담비는 이모 옆에 딱 붙어 서서 강한 눈빛으로 맞섰다. 우리 이모를 왜 그런 눈으로 보느냐, 하는 무언의 항의를 담은 담비의 눈은 무서웠다. 숨으려고만 하는 이모를 밖으로 끌어내 준 담비, 주위를 의식하지 않고 당당하게 이모를 호위하던 담비와 별이, 그렇게 든든한 조카들과 왜 좀 더 걷지 않았는지, 왜 좀 더 오래 운동을 하지 않았는지, 경숙 씨는 그것이 한스럽다.

엄마에게 딸은 비밀이 없는 친구였고 아빠에겐 보석이었다. 아빠는 퇴근하여 집에 들어올 때 딸이 맞아 주는 것이 좋았다. 친구네 집에 들러 놀다 온다고 하면 시계를 보면서 기다렸고 날이 어두워지면 마중을 나갔다. 딸은 시큰둥하게 "뭣하러 나왔어?" 하면서도 아주 당연하게 책가방을 아빠에게 넘겼고 아빠는 가방을 받아 드는 일이 그렇게 좋을 수가 없었다. 사는 일이 고달파 창가에 담배를 물고 서 있을 때, 뒤에 와서 허리를 슥 안으면서 "아빠 왜 그래?" 하고 애교를 피우면 세상만사를 다 잊었다. 딸내미가 귀찮아하거나 말거나 아빠의 애교도 꿋꿋했다. 술에 취해서는 느닷없이 딸내미에게 자기를 잡아 보라며 온 방 안을 뛰어다녀 식구들의 웃음을 사질 않나, 가까운 사람이 연예 기획사 일을 하는 사람을 안다는 말을 듣고 딸내미가 좋아하는 가수 씨엔블루의 상당히 큰 브로마이드를, 그것도 크기별로 다섯 개나 기어코 얻어다가 딸의 방을 도배해 주질 않나, 친구이자 사촌인 노을이의 말에 의하면 담비는 집안의 서열 1위였다.

아들 별이는 사내답게 놀고 친구도 넓게 사귀기를 바란 반면 딸은 어둡기 전에 집에 들어오기를, 놀 땐 놀고 공부할 땐 공부하되 노는 것은 웬만하면 나중에, 대학 가고 꿈을 이룬 뒤에, 그것이 아빠의 마음이었다.

담비는 아빠의 기대에 어긋나지 않았지만, 그렇다고 아빠의 울타리 안에 갇혀 있지도 않았다. 중학교, 고등학교 내내 장학금을 받으면서 학교에 다니는 딸이 아빠의 눈에는 흡족한 모범생이었으나 엄마는 담비의 새침하고 고운 모습 속에 자유로운 열정이 꿈틀거리고 있다는 걸 알았기 때문에 아빠 몰래 짧은 치마도 사 주고 담비가 열광하는 콘서트에도 보내 주었다. 딸이 노래방에 가면 마이크를 좀처럼 다른 사람에게 넘기지 않으며, 테이블 위에 올라갈 정도로 흥이 넘치는 아이라는 걸 아빠는 꿈에도 몰랐다. 어느 날 친척들이 모여 저녁을 먹고 노래방에 갔을 때, 옆방에서 따로 노는 아이들이 궁금해 슬쩍 기웃거렸다가 놀라서 입이 다물어지지 않았다. 저게 우리 담비, 내 딸 맞나? 댄스 가수 저리 가라 할 만한 수준의 춤 실력과 가창력을 맞닥뜨리고 아빠는 딸에게 속았다고 생각했다.

노을이, 소희, 진의

담비의 절친인 이 아이들은 무엇인가를 선택하고 결정할 때 담비의 빈자리를 가장 크게 느낀다고 했다. 돈가스를 먹을까, 떡볶이를 먹을까. 명동에 가서 놀까, 중앙동엘 갈까. 망설이는 모든 순간에 경쾌한 결론을 내려 주던 담비가 그립다고 했다.

"담비는 주량을 알 수 없을 만큼 술이 셌어요."

"무서운 놀이 기구를 끄떡도 하지 않고 탔어요."

"우리는 놀 때 가장 잘 맞았어요."

"담비는 모르는 아이들이 보면 얌전한 아이, 친해지고 보면 너무너무 재미있는 아이예요."

담비와 함께 있던 시간으로 돌아가 이야기를 쏟아 놓던 아이들은 노래방에서 우연히 만난 담비의 남자 친구를 떠올리고 웃음을 터뜨렸다. 정확히 말하면 남자 친구가 될 뻔했던 그 학생은 남동생 별이의 친구였다. 별이네 학교의 전교 회장이라고 했다. 담비는 남자 친구보다 꿈을 이루는 게 먼저라고 생각했지만, 그 애가 싫지는 않았다. 이야기를 전해 들은 엄마도 이제 막 설레는 꽃봉오리 같은 두 아이가 예뻐서 딸에게 남자 친구가 생기는 것을 반대하지 않았다. 담비와 노을이, 소희, 삼총사가 노래방에서 화장실 갈 시간도 아껴 열정적인 노래 퍼레이드를 벌이고 나서 밖으로 나왔을 때, 한 남학생이 거기에 있었다. 담비는 화장지를 둘둘 말아 쥐고 화장실로 달려가느라 의식하지 못했는데 반가움과 부끄러움을 담은 남학생의 눈은 내내 담비를 향하고 있었다. 그 아이는 별이에게 말했다고 한다. 네 누나가 수학여행 다녀오면 다시 한 번 프러포즈해 보겠다고.

수학여행에서 돌아왔다면

담비는 남동생의 옷을 골라 주러 시내에 나갔을 것이다. 엄마와 약속한 대로 영화를 보고 닭갈비를 먹고 노래방도 갔을 것이다. 그날의 데이트에서 아빠는 살짝 빼놓기로 했었다. 영화에 딸이 성폭행당하는 장면이 있으므로 아빠가 너무나 괴로워할 것이라고 담비가 염려했던 것이다. 수학여행에서 돌아왔다면, 법대에 진학하기 위해 늦도록 불을 켜고 공부하여 아빠의 기를 살려 주었을 것이다. 총명한 남자 친구가 생겼을지도 모른다. 새침한 표정 속에 상대의 마음을 읽고 따스하게 배려하는 심성을 갖춘 담비, 아빠 말씀대로 공부할 때는 공부하고 놀 때는 확실하게 놀 줄 아는 반전 매력 담비, 얼마나 예쁘고 풋풋한 첫사랑이 담비의 일기장에 그려졌을까?

담비를 가졌을 때, 엄마는 꿈속에서 한 그루의 복숭아나무를 보았다. 복숭아나무는 딱 한 개의 열매를 매달고 있었다. 따뜻하고 밝고 표현할 수 없을 만큼 아름다운 빛깔을 한 복숭아였다. 그리고 1997년 3월 10일, 꿈속의 복숭아만큼이나 고운 담비가 세상에 왔다. 세상이 이 아이들을 지켜냈다면, 훗날의 변호사 김담비는 아무래도 작가를 겸했을 것 같다. 처마에 매달린 투명 진검, 고드름을 따 주시는 외할아버지의 감성을 물려받았을까, 서가에 소설이 빼곡한 큰이모 은숙 씨를 닮았을까? 초등학교 시절부터 남긴 일기, 할머니와 할아버지께 드린 편지, 엄마와 아빠에게 발행한 선물 쿠폰들, 이모들에게 준 쪽지는 순수하고 풍부한 언어와 반짝이는 호기심으로 가득 차 있다.

담비는 태몽처럼 이 세상을 밝고 따스하게 살았다. 고사리 손을 내밀어 절망 속에서 가족들을 잡아 일으켰다. 서로 의지하며 고통의 터널을 빠져나가도록 이끈 희망의 아이콘이었다. 엄마는 초등학교 때부터 중학교 졸업하는 날까지 딸의 등하굣길에 동무가 되어 주었다. 엄마와 함께 체육공원을 지나 학교에 오가는 길을 담비는 사랑했다. 흰 눈이 그림처럼 내리던 날, 담비는 엄마에게 속삭였다.

"엄마, 나 학교 가지 말고 엄마랑 하루 종일 눈싸움하고 놀까?"

부조리하고 불합리하고 인정머리 없는 세상을 담비는 천상의 복숭아처럼 그렇게도 아름답게 살다 갔다. 2014년 4월 21일, 담비가 팽목항 바다에서 나오던 날, 엄마의 마른 가슴에선 갑자기 젖이 흥건하게 흘렀다. 진도의 체육관에서 잠깐 새우잠이 든 큰이모의 지친 꿈속으로도 담비는 찾아왔다. 그건 담비의 위로였다.

담비는 늘 그런 아이였다. 자기보다 엄마 아빠가 더 힘들 것이라 생각하는 아이, 어른인 이모들의 마음을 제 마음보다 먼저 살피던 아이. 아빠는 이렇게 자라 온 아이들을 이 나라가 어떻게 잃었는지 기록해 달라고 했다. 딸을 잃기 전까지 아빠는 사회의 정의로움을 믿었다. 아이들이 당연히 구조될 것이라 믿었기에 걱정하지 말고 어른들이 시키는 대로만 하라고 우는 딸을 안심시켰다. 그것이 사무치도록 딸에게 미안하여 아빠는 오늘도 거리에 서 있다.

쁘니 쁘니

어디를 가야 널 만날 수 있을까.

잔인한 4월이 돌아오고 또다시 널 그리다 체념하는 날이 흐르고 또 흐르면

언젠가 함께할 날도 오겠지.

세상에서 우리 담비가 가장 좋은데, 어떻게 전할 수 있을까?

보고 싶은데, 그리운데 내가 할 수 있는 거라곤 우는 것밖에 없네.

그러니 담비가 이모 꿈에 가끔 들러

어여쁜 너의 모습을 보여 주겠니 그래 주겠니……

내가 너무나 사랑한 담비야.

꿈에 다녀가기도 여의치 않을 땐

어느 날 문득 스치는 바람에 널 느끼게 해줄 수 있겠니 보고 싶은 담비야.

-경숙 이모가

2014년 4월 24일, 담비는 사랑하는 가족들과 친구들, 선생님들의 배웅 속에 하늘공원에 잠들었다. 8개월 아기였을 때도 나뭇잎이 바람에 흔들리는 것을 보고 까르르 웃었다는 담비. 이제부터 세상에 불어오는 바람과 내리쬐는 햇볕 한 줌, 빗방울 하나 하나가 애달픈 우리에게 주는 담비의 답장이고, 고통 없는 세상에서 보내는 담비의 맑은 미소라는 것을 기억하기로 한다.

사랑으로 자라 사랑을 베풀며

안산 단원고 2학년 3반 **김도언**

1. 김도언 가족사진. 2014년 설날, 도언이 얼음낚시를 하고 싶다고 해서 문경 저수지를 찾았다.
2. 김도언 독사진.
3. 2013년 크리스마스에 찍은 사진.
어린아이처럼 순수한 도언의 모습을 가장 잘 포착한 것이어서 아빠가 제일 좋아하는 사진이다.

사랑으로 자라 사랑을 베풀며

도언은 복덩이였다

도언이 태어나자 집안의 힘든 일들이 술술 풀리고 살림도 폈다. 복덩이는 가는 곳마다 사랑을 듬뿍 받았고, 받은 사랑을 아낌없이 베풀었다. 성격이 털털해서 선생님이나 어른에게 거리낌 없이 다가가서 귀여움을 받았고 남녀를 가리지 않고 두루 친구들을 좋아했으며 친구의 어려움을 헤아릴 줄 알았다. 그들 사이에 도언이 있으면 웃음이 넘쳤다. 도언은 사랑을 전하는 아이였다.

어릴 적, 도언은 셋째 이모가 키우다시피 했다. 어머니가 일을 했기 때문이다. 지척에 있는 이모 집에는 사촌 오빠가 둘 있었다. 아들만 둘인 이모는 옷을 직접 짜서 입히고 밥그릇을 들고 따라다니면서 먹일 정도로 도언을 예뻐했다. 친오빠와 사촌 오빠 둘은 어린 도언의 보디가드였다. 행여 누가 도언을 때리기라도 하면 오빠 셋이 달려가서 혼찌검을 냈다. 도언은 오빠들과 인형 놀이보다는 총칼 놀이를 하며 자랐다.

여행을 좋아하는 이모네 가족들과 도언이네 가족은 아예 봉고차를 구입해서 전국을 돌아다니며 캠핑을 했다. 도언은 들로 산으로 쏘다니며 쑥이며 냉이 같은 봄나물을 캐고, 오빠들과 어울려 가재를 잡고, 비료 부대를 깔고 눈썰매를 탔다. 자연에서 맘껏 뒹굴면서 호기심도 쑥쑥 자라, 오빠들도 무서워하는 계곡 낚시에 겁 없이 도전할 정도로 무엇이든 직접 해 보고 싶어 했다. 개구리를 잡아 튀겼을 때 처음엔 징그러워

하더니 막상 먹고 난 후에는 맛있다, 맛있다를 연발해서 친척들은 폭소를 터뜨렸다.

도언이 초등학생이 된 후, 셋째 이모네 가족과 도언이네 가족은 안산시 문화센터에서 다 같이 사물놀이를 배워 일본으로 문화 교류를 다녀오기도 했다. 오빠들은 꽹과리를, 도언은 징을 치고 장구채도 잡았다. 공연이 끝나고 여흥 시간에, 게임을 이끌던 일본인 사회자가 누구 나와서 할 사람 없냐고 물었을 때, 말이 잘 안 통해서 어른들도 어색한 미소만 띠고 있을 때, 손을 번쩍 들고 나간 건 도언이었다. 도언은 조금도 머뭇거리지 않고 씩씩하게 앞으로 나갔다. 사물놀이 복장에 빨강 노랑 파랑 색동 머리띠를 맨 도언은 야무지고 앙증맞았다.

이후로는 엄마, 이모, 사촌 형제들로 이루어진 가족 사물놀이 팀을 꾸려 장애인센터, 평화의 집, 노인정 등으로 위문 공연을 다녔다. 어릴 때부터 사촌들과 어울려 대가족처럼 지내면서 다양한 문화 체험을 하고 다방면의 사람들을 만나면서 보고 배운 것들은 도언의 피와 살이 되었고, 그것이 도언의 성격과 기질로 나타났다. 그리고 자기가 받은 사랑을 다시 베푸는 것이 자연스럽게 몸에 배었다.

고등학생이 되었을 때 춤도 잘 추고 연극반 활동까지 하게 된 건 그동안 키워 온 끼가 꽃을 피운 것이었다. 초등학교 5학년 때는 친구들과 서울까지 가서 오디션을 받은 적도 있었다. 1, 2차는 통과했는데 아쉽게 3차에서 떨어졌다. 오디션에서 떨어졌을 때도, 초등학교 전교 회장 선거에서 떨어졌을 때도 도언은 그것에 집착하지 않았다. 징징거리는 걸 몰랐고 매사에 긍정적이었다. 재미있는 건 면접 때였다. 면접지 내용 중에 '너의 성격에 점수를 매긴다면 10점 만점 중 몇 점?'이라는 문항이 있었는데 도언은 100점이라고 썼다. 엄마가 물었다. "10점 만점인데, 100점이라고 쓰면 어떡해?" 도언이 웃으면서 대답했다. "그만큼 내 성격이 좋다는 거야."

자화자찬이 아니었다

친구들의 말을 들어보자. "도언이요? 도언이를 한마디로 말하라면 진짜 성격 좋은 아이! 중3 때 폭설이 내릴 때였어요. 점심때 눈싸움을 했는데, 여자애들은 같이 놀자고 해 놓고도 좀 세게 던지면 삐치거든요. 그러면 분위기가 싸늘해지잖아요. 도언이는 그런 거 없어요. 남자 여자 가리지 않고 두루 친하니까, 조금도 거리감 없이 팔다리 잡고 막 던지고, 그렇게 놀아요."

"성격이 좋으니까 선생님들이랑도 친했어요. 자기가 먼저 웃으면서 다가가요."

"망가지는 걸 두려워하지 않고 친구들한테 웃음을 주는 아이? 정말 털털해요."

"맞아요. 수면 바지 같은 거 입고도 두려움 없이 밖으로 나와요. 동그란 안경은 도언이 트레이드마크였어요. 김구 선생님 인상이 떠오르기도 해서 코믹하고 귀여웠어요."

"굉장히 열정적이고 활발했어요. 순진하고 순수한 면도 있었고요."

"소녀적인 감성도 많고, 굉장히 섬세해서 친구들을 참 잘 챙겨 줬어요."

"고민 얘기하면 진심으로 공감해 주고 맞장구를 잘 쳐 줬어요. 그리고 끝까지 비밀을 지켜 줘요. 속상하거나 고민 있을 때 도언이랑 통화하고 나면 마음이 풀렸어요."

"도언이랑 중3 때 같은 반이 됐는데, 자꾸만 제 이름을 부르는 거예요. 선규야, 선규야, 그러더니 별명까지 붙였어요. 당근, 당근, 이러는 거예요. 저는 무시했어요. 걔 뭐야? 난 잘 알지도 못하는데 왜 이렇게 친한 척이람? 솔직히 고백하면 저는 말주변도 없고 부끄럼이 많아서 낯을 가리는 편이거든요. 여자애들이랑은 말도 못 하고 피해 버렸어요. 그런데 도언이가 자꾸만 저에게 장난을 치고 그러다 보니까 어느새 제가 도언이 친구들 그룹에 들어가 있더라구요. 도언은 밝은 에너지를 가지고 있어요. 제가 어둡게 웅크리고 있을 때 도언이 먼저 다가와서 밝은 곳으로 이끌어 줬어요. 지금은 저, 완전히 성격이 바뀌었어요. 이제 제가 먼저 친구들에게 다가가 마음의 문을 열고 분위기도 띄우려고 노력하고, 그렇게 변했어요. 이게 다 도언이 덕분이에요."

외톨이로 지내는 친구에게 먼저 다가가 친구가 되어 준 건 최선규에게만이 아니었다. 정영기에게도 도언이 먼저 다가와 말을 걸어 주었다.

"저는 좀 심하게 남자 여자 구분하고, 여자애들이랑은 담쌓고 말도 안 섞고 지냈어요. 그런데 도언이랑 친하게 되면서 다른 문화를 알게 되었다고 할까요? 도언이가 먼저 말 걸어 줄 때 좋더라구요. 솔직히 남자애들이랑은 맨날 피시방이나 가고 그러는데, 여자애들이랑 친해지면서 룸 카페 같은 데 가서 수다도 떨고 노래방도 갔어요. 여자애들이랑 무슨 수다를 떨어? 그랬는데 막상 친하게 지내니까 배우는 것도 많고 생각하게 되는 점이 많았어요. 함께 계획을 짜고 준비해서 계곡으로 캠핑도 가고, 여자애들을 배려하는 게 뭔지도 배웠어요."

정영기는 여자애들이 추워 보이면 말없이 웃옷을 벗어서 덮어 주고 주위 사람들이 눈치채지 않게 조용히 여자애들을 배려하는 멋진 남자가 되었다.

"중학생 때는 해가 떨어진 후에 조금만 늦게 들어가도 부모님께 야단맞았어요. 그런데 이 친구들이랑 친하게 지내면서는, 부모님들 생각이 바뀌셨어요. 나쁜 친구들이 아니고, 삶에서 중요한 친구를 만났구나 생각하시게 되니까, 이 친구들이랑 있다고 하면 선선히 알았다고 하고 믿어 주셨어요. 친구들에 대해서 다 터놓고 얘기했으니까요."

이렇게 모인 친구들이 15명이나 되었다. 주로 중앙도서관에서 만났다고 해서 도팸(도서관 패밀리)이란 이름이 붙게 되었다. 누구를 일부러 끌어들인 것도 아니고, 공부 잘하는 애, 못하는 애 이런 걸 따지거나 나눈 적도 없고, 어떤 아이는 된다 안 된다 한 적도 없었다. 성격도 가지각색이고 취향도 달랐다. 공통점은 없었다. 아니 공통점이 있다면 하나같이 의리가 있고, 함께 있으면 마음 푸근하다는 점이었다. 수업이 끝나면 매일 모였다. 딱히 용건도 없고 돈도 없고 갈 데도 없었지만, 이야기를 하다 보면 길거리에 선 채 한 시간이고 두 시간이고 후딱 흘렀다. 석수중에서 도팸을 모르는 애들이 없었고, 다들 부러워했다. '너 뭐하니?' 하고 묻지 않고 '너희들 뭐하니?' 이렇게 물었다.

김도연을 김도언과 둘도 없는 단짝으로 이어준 건 이름이었다.

"중2 때 처음 같은 반이 됐는데, 도언이는 4번, 저는 5번이었어요. 그런데 우리 집이 기초생활수급자라서 방과 후 수업이나 급식비 같은 걸 내면 그 돈이 다시 엄마 통장으로 들어와요. 그런데 한번은 돈이 안 들어와서 알아보니까 도언이 엄마한테 들어 갔더라구요. 이후로도 선생님들이나 친구들이 이름을 헷갈리는 바람에 생긴 해프닝이 정말 많았어요. 선생님이 부른다고 해서 교무실에 가 보면 도언이를 부른 거고, 이런 식으로요."

둘은 고등학교도 같은 단원고로 가게 되었다.

"도언이는 개성 있는 아이예요. 좋아하는 게 정말 많아요. 제일 좋아하는 건, 먹는 거? 왕고로케도 좋아하고, 카페 신상 메뉴 나오면, '우리 저거 꼭 먹으러 가자' 이래요. 아이스크림과 폼프리치 감자튀김 같은 거 좋아해요. 학교에서 오리고기 구워 먹은 적도 있어요. 엄마랑 맛있는 거 먹으러 잘 다녀서 그런지 미식가예요. 엄마랑 진짜 친해요. 야자 빼먹고 엄마랑 영화 보러 가기도 하고. 엄마는 도언이 생일 때면 우리들까지 단체로 영화표 끊어 주고 저녁 사 주시고 그래요. 글 쓰는 것도 좋아했어요. 용건 같은 거 없어도 그냥 써요. 포스트잇 하나 생기면, 김도연 사랑해, 이런 거라도 써 줘요. 수업 시간에도 늘 짝꿍 하거나 제일 친했으니까 지금도 제 책 아무거나 들춰 보면 어딘가에 메모지 하나는 붙어 있어요."

최선규는 고1 때 생일을 잊지 못한다. 4월에 생일이 있었지만 학원 때문에 만나기가 애매해서 이번 생일은 하지 말자고 친구들과 이미 얘기가 된 상태였다. 그날은 다른 날보다 학원 수업이 더 늦게 끝나서 밤 11시가 넘어서야 밖으로 나왔는데 도언이 혼자 기다리고 있었다. 도언은 축하 카드를 들고 있었는데, 하드보드에 친구들과 찍은 사진과 색지로 장식을 하고 애들에게 축하 말을 일일이 다 받아서 말풍선을 그려 넣은 것이었다.

"그때 완전 감동이었어요. 도언이는 그런 애예요. 그 밤중에 친구 생일이라고, 혼자서라도 먼 길을 찾아오는, 그런 애예요."

혹시 도언의 남자 친구였을까? 김도연은 웃으며 고개를 저었다. 여자애들끼리 있다 보면 남자애들 얘기를 할 때도 있었지만, 남친으로 발전하지는 못했다고 한다. 남녀 가리지 않고 두루 잘 어울렸지만 정작 좋아하는 애한테는 다가가지 못하는, 어쩔 수 없이 부끄럼 많은 여학생이었던 것.

같은 단원고에 진학한 정복진, 정대진 쌍둥이 형제도 결코 잊을 수 없는 일이 있다.

"고1 때 어머니가 교통사고로 갑자기 돌아가셨어요. 그때 참 힘들었는데, 어느 날 도언이가 집에서 만든 반찬을 싸 갖고 찾아왔어요. 밥 잘 챙겨 먹고 힘내라고 말해 주더라고요. 솔직히 아무리 친해도 그러기 어렵죠. 도언이 생각하면 늘 그때 일이 떠올라요."

도언의 엄마도 그때 일을 기억하고 있었다.

"오빠가 지방 대학을 다니니까 반찬을 만들어야 해요. 그런데 도언이가 더 많이 만들어 달라고 하더니 따로 챙겨서 갖다 주더라구요."

무슨 꿈을 꾸고 있었을까

재주도 많고 끼도 많은 도언은 장차 어떤 사람이 되고 싶었을까. 애들이랑 놀아 주는 건 진짜 잘할 수 있다면서 유치원 교사가 되고 싶어 했고 방송 관련 일을 하고 싶다고 말한 적도 있단다. 도언이 가입해서 활동하는 단원고 연극부는 안산에서 하는 청소년 연극 대회에 나가 매번 상을 받아 올 정도의 실력을 갖춘 동아리였다. 연극부에서 도언은 연기보다는 연출이나 스태프 일을 더 적성에 맞아 했다. 한때는 향수 만드는 사람이 되고 싶어 한 적도 있다고 김도연은 말한다.

"도언이는 좋아하는 냄새와 싫어하는 냄새가 분명해요. 언젠가 애들 생일 때 향수를 선물하기로 하고, 도언이랑 사러 다닌 적이 있어요. 우린 남자용 향수는 잘 모르고, 비싼 향수를 써 본 적도 없었으니까, 그때 처음으로 향수 가게마다 들러서 비싼 향수의 향을 맡은 거예요. 그런데 도언이가 가게마다 다니면서 향수 냄새를 다 맡아 봐도 자기가 좋아하는 향이 없다고, 차라리 자기가 만들고 싶다고 말했어요. 너무 자극적이고 강한 향은 싫어했어요. 제일 좋아한 건 복숭아 향이었어요."

엄마는, 한번 옳은 건 끝까지 옳다고 하는 도언의 바른 성격과 기질을 고려해 선생님이 되면 어떻겠냐고, 물은 적이 있었다. 도언은 곰곰이 생각하더니 말했다.

"엄마는 내 모든 걸 주관하는 사람이지만, 엄마기 때문에 딸의 능력이나 특기랑 상관없이 욕심을 낼 수 있잖아. 하지만 선생님은 훨씬 객관적일 수 있으니까 진로 상담은 선생님이랑 하는 게 더 나을 것 같아."

이럴 때 도언은 굉장히 합리적이었다. 바른생활부였던 도언은 다른 친구들보다 일찍 등교해야 했는데, 그게 너무 피곤해 보여서 엄마는 그만두지 그러냐고 했다. 그러자 도언은 "선생님이랑 대화하는 것도 좋고, 선생님하고 가깝게 지내면 학교생활도 달라 보인다"고 대답했다. 뜻밖에 사려 깊은 대답을 들은 엄마는 늦게 출근해도 되지만, 도언을 학교에 데려다주고 싶어서 아침 6시 반에 집을 나섰다. 그렇게 엄마와 도언의 아침 등교가 계속되었다. 차를 타고 가는 짧은 시간은 엄마에게도 도언과 온갖 얘기를 나눌 수 있는 귀한 시간이었다. 도언은 새처럼 종알거렸다.

"엄마랑 같이 학교 가니까 정말 좋아. 엄마랑 얘기도 하고 엄마 목소리를 듣고 학교 가면, 발걸음도 가볍고 하루가 기분이 좋거든."

도언은 사람을 기분 좋게 만드는 에너지를 가진 아이였다. 엄마는 매일 일찍 일어나야 했지만 피곤한 줄 몰랐다. 그러던 어느 봄날, 도언은 튤립 축제에 가고 싶다고 했다.

"그러고 보니까 너 어릴 때 에버랜드 가 보고 못 가 봤네. 수학여행 갔다 오면 꼭 가자!"

엄마는 사랑스런 도언을 위해서 해 주고 싶은 게 많았다. 그중에서도 가장 해 주고 싶은 건 시골을 유난히 좋아하는 도언을 위해 전원주택을 짓고 좋아하는 꽃나무가 그득한 마당에서 도언과 도언의 아이들이 뛰어놀게 해 주는 거였다. 도언은 기뻐하며 말했다.

"거기에다 엄마 아빠랑 먹게 채소도 심고, 개울에 나가서 발 담그고 놀면 얼마나 좋을까. 아, 난 엄마가 정말 좋아."

그런데 한 가지, 엄마가 도언의 청을 거절한 게 있었다. 중3 때, 부산에 여행 가서 바닷가를 걷고 있는데 도언이 문득 말했다.

"엄마, 나 유학 가면 안 될까? 나는 더 넓은 세상이 보고 싶어."

그런 말을 두어 번 했었다. 하지만 엄마는 어린 도언을, 그리고 늘 보고 있어도 보고 싶은 도언을 바다 건너 먼 나라로 보낸다는 건 상상도 할 수 없었다.

도언의 가족은 각자 방이 있어도 거실에 다 같이 모여서 잤다. 오빠가 고등학생이 된 후 자기 방에서 자기 시작했지만 도언은 여고생이 된 후에도 엄마 아빠랑 같이 잤다. 도언은 엄마 아빠와 같이 하는 시간을 유독 좋아했다. 엄마와는 친구처럼 지냈다. 중3 때는 엄마와 화이트골드로 커플링을 맞추어 도언은 오른손 검지에, 엄마는 왼손 중지에 끼고 다녔다. 같이 네일아트를 받으러 다니기도 했다. 학생이라 주말이 지나면 지워 버려야 했지만 엄마도, 그리고 도언도 같은 걸 느끼고 함께하는 시간을 귀하게 여기고 좋아했다.

아빠와는 옷 입는 취향이 비슷해서 커플룩을 입고 다니는 걸 좋아했다. 그러나 도언이 어릴 때, 아빠는 사랑 표현을 잘 못 하는 전형적인 경상도 아빠였다. 일에 쫓겨 한 달에 한두 번 저녁 먹는 게 같이 할 수 있는 시간의 전부였다. 도언이 중학생이 된 후에야 집에 있는 시간이 조금씩 생기기 시작했다. 무뚝뚝한 아빠에게 먼저 다가가 친해지려고 노력한 건 역시나 도언이었다. 아빠랑 외출할 때면 아빠 옷을 입기도 하고, 먼저 아빠의 팔짱을 끼고 애교를 부렸다. 아빠는 사랑하는 마음을 표현하는 방법을 딸로부터 하나씩 배웠다. 서툰 솜씨로 카레를 만들고 김치찌개도 끓이고, 마주 앉아 나지막한 소리로 대화를 나누고 그러다가 웃음이 터지기도 하는, 너무나 소소한 시간이 얼마나 행복하고 달콤한지 알아갔다.

"도언이 마음이 참 여려요. 거부할 줄 몰라요. 싫어도 싫다 말을 할 줄 모르고, 차라리 자기가 손해 보고 말아요. 내가 해 준 반찬이 맛이 없어도, 맛있다, 맛있다 이러면서 먹어요. 어디 가서 맛있는 거 먹으면 꼭 제 걸 따로 챙겨 오고요. 2014년 1월, 제 생일 때는 용돈을 모아서 빨간색 후드티를 선물로 주었는데, 그게 마지막 선물이 되었습니다."

좀 늦었지만, 아빠는 딸에 대해 조금씩 알아가는 중이었다. 도언은 고민 중이었다. 늦게까지 잠들지 못하고 있었다. 엄마가 걱정이 돼서 물었다.

"도언아, 무슨 일 있어?"

그날은 고2가 된 도언이 연극부 선배로서 1학년 신입생 면접을 본 날이었다. 그 애들에게 하나하나 합격 불합격을 알려 주어야 하는데, 불합격자에게 선뜻 연락을 못 해서 머뭇거리던 중이었다.

“어떻게 말해야 할지 모르겠어, 엄마.”

문자를 보내면 어떻겠냐고 엄마가 물었다.

“그건 아닌 것 같아. 애들이 얼마나 마음이 아프겠어.”

단짝 김도연은 연극부 면접을 본 도언이 합격 발표를 듣던 날을 생생하게 기억했다. 야자가 끝나고 쌍둥이 형제랑 다 같이 화정천을 걸어가던 중이었다. 함께 면접을 본 김빛나라가 합격 통보를 받았다는 소식을 들었다. “어떡해, 어떡해” 하면서 불안해하고 초조해하는 도언의 모습은 처음 보는 것이었다. 나란히 걷던 친구들은 마치 무슨 주문이라도 외듯 “붙을 거야, 붙을 거야” 외쳤는데, 온누리 병원쯤 왔을 때였다. 도언이 문자 하나를 받더니 “와! 붙었어!” 소리치며 팔짝팔짝 뛰었다.

그날 밤, 도언은 자기가 그토록 초조해하던 순간과 기뻐하던 순간을 떠올렸을 것이다. 그 순간을 잊지 않고 기억했을 것이다. 그랬으므로 그 일을 사무적으로 처리할 수 없었을 것이다. 공감 능력이 뛰어난 사람은 다른 사람의 아픔을 더 아프게 느끼기 때문이다. 도언이 바란 건, 거북이 같은 사람, 시간이 걸리더라도 인정받는 사람이 되는 거였다.

내면이 톡 터져 영글어 가던 그때

안산 단원고 2학년 3반 **김빛나라**

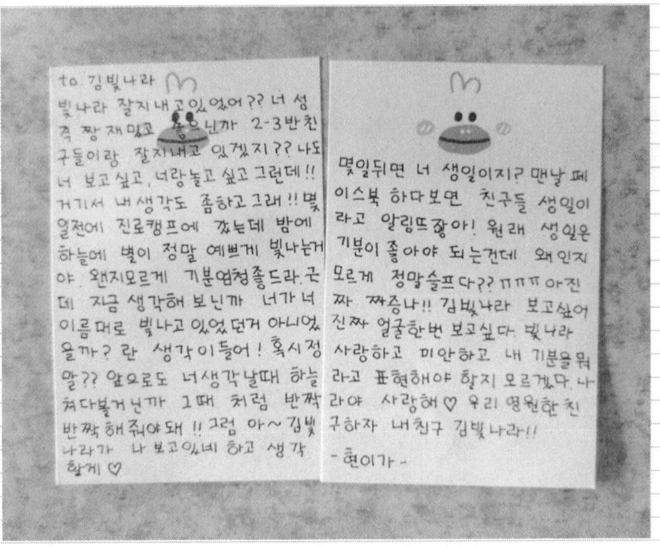
to. 김빛나라
빛나라 잘지내고있었어?? 너 성
격 짱 재밌고 좋으니까 2-3반친
구들이랑 잘지내고 있겠지?? 나도
너 보고싶고, 너랑놀고 싶고 그런데!!
거기서 내생각도 좀하고 그래!! 몇
일전에 진로캠프에 갔는데 밤에
하늘에 별이 정말 예쁘게 빛나는거
야. 왠지모르게 기분엄청좋드라. 근
데 지금 생각해 보니까 너가 너
이름대로 빛나고 있었던거 아니었
을까? 란 생각이들어! 혹시정
말?? 앞으로도 너생각날때 하늘
쳐다볼거니까 그때 처럼 반짝
반짝 해줘야돼!! 그럼 아~ 김빛
나라가 나 보고있네 하고 생각
할게 ♡

몇일뒤면 너 생일이지? 맨날 페
이스북 하다보면 친구들 생일이
라고 알림뜨잖아! 원래 생일은
기분이 좋아야 되는건데 왜인지
모르게 정말슬프다?? ㅠㅠㅠ 아진
짜 짜증나!! 김빛나라 보고싶어
진짜 얼굴한번 보고싶다. 빛나라
사랑하고 미안하고 내 기분을뭐
라고 표현해야 할지 모르겠다. 나
라야 사랑해 ♡ 우리 영원한 친
구하자 내친구 김빛나라!!
- 현이가 -

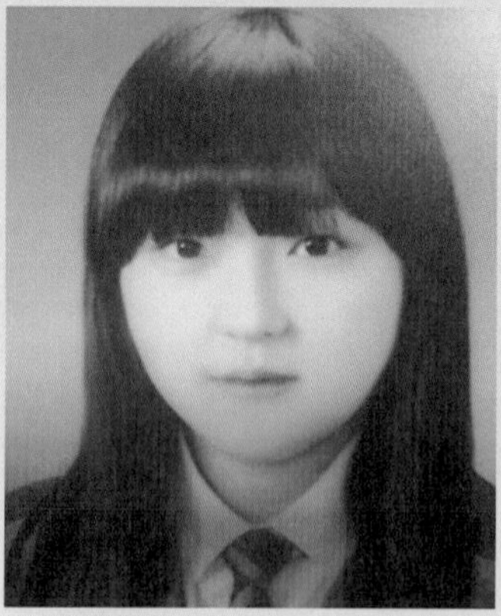

1. 동생 돌 때 가족사진.
2. 독사진.
3. 캐리커처.

내면이 툭 터져 영글어 가던 그때

추억으로 남기엔 너무 빠른 이야기들

오늘 우리 빛나라 얘기를 한다고 선부중학교 때 친구들이 이렇게 왔네요. 혜린이랑 세라, 그리고 수진이, 지금은 다 다른 고등학교 다니지만, 얘들 중학교 때 얘기는 제가 모르는 게 없을 거예요. 왜냐면 우리 집이 아지트였거든요. 애들이 집에 오면 '엄마, 짜장면 사 주세요' 그래요.

어느 날 애들이 하는 말을 들었어요. 서점에 몰려가면 물건 없어질까 봐 주시한다고, 도둑 취급받는 게 기분 나쁘다고요. 맨날 커피숍이나 햄버거집 가려면 비싸기도 하고 좋지도 않잖아요. 시험 끝나고도 애들이 갈 데가 없는 거예요. 그래서 제가 그랬죠. '항상 우리 집은 오픈이다. 언제든지 와라.' 우리 집이 넓진 않아도 밖에서 돌아다니는 것보다는 낫다고, 갈 데 없으면 무조건 오라고 했어요. 애들하고 친구처럼 지냈어요.

"네, 그랬어요. 나라네 집인데 우리가 더 먼저 뛰어 들어가요. 애들 못 따라오게 얼른 들어가서 문을 잠그기도 하고, 나라가 먼저 들어가서 문 안 열어 주면 엄마가 열어 주기도 했어요. 수업 끝나고 우르르 몰려나오면서 '우리 어디 갈까'? 그러면 '나라네 가자' 그래요. 나라가 '안 돼!' 그러면 우리는 '그래도 가자!' 이러고 달리는 거예요. 그만큼 엄마가 우리를 편하게 대해 주셨어요."

"이건 저도 몰랐는데, 엄마가 얘기해 주셔서 알게 된 건데요, 제가 중3 때 반장을 했거든요. 그런데 그때 나라가 뒤에서 저를 몰래 밀어줬대요. 하하, 전 그것도 몰랐어요. 나라가 그런 거 잘 내색하는 애가 아니거든요. 솔직히, 그때 제가 반장 안 됐다면 아마 망나니처럼 살았을 거예요. 하하하……"

"나라는 어떻게 보면 수줍음이 되게 많은 것 같은데 딱히 수줍어하는 것 같지도 않고 담이 좀 큰 것 같기도 하고, 하여간 적당한 때에 맞춰서 할 말을 하는 스타일이에요. 그렇다고 나대는 편도 아니고. 그래도 우리들이 소극적인 거에 비하면 적극적인 면이 있었어요. 식당에서 주문한 게 잘못 나와도 우리는 아무 말도 못하고, 나라한테 '니가 좀 말해 봐' 이러면 나라는 '아이, 나도 말하기 싫은데' 이러면서도 가서 말해요."

"나라 생일이 12월이라서 늘 성대하게 하게 됐어요. 중3 생일 때는 영화 〈러브 액츄얼리〉에 나오는 것처럼 스케치북을 길게 이어 붙여서 생일 축하 카드를 만들었어요. 친구들이 사진 하나씩 붙이고 편지 써서 붙이고 생일 인증서랑 평생 친구 인증서랑 붙여서 만든 거예요. 학교 운동장 구령대에 올라가서 병풍처럼 늘어뜨리고 서 있는데 마침 눈이 펄펄 내리는 거예요. 그때 나라가 감동해서 우리를 쳐다보던 얼굴 표정이 지금도 생생해요."

"남자 친구요? 없었어요. 우리끼리 너무 붙어 다녀서 그랬나 봐요."

"나라는 글을 참 잘 썼어요. 그래서 우리한테 편지도 잘 써 줬어요. 언젠가는 자기 엄마 생일이라고 우리에게 축하 글을 하나씩 쓰라고 했던 적도 있었어요."

너희 동물원에 놀러 간 건 기억 안 나니? 어머나, 벌써 잊어버렸니? 언젠가 애들이 갈 데가 없다고 하면서 과천동물원에 놀러 갔다 온 적이 있어요. 요즘 애들 동물원 같은 데 안 가잖아요. 애들이 그만큼 다들 순수하고 착했어요. 저는 그게 너무 좋아 보여서 기억에 선명한데……

워드체인 콘테스트에서 상 받은 건 기억나니? 영어 단어 이어 붙이기 해서 실력 테스트하는 거였잖아. 벌써 가물거린단 거야? 이것 보세요. 이 아이들 얘기는 제가 더 잘 기억한다니까요. 하긴, 그 나이 때 그런 기억들 하나하나가 얼마나 소중한지 그걸 어떻게 알겠어요.

자매는 서로 달랐지만 하나가 되면 완전해졌다

이 그림이요? 빛나라가 초등학교 4학년 때 그린 거예요. 어린애가 그린 것 같지 않다고요? 색깔 쓰는 거나 구도가 굉장히 성숙하다는 말을 많이 들었어요. 그림을 잘 그렸어요. 그래서 그림으로 진로를 정할까도 했어요. 그런데 빛나라가 하고 싶은 건 따로 있었나 봐요. 자기도 그림에 재능이 있는 건 아는데, 그건 나중에 하겠다더라고요. 그림은 언제든지 그릴 수 있다는 자신감 같은 게 있었나 봐요.

얘가 왼손잡이예요. 우리 집에서 저랑 빛나라만 왼손잡이예요. 그래서 그런지 손재주가 있었어요. 그림도 잘 그리고, 만들기도 잘했어요. 아빠를 닮은 것 같기도 해요. 아빠가 건축 일을 하시거든요. 이거 집 모형, 아빠가 재료를 사다 줘서 빛나라가 만든 거예요. 성냥개비만 한 조각을 일일이 다 본드로 붙여서 만든 거예요. 설계도도 없이 금방 만들어서 아빠도 놀랐어요. 타고난 공간 감각이 없으면 어렵다고 하더라고요.

집 안의 가구 배치 같은 것도 빛나라가 다 바꿨어요. 제가 낮잠 자고 일어나면 어느새 다 바뀌어 있어요. 어떻게 했냐고 물으면 담요 같은 거 깔고 밀어서 옮겼다는 거예요. 요리랑 집안일은 또 얼마나 잘했다고요. 제가 없으면 볶음밥 해서 동생이랑 먹고, 왼손잡이인데 칼질도 능숙하고, 설거지도 시원시원해요. 프라이팬 닦을 때도 테두리까지 싹싹 닦고. 제 생일 때는 미역국도 끓이고, 된장찌개는 제가 끓여 놓으면 자기가 다시 끓여서 맛을 보라고 해요. 엄마 아빠가 다 학원에 매여 있으니까 어릴 때부터 빛나라가 동생 데리고 일찍 집에 가서 달걀 프라이랑 해서 동생을 챙겨 먹이고 그랬어요. 동생 하슬린은 가스 켜는 것도 불안해서 잘 못 시키는데, 빛나라는 워낙 능숙해서 아무 걱정 없이 맘 편히 맡겼어요.

자매가 좀 달라요. 빛나라랑 하슬린이랑 세 살 차이인데, 빛나라가 착해서 동생이 언니를 이겨 먹어요. 빛나라는 누가 뭘 하자고 하면 자기주장을 끝까지 우기지도 않고, 누굴 건드리지도 않고 다 맞춰 주는 편이에요. 그런데 하슬린은 자기주장이 뚜렷해서 언니한테 따지기도 잘해요. 그럴 때 나쁜 언니 같으면 '니가 뭔데?' 이럴 텐데, 빛나라는 그러지 않았어요.

성격만 다른 게 아니고 각자 잘하고 못하는 게 분명했어요.

빛나라가 초등학교 3학년 때, 시험이 다가와서 아빠가 옆에서 공부를 도와주고 있었어요. 하슬린은 일곱 살이었으니까 공부 안 해도 되는데, 언니 따라서 자기도 공부를 하더라고요. 잠시 후에 언니랑 아빠가 좀 쉬었다 하자 이러고는 누워 있다가 잠이 들어 버렸어요. 그런데 하슬린은 잠도 자지 않고 끝까지 공부하더라고요. 자라면서 보니까 하슬린은 공부 머리가 있는데 빛나라는 공부 쪽은 아니더라고요. 그 대신 빛나라는 미술 대회나 글짓기 대회, 포스터 그리기, 다독상, UCC 대회 같은 데 나갔다하면 상을 받아 왔어요. 애가 반듯하니까 성실상 같은 것도 받아 오고, 바른생활부원 활동도 열심이었어요. 생활 지도를 하게 되면 점심때 제일 먼저 밥을 먹도록 '우선 급식증'이라는 표찰을 주는데, 그거 받고 아주 신나 했어요. 하여간 예능 쪽은 하슬린이 딸려서 언니가 많이 도와줬어요.

네, 그 표현이 딱 맞네요. 둘은 서로 달랐지만 합체가 되면 완벽해졌어요.

둘은 서로 달라도 정이 깊었어요. 저한테 온갖 얘기를 다 하는데, 남자 얘기만은 동생한테만 했더라고요. 여자애들한테는 그런 게 진짜 비밀 얘기잖아요. 이건 2년 전, 하슬린 생일 때 빛나라가 써 준 카드예요.

"너한테 이런 거 쓰는 거 진짜 어색한데, 난 다시 태어나도 니 언니로 태어날 거야. 너 없으면 하루도 못 살 거 같아. 다음 생에 태어나도 너랑 나랑 같이 지내자. 그리고 내가 너를 이만큼 좋아하니까 자부심을 가져도 좋아.^^"

손재주가 좋으니까 이런 걸 참 잘 만들었어요. 엄마 아빠 결혼 17주년 기념일 날 만들어 준 것도 작품이에요. 동생이랑 벽에다 풍선 갖다 붙이고 축하 이벤트 해 주고, 또 그림을 그려 넣어서 카드를 만들었는데, 그 내용이 얼마나 감동적인지 몰라요. 결혼 기념 축하 카드인데도 자기를 낳아 줘서 감사하다고, 그리고 자기가 나온 게 정말 신기하다고 써 놨어요. 감사하다는 말을 참 잘했어요, 우리 빛나라는. 그리고 같이 산 날이랑 앞으로 같이 살 날을 다 계산을 해 놓은 거예요.

"엄마랑 아빠랑 만나서 산 지 6,205일이고 나랑 만난 지는 5,475일, 앞으로 엄마랑 아빠랑 살 날은 365,000일이야. 요즘 엄마 덕에 예수님을 더 믿고 있어. 잠잘 때마다 기도해. 엄마랑 아빠랑 나랑 슬린이랑 그냥 지금처럼 행복하게 해 달라고. 그리고 내가 빨리 커서 돈 벌면 아빠 신용불량자에서 풀어 줄 거야. 그래 가지고 해외여행 가자."

아빠 신용불량자 아닌데, 빛나라가 뭘 사 달라고 할 때마다 농담처럼 '아빠가 신용불량자라서 안 돼' 그랬더니 이렇게 써 놓은 거예요. 이 사진이요? 어릴 때 바닷가 놀러 갔는데 모래톱 위에 망가진 보트가 있어서 빛나라랑 아빠랑 둘이 올라타고 찍은 거예요. 그 보트에 구조선이라고 써 있는지는 몰랐죠. 이 사진을 여기 붙여 놓고, '아빠를 구조하러 가자, 아자! 아자!' 이렇게 써 놓은 거예요. 그땐 너무 재치 있게만 보였는데……

내 꿈을 부끄러워하지도 창피해하지도 말자

저는 빛나라랑 친구처럼 지냈어요. 그런데 아빠는 굉장히 잘해 주고 개방적이지만, 지킬 건 지켜야 되고 안 되는 건 안 된다고 확실하게 잡아 주는 스타일이에요. 그래서 애들이 아빠를 무서워하지만 그래도 좋아하고, 그래서 우리 애들이 사춘기를 언제 겪는지도 모르게 지나간 것 같아요. 빛나라는 그런 걸 전부 다 감사하게 생각해요. 어릴 때 빛나라가 대추 같은 거 잘 못 먹어서 경단에 대추가 들어 있으면 골라내고 그랬는데, 아빠가 음식을 버리면 못쓴다고 다 먹으라고 했거든요. 그런데 그런 것도 일기에 다 써 놨더라고요. 다른 애들은 못 먹는 게 많은데, 자기는 아빠가 그런 걸 고쳐 줘서 먹지 못하는 음식이 없다고, 그게 다 아빠 덕이라고…… 그래서 감사하다고.

어릴 땐 이름이 세 글자라서 애들한테 놀림받고 맨날 울고 그랬는데, 나중에는 아빠가 자기를 특별하게 생각해서 그랬다는 걸 깨달았다고, 너무 감사하다고 써 놨어요. 아빠가 일기 쓰는 걸 중요하게 생각했는데 빛나라가 일기를 정말 잘 썼더라고요. 형식적으로 쓴 게 없어요. 자기 고민, 부끄러운 이야기 다 써 놨어요. 그리고 이야기 끝에는 꼭 감사하다는 말을 몇 번씩이나 써 놓은 거예요.

그런데 사실 빛나라가 태어났을 때 아빠가 얼마나 좋아했는지, 제가 한 번도 목욕을 시킨 적이 없었어요. 그때 우리가 학원 할 때였는데, 아빠가 학원 수강생들 모아 놓고 빛나라를 가운데 놓고 노래를 부르게 했다니까요. '빛나라~, 빛나라~' 이러면서요.

빛나라의 꿈은 배우였어요. 정말 간절하게 원했어요. 자기는 언제부터 배우가 되고 싶었는지 생각도 나지 않는다고 써 놨지만, 원래 예능 쪽으로 재능이 많았어요. 어릴 때 베이비 사진 콘테스트에 데리고 나간 적도 있고, 발레도 좀 했고, 그리고 제가 극장 같은 델 많이 데리고 다녔어요. 안산에 소극장이 많거든요. 그래서 뮤지컬이랑 연극 같은 걸 많이 보여 줬어요.

연극 끝나면 배우들이랑 사진도 찍고 얘기도 하고, 그런 게 잠재의식 속에 남아 있었겠죠. 단원고에 가더니 연극부에 들어가더라고요. 안산시 중고등학교 연극 경연 대회에서 단원고가 은상도 받았어요. 주말마다 무슨 산에 가서 연습하고 정말 열심이더라고요. 빛나라가 자기 미래에 얼마나 관심이 많았는지, 그리고 얼마나 진지하게 진로 고민을 했는지, 일기에 고스란히 남아 있더라고요.

"되고 싶은 거랑 하고 싶은 건 다른 것 같다. 되고 싶은 건 나중에 커서 존경받는 칭찬받는, 이런 사람이 되고 싶다. 꿈은 되고 싶은 것이 아니라, 하고 싶은 것이라고 생각한다. 나는 꼭! 꼭! 꼭! 하고 싶은 것을 할 것이다. 발레 다음으로 최고로 큰 무대는 연극부 대회였다. 노력하면 된다는 걸 느꼈다. 더 노력하고, 또 열심히 해야겠다. 난, 양파 같은 사람이 되고 싶다. 사람들이 또? 또? 또? 라는 말을 할 때까지. 마지막 양파의 알맹이는 숨겨야겠지만…… 가끔 내가 그 꿈을 가진 걸 후회하고 포기할 때도 있지만, 몇 시간만 지나면 다시 원점으로 돌아가서 그 꿈을 가진 게 설레고 미친 듯 기쁘다."

그 꿈이란 건 배우를 말하는 거예요. 그런데 꿈은 너무 크고 멀어 보이고, 자기는 너무 작아 보였나 봐요.

"내가 지금 뭐 하는지 모르겠다. 다른 애들은 꿈을 찾고 그 꿈을 이루려고 하는데 나는 아무 생각 없이 사는 것 같다. 하…… 공부도 못하고 특출하게 이쁜 것도 아니고,

나도 이쁘고 노래도 잘하고 춤도 잘 췄으면 좋겠다. 어렸을 땐 뭣도 모르고 뮤지컬 배우, 영화배우 되고 싶었는데, 근데 자신이 없다. 용기가 나지 않는다. 잘하고 싶은데 자신도 없고, 엄마 아빠한테 너무 죄송하다. 나중에 꼭 성공해서 호강, 효도 시켜 드리고 싶은데, 꼭!!! 큰딸이라고 믿어 주는데 기대에 못 미치는 것 같아서 진짜 너무 맘이 아프다. 죄송하다."

빛나라가 얼마나 간절히 원했는지 가슴 아프도록 절절하게 느껴져요. 하지만 자기가 너무 평범한 것 같고, 모자란 것 같고, 열등감 생기고, 자신 없고…… 그 나이 땐 다 그렇지 않나요? 하지만 이렇게 절절한 꿈을 간직하고 있다는 것만으로도 얼마나 소중하고 아름다운가요? 그런데 빛나라는 그런 말을 꺼내는 게 쑥스럽고 부끄러웠나 봐요.

"그냥, 내가 그런 꿈을 가졌다는 게 창피하다. 내 꿈을 듣고 누가 욕할까 봐 무섭다. 그런데 포기하려고 해도 안 된다. 쉽게 포기가 안 된다. 아무한테나 내 고민을 털어놓고 싶은데, 심지어 엄마한테도 부끄럽다. 용기를 갖고 싶다. 아빠가 내 미래에 대해서 말할 때 아무렇지 않게 말하고 싶은데 용기가 안 난다. 그런 내 자신이 밉고 답답하다. 언제쯤 자신 있게 말할 수 있을까."

빛나라의 꿈을 알고는 있었지만, 이렇게까지 끙끙 앓고 있는지는 몰랐어요. 아빠도 처음에는 농담처럼 들었고, 그리고 반대했죠. 하지만 진심으로 원한다고 하면 밀어 주는 스타일이에요. 다만 어중간하게 적당히 하는 건 싫어해요. 고등학생이 돼 갖고 자기 진로에 대해 아무 고민도 없고, 이런 걸 더 싫어하죠. 그런데 어느 날 아빠에게 빛나라가 다 털어놓고 얘기할 기회가 온 거예요. 빛나라가 워낙 진지하게 오랫동안 고민해 온 걸 알게 됐으니까, 그렇다면 아빠가 도와주겠다고 했죠. 그때 빛나라가 굉장히 감동했나 봐요.

"처음에 아빠랑 진로 얘기할 땐 눈물이 안 나왔다. 그런데 내 꿈을 욕하지 않고, 말만 하라고, 무조건 하고 싶은 걸 다 말하라고, 밀어준다고 했을 때 울컥했다. 내가 공부를 안 해도 크게 될 것 같은 느낌이 든다고 아빠가 말했다. 그래서 조바심이 안 난다고. 그 말이 얼마나 나를 위로해 주고 용기를 주던지. 정말로 엄마 아빠는 나한테 과분한 사람이다.

난, 배우, 남의 삶을 보여 주고 싶다. 유명한 배우가 아니어도 좋다. 솔직히 이 꿈이 나에게 준 것이 많다. 이렇게 나의 생각을 빠짐없이 일기로 정리하게 되었고 그 꿈을 꾸는 자체만으로도 용기가 나고, 하루하루가 행복하다. 이제 내 꿈을 부끄러워하지도, 창피해하지도 말자."

빛나라는, 이를테면 어떤 멋진 도자기가 될지 모르는 진흙 같은 아이라고 할 수 있잖아요. 무엇이든 될 수 있다는 걸 아빠는 느꼈나 봐요. 이제 시작이잖아요. 뭘 해도 될 수 있는 나이잖아요. 이렇게 자기 진로에 대해, 미래에 대해, 꿈에 대해 진지하게 고민하는 것만으로도 이미 꿈의 절반을 이룬 게 아닐까요? 이렇게 행복해하는 걸 보면 말이죠.

빛나라가 이렇게 적극적이니까 아빠도 적극적으로 알아보더라고요. 아빠 친구 중에 엔터테인먼트 회사를 하는 사람을 통해서 알아보니, 아빠 후배 중에 유명한 연극배우가 된 사람이 있더라고요. 그래서 아직은 어리지만 경험을 쌓게 해 주려고 소개를 해 주기로 약속했어요. 수학여행 다녀오면요.

중학교 3학년 즈음이었을 거예요. 빛나라가 신앙이 깊어지는 게 느껴지더라고요. 고1 때는 교회 수련회도 다녀오고 수요일마다 '빛'이라는 모임에 나가서 성경 공부도 하기 시작했어요. 그러면서 내면의 뭔가가 톡 터지는 것 같더니 하나씩 실천을 하더라고요. 자기 반에 어떤 친구가 너무 말이 없이 어둡게 지내서, 자기가 자꾸 말을 걸어 주고 말문을 열어 줬다는 얘기를 한 적도 있었고요. 또 잠언서 중에 말조심하라는 얘기를 새겨듣더니, '아, 말조심해야 되겠구나' 하고 깨달았나 봐요.

어느 날인가부터 그동안 자기가 말 함부로 했던 친구들에게 사과를 하기 시작하더라고요. 카톡으로도 사과하고 직접 만나서 미안하다고 얘기하기도 하고, 또 편지를 쓴 애도 있고요. 빛나라는 그런 얘길 저에게 다 했어요. 학교에서 어떻게 지냈는지, 친구들이랑 무슨 일이 있었는지.

'엄마, 나 오늘 누구에게 뭣 때문에 사과했어' 그러면 제가 '아, 그랬어? 잘했다' 그러고, '엄마, 내가 사과를 했는데 안 받아 줘' 이러면 '니가 사과했으니까 걔가 생각할 시간을 좀 줘', 또 걔가 화를 냈다고 하면 '걔가 너한테 말을 걸고 다가올 때까지 기다려 봐' 이렇게 터놓고 얘기하면서 같이 길을 찾았어요. 그게 4월 초였어요.

그래요. 속이 툭 터져서 영글어 가고 있었어요. 이름처럼, 빛을 향해서 나아가는 느낌을 받았어요. 얘가 드디어 뭔가를 깨달았구나, 그랬어요.

아빠는 내 친구

안산 단원고 2학년 3반 **김소연**

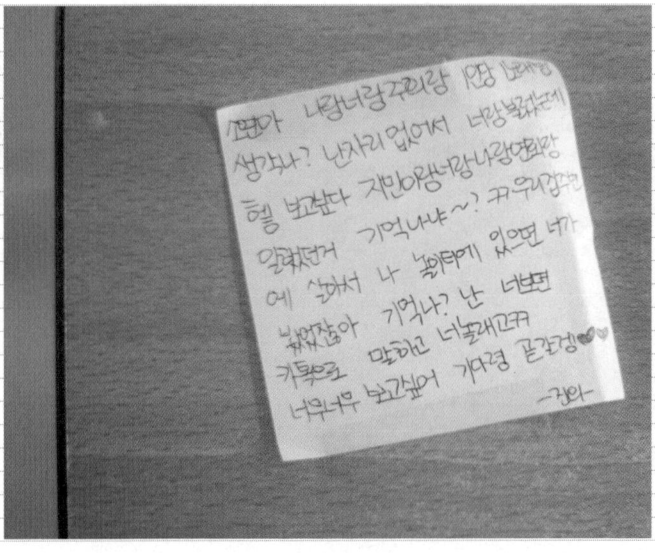

1. 소연이 어렸을 때 사진 모음.
2. 소연이가 놀았던 아빠 일터에 이제 아빠 혼자 남았다.
3. 동네 친한 친구들과 장난치며 놀았다.

아빠는 내 친구

아빠 일터는 소연이 놀이터

"아빠, 내일 작은아빠 공장 같이 가자."

"야, 니가 용돈이 떨어졌나 보구나."

2~3개월에 한 번씩 소연이는 작은아빠가 운영하는 회사에 함께 가고 싶어했다. 아빠가 심심할까 봐 마음을 쓰는 것이다. 아빠는 그 공장에서 큰 건물이나 음식점의 냄새를 빼 주는 송풍기 만드는 일을 했는데, 셋째 삼촌과 막내 삼촌도 그곳에서 함께 일했다. 작은아빠의 공장은 시흥 포동에 있었다. 포동은 조그마한 마을이었다. 도로에서 보면 눈에 잘 안 띄어 그대로 지나칠 것 같은 구석진 곳에 자리 잡고 있었다. 포리염전이 있어서 예전에 가난한 사람들이 몰려들었던 곳이었다.

소연이는 이곳에서 초등학교 3학년까지 살다가 안산으로 이사 왔다. 소연이가 다녔던 학교는 포리초등학교였다. 어린 소연이는 수업이 끝나면 항상 논둑길을 혼자 걸어서 200미터 거리인 작은아빠네 송풍기 공장으로 와서 아빠가 일을 끝마치길 기다렸다가 같이 집으로 갔다. 집으로 가는 길에 추우면 아빠는 소연이를 업고 가기도 했다. 그것을 본 집 앞 슈퍼마켓 아주머니는 "소연이가 크면 시집도 못 보내겠어요" 하고 장난삼아 말하곤 했다.

작은아빠 공장에는 사무실과 자그마한 식당이 있었다. 그곳에서 소연이는 아빠가 일하는 동안 컴퓨터로 게임도 하고 인터넷 서핑도 하면서 놀았다. 가끔은 사촌 오빠들이 놀러 오면 함께 놀기도 했고 아빠가 일하는 모습을 지켜보기도 했다.

공장 안에는 하얗고 커다란 송풍기와 크고 작은 각종 부품들이 놓여 있다. 아빠는 일을 하도 많이 해서 팔이 마비되어 수술을 한 적이 있다. 그때 중학교 2학년인 소연이가 보호자로 사인을 했다. 수술을 해도 낫지않아 약간 구부러져 있는 아빠의 팔을 볼 때면 소연이는 가슴이 아팠다.

작은아빠는 큰 돈을 떼여 뇌경색으로 쓰러져 많이 아팠다. 그래서 회사가 안 좋아져 소연이 아빠는 일자리를 구하러 안산으로 올 수밖에 없었다. 지금은 몸도 꽤 회복되고 회사 경영도 다시 안정되었다.

작은아빠는 착하고 선한 소연이를 무척 예뻐했다. 한 번씩 오면 용돈도 두둑이주고 맛있는 음식도 많이 사 주었다. 작은아빠, 엄마는 독실한 천주교 신자였다. 소연이는 작은엄마 영향을 받아 성당에서 교리 공부를 마치고 세례를 받아 신자가 되었다.

울산 기술 학원

소연이는 아빠가 엄마와 헤어진 이후로 아빠와 둘이 살았다.

아빠가 안산에 와서 일자리를 제대로 찾지 못해 지방으로 돌아다녔을 때는 할머니와 함께 살기도 했다. 아빠가 한 번씩 올라와서 할머니를 위해 사골국을 끓이고 할머니랑 장난을 치면, 소연이는 그 모습이 정말 좋았다.

'아빠가 할머니 예쁘다고 근질어줄려고(간질여 주려고) 막 장난을 쳤다. 이렇게 장난치면 참 재미있다.' -초4. 2007년 3월 15일 일기에서

다 커서도 소연이는 종종 아빠에게 말했다.

"아빠, 아빠는 할머니한테 참 잘해."

"내 엄마니까 잘하지."

"다른 부모는 아빠처럼 하는 사람이 별로 없어."

아빠가 울산에서 기술을 배울 때는 2주 동안 함께 있기도 했다.

'오늘 일찍 일어나서 아빠가 다니시는 기술 학원에 갔다. 아빠는 항상 첫 번째로 와서 기다리신다고 한다. 오늘도 첫 번째로 오셨다. 아빠는 작업복으로 갈아입고 다른 사람이 오길 기다렸다. 난 가방에 가져온 방학 숙제를 했다. 아빠도 실습실에서 실습을 했다.'

-초5. 2008년 7월 28일 일기에서

소연이는 울산에 가서 생전 처음으로 바다를 보았고 정지해수욕장과 일산해수욕장에서 수영도 했다. 아빠가 사 주는 대게도 먹고 통닭도 먹었다. 기술 학원 원장 선생님이 아빠와 소연이를 자기 차로 파충류 박물관에 데려가 주기도 했다.

거기서 소연이는 이구아나, 악어, 거북이, 고슴도치 등을 보았다. 그 박물관은 폐교를 이용하여 만든 곳이었다. 소연이는 수업 시간에 폐교에 대해 듣기는 했지만 직접 보니 신기했다.

아빠는 울산뿐만 아니라 다른 회사에도 소연이를 데리고 다니기를 좋아했다. 안산역에서 61번을 타고 신천동의 한 회사에 갔는데, 그날은 아빠가 면접을 보는 날이었다. 그런데 회사 사장이 없어 면접을 못 보고, 아빠는 소연을 데리고 삼미시장까지 가서 뼈해장국을 먹고는 여기저기 돌아다녔다.

'아빠랑 여러 가지 이야기를 나누며 돌아다니고 먹을 것도 먹으면서 다니고 집에 가면서 아이스크림 먹고 버스 타면서 아빠 어깨에 기대면서 잤다. 집에 도착할 즈음 일어나서 아빠랑 다시 여러 가지 이야기를 하며 갔다. …… 너무 좋았다.'

-초5. 2008년 6월 15일 일기에서

십자수를 가르쳐 준 엄마

초등학교 4학년 말 무렵 소연이는 그동안 마음속에 있었던 하나의 의문을 아빠에게 물어보았다.

"아빠, 엄마는 어떤 사람이었어?"

"보고 싶냐?"

아빠는 처음으로 엄마와 통화하게 해 주고 전화번호까지 알려 주었다. 소연이는 종종 아빠 몰래 엄마를 만나곤 했다.

'오늘은 어린이날이다. 난 어제 오후 안산과 같은 4호선에 있는 이촌에 사시는 엄마가 나를 안산으로 데리러 와서 함께 엄마가 사는 집으로 갔다. 난 엄마와 이모의 딸 ○○ 언니와 함께 놀이공원에 갔다. 처음에 바람도깨비는 키 140센티미터가 넘어야 탈 수 있는 놀이 기구였는데 난 간신히 넘었다. 그리고 마법의 양탄자랑 착각의 집에 간 다음에 점심을 먹었다. 점심을 먹고 나니 사람들이 많아져 언니와 나는 딴 거 타고 엄마가 줄을 서서 기다려 주었다. 바이킹도 타고 팽이그네 등도 탔다. 더 이상 탈 게 없자 어떤 식당에서 훈제 닭을 사 먹었다. 난 별로라 언니가 다 먹고 리프트를 타고 대공원역으로 갔다. 쥐포 등 간식을 사 먹으며 엄마네 집 이촌에 갔다. 엄마와 함께 있으니까 기분이 좋았다.'

-초5. 2008년 5월 5일 일기에서

소연이는 엄마를 처음 만났을 때는 어색했는데 여러 번 만나자 어색한 마음도 사라지고 좋은 마음이 더 들었다. 안산역에서 엄마를 만나 롯데시네마에 가서 〈쿵푸팬더〉 영화를 보기도 했다. 〈쿵푸팬더〉를 보고 많이 웃기는 했지만 소연이가 보기에도 그 영화는 결과가 아주 뻔했다. 그 근처에 있는 꽤 큰 찜질방으로 가서 엄마랑 불가마, 아이스 방에 들어가서 이야기도 나누었는데 아주 좋은 색다른 경험이었다.

또 방학 숙제로 내 준 십자수 하는 법을 엄마가 직접 가르쳐 주었다. 엄마는 아주 능숙하게 소연이에게 베개랑 쿠션도 십자수로 만들어 주었다. 하지만 만남 횟수가 많아

질수록 만날 때는 좋지만 헤어질 때는 슬픔이 더 깊어졌다.

'찜질방에서 놀고 와서 엄마가 내 귀를 파 주었다. 기분이 얼마나 좋은지…… 저녁을 먹고 헤어질 때가 됐다. 헤어질 때 너무 슬프다. 그래도 자기 위안을 한다. 다음에 또 만날 수 있으니깐. 엄마 사랑해요 ♡'
-초5. 2008년 8월 27일 일기에서

슬픔은 깊지만 소연이는 자기 위안을 하여 그 슬픔을 다스릴 줄 알 만큼 성숙했다. 엄마를 만나면서 이모도 알게 되고 외삼촌도 알게 되었다. 엄마는 가끔 자기 고향에 대한 이야기를 해 주었다. 그 고향은 넓디넓어서 세상 끝이 보이지 않는 곳이라 했다. 그 너른 밭에서 엄마는 어린 시절을 보냈다. 소연이는 혼자 있을 때 세상 끝이 보이지 않는 세계를 상상하곤 했다.

엄마가 일을 많이 하기 때문에 소연이는 엄마를 자주 보지 못했다. 다 커서는 엄마를 만나러 직접 일산까지 가기도 했다. 일산 코엑스에서 엄마를 만나 거기 있는 식당에서 맛있는 음식을 사 먹으며 세상 사는 이야기도 했다.

고1 여름 방학 때는 일산에 있는 엄마 집에서 며칠 머무르기도 했다. 아빠에게는 친구 집에 간다고 하고 갔는데 아빠가 소연이가 너무 안 오니 걱정이 되어서 전화를 했다. 소연이는 더 이상 속일 수 없어 아빠에게 솔직하게 모든 걸 이야기했다.

"엄마 집에 있어, 아빠 미안해."

아빠는 가장 어려울 때 엄마가 소연이를 버리고 갔다는 걸 용서하기 힘들어했다. IMF 때 동생 회사가 매우 어려워져 200~300만 원 받던 월급이 100만 원으로 깎였다. 생활이 어려워지자 엄마는 소연이를 못 키우겠다고 했고, 그래서 헤어지게 되었다.

아빠는 IMF가 자기 탓도 아닌데 형편이 어려워졌다고 아이를 버리고 간 엄마를 용서할 수 없었다. 그래서 지금까지 엄마를 미워하고 있기에 소연이는 쉽게 엄마 만난 이야기를 아빠에게 하지 못했다. 소연이는 아빠가 자신을 키우기 위해 어떤 일이든 닥치는 대로 했다는 걸 알기에 그런 아빠 마음도 깊게 이해하고 있었다.

소연이의 특별한 아르바이트

소연이는 주로 혼자 공부를 했다. 소연이 방에는 책상이 두 개 있었다. 하나는 의자가 있는 책상이고 하나는 좌식 책상이었다. 좌식 책상에는 컴퓨터가 놓여 있었다. 소연이는 대부분 인터넷 강의를 통해서 지식을 습득하였다.

한 과목만 학원을 다녔다. 수학이었다. 1학년 1학기 중간고사 성적이 다른 대부분의 과목은 좋은 편인데 수학만 5등급이었다. 소연이는 친한 친구가 다녔던 수학 학원을 함께 다녔다. 7~8개월 다니고 난 뒤 소연이의 수학 성적은 2등급으로 올라섰다.

하지만 중간에 간간이 학원을 쉬었다가 다시 돌아오곤 했다. 그 이유는 명확하지는 않지만, 친구들의 말에 의하면 소연이가 "학원비를 벌어서 다시 올게" 그랬다는 것이다. 정말 학원비가 없어서 그랬는지 아니면 고생하는 아빠를 위해 뭔가를 해야 한다는 생각이 들어서 그랬는지는 명확하지 않다.

한번은 아빠에게 말했다.

"아빠, 나 편의점이나 롯데리아 같은 데서 아르바이트하면 안 돼? 사회생활 경험하면서 사회 공부도 좀 해 보려고."

'안 돼요?'도 아니고 '안 돼?' 하고 친구처럼 그렇게 물어보았다.

"소연아, 공부만 열심히 혀. 학생 때는 공부가 제일 중요혀. 때 지나면 못 허잖어. 대학 가서는 아르바이트 마음대로 할 수 있잖여. 너 아르바이트한다면 아빠 마음이 편하지 않지."

"알았어, 아빠."

아빠에게는 그렇게 말했지만 소연이는 원곡동에 있는 인력 회사를 찾아갔다. 거기서 주말을 이용하여 하루 종일 일하는 아르바이트를 시작했다. 다른 친구들도 많이 그런 일들을 했다.

남자 친구들 같은 경우는 배터리 만드는 금속을 기계에 넣으면 찍어 내는 일을 했다. 버튼을 눌러야 기계가 내려오는 시스템이어서 그렇게 위험하지 않았다. 용접이나 프레스 기계를 다루는 위험한 일은 외국인 노동자나 어른들이 주로 했다. 10시간 일하고 특근까지 계산되어 9만 8천 원을 받았다. 화학 약품을 섞거나 쇠파이프를 옮기는 작업을 하기도 했다.

소연이는 새벽 6시에 인력 회사로 가서 일자리 배정받기를 기다렸다. 일이 없으면 그날은 그냥 돌아와야 했다. 일이 있으면 봉고차를 타고 반월, 시화 공단에 있는 공장으로 이동하여 아침 9시부터 일을 시작했다. 소연이가 했던 일들은 대부분 핸드폰이나 컴퓨터, 자동차 부품 같은 것을 조립하는 일이거나 건물 청소 혹은 테이프 붙이는 일 등이었다. 진주 절반만 한 구슬을 구멍에 한꺼번에 네 개 정도 끼워 넣으면 기계가 내려와서 조립해 주었다.

하지만 그게 무엇을 만드는 데 들어가는 부품인지 알지는 못했다. 계속 밀려오니까 빨리빨리 일을 해야 해서 쉬지 않고 일을 할 수밖에 없었다. 2시간 일하고 10분을 쉬었다. 육체적으로 힘이 많이 들었다. 허리도 아프고 다리도 아팠다. 10시간 일하고 6만 원 정도를 받았다.

달력 만드는 일이나 테이프 붙이는 일들은 일이 쉬운 대신 돈은 얼마 되지 않았다. 5만 원 정도. 소연이의 수학 학원비가 25만 원 정도 되니까 주말에 5~6번 정도 하면 학원비를 벌 수 있었다. 학생들에게는 한꺼번에 적지 않은 돈을 만질 수 있는 기회였다. 함께 일하는 사람들은 외국인 노동자나 나이 드신 분 등 하루 벌어 하루 먹고사는 사람들이 대부분이었다.

'아, 이 사회에서 돈 벌기가 힘들구나. 그동안 아빠, 엄마가 이런 곳에서 일했구나.'

엄마 아빠처럼 고생하는 사람들이 세상에 많다는 것을 알았다. 새벽에 일하는 사람들을 만나고 소연이는 사회에 대해 많은 생각을 하게 되었다. 사회 현실을 더 깊이 이해하게 되었다.

피디로 꿈이 바뀌다

고2 들어와서 소연이의 꿈이 변했다. 소연이는 어렸을 때부터 꿈이 역사 교사였는데 방송국 피디로 바뀌었다.

"국어, 영어, 수학 선생은 많이 뽑는데 역사 선생은 조금밖에 안 뽑는다고 들었다. 내가 그 소수에 들어갈 수 있을지 모르겠다. 대학 나와서 놀고먹는 거 아닌지 걱정된다."

어느 날 소연이는 친구에게 이렇게 말했다.

역사 교사 임용이 안 돼 아버지를 돌보지 못할까 봐 걱정이 되었던 것이다. 그동안 소연이는 역사 교사가 되기 위해 노력을 많이 했다. 아이들과 함께할 수 있는 다양한 경험을 쌓으려고 한 친구와 함께 선부동에 있는 무지개 지역아동센터에서 매주 토요일에 아이들을 가르치는 봉사 활동을 하기도 했다. 아이들이 좋아서 한 일이라 1년 동안이나 봉사 활동을 계속했다.

아이들은 맞벌이 부부의 자녀거나 한부모 가정 아이들, 경제적으로 어려워 학원을 갈 수 없는 경우가 대부분이었다. 소연이는 자신을 닮은 아이들에게 정성을 들이며 열심히 급식도 나눠 주고 운동도 시키고 공부도 가르쳤다. 그러나 현실에서 역사 교사가 되기 어렵다고 판단한 소연이는 방송국 피디가 되는 걸로 꿈을 바꾸었던 것이다.

조금은 외로웠던 소연이가 좋아하는 게 두 가지가 있었는데 하나는 친구이고 하나는 빅뱅의 태양이었다. 태양을 얼마나 좋아했냐면, 직접 성남에서 열리는 콘서트까지 갈 정도였다. 그날 빅뱅의 멤버인 대성이가 수건을 던졌는데 그걸 소연이가 받았다. 대성이는 티브이에서 볼 땐 못생기고 웃긴 스타일인데 실제로 보니 정말 잘생겼다. 비록 태양에게 받지는 못했지만 그날은 소연이에게 최고의 날이었다.

자정이 넘도록 소연이가 오지 않아 아빠는 걱정이 되어 기다리고 있었는데, 1시가 넘어서야 돌아온 소연이가 말했다.

"아빠, 스트레스 싹 풀고 왔어."

소연이는 피디가 되면 이런 연예인을 매일 만날 수 있을 지도 모르니, 그것도 괜찮은 직업이라 생각했다.

'피디가 되고 싶은 이유는, 내가 만든 작품이 티브이에 나왔을 때 사람들이 보고 "재밌다, 좋다"라고 말해준다면 뿌듯할 것 같다. 유치원부터 생각했었던 꿈은 선생님이었는데 나는 안 바뀔 거라 생각했는데 진짜 바뀌니까 지금은 꿈이 피디지만 나중에 또 바뀔 수도 있겠다.'

하지만 20~30년 후에는 자신이 피디가 되어 있기를 바라고, 좋아하는 피디는 없지만 〈무한도전〉 김태호, 〈논스톱〉의 이흥우 피디가 괜찮다고 직업 북을 직접 만들어 써 놓았다.

아빠는 내 친구

아빠가 토요일에 일을 마치고 집에 돌아와서 씻고 나오자마자 소연이가 다급한 목소리로 재촉한다.

"아빠, 옷 입어."

놀러 가자고 조르는 것이다. 그래서 소연이의 취미는 아빠랑 놀러 다니기라는 말이 돌았다.

"소연이가 그랬던 것 같아요. 내 아빠는 '친구 같은 아빠' 라고."

소연이 친구들은 이렇게 말했다.

아빠가 모는 5톤짜리 트럭을 타고 소연이는 소래포구에 자주 놀러 갔다. 40분이면 도착하는 소래포구에는 다양한 생선과 조개, 게들이 어시장을 꽉 메우고 있었다. 거기 부둣가에서 들어오는 배가 각종 바닷고기를 부려 놓으면 사람들이 몰려들었고 떨어

진 고기를 먹으려 갈매기가 달려들었다.

가끔 식당에서 아빠는 가족 넷이 오순도순 모여서 음식을 먹는 모습을 보면 매우 부러워했다.

"소연아, 저 모습 봐라. 아빠는 부러워 죽것다."

"아빠, 걱정하지 마. 내가 커서 다 돌봐 줄게."

그러면 아빠가 매번 반복하는 말이 또 나왔다.

"소연아, 아빠는 누굴 위해서 일해?"

"소연이."

"누굴 위해서 음식해?"

"소연이. 아빠가 나를 얼마나 잘 키운지 알아. 커서 잘해 드릴게. 아빠, 시집가더라도 아빠 같은 사람 만나야 하는데 만나질까 모르겠어."

"아빠 같은 사람이 어디 있냐. 아빠는 대한민국에서 단 한 사람 만날까 말까 한 사람이여."

그러면서 두 부녀는 소리 내어 웃었다.

소연이 집에 소연이가 남긴 물건들을 잔뜩 모아 놓은 상자가 하나 있었는데, 거기에 노인들을 위한 보험과 실버타운에 대한 전단지를 모아 놓은 자료 파일이 들어있었다. 생각이 깊은 소연이가 혹시 먼 미래에 자신이 지방으로 일하러 가거나 외국으로 가게 되면 혼자 남을 아버지를 위해 돌볼 수 있는 곳을 고민했던 것이다. 소연이는 노후에 혼자 지내실 아빠가 걱정이 되었던 것이다.

따뜻한 눈사람, 수경이

안산 단원고 2학년 3반 **김수경**

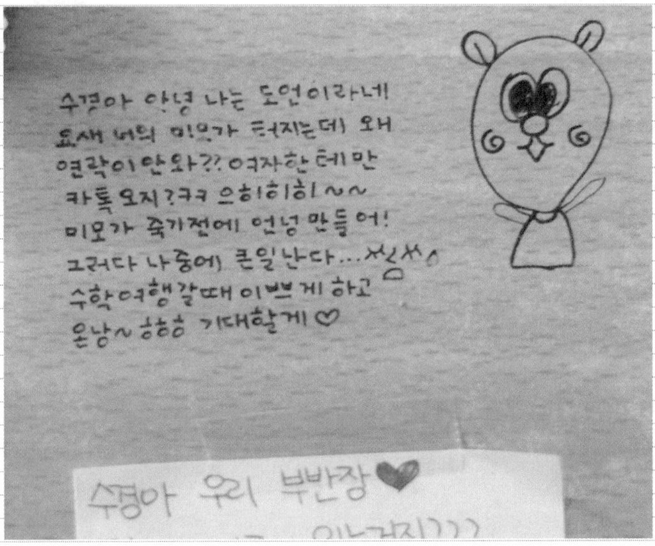

1. 엄마와 수경이. 사고 나기 일주일 전 데이트하면서 찍은 사진.
2. 2013년 여름휴가 때. 왼쪽부터 오빠, 남동생, 수경이.
3. 집 옥상에서 눈사람과 친구들.

따뜻한 눈사람, 수경이

오늘은 드디어 겨울 방학식! 중학교 3년이 이렇게 끝나나 싶어 섭섭하기도 하지만, 그래도 올 한 해 가장 큰 수확은 내 인생의 베프들을 만난 것이다.

한빛이, 서영이, 수정이, 성희, 초롱이 그리고 수경이에다 나 희라까지 합치면 우리는 칠공주파. 하지만 우리 칠공주는 하나도, 전혀, 완전히 무섭지 않은 솜사탕들이다. 달콤하고 폭신폭신한 애굣덩어리들! 그리고 그중에서 가장 달콤한 솜사탕은 누가 뭐래도 우리의 수경찡! 김수경이다.

"희라찡! 이따 중앙동으로 다 같이 가는 거지?"

아직 담임 선생님도 안 오셨는데 수경이는 벌써부터 졸라댄다.

"수경찡! 진정하시고 먹이 좀 받아먹지?"

나는 수경이 머리 위로 오른팔을 번쩍 들었다. 수경이는 단번에 알아채고 내 오른손 아래에 얼굴을 가져다 대고 입을 쫑긋거린다. 이게 뭐 하는 거냐고? 이건 요즘 한창 우리들 사이에서 유행하고 있는 금붕어 놀이다. 내가 이렇게 손을 들어 엄지와 검지를 살살 비비면 수경 금붕어는 얼른 다가와 먹이 받아먹는 금붕어처럼 입을 뻐끔거린다. 그럴 때 수경이는 금붕어처럼 귀엽고 사랑스럽다. 수경 금붕어가 다 먹으면 이젠 내 차례. 수경이가 주는 먹이를 받아먹는 희라 금붕어…… 근데 나는 아무리 해도 수경이처럼 귀엽진 않다.

공포의 성적표 배부 시간이 끝나고 드디어 우리들은 교실에서 해방! 교문으로 쏟아져 나온 우리는 너나없이 얼굴이 발갛게 상기됐다. 옷자락을 파고드는 겨울바람도, 무겁게 내려앉은 먹구름도 우리의 기분을 망칠 순 없지. 왜냐고? 바로 지금부터 우린 중앙동으로 나가 신나게 놀 거니까.

"뭐부터 할까?"

"일단 배부터 채워야지!"

"피자? 뷔페? 햄버거?"

"그냥 밥 먹자! 밥!"

의견이 분분한 가운데 수경이의 근엄하고도 확신에 찬 목소리가 울렸다.

"고.기.부.페!"

역시 수경이다. 수경이의 그 한마디에 시끄럽던 버스 정류장이 고요해진다. 우리는 수경이의 결정에 고분고분 따르기로 하고 버스에 올랐다.

성희가 버스 손잡이에 매달려 흔들리는 수경이를 돌아봤다.

"근데 수경아, 저번처럼 또 욕심 잔뜩 부리면 안 돼!"

"내가 언제?"

"지난번에 너무 많이 퍼 와서 혼자 다 먹느라고 고생했잖아."

성희는 언니처럼 항상 수경이를 챙긴다.

그 말에 모두들 와, 하고 웃음을 터트렸다.

"맞아! 그때 수경이 고기 먹어 치운다고 햄스터처럼 입에 계속 넣기만 하고."

"그러다 결국 못 먹고 휴지에 몰래 버렸지. 하하하."

수정이랑 초롱이가 수경이를 보며 놀리자 수경이 볼이 맹꽁이처럼 부어 버렸다.

"나 안 그랬다. 칫! 나 삐쳤어!"

수경이가 오리 입을 해 가지고 콧방귀를 꼈다. 근데 어쩌지? 수경이는 저렇게 뾰로통할수록 더 귀엽기만 한데. 그래서 가끔은 일부러 수경이를 삐치게 할 때도 있다. 흐흐, 미안해! 수경찡! 그래도 이럴 땐 성희가 수경이 팔짱을 끼고 콧소리를 내면 금방이다.

"왜 그래? 화났어?"

"아, 몰라."

"수경찡! 뷔페 먹고 후식으로 핫초코 어때? 내가 사 줄게."

그 말에 수경이 고개를 번쩍 들며 진짜? 하고 성희 팔을 잡았다.

"그럼! 이 언니는 쏜다면 쏜다!"

그러고 보면 우리 칠공주는 제대로 싸워 본 적이 없다. 기껏해야 삐치는 게 다지만 그것도 금세 풀린다. 화를 제일 잘 푸는 건 역시 수경이다. 수경이는 꽁한 성격이 못 된다. 꽁하기는커녕 친구들을 제일 먼저 챙기고 제일 많이 웃긴다. 속상한 친구 기분을 누구보다 먼저 알아채고 풀어 주는 동무도 수경이다.

고기 뷔페에서 배가 터지도록 포식을 한 우리는 한마음 한뜻으로 영화를 보러 갔다. 김수현 님이 주인공으로 나오는 〈은밀하게, 위대하게〉! (작가 주_이 영화는 2013년에 개봉된 영화이다. 내용을 위해 수경이가 중3이었던 2012년에 상영한 것으로 각색했다.) 영화가 끝나고 우리는 상영관 앞 포장마차에서 어묵을 사 먹으며 감상평을 늘어놓느라 정신을 쏙 뺐다. 물론 이야기의 90%는 김수현 얘기였지만……

"근데 우리 이렇게 다 함께 영화 본 게 이번이 첨이지 아마?"

서영이 말에 수경이가 고개를 끄덕였다.

"난 서영이가 보라는 영화는 꼭 보는데, 이렇게 다 같이 보니까 좋다!"

서영이가 고개를 끄덕이며 말했다.

"맞아. 수경이는 내가 추천한 영화는 장면 캡처해서 카톡으로 보내 준다. 톡 볼 때는 추천한 보람이 팍팍 느껴진다니까."

수경이는 애니메이션도 좋아한다. 그러고 보면 우리들 중에서 수경이만큼 영화를 많이 본 친구도 없을 거 같다.

"이제 뭘 하지? 하나만 더 하고 집에 가야 할 거 같은데."

초롱이가 시간 가는 게 아까운 듯 핸드폰 시계를 보며 말했다.

"우리 노래방 가자!"

내가 앞장서 걷는데 뒤에서 수경이 목소리가 들렸다.

"잠깐! 얘들아. 눈 오나 봐!"

돌아보니 수경이가 두 팔을 벌린 채 하늘을 올려다보고 있었다.

"어? 정말! 눈이다! 눈!"

우린 누가 먼저랄 것도 없이 팔짝팔짝 뛰며 소리를 질렀다. 길 가던 어른들이 우리를 힐끔거렸지만 아랑곳없었다. 방학식 날 눈이 와 주다니, 이건 거의 하늘의 축복이다. 눈발은 점점 더 굵어져 세상이 금세 하얀 나라로 변하는 것 같았다. 그때, 수경이가 얘들아! 하고 불렀다.

"노래방 가지 말고 우리 집 가자!"

눈 받기에 여념이 없던 우리가 일제히 손길을 멈추고 수경이를 쳐다봤다.

"너희 집? 왜?"

"이 정도면 우리 집 옥상에 진짜 많이 쌓였을 거야. 거기서 눈사람도 만들고, 눈싸움도 하고 신나게 놀자."

수경이 말에 우리는 환호성을 울렸다.

수경이 말은 거짓이 아니었다. 수경이네 옥상은 말 그대로 솜이불을 펼쳐 놓은 듯 눈이 두텁게 쌓여 있었다. 우리가 버스를 타고 오는 내내 쏟아진 눈을 모두 수경이네 옥상에 부어 놓은 것 같았다.

"어서 빨리 눈사람 만들자!"

"눈싸움도 하자!"

"박스 뜯어서 눈썰매도 타자!"

우리 일곱 친구는 팔짝팔짝 뛰며 옥상으로 내달렸다. 근데 잠깐! 눈덩이를 뭉치려던 내 손이 멈칫했다.

"장갑이 없는데 어떡하지?"

그랬다. 아무리 눈사람이 만들고 싶고 눈싸움을 하고 싶대도 장갑이 없으면 10분도 채 못 놀고 손이 빨갛게 얼 거다. 우리가 헹, 하고 시무룩해지자 우리의 수경이가 다시 한번 해결사로 나섰다.

"잠깐만 기다려!"

집으로 내려갔던 수경이가 두 손 가득 빨간 면장갑, 일회용 비닐장갑, 초록 테이프를 들고 나타났다.

"난 내 장갑 끼면 되고 너희들은 나한테 맡겨."

수경이는 우선 내 손에 면장갑을 껴주고 그 위에 일회용 비닐장갑을 덧끼워 주었다. 그리고 손목 부분을 초록 테이프로 단단히 동여맸다.

"이렇게 하면 손도 안 시리고 물에도 안 젖을 거야."

솜씨 좋은 수경이! 수경이는 나머지 친구들도 똑같이 해 주었다.

"수경아, 너 꼼꼼한 건 예전부터 알았지만 헐, 대박!"

초롱이가 비닐장갑과 초록 테이프로 완벽 무장된 두 손을 치켜들며 감탄사를 늘어놓았다.

"수경이 집중력은 알아줘야 한다니까. 왜 지난번 바느질 시간에도 수경이만 몇 번씩 꿰맸다 풀었다 하면서 완벽하게 끝냈잖아."

"노트 필기는 어떻구. 수경인 필기의 여왕이라니까!"

그건 한빛이 말이 맞다. 수경이는 학원을 많이 다니지는 않는다. 수학이나 영어 같은 과목은 학원에서 도움받는 부분이 확실히 있다. 하지만 수경이는 부모님께 무작정 학원에 보내 달라고 조르지 않는다. 대신 수업 시간에 한눈 팔지 않고 집중하면서 노트 필기를 꼼꼼히 한다. 우리 친구들 중에 수경이 노트 안 빌려 본 애가 없다. 수경이는 항상 수업 내용이 잘 정돈된 노트를 가지고 있었고, 친구들에게도 선선히 빌려주었다. 그러고 보면 수경이는 마음씨가 참 착하다. 대부분 필기 잘하는 애들은 노트 빌리는 게 좀 까다롭다. 하긴 그건 나도 이해가 간다. 수업 시간 내내 낑낑거리며 한 필기니까 유세 좀 떨 만하다. 하지만 수경이는 달랐다. 수경이는 친구의 부탁이라면 언제나 웃는 얼굴로 내주곤 했다. 그게 바로 우리 수경찡이다. 내가 수경이 노트 필기에 대해 주절거리고 있는 사이, 아이들은 벌써 눈사람 몸통을 다 만들어 놨다.

"몇 번 안 굴렸는데 이렇게 커졌어!"

우리는 금세 눈사람 하나를 만들어 그 주위에 둘러섰다.

"자, 인증샷! 하나, 둘, 셋!"

눈사람을 만든 후에 우리는 두 패로 나누어 눈싸움을 했다. 그 사이 바닥이 얼어 종이 박스 조각에 앉아 눈썰매도 탔다. 발이 꽁꽁 얼 정도로 추웠지만 우린 추운 줄 몰랐다. 시간이 가는 줄도 몰랐다. 힘든 줄도 몰랐다. 싸락눈을 뭉치느라 낑낑거렸지만 그깟 것으로 우리의 놀이 본능을 억누를 순 없었다. 눈싸움을 하고 눈썰매를 타며 세상이 다 들리도록 깔깔거리고 소리쳤다. 비닐장갑이 찢어져 눈 녹은 물이 면장갑을 적셨지만 아랑곳없었다. 우리는 놀이에 푹 빠져 시간 가는 줄도, 배고픈 줄도, 추운 줄도 몰랐다. 그냥 신났고 행복했고 즐거웠다. 그중에 수경이가 제일로 신나했다. 그럴 수밖에. 거긴 수경이가 좋아하는 자기 집 옥상이었으니까 말이다.

얼마나 놀았을까? 등이 촉촉이 젖도록 땀을 내며 노는데 수경이 오빠가 옥상으로 올라와 수경이를 불렀다.

"아빠가 좀 내려오래!"

우리는 순간 얼음땡처럼 얼어붙었다. 지금 수경이네 아빠가 수경이를 부르는 이유는 단 한 가지다. 바로 우리가 너무 시끄럽게 놀았기 때문이다. 아까 옥상으로 올라올 때 우리는 먼저 집에 계신 수경이 아빠께 인사를 드렸다. 수경이 아빠는 늦게까지 일하고 돌아오셔서 잠을 주무신다고 했고, 우리는 이구동성으로 "걱정 마세요. 조용히 놀게요" 하며 생글거렸다. 그런데 그새 약속은 홀딱 까먹고 우리는 옥상이 무너져라 뛰어다니고 넘어지며 소동을 벌인 것이다.

"수경아~ 어떡해. 너희 아버님 화 많이 나셨나 봐."

우리는 한데 엉켜 두 손을 맞비비며 말했지만 수경이는 씨익 웃을 뿐이다.

"걱정 마. 내가 잘 말씀드리고 올게."

잠시 후, 수경이가 옥상으로 올라왔다. 그런데 수경이 얼굴이 시무룩했다. 아빠한테 혼난 게 분명하다. 우리는 가슴이 덜컹 내려앉는 것 같았다.

“우리 그만 가자.”

“그래. 너무 시끄럽게 놀았어. 아버님께 죄송하다고 말씀 좀 전해 주라, 수경아.”

우리는 누가 먼저랄 것도 없이 일렬로 서서 천천히 계단 쪽으로 발걸음을 옮겼다.

“야, 너희들 어디 가? 안 가도 돼.”

수경이가 우릴 쫓아오며 불렀지만 우린 죄송한 마음에 고개를 푹 수그린 채 계단을 내려갔다. 그때, 계단 저 아래에 수경 아버님이 허리에 두 손을 척 얹고 서 계셨다.

“엄마야!”

맨 앞에서 앞장 서 가던 성희가 화들짝 놀라 걸음을 멈추었다. 그 바람에 뒤따르던 우리도 줄줄이 엄마야를 외치며 그 자리에 서 버렸다.

“이 장난꾸러기들이 어딜 도망 가!”

수경이네 아빠의 굵직한 목소리가 계단을 쩌렁쩌렁하게 울렸다. 아, 이젠 죽었다. 우리 모두 자라목이 되어 어깨를 움츠렸다.

“이 녀석들! 뛰어노느라 배고플 텐데 그냥 가려고? 수경이가 감자 요리 해 준다니 먹고들 가라!”

무서운 얼굴을 하고 있던 아저씨가 함박웃음을 담뿍 실으며 말씀하셨다.

“와! 고맙습니다. 그리고 죄송합니다!”

이렇게 해서 우리는 수경이네 집으로 들어가 부엌을 점령했다.

수경이 요리 솜씨는 알아줄 만하다. 특히 수경이는 감자 튀김을 기가 막히게 잘한다.

“희라야! 감자전에 고추가 왜 들어가냐?”

감자전을 찍어 먹을 양념간장을 만들던 수경이가 내게 딴지를 걸었다.

“당근 들어가지. 우리 집에선 이렇게 해 먹는데.”

수경이와 내가 감자전에 풋고추를 넣느냐 마느냐로 티격태격하는 사이 감자튀김을 할 기름 냄비가 달궈졌다. 수경이는 감자튀김이 제일 맛있어지는 기름 온도를 정확히 안다고 했다. 기름 냄비를 가만히 들여다보던 수경이가 지금이야! 하고 소리쳤다. 그러고는 가스 불을 줄이고 재빨리 채 썬 감자를 냄비에 넣었다. 좌~! 하는 소리와 함께 고소한 냄새가 집 안 가득 퍼졌다. 우리는 식탁에 차려진 감자전, 감자튀김, 치즈볼을 뿌듯한 눈으로 내려다봤다. 수경이가 해 준 감자 요리는 어느 것 하나 맛없는 게 없었다. 냄새에 이끌려 나온 수경이 동생이 한마디 했다.

"엄마가 해 주시는 요리보다 누나가 해 주는 요리가 더 맛있을 때가 있다니까."

우리는 와, 하고 웃음을 터트렸다.

누구든 수경이가 만든 감자튀김을 먹어 본 사람이라면 수경이 동생 말에 고개를 끄덕이지 않을 수 없을 거다. 수경이는 가끔 자신이 만든 요리를 사진 찍어 요리 카페에 올리기도 한다. 카페 회원들은 맛깔스런 수경이 요리 사진에 좋아요를 팍팍 눌러 주기도 한다.

"우리 공원에 나가서 눈싸움 더 하자!"

배가 두둑해진 우리는 집 앞에 있는 공원으로 우르르 나갔다. 성희 동생들도 합류했다. 그렇게 우리는 캄캄한 저녁이 될 때까지 놀이에 푹 빠져 헤어질 줄 몰랐다.

나는 집으로 돌아와 오늘 하루 있었던 일들을 되새겨 보았다. 얼굴에 저절로 미소가 떠오를 만큼 재밌는 하루였다. 그리고 그 한가운데 수경이가 있다. 난 수경이를 떠올렸다. 아무리 생각해 봐도 수경이는 착하다. 내가 아는 어떤 친구보다 착하다. 그래서 장래 희망이 간호사다. 우린 수경이를 장난삼아 "김간!"이라고 부른다. 김 간호사의 줄임말이다. 김간이라고 부를 때마다 수경이는 달려와 "어디가 아프시죠?" 하고 묻고는 자상한 간호사처럼 친구를 보살펴 주곤 한다. 그런데 요즘은 장래 희망에 변화가 생겼다.

국제 구호 활동가, 요즘 수경이가 자주 얘기하는 직업이 바로 그거다. 나는 텔레비전에서 얼핏 보았던 아프리카 아기들과 전쟁 난민들 얼굴이 떠올랐다.

"그거 위험한 거 아니야? 전염병이 도는 오지에 가야 하고 위험한 전쟁터에도 파견되는 거 아니야?"

내가 걱정스런 표정으로 수경이를 바라보면 수경이는 이렇게 대답한다.

"아프고 힘든 사람들을 돕는 일이 보람된 것 같아."

"근데 넌 겁이 많아서 그런 곳에서 일할 수 있겠어?"

수경이는 겁이 많다. 우리가 살고 있는 안산은 공업 도시다. 그래서 공장에 다니는 외국인도 많다. 수경이는 어두운 길에서 외국인을 마주치는 게 제일 무섭다고 했다.

어느 날 저녁이었다. 학원을 마치고 집으로 돌아가는데 수경이가 길가를 살피며 무언가를 찾고 있었다. 내가 뭐 하냐고 묻자 수경이는 바닥에 떨어져 있는 뾰족한 돌을 집어 들며 대답했다.

"집에 갈 때까지 들고 있으려고."

말 안 해도 알 거 같다. 컴컴한 골목길, 수경이는 그 골목길을 혼자 걸을 때면 호신용으로 그 돌멩이를 꼭 쥐고 집까지 가는 것이다. 그렇게 겁 많은 아이가 어떻게 위험한 곳을 찾아다니며 구호 활동을 하겠다는 건지 얼른 이해가 가지 않는다.

하지만 잘 생각해 보면 바로 그런 이유로 수경이는 두려움을 무릅쓰고 어려운 사람들을 도울 거 같다. 겁이 많은 아이니까 다른 사람의 두려움과 고통에도 온전히 공감할 수 있는 거다. 다른 사람보다 겁이 많다는 건 마음이 여리다는 뜻이다. 마음이 여린 사람이라면 다른 사람의 아픔도 금방 알아채고 그걸 못 본 척 외면하지 못할 거다. 그래서 겁쟁이 수경이는 누구보다 용감한 직업을 장래 희망으로 품고 있다. 그러고 보면 수경이는 눈사람 같다. 겉도 하얗고 속도 하얀 순수한 눈사람.

그런데 수경이는 차가운 얼음덩어리가 아니다. 수경이는 눈사람처럼 하얀 마음을 가졌지만 그 마음은 더없이 따뜻하다. 집에선 큰딸 노릇을 하고 밖에선 더없이 좋은 친구가 되는 수경이. 수경이는 따뜻한 눈사람이다. 바라보고만 있어도 웃음 짓게 하는 귀엽고 정겨운 눈사람. 그래서 난 수경이가 좋다. 아니, 우리 여섯 친구 모두 수경이를 좋아한다. 수경아, 우리 고등학교에 가서도 우정 변치 말고 지금처럼만 지내자. 사랑해, 수경아!

깨박 시연, 그리고 재광

안산 단원고 2학년 3반 **김시연**

1. 2013년 여름 방학 때 일본에 간 시연이.
2. 시연이와 동생인 이연이.
3. 2014년 4월에 벚꽃 아래에서 재광이랑.

깨박 시연, 그리고 재광

무대에서 연습하던 연극부원들 시선이 일제히 음향 감독 시연이 등 뒤로 향했다. 시선을 다른 쪽으로 두니까 대사도 흐트러져 버렸다. 부원들 눈길을 따라 등을 돌린 시연이 눈에 재광이가 들어왔다. 음료수와 과자가 든 비닐봉지를 들고 서 있었다. 시계를 보니 야간 자율 학습 휴식 시간이다.

"재광 오빠 짱이에요."

코를 박고 먹고 있는 부원들을 뒤로하고 시연이와 재광이는 밖으로 나왔다. 운동장을 향해 내려가면서,

"미안해요. 내가 너무 바빠서."

연극부장이라 연극부 일에다, 수학여행 가서 친구들이랑 출 춤 연습을 하느라 더더 바쁜 시연이는 꽃구경 가기로 했던 약속을 지키지 못해서 목소리가 작아졌다.

"괜찮아 내가 더 미안해."

재광이는 며칠 전에 혼자서 매점에 앉아 빵을 먹고 있던 시연이랑 마주쳤던 일을 떠올렸다. 시연이가 바빠서 못 놀아 주는 게 아니라 고3인 재광이 공부하라고 일부러 안 놀아 준다는 걸 깨달았다. 고백하던 날 했던 말 때문인가 보다 하고 불안해졌다.

재광이가 시연이를 처음 본 것은 작년 가을 알뜰 장터를 하는 날, 절친인 태영이가 연극부장이라 연극부 알뜰 장터에 구경 갔을 때였다. 바지 교복을 입은 여자 아이가 태영이에게 허리를 90도로 굽혀서 인사를 했다.

"와! 되게 귀엽다."

저렇게 씩씩하게 인사해 주는 후배가 있는 태영이가 부러웠다. 공부 쪽으로 진로를 선택한 재광이는 동아리 활동을 하지 않는지라 친한 후배가 없었다.

"사귈래?"

태영이가 묻는데 농담 반 진담 반으로 좋다고 해 버렸다. 옆에서 들은 누군가가 재광이네 담임이기도 한 연극부 지도 선생님한테 말을 한 모양이었다. 선생님이 불렀다.

"전화기 줘 봐."

재광이 전화기를 받아든 선생님이 시연이도 불렀다.

"둘이 사진 찍어."

태영이에게 전화기를 건네주고는 시연이랑 재광이 어깨를 끌어다 붙였다. 선생님 손에 이끌려 오는 시연이 목에 금목걸이가 반짝였다. 깨박이라는 글자가 메달로 달려 있었다. 얼떨결에 사진을 찍은 시연이도 재광이도 어색했지만 싫지는 않았다. 시연이 전화기를 재광이에게 주면서 번호를 찍으라고 했다. 다시 받아 든 선생님이 걸기를 눌렀다. 시연이 번호가 재광이 전화기에 떴다. 그 번호로 사진을 보내라고 했다. 그렇게 같이 찍은 사진을 공유했다. 하지만 아무 일도 없었다. 고3이 된 재광이는 대학을 향해서 달려야 했다. 언제나 바지 교복 차림인 시연이, 연극부 일을 하느라 오후에 다시 학교에 올 때 가끔 씽씽카를 타는 시연이를 보면서 참 신기한 애라고 여기는 정도였다.

다른 아이들이 "야! 폭주족이다" 낄낄거려도 재광이는 귀엽기만 했다. 설렘이 없지는 않았지만 대학 갈 공부를 소홀히 할 수 없는 입장이라 사귀자는 말을 꺼낼 염치가 없었다. 따로 연락을 할 수도 없었다. 그런데 2학년이 된 시연이와 3학년이 된 재광이가 공교롭게도 체육 시간이 같았다. 운동장에서 같이 활동을 하다 보니 서로가 자꾸 보였다.

봄기운이 모락모락 솟아오르던 날, 재광이 카톡에 '오빠 머해염?' 문자가 떴다. 시연이었다. 반가움이 컸지만 '뭐지?' 궁금함이 더 컸다. 자습하는 교실로 오라고 했다. 솔직히 놀랐다면서 왜 갑자기 연락을 했느냐고 하자, 다혜한테서 재광 오빠 얘기 자주 들고 있었다고 했다. 시연이 절친인 다혜는 재광이 절친인 주영이 여친이다. 모의고사라서 학교가 일찍 끝나는 며칠 뒤, 3월 23일에 영화를 보러 가기로 약속했다.

영화를 보고 밤늦은 시간에 버스 정류장에서 자칭 연애 박사라면서 멘토를 해 주겠다는 주영이가 가르쳐 준 대로 고백을 했다.

"내가 고3이라 너하고 많이 놀아 주지 못해서 네가 힘들지도 모르는데 괜찮겠니?"

하지만 그걸 배려해 준다면 고맙겠다고 했다. 무지하게 떨렸지만 안 떠는 척하고 잘해냈다.

"난 연극부 일도 해야 하고, 음악 공부도 해야 해서 시간 많이 못 낼지도 몰라요."

시연이도 좋다고 했다. 뜻이 통한 둘은 오늘부터 1일이라고 약속했다.

그다음 날에 시연이네 반에는 난리가 났다.

"어머 어떡해, 웬일이니? 깨박이 미쳤냐?"

옆에 와서 밀치는 아이, 비명 지르는 아이, 환호성을 지르는 아이도 있었다. 중학교 때부터 한 번도 입지 않은 치마를 처음으로 입은 시연이에 대한 뜨거운 반응들이었다.

연극부에 놀러 갔다 온 태영이가 재광이 어깨를 툭 쳤다.

"완전 짱!"

엄지손가락을 치켜들었다. 바지 시연이가 치마 시연이로 변한 것이 재광이 때문이라는 뜻이었다. 재광이는 그런 시연이가 참참참 고마웠다. 운동장 스탠드를 지나 학교 건물 둘레를 손을 잡고 걸으면서 처음 치마 입은 날 얘기를 하자 시연이도 잡은 손을 마구 흔들면서 부끄러워했다. 서로 바쁘니까 오늘처럼 야자 쉬는 시간에 재광이가 연극부 동아리방으로 잠깐 가거나 15분밖에 안 되는 쉬는 시간 동안 학교 안을 산책하는 게 고작이었다. 그래도 좋기만 했다. 재잘거리는 시연이가 재광이는 좋았고, 놀아 주지 못해도 내색 않고 참아 주는 재광이가 시연이는 좋다고 했다.

친구들이랑은 왈가닥에 정신없이 나대는 시연이지만 재광이랑 사귀기 시작하면서 집에 오면 엄마 허리를 붙잡고 늘어져서 부려 대는 어리광이 더 심해졌다. 그날도 차에 타자마자 며칠 전에 이모한테 전화해서 기어이 받아 낸 선물 얘기부터 꺼냈다. 엄마가 일하고 바로 데리러 오느라 선물이 왔는지 안 왔는지 모르겠다고 하자 얼른 집에 가자고 재촉을 해댔다.

"이모, 왜 내 생일 선물 안 줘요?"

"생일은 9월 26일인데 지금은 4월이야, 이 녀석아."

엄마 아빠 핀잔은 들은 체 만 체였다.

"우리 집안에 맨 처음 찾아온 천사님, 큰조카 생일 선물을 안 주면 이모도 아니지."

이모는 시연에게 선물을 보내겠다고 약속을 했다.

지난달에는 외할아버지한테서도 반년이나 지난 생일 선물을 받아 냈다. 생일인 9월까지 지난 생일에 선물 못 한 친척들이 결국 다 하게 될 가능성이 아주 높았다. 시연이 애교 작전에 '우리 큰손녀, 우리 큰조카 생일인데' 하면서 다들 넘어가고 마니까.

집으로 오는 10여 분 동안 스피카 노래를 크게 틀어 놓고 따라 부르다가 현관문을 열자마자 아빠한테 인사도 하는 둥 마는 둥 박스에 '귤의 요정 깨박이 늦었지만 생일 축하해' 이모 글씨가 선명한 택배 상자를 끌어안고 방으로 후다닥 들어갔다.

여섯 살 때 선물 받은 물개 인형에 '물개 빅 인형'이라는 상표가 붙어 있었다. 아주 아주 좋아해서 만날 '물개빅'이라고 하다가 어느 날부터는 '깨박'이라고 불렀다. 그러다가 시연이 별명이 되었다. 책이나 자기 물건에도 이름 대신 '귤의 요정 깨박'이라고 써 놓았다.

엄마가 간식 먹으라며 시연이 방문을 열었을 때 무릎 위에 늘 가지고 다니는 작곡 노트를 펼쳐 놓고 기타를 치고 있었다.

"또 노래 만들려고?"

히익 웃는 등 뒤로 집게 옷걸이에 단정하게 걸어 놓은 치마가 눈에 들어왔다.

일주일 전에 한껏 들떠서는,

"엄마 엄마, 작년에 사진 보여 줬던 오빠 있잖아?"

벌써 반년이 다 되어 가는 일이고 얼굴은 떠오르지도 않는데 그 오빠랑 사귀기로 했다면서 뜬금없이 치마를 찾았다. 교복을 살 때 세트로 나오는 거라 어딘가에 있을 거라고는 했지만 그 오빠랑 영화를 보고 왔다면서 막차를 타고 들어와서는 한 번도 입지 않은 치마 타령이었다.

"고등학생이나 됐으니까 이쁜 상큼이 남자애 좀 데리고 다녀."

늘 했던 말대로 드디어 남친이 생겨서 기분이 좋아진 엄마가 콧노래를 부르며 옷장 깊숙이 뒤져서 치마를 찾아냈다. 입어 보라 하고는 허리춤을 잡아당겨 보았다. 고등학생이 되고도 몸무게가 하나도 늘지 않아 여전히 38킬로그램인 탓에 헐렁하지도 않고 조이지도 않고 마침맞았다.

"치마 입는 거 안 불편하니?"

치마만 입게 되면 하나로는 안 될 것 같기 때문이었다. 며칠 저러다 말겠지 싶기도 했다. 앞으로 바지는 안 입을 거라며 또 히익 웃었다.

"엄마, 지난번에 그 노래 좀 고쳤는데 한번 들어 볼래요?"

기타를 배우기 시작한 초등학교 5학년 때부터 가사를 바꿔 부르기도 하고 아예 곡을 바꾸기도 하더니 노래를 만들기 시작했다. 지난번엔 아영이를 위한 노래라고 아영송을 만들어서 불러 주었다고도 했다.

중학교에 들어가서 첫 시험에 올백을 맞아 버리는 바람에 반장을 하게 되었는데 친구들이 공부할 애라며 안 놀아 준다고 몹시도 힘들어하다가 동아리 활동으로 노래 만드는 것에 관심을 돌린 시연이가 엄마는 아쉽지 않았다. 꿈을 향해 열심히 달려간다면 공부가 아니라도 행복하게 살 수 있다고 아빠도 늘 시연이 편이었다.

며칠 전 밤중에 성민이가 라면 먹는다면서 카톡으로 사진을 보냈는데 '돼지'라고 했더니 성민이가 카톡을 차단시켜 버렸다고 화를 냈다. 그때 만든 〈야! 이 돼지야〉라는 노랜데 곡조가 동요 같다고 했더니 손을 본 모양이었다.

> 언젠가 니가 내게 라면 사진을 보내, 내 위가 꼴렸을 때 / 그래서 내가 돼지라 했더니 니가 날 차단 먹인 게 / 오, 눈 뜨자마자 기타 붙잡고 시작하게 된 건 / 그래도 아침에 일어나서 이런 걸 쓰는 것도 / 너라서 기분이 나쁘지는 않아

난 말야 너가 끓여 준 치즈라면도 먹고 싶고 / 너가 해 준 김치볶음밥 먹는 건 내 꿈이야 꿀이야 / 일일이 말하지 않아도 알 수 있는 건 / 핸드폰을 누르면 나오는 니 얼굴이 너무 좋아서 / 이 지경까지 오게 됐는지도 몰라

가끔은 어린아이같이 찡찡대는 것도 미안해 / 밤늦게 들어와 걱정시켜서 미안해 오오오 ~ 오오 / 너의 얼굴을 볼 수 없어도 작은 손가락 눈 입 모양으로 / 너와 같은 세상에 있단 걸 느끼는 게 너무 행복해

난 너의 다리에 누울 때면 말랑대는 게 좋고 / 춤추면서 계속 또 살랑대는 게 좋아 / 눈이 세 줄이 돼 웃는 게 제일 좋아 난 / 나에겐 너 하나뿐인걸 너 땜에 아파하는걸 / 잔꾀고 뭐고 진짜로 난 너 하나뿐인걸 / 난 말야 너가 끓여 준 치즈라면도 먹고 싶고 / 너가 해준 김치볶음밥 먹는 건 내 꿈이야 꿀이야 오~

핸드폰을 누르면 나오는 니 얼굴이 너무 좋아서 / 이 지경까지 오게 됐는지도 몰라 아침에 일어나서 보름달 뜰 때까지 / 이 노래 만든 거 후회 없음 좋겠어 / 그러니까 이제 나 차단시키지 마 이 돼지야

엄마가 듣기에도 지난번보다 훨씬 더 좋았다. 소리를 듣고 들어온 이연이도,

"언니, 진짜 잘 만들었다."

손뼉을 짝짝짝 쳤다. 아빠도 좋다고 고개를 끄덕였다. 어릴 때부터 아빠가 기타도 치고 전자 오르간도 치면서 노래를 많이 불러 준 덕분이라는 엄마 말에 아빠도 빙그레 웃었다.

"기타가 휘었어요. 음이 안 맞아요."

시연이가 손가락 끝을 털면서 얼굴을 찡그렸다. 아빠가 기타를 건네받아 쳐 보고는,

"랙이 휘었구나."

입문용이니까 좋은 기타로 아예 바꿔 주겠다고, 좋은 거 찾으려면 천천히 알아봐야 하니까 시간 걸릴 거라고 했다. 엄마가 늦었다면서 얼른 자자고 방을 나가면서,

"이번 주 토요일에 엄마의 날인 거 알지?"

달마다 마지막 주 토요일은 엄마의 날이다. 엄마도 일을 하지 않고 시연이와 이연이도 공부를 하지 않고 엄마와 함께하는 날이다.

"너희들 대학 가고, 결혼하고 나면 남처럼 살 텐데."

엄마랑 앞으로 얼마나 오래 살 수 있을 것 같으냐고 협박을 하면서 정한 날이다. 지난번에 대학로 갔을 때 연극도 보고 맛있는 것도 먹었던 날이 좋았다는 이연이 말에,

"이화여대 앞에 있는 치즈밥 갔을 때가 더 좋았던 것 같아."

시연이가 맛집 검색해서 찾았다면서 치즈 전문점에 가자고 했다.

"으이그 치즈 귀신 아니랄까 봐."

이연이가 눈을 흘겼다. 이연이는 족발이나 보쌈같이 푸짐하게 먹는 걸 좋아하는데 시연이는 치즈를 무척이나 좋아한다. 음식점 인테리어나 분위기도 많이 따져서 음식만 맛있으면 됐지 그런 게 무슨 상관이냐고 이연이한테 핀잔을 듣곤 했다.

점심시간에 재광이가 시연이를 이끌고 벚나무 아래로 갔다.

"꽃구경 못 간 대신에 사진 찍자."

꽃구경 가는 날을 벼르고 벼르던 재광이는 약속을 안 지킨 시연이가 얄밉고 몹시 실망했지만 내색은 못 했다. '명색이 오빤데 그런 일로 화내면 안 되지.' 든든하게 지켜주고 싶었다. "그래도 벚꽃 아래에서 사진 찍으니까 좋다."

재광이 말에 시연이가 뭔가 생각난 듯 화들짝 놀라더니 주머니를 뒤졌다. 뭐 잃어버렸냐니까 대답을 않고는 저녁에 야자 쉬는 시간에 꼭 보자 하고 교실로 달려가 버렸다. 점심시간이 많이 남았는데 가 버려서 좀 의아했다. 꽃구경 안 가도 같이 있기만 하면 좋은데 너무 미안해하는 것 같아서 도리어 미안해졌다.

야자 쉬는 시간이 되자마자 연극 동아리방으로 가려고 교실 문을 나서는데 시연이가 복도에 서 있었다. 기타를 메고 있었다. "생일 선물요."

손에 들고 있던 비닐봉지를 내밀었다. 구령대 옆 스탠드로 갔다.

"바쁠까 봐 생일이라는 말 안 했는데."

재광이가 고맙다면서 포장지를 뜯었다. 실내화였다. 편지도 들어 있었다.

오빠 안녕 나 시얀이에요. 오빠의 여자…… 친구…… 뭬ㅋㅋ 여자 친구!

부끄럼쟁이 시연이다. 사귀게 되어서 참 좋고 앞으로도 잘 지내자고 썼다. 시연이가 기타를 치면서 생일 노래를 불러 주었다. 소문대로 기타 치는 실력이 아주 좋았다. 밤이라서 그런지 기타 소리가 더 멋있고 노래는 더더 멋있었다. 무척 예뻐서 꼭 안아 주고 싶었다. 하지만 아직은 손만 잡아야 한다고 자제력을 발휘했다. 오빠니까.

"오빠는 나랑 가장 하고 싶은 거 뭐예요?"

재광이는 놀이공원에 가고 싶다고 했다. 가서 뭐 타고 싶으냐는 시연이 물음에 뭘 타든 상관없다고, 같이 가기만 해도 좋다고 했다. 식당 같은 데 가서 맛있는 거 사 먹고 싶다고도 했다. 수학여행 갔다 오면 춤 연습 안 하니까 같이 시간 많이 보내자며 시연이가 수줍게 웃었다. 놀이공원이랑 맛있는 거 먹으러 꼭 가자고 약속했다.

시연이가 수학여행 가는 날이다. 재광이는 껌이랑 초콜릿이랑 과자랑 음료수를 자루에 모아 담았다. 포스트잇에 편지도 썼다.

껌은 멀미 날 때 먹으면 좋을 것 같고, 과자는 치즈 위주로 샀는데
많이 먹으면 멀미 날 수도 있으니까 되도록이면 배에서는 먹지 말고!
초꼬렛은 배고플 때 먹어~
오렌지주스는 터지지 않게 조심히 먹어~ (귤주스는 없더라 ㅜㅜ)
포스틱은 갈매기가 아주 좋아하니까 배에서 막 던져 줘. 끼룩끼룩 맛있게 드세연

과자 자루를 받아 든 시연이가 활짝 웃으며 버스에 올랐다. 운동장을 빠져나가는 버스를 향해 손을 흔들며, '사랑해 시연아' 꼭 하고 싶었던 말, 한 번도 해 보지 못한 말을 재광이가 속으로 되뇌었다.

타고난 복

안산 단원고 2학년 3반 **김영은**

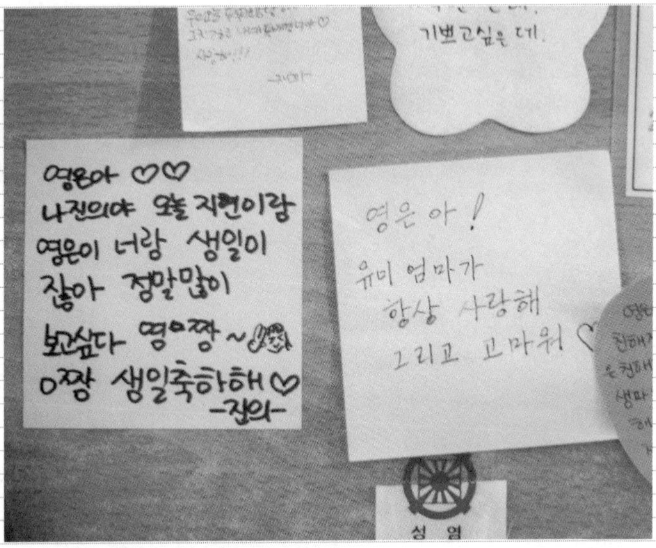

1. 오빠 훈련소 보내고 오빠 옷 쇼핑했던 날.

2. 교회 옥상 예술사진.

3. 언니랑 유카타를 입고.

타고난 복

별이 빛나는 밤에

"야 시작한다, 시작해!"

라디오 볼륨 키우랴 전화기 전달하랴 영은이보다 더 정신이 없는 것은 언니 영화였다. 영은이의 호흡이 가빠졌다.

"언니 어떡해! 나 떨려서 토할 거 같아!"

"야 김영은 정신 차려! 이제 금방 연결된다니까?"

〈별이 빛나는 밤에〉(이하 별밤) 전화 연결을 앞두고, 영화는 종잡을 수 없는 타이밍에 터져 나오는 영은이의 도무지 흉내 낼 수 없는 웃음이 아무래도 걱정됐다. 이 유일무이한 웃음소리가 45년 역사에 빛나는 최고의 라디오 프로그램 〈별밤〉에 영은이가 출연하는 계기가 되기도 했지만. '인생은 아이러니야'라고 생각하면서도, 영화는 붕붕 뜨는 영은이를 잠재우려는 노력을 게을리하지 않았다. 라디오 피디들이 방송이 시작되기 전 손가락을 휘휘 저으며 큐사인을 보내는 모습을 어느 드라마에선가 봤던 기억을 되살려, 영화는 영은이의 톡 튀어나온 이마를 향해 손가락을 휘둘렀다.

"집중! 집중!" 언니의 지휘가 효과를 발휘했는지, 간헐적인 영은의 웃음이 잠시 잦아들었다. 영화는 라디오 볼륨을 다시 한번 섬세하게 조정했다. 이윽고 자매가 사랑하는 윤하 디제이의 목소리가 작은 방을 가득 메웠다.

"4283님, '제 이름은 정해원이구요, 소개할 제 친구 이름은 김영은이에요. 번호는 공일공 응히히히 응헤하하구요, 흐흐. 이 친구의 매력은~ 웃음소리가 특이해서 친구가 웃으면 따라 웃게 된다는 거! 만나면 왕 재밌어요!' 이런 밝은 분들 참 좋아요. 전화 연결했는데 시큰둥하게 받으시면 제가 좀 민망해지거든요. 그러니까 조금 더 긍정적이고 밝은 분들과 전화 연결해 보도록 하겠습니다. 자 그럼 4283님 친구분 연결해 보겠습니다. 여보세요?"

입으로 소리 없이 '웃지 마' 사인을 보내며, 영화는 날카롭게 마지막 큐 사인을 날렸다.

"꺄하하하하하하하하하하하~"

대실패. 영화는 지끈거리는 이마를 짚었지만 이미 상황은 모두가 영은이의 웃음소리에 전염되어 저마다의 웃음을 터뜨리는 난리판이었다. 전국으로 퍼지는 공중파 방송에서 이게 무슨 망신이란 말인가. 하지만 상황이 이쯤 되면 어쩔 방법이 없다는 것을 영화는 잘 알고 있었다. 영은이 웃음소리에는 장사가 없다.

"으하하하하하~ 김영은 학생 혹시 약주 하신 거 아니죠?"

영화는 전화통 너머의 유명 디제이와 학교 그늘막 평상에서 수다를 떠는 것처럼 격의 없이 웃어 대는 동생을 보며, 라디오 피디 임무를 살며시 내려놓고 웃음판에 동참했다. 사람들은 영은이랑 이야기를 하다 보면 그냥 기분이 좋아지는 것 같았다.

'애가 아무튼 복이 있다니까.' 영화는 며칠 전 퇴근길에 아빠가 치킨을 사 오신 날을 떠올렸다. 마침 오빠는 독서실에 가 있고 영은이는 엄마를 따라 장을 보러 간다고 집을 비워 자기 혼자서 치느님을 독차지할 수 있는 전례 없는 기회였다. 영은이 오면 같이 먹으라는 아빠의 만류를 물리치고 가볍게 닭다리 하나를 베어 문 순간, 그야말로

칼 같은 타이밍에 현관문을 열어젖힌 영은이의 먹을 복.

영화는 영은이가 타고난 복의 사례를 얼마든지 나열할 수 있었다. 같이 잘못을 해도 꼭 자기가 더 혼나는 것 같고, 엄마가 어쩌다 티셔츠 두 벌을 사 와도 항상 더 예쁜 티셔츠는 영은이가 가져가는 듯한 기분이 드는 것은 아마 영은이가 타고난 그 복 때문일 것이라고, 영화는 생각했다.

사실 영화는 영은이 때문에 속상한 적도 많았다. 영은이랑은 유치원 때부터 같은 방을 썼기 때문에 아침에 눈을 떠서 제일 먼저 보는 것도, 잠들기 전에 마지막으로 보는 것도 항상 영은이의 얼굴이었다. 세상에 없는 천사 둘을 같은 방에서 10년 동안 살게 해 보라지, 다툼이 안 나는가? 중학교 땐가 영은이랑 크게 싸운 일이 있었는데, 자기 크로스백을 말없이 들고 나갔다고 울고불고 난리를 치는 바람에 집에 돌아와서 엄마한테 엄청 혼났더랬다. 새로 사 놓고서 아낀다고 자기는 한 번도 안 들고 나간 거를 언니가 개시한 게 너무 억울하다는 거다. '자기도 걸핏하면 내 옷 허락 안 받고 입고 나가면서!' 그날 밤 영화는 쌔근쌔근 잠들어 있는 영은이의 잘생긴 이마가 너무 얄미워서 딱밤을 한 대 때려 줄까 하다가 참았다.

영은이도 할 말이 없는 것은 아니었다. 영은이가 보기에 언니는 항상 자기를 너무 애 취급하는 것 같았다. 동방신기 팬카페 건만 해도 그랬다. 영은이는 정회원으로 승격하려면 한 달 넘게 기다려야 하는 정식 팬카페 대신에, 거기만큼 자료도 많고 회원 애들도 열심히 활동하는 다른 카페에 가입했을 뿐인데 정식 카페 정회원이던 언니는 그것을 두고 짝퉁이라며 엄청 무시했다. 이미 중학생이 된 후여서 그때는 그냥 말다툼하고 말았지만, 더 어렸을 때는 그렇게 사소하게 시작된 말다툼이 몸싸움으로 커진 적도 한 번 있었다. 작은 방에 있던 두경 오빠가 가만히 나와서 싸움을 말리는데 또 갑자기 웃음이 터져서 흐지부지되긴 했지만.

그래도 영화가 고등학교에 올라오고부터는 자매의 사이가 나름 단단해졌다. 엄마는 그게 다 시아준수 덕이라고 했다. 아이돌 문화가 우리나라보다 훨씬 먼저 시작된 일본에서 나고 자란 엄마는 확실히 다른 친구 엄마들보다 딸들의 '덕질'에 대한 이해도가 높았다. 아니 이해도가 높은 수준을 넘어서, 최근 엄마는 시아준수를 둘러싼 애정 레이스에서 두 딸을 제치고 선두로 치고 나가는 추세였다. 준수가 고 김광석 가수의 미발표곡을 모아서 만든 뮤지컬 〈디셈버〉에 출연한다는 소식도 자매보다 엄마의 안테나에 먼저 들어왔으니까 더 이상의 자세한 설명은 생략해도 되겠지. 영화가 그런 저런 생각을 하는 사이 영은이는 경품이 걸려 있는 즉석 퀴즈를 받아 들고 정답을 고민 중이었다.

"음~ 2번!"
"2번…… 우후~ 김영은 학생, 정답 맞히셨습니다!"

영은이가 경품으로 따낸 것은 전기요와 선풍기였다. 전기요와 선풍기라니, 그야말로 사계절을 어우르는 만점 선물이 아닌가! 아무튼 얘는 확실히 복이 있다니까.

반월공단에 반달이 뜨면

"엄마 나 학교 그만 다닐까?"
엄마는 아직도 그날을 생각하면 마음이 쿵 하고 내려앉는 것 같았다. 고등학교 2학년에 올라가면서 그전까지 학비 지원에 큰 도움을 주던 장학금을 받지 못하게 된 영은이가 자못 심각한 표정으로 엄마에게 자퇴를 하겠다고 선언을 한 것이다. 엄마는 깜짝 놀라 그게 무슨 소리냐고, 없으면 없는 대로 아껴서 생활하면 되지 멀쩡한 학교를 왜 그만두느냐고 다그쳤지만, 영은이는 대답 없이 그 큰 눈만 끔뻑거릴 뿐이었다.
요는, 미안하다는 것이었다. 영은이는 IMF 이후 딱히 나아지지 않고 있는 아빠 회사의 사정으로 항상 넉넉지 못했던 가정 형편 때문에 대학 진학을 포기하고 바로 취업을 해야 했던 오빠, 언니에게 용돈을 받아 쓰는 것도 모자라 학비까지 축내는 자신이 한심하다고 했다.

너 고등학교 학비를 아낄 정도로 집 재정이 나쁜 것도 아니고, 혹여 그 정도로 안 좋다고 해도 빚을 내서라도 공부시켜 줄 테니까 쓸데없는 소리 그만두라고 했지만, 항상 밝게 웃기만 하던 영은이가 정색을 하고 돈 이야기를 꺼낸 것은 처음 있는 일이라 엄마의 놀란 가슴은 쉽게 진정되지 않았다.

축 처진 영은이를 방 안에 들여보내고 엄마는 영은이의 충격 발언이 되살려 낸 과거의 한 장면과 마주했다. 영은이가 초등학교도 들어가기 전의 어느 날, 전날 집에 찾아온 손님들이 손에 쥐여 준 꼬깃꼬깃한 지폐 몇 장을 현관문을 나서던 아빠의 호주머니에 찔러 넣던 영은이의 모습. 아마도 매일 밤 돈 걱정을 하면서 잠들던 부모의 대화가 그 어린아이의 머릿속에 어떤 식으로 새겨졌던 것이리라. 부모 된 마음의 스산함이 어찌 없었으랴마는, 당시엔 웃으며 넘길 수 있었다. 영은이가 웃었으니까. 부모의 황망한 반응 앞에서도, 영은이는 웃었다. 그러나 지금 이 순간 영은이의 그 밝은 웃음이 차마 이겨 낼 수 없는 슬픔이 되어 엄마의 가슴을 짓누르고 있었다.

본의 아니게 엄마의 어두운 표정을 목격한 영은이의 마음도 편치 않기는 마찬가지였다. 자퇴 선언은 그날 하루의 해프닝으로 끝났지만, 그날 이후 영은이는 아르바이트를 찾는 일에 골몰했다. 무엇보다 자기를 위해 쓰는 돈은 자기 손으로 벌고 싶었다. 영은이는 열심히 인터넷을 뒤져 집에서 가까운 알바 자리를 찾았다.

"얄루! 시급 6,000원!"

얄루는 영은이가 무언가 흡족한 기분이 되었을 때 반사적으로 튀어나오는 감탄사였다. 시간이 맞는 친구들과 함께 알바를 하러 가는 것은 '공단에 간다'는 어감이 주는 투박함보다는 훨씬 아기자기한 일이었다. 안산에서 태어나 17년째 붙박이로 살아왔지만, 이 공단 지역만은 영은이에게 언제나 미지의 영역이었으니까. 무엇보다 이름이 예뻤다. 반월, 그러니까 반달이라는 그 이름이.

공단에 가서 영은이는 핸드폰을 조립했다. 학교에 가지 않는 주말에만 할 수 있는 알바였고 그나마도 지원하는 사람들이 많아서 선착순으로 자리를 내 줬기 때문에 애

써 찾아갔다가 빈손으로 돌아온 적도 있었다. 그래도 영은이는 돈을 버는 게 좋았다. 처음 받은 알바비를 들고 원곡동에 가서 매일 가던 중고 보세 옷집을 지나쳐 새 옷을 사러 갈 때는 속으로 조그맣게 '야루' 하고 외치기도 했다. 물론 가장 뿌듯했던 순간은 따로 있었다. 겨울 방학 동안 나름대로 계획을 치밀하게 세워서 알바 스케줄을 짜야 했기 때문에 일상생활과 병행하는 게 좀 빠듯하긴 했지만, 영은이의 판단에 그 이벤트는 충분히 그럴 만한 가치가 있었다.

'3월 2일, 엄마의 생일 선물을 내가 번 돈으로 사 드려야지.' 일단 목표가 세워지자 알바를 하는 것은 전혀 힘들지 않았다. 정작 난관에 부딪힌 것은 이 의미 있는 선물을 '무엇'으로 할 것인가를 정하는 일이었다. 영은이는 이 선물에 엄마에게 하고 싶은 말을 꼭 담고 싶었다. 엄마의 딸로 태어나서 고맙고 기쁘다는 말을, 엄마가 나의 가장 소중한 친구라는 말을. 영은이는 엄마와 자기의 닮은 점과 다른 점을 곰곰 생각해 보았다. 글자 하나가 풍선처럼 머리 위에 떠올랐다.

'Y. 엄마 이름 야요이, 내 이름 영은이. 닮은 점 오케이, 다음 다른 점은?' 알바를 마치고 공장을 나서며, 영은은 고개를 들어 밤하늘을 올려다보았다. 보름달이었다면 달빛에 가려 보이지 않았을 별들이 반월공단에 뜬 반달의 그늘 속에서 드문드문, 그러나 영롱하게 빛을 밝히고 있었다. '아!' 그렇게 엄마의 생일 선물이 정해졌다. Y라는 글자 하나와 엄마의 물고기 한 마리. Y라는 글자 하나와 나의 전갈 한 마리. 수제 팔찌를 만들어 주는 작은 공예점 주인에게 내 별자리는 무엇이고, 엄마의 이름은 무엇이고 하며 미주알고주알 설명을 늘어놓을 때, 영은이의 얼굴은 딱 그 밤하늘 반달처럼 그윽하게 빛났다.

별빛의 노래

"나 진짜 타고났나 봐."

B1A4가 출연을 확정 지은 지에스콘서트의 '프랜드 존' 티켓 이벤트에 당첨되었을

때, 영은이는 웃음도 잊고 자기가 타고난 복에 대해 생각했다. 마침 두경 오빠가 첫 직장의 월급으로 수학여행 경비를 내주겠다고 선언하여 가뜩이나 기분이 최고로 좋던 참이었다. 복님이 눈앞에 있다면 절이라도 하고 싶은 심정이었다.

동방신기의 시아준수에서 블락비의 피오로, 다시 비원에이포의 바로로 자기의 '최애캐'를 갈아타는 과정을 거치며 영은이는 시종일관 준수 바라기인 엄마와 영화 언니에게 배신자로 낙인찍혔지만 지금 이 순간만큼은 배신자가 아니라 대역 죄인이라도 상관없었다.

곧바로 원정대가 꾸려졌다. 예진이, 예슬이, 영윤이, 효정이, 민경이, 수희, 예림이. 각자 응원하는 오빠들을 영접할 기회를 얻은 친구들은 전의를 불태웠다. 플래카드를 만들고 형광봉을 색깔별로 준비한 뒤, 아이들은 잠실행 지하철에 올랐다. 그 활력이 얼마나 드세던지 한산한 점심시간의 4호선 안산-금정 상행선 구간이 순간 봄날의 경춘선 구간처럼 화사해질 지경이었다.

잠실에 도착하자마자 원정대에서 언제나 센터를 맡는 예진이가 아이들을 불러 모았다.

"잘 들어. 비스트 쪽 뷰티 애들 거칠다는 소문 다들 들었지? 오늘 비스트도 나온다."

아이들은 비장하게 고개를 끄덕였다.

"이따 들어갈 때 딱 각 잡고 진용을 짜지 않으면 걔네뿐만 아니라 온갖 팬클럽 애들 등쌀에 우리가 뿔뿔이 흩어질 수도 있어. 그러니까 눈치 보면서 최대한 틈새로 파고들어서 앞으로 나가다가 내가 딱 소리를 지르면 우리끼리 한자리에 바로 모이는 거야, 알았지?"

영은이는 예진이가 있어서 마음이 놓였다. 예진이로 말할 것 같으면, 가끔 바로가 드라마에서 바보 연기했던 것을 악의적으로 흉내 내서 화를 돋우긴 했지만, 그것도 적당히 하면 귀엽게 봐 줄 만했고, 무엇보다 목소리가 기차 화통처럼 우렁차고 움직임이 큼직큼직한 친구라 이렇게 온갖 팬클럽이 총출동한 전쟁터에서는 믿고 의지할 수 있는 장수였다.

"오케이 예진! 믿고 따르겠다규~ 꺄하하하하하!"

과연 예진의 예측대로 무대 앞까지 진입하는 길은 험난하기 이를 데 없었다. 그러나 예진이 장판교의 장비처럼 든든하게 활로를 개척해 주었고 원정대는 UCC를 함께 만들던 호흡을 잊지 않고 한 몸처럼 움직여 안전하게 명당자리에 안착할 수 있었다.

거대한 실내 공연장에 충만한 사랑의 공기, 고막이 터져 나갈 것 같은 함성. 기대했던 딱 그대로의 모습이었다. 그런데 예정대로라면 춘삼월 춘향이 널뛰듯이 쿵쾅거려야 할 영은이의 가슴이 의외로 침착하게 평정을 유지하고 있었다.

'이상하다…… 왜 이러지?' 그 순간, 영은이가 좋아하는 예쁜 줄무늬 비니를 쓴 바로가 자기의 파트를 위해 무대 앞으로 걸어 나왔다. 영은이의 심장이 비로소 묵직하게 울리기 시작했다. 애기 같은 얼굴에서 터져 나오는 소름 돋는 중저음. 영은은 이미 따라 외칠 준비를 마치고 바로의 입술이 떨어지기를 기다렸다.

약속할게 너만 기다릴게 손 틈 사이로 부는 저 밤바람
넌 별이 되어 잘 지낼까 빛이 없는 저 달은 매일 널 보니 얼마나 좋을까

영은이는 '넌 별이 되어 잘 지낼까' 하는 이 부분을 특히 좋아했다. 교과서에 실려 있는 유명한 사랑 시의 시구보다 좋았다. 빛이 없는 저 달은 매일 널 보니 얼마나 좋을까, 정말 얼마나 좋을까. 누군가를 사랑하는 마음은 아마 저런 것이겠지. 지잉-, 다시 영은이의 깊은 마음속 어딘가에서 뻗어 나온 기운이 빨라지는 심장 박동을 잡아당겼다.

걱정돼 기억들에게 편지를 보내 울고 있을 너에게
부르다 부르다 너를 바라보다 떨어지는 고갤 들어 너를 다시 불러

바로의 가사를 따라 부르던 영은이는, 문득 가슴 한가운데서 치받쳐 오르는 뜨거

운 기운을 느꼈다. 조금 전, 잠깐이지만 자기의 들뜬 마음을 잡아당겼던 그곳으로부터 솟아오르는 기운을. 그 기운은 가슴에서 시작해 식도를 타고 올라오더니 기어코 눈물로 터져 나왔다.

"그렇게 좋냐? 그렇게 좋아?"

비원에이포에는 별 관심이 없는 예진이 기집애가 옆구리를 툭툭 치면서 놀렸다. 영은이는 뭐라고 대꾸를 해 주고 싶었지만, 이 감정을 설명할 말을 찾기가 쉽지 않았다.

다만 바로의 얼굴 위로 사랑하는 사람들의 얼굴이 하나둘씩 겹쳐 오는 것만은 선명하게 느낄 수 있었다. 예진이는 바로가 '희미하게 생겼다'며 콧방귀를 뀌었지만 지금 이 순간만은 언니 얼굴, 오빠 얼굴, 아빠 얼굴, 엄마 얼굴을 차례차례 그렸다가 지우고 다시 그려낼 수 있는 바로의 도화지 같은 얼굴이 너무 고마웠다.

그치려고 해도 눈치 없이 계속 터져 나오는 눈물을 자꾸만 소매로 훔치며, 영은이는 목청이 터져라 〈별빛의 노래〉를 부르고 또 부르고 떨어지는 고갤 들어 다시 불렀다.

내 웃음소리를 기억해 주세요

안산 단원고 2학년 3반 **김주은**

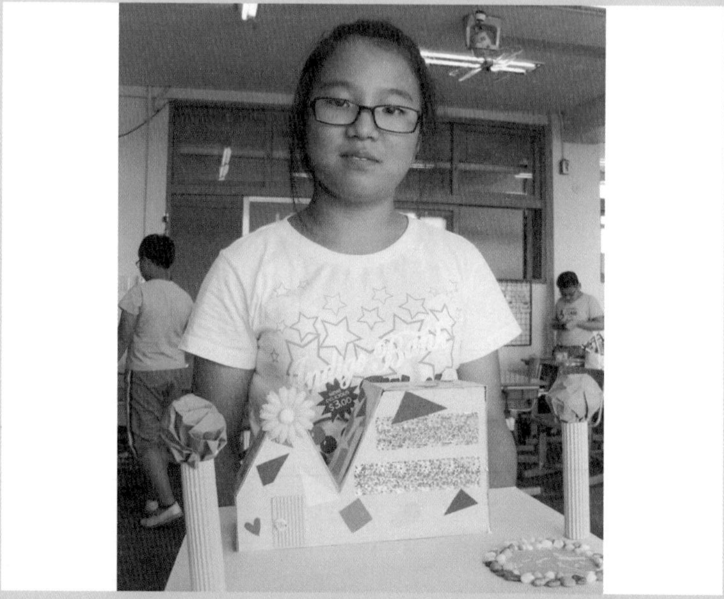

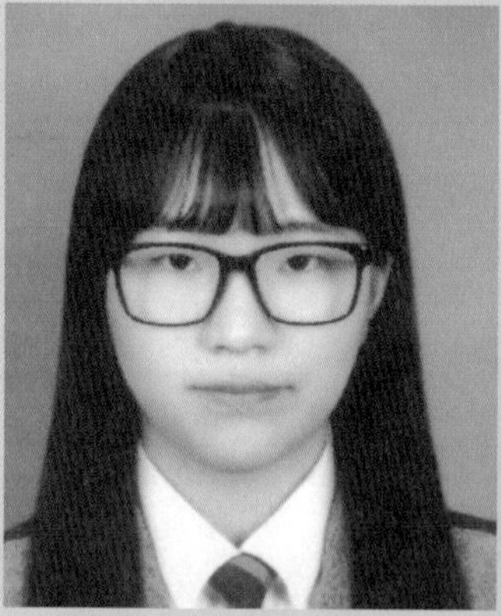

1. 초등학교 6학년 미술 시간.
주은이는 손재주가 뛰어나고 성격도 꼼꼼해서 손으로 만드는 것을 좋아했다.
2. 주은이의 학생증 사진.
3. 치아 교정기를 하고 온 날 이를 드러내고 활짝 웃으며 셀카를 찍었다.

내 웃음소리를 기억해 주세요

안녕하세요.

저는 단원고등학교 2학년 3반 김주은이라고 합니다.

친구들은 절 보고 '주름 주름 김주은'이라고 부르기도 하지만 그건 그냥 이름 때문에 붙여진 별명일 뿐이랍니다. 주름은커녕 여드름 하나 없이 완벽한 미모를 가지고 있지요. 히히.

사실 제가 입이 조금 튀어나온 편이라 어렸을 때는 제 얼굴에 아주 조금 불만이 있었던 것도 사실이랍니다. 하지만 고1 때 엄마가 거금을 들여서 치아 교정기를 해 주셨어요.

제가 원래 교복을 살 때도 신상품보다는 이월 상품을 살 정도로 알뜰살뜰한 사람이거든요. 하지만 치아 교정기를 할 때는 돈이 아깝다는 생각이 하나도 안 들더라고요. 그래서 처음 치아 교정기를 하던 날 신이 나서 셀카를 찍었답니다. 치아 교정이 끝나고 난 뒤의 제 모습을 상상하며 사진을 찍었어요. 이를 활짝 드러내고 웃는 제 모습이 정말 예쁘지 않나요?

이렇게 예쁜 딸이 어떻게 우리한테 왔을까, 우리 부모님이 종종 하시는 말씀이죠.

저보다 여덟 살 많은 언니가 부모님께 동생을 낳아 달라고 조르지 않았다면 전 태어나지 않았을지도 몰라요. 늘 몸이 약해 아픈 곳이 많았던 우리 엄마는 나이까지 많은데 아이를 가질 수는 있을지, 건강하게 잘 낳을 수 있을지 걱정이 많으셨대요. 하지만 혼자 놀기 심심했던 언니가 날마다 동생을 낳아 달라고 졸라 대는 바람에 엄마가 용기를 내신 거지요.

1997년 7월 9일, 엄마나 주변 사람들의 걱정과 달리 저는 아주 건강하고 튼튼하게 태어났답니다. 자라는 동안에도 크게 아프지 않고 잘 먹고 잘 자고 잘 노는 순둥이여서 식구들이 모두 좋아했대요. 초등학생인 언니는 학교 친구들에게 제가 하품한 얘기며 손가락, 발가락을 꼼지락거린 얘기까지 할 정도였대요.

학교가 끝나면 친구들을 집으로 데리고 와서 저를 보여 주며 으스대기도 했대요. 하루는 언니 친구가 집에 와서 저를 보더니 제가 귀엽고 예쁘다며 자기 집에 있는 거북이 두 마리랑 바꾸자고 했다지 뭐예요?

식구들은 두고두고 그 이야기를 하며 저를 놀려 댔답니다. 거북이 두 마리랑 바꿀 뻔했다면서요. 거북이 두 마리라니, 좀 너무하다 싶긴 하지만 어쩌면 언니 친구에게는 거북이 두 마리가 우리 집 루시처럼 소중한 친구였을지도 모르죠.

아, 루시는 집에서 키우는 개 이름이에요. 제가 초등학교 다닐 때부터 키운 슈나이저 개인데 벌써 일곱 살이나 먹었답니다. 엄마하고 언니는 루시한테 좀 엄한 편이지만 전 아니에요. 그냥 루시가 하자는 대로 다 받아 주는 편이지요.

그래서인지 어쩔 때 보면 루시가 저를 자기 동생인 줄 아는 것 같다니까요. 그럴 땐 살짝 기분이 상하기도 하지만 뭐 어때요? 그래도 루시랑 놀고 있으면 얼마나 마음이 편안해지고 좋다고요. 그러니까 저를 거북이 두 마리랑 바꿀 뻔했다는 이야기는 그만큼 제가 사랑스럽고 예뻤다는 뜻이 아닐까요? 히히.

부모님은 제가 어렸을 때부터 맞벌이를 하셨어요. 아빠는 기계 만드는 일을 하셨는데 일을 마치고 집에 돌아오는 길에 늘 우유를 사 오셨지요. 제가 어렸을 때부터 우유를 엄청 좋아했거든요. 물 대신 우유를 마실 정도니 알 만하지요? 그렇게 아빠가 날마다 사다 주신 우유를 먹어서 키가 168센티미터나 되도록 쑥쑥 컸나 봐요.

엄마는 어학원에 나가 아이들에게 영어를 가르치는 일을 하셨는데 지금은 요양 병원에서 일을 하신답니다. 그래서 제가 어렸을 때는 바쁜 엄마 대신 언니가 엄마 노릇을 많이 해 주었어요.

학교가 끝나면 유치원으로 저를 데리러 오기도 하고 집에 와서는 저랑 놀아주기도 하고, 맛있는 것도 만들어 주고 그랬어요. 제가 좀 더 자라고 나서는 같이 맛있는 것도 먹으러 다니고, 극장에 가서 영화도 보고, 쇼핑도 했지요. 언니는 나한테 엄마 같기도 하고, 친구 같기도 해요. 언니가 하는 거라면 뭐든지 따라 하고 싶을 정도로 언니를 좋아하지요.

요즘은 주말이면 언니랑 밤새 수다를 떨어요. 친구 얘기, 영화 얘기, 학교 얘기, 그리고 내가 좋아하는 이종석 오빠 얘기…… 언니랑 수다를 떨다 보면 시간 가는 줄을 모르겠어요. 주말에도 새벽부터 일을 나가야 하는 엄마가 이제 그만 좀 자라고 야단을 할 정도지요.

하지만 이불을 머리끝까지 잡아당겨 봐도 자꾸 언니한테 하고 싶은 얘기들이 떠오르는 걸 어떻게 해요? 또 그렇게 언니랑 얘기를 하다 보면 아무리 조용히 속삭이려고 해도 키득키득 터져 나오는 웃음을 참을 수가 없는 걸요.

제가 집 앞에 있는 원곡고등학교가 아닌 단원고등학교에 간 것도 언니랑 같은 고등학교를 졸업하고 싶었기 때문이랍니다. 언니처럼 멋진 고등학생이 되고, 언니처럼 예쁜 대학생이 되고, 그리고 언니처럼 멋지고 의젓한 사회인이 되고 싶었거든요.

우리 언니는 피아노를 전공해서 지금은 학원 강사로 일하고 있어요. 언니 방에 피아노가 있는데 어렸을 때부터 언니가 연주하는 피아노 소리를 들어서 그런지 피아노 소리가 참 듣기 좋았어요. 저도 언니처럼 멋지게 연주하고 싶은 마음도 있었지요.

뭐든지 언니를 따라 하는 걸 좋아했지만 음악을 하고 싶다는 말은 차마 할 수가 없더라고요. 언니가 얼마나 힘들게 음악 공부를 했는지 다 지켜보기도 했고, 우리 집 살림살이를 생각하면 아무래도 저까지 음악 전공을 하는 건 무리지 싶더라고요.

그래도 피아노는 배우고 싶어서 학원에 가는 대신 언니 등 너머로 조금씩 배웠어요. 잘 모르는 건 언니한테 물어보기도 하면서요. 그런데 제가 이렇게 피아노를 치고 있다는 걸 엄마는 모르고 계셨나 봐요.

하루는 엄마가 퇴근길에 제가 영화 〈기쿠지로의 여름〉에 나오는 삽입곡 〈Summer〉를 연주하는 소리를 듣고는 깜짝 놀라시더라고요. 우리 집 계단을 올라오면서 내내 고개를 갸웃거리셨대요. 도대체 누가 이렇게 피아노를 잘 치나 하고 말이죠. 히히.

잘 치는 게 당연하죠. 악보를 외워서 친구에게 들려주려고 얼마나 열심히 연습을 했다고요. 엄마는 저에게도 피아노를 전문적으로 가르쳐 주지 못한 걸 미안해하셨지만 학원을 안 다녀도 이렇게 잘 치는데 굳이 학원에 갈 필요가 있나요, 뭐. 그리고 저는 피아노 말고도 하고 싶은 일이 너무너무 많은 걸요.

제가 좋아하는 일은 뭔가를 만드는 거예요. 그것도 아주 예쁘게 말이에요.

초등학교 6학년 무렵의 제 꿈은 디자이너였답니다. 담임 선생님께서도 제가 손재주가 많다고 칭찬을 해 주셨죠.

6학년 미술 시간에 '주변 환경과 어울리는 아름다운 건축물'이라는 주제로 만들기를 한 일이 생각나요. 넓은 정원에 분수와 나무가 있고, 큰 창이 있는 튼튼한 집을 꾸몄는데 참 재미있었어요. 지금은 모형으로 만들어 보는 거지만 누가 알아요? 이다음에 어른이 되면 진짜 집도 만들 수 있게 될지.

얼마 전에는 학교에서 미술 시간에 와이어 공예를 했거든요. 그때 쓰고 남은 철사가 조금 있었는데 그냥 버리기는 아깝더라고요. 그래서 궁리를 하다가 그걸로 장미꽃 모양의 반지 두 개를 만들었어요. 엄마랑 함께 살 튼튼한 집을 만들려면 지금보다 훨씬 더 자라야 하겠지만 반지쯤은 당장이라도 만들 수 있다고요. 반지 두 개는 엄마랑 언니에게 선물했어요. 엄마는 어쩜 이렇게 잘 만들었냐고 감탄을 했어요.

우리 엄마는 내가 뭘 만들 때마다 늘 칭찬을 해 줘요. 심지어 제 공책을 보고도 글씨가 어쩜 이렇게 예쁘냐고 해요. 친구들도 제 글씨가 반듯하고 예쁘다고 하지만 그래도 엄마가 칭찬을 해 주면 신이 나요.

그래서 저는 뭐든지 새로운 걸 만들면 엄마에게 자랑을 해요. 풍선 공예 한 것도, 비즈 공예로 팔찌 만든 것도 엄마한테 꼭 보여 주면서 자랑을 한답니다. 그럼 우리 '똥엄마'가 좋아하거든요.

히히, '똥엄마'는 제가 엄마를 장난스럽게 부르는 말이에요. 엄마 말고도 제가 좋아하는 사람들은 종종 이렇게 부른답니다. 똥언니, 똥루시, 이렇게 말이지요.

내가 이렇게 부르면 엄마도 지지 않고 "야, 뭐 그럼 너는 똥주은이냐?" 하지만 그때마다 엄마는 환한 얼굴을 하고 웃음을 터뜨린답니다. 제가 세상에서 가장 좋아하는 모습이지요.

저는 사람들이 크게 많이 웃으면 좋겠어요. 누구라도 슬픈 얼굴을 하고 있으면 마음이 쓰이거든요. 엄마 말로는 아주 어렸을 때부터 제가 그랬다 하더라고요. 어린아이가 어른스럽게 다른 사람들 마음을 잘 헤아렸다고요.

제가 유치원에 다닐 때 뛰다가 넘어져서 콧잔등이 까진 적이 있었대요. 퇴근을 하고 집에 돌아와서 엄마가 제 얼굴을 보고 속상해하니까 제가 그러더래요. 선생님이 잘못해서 그런 거 아니고 제가 잘못해서 그런 거니까 선생님한테 뭐라 하지 말라고요. 아직 학교도 안 들어간 어린애가 어쩜 저 다친 것보다 선생님 걱정을 먼저 할 줄 아냐고, 못난 어른들보다 훨씬 낫다는 얘기를 종종 해 주셨어요.

중학교 때는 우리 반에 우울증을 앓는 친구가 있었어요. 병원에도 다니고 그랬는데 별 소용이 없었대요. 늘 표정이 어둡고 말도 잘 안 하니까 다른 친구들은 그 친구랑 잘 어울리려고 하지 않았지만 전 안 그랬어요.

그 친구도 나처럼 많이 웃고 그러면 좋겠더라고요. 그래서 자꾸 말도 걸고, 같이 놀러 가자고 조르기도 하고, 일부러 곁에서 수다를 떨면서 막 웃고 그랬지요. 그런데 그 친구가 나중에 우울증 증상이 없어졌어요. 제 덕인지 아닌지는 저도 모르지요. 그런데 친구네 엄마는 병원에서도 못 고친 걸 제가 고친 거라며 항상 고맙다고 하셨어요.

친구가 웃는 모습도, 친구 엄마가 웃는 모습도 참 보기 좋았어요. 엄마를 웃게 하고, 친구들을 웃게 하는 것처럼 세상을 아름답게 만들 수 있으면 얼마나 좋을까요? 맞아요, 전 세상을 아름답게 만드는 사람이 되고 싶어요. 별것 아닌 재료로 예쁜 장식품을 만드는 것처럼 제 웃음소리로 세상을 아름답게 만들고 싶어요.

하지만 제가 좋아하는 사람들을 웃게 하려면, 아니 울지 않게 하려면 가끔은 화를 내야 할 때도 있습니다. 술에 잔뜩 취해서 길 가는 사람들에게 시비를 걸거나 하는 사람들에게는 화를 내야 한다고 생각해요.

얼마 전에는 루시를 데리고 산책을 하는데 어떤 아저씨가 "어이고, 고놈. 한 냄비거리네." 이러는 게 아니겠어요. 제가 막 뭐라고 그랬지요. 왜 우리 개한테 그런 말을 하냐고, 우리가 가족처럼 아끼는 개라고, 그런 말 하지 말라고요.

밤늦은 시간에 술에 취해서 괜히 엄마한테 시비를 거는 술주정뱅이에게 막 뭐라고 한 적도 있어요. 그럴 때마다 곁에 있던 엄마가 저를 말렸지요. 괜히 시비 붙으면 어쩌려고 그러냐고요. 하지만 우리가 자꾸 무섭거나 귀찮다고 피하면 그런 사람들은 자기가 뭘 잘못하는 줄도 모르고 계속 그럴 거잖아요. 그럴 땐 용기를 내야 한다고 생각해요.

만약 저 혼자 있었다면 그런 용기를 내지 못했을지도 몰라요. 하지만 엄마가 곁에 있으니 왠지 든든하고 없던 배짱이 막 생기는 것 같더라고요. 맞아요, 엄마 옆에 있으면 없던 힘도 솟아나고 용기도 생기는가 봐요.

요즘 엄마는 새벽부터 일을 하러 갑니다. 요양 병원은 2교대로 일을 하기 때문에

6시까지 출근을 해야 하거든요. 엄마가 4시 50분쯤 먼저 일을 하러 나가고 나면 저는 6시 25분에 울리는 자명종 소리에 일어나 학교 갈 채비를 합니다.

이제 저도 어린애는 아니니까 엄마가 없어도 혼자 잘 챙겨서 학교에 갈 수 있습니다. 그보다는 아침 일찍부터 일하러 가야 하는 엄마가 걱정입니다. 게다가 겨울이면 날도 춥고 깜깜하니까요. 엄마는 그 새벽에 일어나서 일을 하러 가면서도 식탁 위에 제가 좋아하는 야채 스무디나 다른 먹을거리들을 만들어 놓고 가십니다.

가끔 유리잔 밑에

'주은이는 엄마의 꿈이고 힘이야!'

하는 쪽지도 살짝 끼워 주곤 하시지요.

그런 날 저녁에는 괜히 엄마를 불쑥 껴안으며 장난스럽게 말을 겁니다.

"히히, 똥엄마! 오늘 아침에는 왜 이렇게 오글거리게 써 놓고 갔어?" 하고요.

올해 초 엄마 생일날에는 저도 좀 오글거리는 이벤트를 준비했어요. 미역국을 끓이고 전을 부쳐서 생일상을 차려드린 거지요. 마음 같아서야 엄마가 새벽에 나를 위해 준비해 주는 것처럼 따뜻한 밥상을 차려드리고 싶었지만 새벽같이 일어나는 게 어디 쉬운 일인가요? 그래서 할 수 없이 전날 밤에 미리 만들어 두었지요.

밤늦게 식탁 위에 상을 차려 놓고 식탁 위에 '맛있게 드세요'라는 메모만 남겨 두었습니다. 엄마처럼 오글거리는 멘트도 못 날리고, 따뜻한 국을 새로 끓여 드린 건 아니지만 따끈따끈한 제 마음은 전해졌겠지요? 나중에 엄마한테 간은 맞았냐고 슬쩍 물어봤더니 엄청 맛있었다고 좋아하시더라고요.

지금 제가 할 수 있는 일은 가끔 집 안 청소하고, 설거지하고, 김장할 때 배추 나르고 다듬는 것뿐이지만 나중에 어른이 되면 엄마에게 용돈도 많이 드리고 싶습니다. 음,

한 200만 원이면 될까요? 히히, 생각만 해도 기분이 좋아지네요.

엄마는 새벽에 일을 나가기 전에 살그머니 제 방문을 열어 자고 있는 제 얼굴을 가만히 들여다보십니다. 가끔 엄마의 기척에 잠에서 깰 때도 있지만 잠자코 눈을 감고 꼼짝 않고 있습니다. 괜히 제가 일어나서 아는 척이라도 하면 엄마는 제 잠을 깨운 게 미안해서 다음에는 방문도 못 열어 볼 테니까요.

지난밤에는 꽤나 잠을 설쳤습니다. 오늘 학교에서 제주도로 수학여행을 떠나거든요. 비행기를 타고 갔더라면 더 근사했겠지만 그래도 수학여행을 간다고 생각하니 괜히 설레고 기분이 좋습니다.

저녁에는 새로 산 캐리어에 짐을 다 챙겨 넣고 집 안 곳곳을 끌고 다녔어요. 인터넷으로 고르고 골라 주문한 가방도 내 마음에 쏙 들었습니다. 연두색 가방을 보고 있으니 마음이 저절로 들썩이는 것만 같았습니다. 봄꽃이 가득한 제주도 일대를 누비는 제 모습을 상상하며 거실에서 늦게까지 드르륵드르륵 소리를 내며 거들먹거렸죠. 루시도 신이 나는지 저를 따라 신나게 뛰어다녔습니다.

그렇게 늦게까지 놀다가 잠자리에 들었는데 쉽게 잠이 들지 않더라고요. 한밤중까지 내 방 침대 옆에 붙어 있는 커다란 세계 지도를 보며 이런저런 생각을 했습니다.

이 세계 지도는 제가 초등학교 다닐 때부터 이 자리에 있었습니다. 초등학교 졸업할 무렵 고모가 사는 미국으로 공부하러 갈까 생각한 적이 있었거든요. 그때 처음으로 우리나라 밖의 더 넓고 큰 세상을 상상하기 시작한 것 같아요.

중학교 다닐 때 친구들이 집에 자주 놀러 왔는데 그 지도를 보면서 이런저런 공상을 하곤 했습니다. 아프리카 대륙이나 북아메리카 대륙의 끄트머리에 친구들 땅이라고 이름을 써 놓기도 하고, 또 태평양 한가운데에는 친구들과 내가 만든 상상의 섬도 그려 놓았습니다. 그 섬에서 친구들과 신나게 놀고, 많이 웃고, 맛있는 것도 많이 먹고,

딩가딩가 기타를 치며 노래도 신나게 부를 겁니다.

히히, 사실 아직 기타는 칠 줄을 모른답니다. 그래도 얼마 전부터 엄마를 졸라 대서 이번 중간고사가 끝나고 엄마가 월급을 받으면 그때는 꼭 기타를 사 주겠다는 약속을 받아 놓았습니다. 피아노도 언니 어깨 너머로 배운 실력이니 기타도 그렇게 금세 배울 수 있을 겁니다. 분명 그럴 수 있을 거예요.

우와, 밤새도록 저 혼자 배를 타고 제주도에 갔다가 어른이 되어서 비행기를 타고 아프리카랑 그린란드섬에 다녀오고 심지어 태평양 한가운데 있는 상상의 섬까지 다녀오느라 잠을 너무 설쳤나 봅니다.

따르르릉, 6시 25분. 이제 일어나야 할 시간입니다.

식탁 위에는 엄마가 남긴 쪽지가 있네요.

'안전사고 유의하길 바라! 꼭! 꼭! 꼭!'

히히. 엄마는 내가 키도 크고 씩씩해서 늘 든든하다고 그래 놓고 이럴 땐 어린 아기인 것처럼 대하신다니까요!

집을 나서기 전에 지갑도 다시 한번 챙겼습니다. 지갑에는 엄마가 준 용돈이랑 행운의 1달러도 같이 넣었습니다. 예전에 엄마가 금강산 여행 다녀오면서 쓰고 남은 건데 지갑 속에 1달러를 넣고 다니면 행운이 찾아온다나요?

사실 지금까지 찾아 온 행운만으로도 저는 충분히 행복하다고 생각해요. 사랑하는 가족과 친구들이 있으니까요. 어쨌거나 더 멋진 행운을 기대하며 1달러를 지갑에 잘 챙겨 넣었습니다.

그리고 또 하나, 아주아주 중요한 이종석 오빠 사진도 빠뜨리지 않았습니다. 저한테 진짜 행운은 이종석 오빠니까요.

이제 집에서 나가야 할 시간입니다. 아, 그런데 자명종 시계 바늘이 6시 25분에 그대로 멈춰 있네요. 분명히 아까 자명종 소리를 듣고 깼는데 이상하네요. 어쨌거나 천만다행이에요. 하마터면 늦잠을 잘 뻔 했으니까요. 수학여행 다녀와서 건전지를 새로 끼워야 할 모양입니다. 엄마는 출근하고 안 계시니 루시에게 인사를 남겨야겠네요.

똥루시, 히히! 언니 잘 다녀올게. 언니가 보고 싶을 땐 언니 웃음소리를 기억해.

나 행복해

안산 단원고 2학년 3반 **김지인**

1. 먼저 떠난 친구들의 영정과 함께한 열여덟의 초상화.

2. 카메라에 비친 나에게, 사랑을 담아.

3. 고등학교 1학년, 엄마와 함께하는 연수에서.

나 행복해

그날, 지인이는 일찍 집에 돌아왔다

금요일인데도 친구들과 일찌감치 헤어지게 되었다. 별다른 일이 있었던 건 아니다. 그냥 분위기가 그렇게 흘렀다. 집으로 오는데 괜히 시무룩해졌다. 일찍 헤어지는 날도 있는 거라고 생각하면서도, 한편으로는 서운하고 허전했다. 그보다, 불안했다. 요즘 문득문득 그랬다.

언제부터일까? 친구들과 각자 다른 고등학교로 헤어지게 되면서? 초롱이가 학교를 그만두고 저만의 길로 가면서? 이제 열여덟, 이미 생일이 지난 친구들이 주민등록증 받는 걸 보면서? 뭐라 딱 꼬집어 말할 순 없지만, 모든 게 예전과 달라지고 있었다.

엘리베이터에서 내리자 복도를 따라 부드러운 바람이 불어왔다. 봄, 어느덧 봄이다. 부엌으로 난 창에서 따스한 불빛이 흘러나온다.

지인이는 집에 들어가자마자 엄마에게 말했다.

"엄마. 우리 다 같이 치킨 시켜 먹자."

"아빠 오늘 늦는다고 하셨는데."

"아아, 그래도오."

지인이는 어리광을 부리듯 졸랐다. 어쩐지 꼭 그러고 싶었다. 아빠와 엄마 사이에 앉아 치킨을 먹으면서 티브이도 보고, 수다도 떨고 싶었다. 뭐든 어린애처럼 굴고 싶은 건지도 몰랐다. 아직은 그래도 된다는 사실을 확인하고 싶은 건지도 몰랐다. 엄마 아빠 앞에서는 아직 그래도 된다. 아니, 언제까지고. 엄마는 알았다며 아빠에게 전화를 걸어 주었다. 다행히 아빠는 곧 돌아오려던 참이라고 했다.

4월 11일 금요일, 봄기운이 완연한 밤이었다. 지인이네 식구는 거실에 둘러앉아 소박한 만찬을 즐겼다. 새로 나온 허니 맛 치킨에다 엄마 아빠는 맥주를, 지인이는 콜라를 마셨다. 장난스럽게 건배도 했다. 머지않아 다 같이 맥주로 건배를 하게 될 것이다.

"엄마 아빠. 내가 나중에 술친구 해 줄게."

베란다 창으로 불어 드는 바람은 따스하고 부드러웠다. 즐거운 이야기가 이어졌다. 봄바람에 간지럼이라도 탄 듯 지인이는 참 많이 웃었다.

"지인아, 행복하니?"

엄마가 물었다. 아빠도 그렇게 묻는 듯 지인이를 봤다. 행복. 지인이는 마음으로 되뇌어 봤다. 행복, 행복, 행복. 어린애도 다 아는 말인데, 막상 그런 말을 들으니 낯설었다. 그러고 보니 궁금한 생각이 들었다. 나, 행복한가?

엄마는 꽃으로 수놓인 돌담길에서 지인이를 처음 느꼈다고 했다

돌담을 따라 작은 꽃들이 저마다의 색으로 소담하게 피어 있었다. 그 꿈으로부터 겨울을 지나 꽃이 피고 숲이 자라고 열매가 맺는 가을, 지인이가 세상에 왔다. 지인이는 외동딸이었다. 세상 어느 아이가 안 그럴까마는, 지인이는 엄마 아빠에게 단 하나의 소중한 아이였다.

아빠가 엄하게 아이들을 단속하는 집도 더러 있다는데, 지인이 아빠는 아이를 자상하게 대했다. 큰소리로 야단을 치는 일은 없었다. 이따금 술을 마시고 들어와 슬쩍 용돈을 건네는 아빠였다. 신종플루 때문에 꼼짝없이 집에 갇혀 지낼 때에는 온라인 고스톱을 같이 하며 놀아 주는 아빠였다. 지인이에게 아빠는 친구였다. 언제든 기댈 수 있는 든든한 친구.

엄마는 처음 만난 그날처럼 한결같이 다정했다. 고등학생이 되어도 엄마는 지인이를 세심하게 챙기고 보살폈다. 지인이가 학교 갈 준비를 하느라 허둥대고 있으면 엄마가 손발이 되어 주었다. 지인이가 거울 앞에 앉아 얼굴에 화장품을 바르는 동안, 엄마가 드라이어로 머리를 말려 주었다. 지인이가 교복을 입고 가방을 챙기는 동안, 엄마가 작은 주먹밥을 입에 넣어 주었다.

그러고 나면 방은 엉망으로 어질러져 있곤 했다. 엄마는 흩어진 물건을 제자리에 넣고, 아이의 방을 말끔하게 쓸고 닦았다. 침대, 책상, 서랍장, 행거, 협탁……

작은 방이지만, 필요한 가구들이 규모 있게 제자리에 놓여 있었다. 민트색 바탕에 커다란 꽃이 그려진 벽지와 아기자기한 문양의 노란 커튼이 참으로 잘 어울렸다. 참으로 소녀다운 방이었다.

학교에서 여행을 가게 되어 짐을 챙길 때도 엄마가 세심하게 챙겨 줬다. 여행에서 입을 옷은 지인이가 취향대로 골랐지만, 화장품이나 세면도구 같은 준비물은 으레 엄마가 챙겨 주는 거였다. 컸다고 엄마를 밀어낼 법도 한데, 지인이는 여전히 엄마의 아이였다. 엄마의 손길로 하루를 열고 닫았다. 화장품을 거실에 두고 쓸 만큼 엄마 아빠에게 벽을 쌓지 않았다.

"엄마. 나중에 나 시집가면 우리 애들 엄마가 키워 줘야 해."

언제까지고 엄마 슬하에 있을 것만 같았다. 엄마와 분리된 삶은 잘 상상이 가지 않았다. 지인이는 혼자가 아니었다. 형제자매는 없지만, 친구 같은 엄마와 아빠가 있다. 외할머니도 안산에 사셨다. 외사촌네도 가까이 살았는데, 또래인 외사촌이 둘이나 있었다. 지인이는 그걸 가졌다. 사랑. 지인이에게는 언제든 함께할 가족이 있었다.

시정이는 지인이를 '버건디색' 같은 친구라 했다

버건디는 프랑스산 적포도주를 뜻하는 말로, 푸른색이 섞인 붉은색이다. 가을 느낌 나는 색깔이니까, 지인이 생일과도 잘 어울렸다. 여러 친구들과 허물없이 잘 지내

는 지인이의 성격도 잘 드러냈다. 뜨겁지만, 결코 가볍지 않은 지인이의 태도 역시 버건디색과 닮았다. 버건디색 지인이에게는 저마다 다른 색을 가진 친구들이 많았다. 늘 가깝게 어울려 다니는 친구들만 열셋이나 되었다.

지인, 수정, 상아, 건희, 재은, 도희, 혜란, 명숙, 지연, 시정, 유진, 민지, 초롱.

어쩌다 만나서 같이 노는 게 아니라, 매일매일 함께했다. 고등학교에 올라가 학교가 달라져도 우정은 변치 않았다. 날마다 학교를 마치고 선부동 롯데리아에서 만났다. 따로 약속을 할 것도 없었다. 자연히, 당연히 한자리에 모였다.

왜냐고, 언젠가 누가 물은 적이 있었다. 왜 그렇게 매일 만나냐고. 바보 같은 질문이었다. 대답은 간단했다. 친구니까.

학교 끝나자마자 만나서 시간이 허락할 때까지 같이 있었다. 대단한 뭔가를 하는 건 아니었다. 그냥 마주 앉아 웃고 떠들었다. 있는 대로 다 말해도 좋고, 아무 말 하지 않아도 좋았다. 내숭 떨 필요도 없었다. 잘난 척할 이유도 없었다. 그냥 있는 그대로의 '나'로 충분했다. 언제든 편이 되어 줄 친구들이었다. 열세 개의 버팀목으로 이루어진 든든한 울타리였다.

저녁에 저마다 집으로 돌아간 다음에도 여전히 함께했다. 배웅해 주다가 이야기에 열중해서 몇 시간 동안 같은 길을 오가기도 했다. 그러고도 단체 대화방에서 이야기를 나눴고, 페이스북으로 소식을 공유했다. 통화나 문자를 하고, 때로는 영상 통화도 했다.

주말에는 종일 같이 지냈다. 피시방에서 카트라이더 게임을 하기도 하고, 노래방에도 자주 갔다. 지인이는 노래를 잘했다. 특히 〈애인 있어요〉를 참 애절하게도 잘 불렀다.

시간 여유가 있을 때는 멀리 나가 보기도 했다. 지하철로 오이도에 다녀온 적도 있고, 서울에 놀러 갔다가 버스가 끊겨 고생을 한 적도 있었다. 고등학교 1학년 여름에는 다 같이 관악산으로 여행을 갔다.

그 모든 일의 주어는 '우리'였다. 똑같은 색깔은 하나도 없는 너와 내가 만나 단단한 '우리'가 되었다. 누군 귀엽고, 누군 똑똑하고, 누군 다정하고, 누군 성실하고, 누군 재치 있고.

지인이는 믿음직한 친구였다. 친구들과 허물없이 지내면서도, 가릴 건 가릴 줄 알았다. 그런 면에서 입이 무거운 친구였다. 그런 만큼 믿음직한 친구였다. 무슨 이야기든 편히 툭 털어놓아도 괜찮았다. 지인이는 친구들에게 들은 이야기를 제 가슴에만 담아두었다. 딴 사람에게 해도 되는 이야기와 해서는 안 되는 이야기를 지혜롭게 구분할 줄 알았다. 친구들은 지인이에게 속엣말을 곧잘 털어놓았다. 지인이는 몇 시간이고 친구들의 이야기에 귀 기울였다.

혜란이가 그랬다.

"너한테는 마음 놓고 무슨 말이든 할 수 있어."

지인이는 사람을 좋아하는 성격이었다. 어지간하면 상대에 대해 좋게 여겼고, 특별히 누굴 지목해서 싫어하는 일은 거의 없었다.

상아가 그랬다.

"중간에 전학을 갔다 오는 바람에 친구가 없었어. 그런데 네가 챙겨 줘서 진짜 좋았어."

지인이는 살갑고 애교도 많았다. 친구들과 같이 다닐 때도 팔짱 끼고 걷는 걸 좋아했다. 웃기도 참 잘 웃었다. 지인이와 같이 있으면 웃을 일이 많았다.

남자애들과도 격 없이 잘 지냈다. 새침을 떨거나 까다롭게 굴지 않으니 남자애들과도 잘 통하는 거였다. 열세 명의 친구를 비롯해 친구가 많기도 참 많았다. 중학교 동창, 동아리 친구, 같은 반 친구…… 지인이의 스마트폰은 단체 대화창 알림음으로 조용할 틈이 없었다.

건희가 그랬다.

"넌 사람을 끄는 애야."

지인이는 친구를 좋아했다. 친구들도 지인이를 좋아했다. 언제든 편이 되어 줄 친구들이 있었다. 그건, 돈으로도 살 수 없고 힘으로도 가질 수 없는 것이다. 오로지 마음의 일이다. 나만의 일방적인 마음으로는 안 된다. 너와 나의 마음이 통하는, 그 감동적인 기적이 찾아와야 한다. 지인이는 그걸 가졌다. 우정, 가슴을 뿌듯하게 채워 주는 무지갯빛 친구들이 늘 곁에 있었다.

지인이는 꿈이 많았다

호기심 많은 성격이라 관심사가 다양했다. 좋고 싫은 게 분명한 성격이라 자기 취향도 분명했다. 궁금한 것도 많고 신기한 것도 많았다. 늘 새로운 것에 흥미를 보였다.

중학교 때는 요가 동아리에서 활동했다. 토피어리 동아리에도 들어간 적이 있었다. 고등학교에 진학한 다음에는 포켓볼 동아리에 들어갔다. 2학년으로서 1학년 부원들을 선발할 때는 선배라는 기분에 좀 우쭐해졌다. 컴퓨터를 본격적으로 배워 볼까 하는 생각도 했고, 일본어에도 흥미를 느꼈다. 식당에서 서빙하는 아르바이트를 해 본 적도 있었다.

그런 만큼 꿈도 다양했다. 어려서는 의사나 교사가 되고 싶었다. 피아노를 치면서는 실용 음악을 전공할까 생각했다. 물리 치료나 음악 치료에도 관심이 있었다.

뭣보다, 어른이 되고 싶었다. 친구들과 자주 그런 날을 꿈꾸곤 했다. 스무 살이 되면 주민등록증을 이마에 붙이고 거리를 활보하고 싶었다.

어른이 되면 하고 싶은 일이 너무 많았다. 당당하게 거리를 쏘다니고 싶고, 친구들과 마음껏 여행도 다니고 싶었다. 무엇보다, 더 이상 어린애 소리를 듣지 않아도 되는 날이 기다려졌다.

하지만 지인이도 이제 알고 있었다. 어른은, 어린애들이 할 수 없는 많은 일을 할 수 있다. 그 대신, 어린애들은 하지 않아도 되는 많은 일을 해야만 한다. 직업을 가져야 하고, 돈을 벌어야 하고, 자신과 가족을 책임져야 한다.

지금, 지인이는 그 경계에 서 있다. 어린아이의 시간이 끝나가고 있었다. 어른의 시간이 눈앞에 와 있었다. 어서 어른이 되고 싶지만, 그 시간이 두렵기도 했다. 그 시간이 두렵지만, 어서 어른이 되고 싶기도 했다. 그렇다고 그 사이에서 갈팡질팡하며 겁을 내고만 있는 건 김지인답지 않았다.

세상은 험하다지만, 인생은 만만치 않다지만, 미리 겁먹고 싶진 않았다. 먹구름이 몰려온다고 미리 비 걱정에 사로잡혀 꼼짝도 못 하는 건 답답한 노릇이었다.

지인이는 오늘을 마음껏 누리고 싶었다. 때마침 다흰이가 엄마랑 오사카로 여행을 간다면서 지인이에게도 같이 가자고 권했다. 안 그래도 지인이는 일본어에 부쩍 흥미를 느끼던 참이었다. 인터넷으로 찾아보니 오사카라는 도시도 마음에 들었다. 얌전하다 못해 답답한 일본 분위기와는 달리, 오사카는 활기찬 도시라고 했다. 일본의 부엌으로 불릴 만큼 맛있는 음식도 많다고 했다. 추석 연휴에 간다고 했으니, 시간은 충분했다. 일본어도 공부하고, 다흰이랑 같이 여행 계획도 세워 볼 참이었다. 우선 여권부터 만들어야 했다.

여름에는 늘 어울리는 친구들과 여행을 가고 싶었다. 작년에는 관악산에 다녀왔으니까, 올해는 바다가 좋을 것 같았다. 바다에 가면 수영복을 입어야 할 테니, 다이어트를 해야겠다는 생각이 들었다. 지금도 날씬하지만, 그래도 기분이 그랬다. 김지인의 가장 예쁜 모습, 그게 지인이가 원하는 거였다.

오월에는 안산에서 국제 거리극 축제가 있을 예정이었다. 친구들이랑 거리극을 보러 가기로 미리 약속해 두었다. 안산 시내 거리 곳곳에서 공연을 한다는데, 외국에서 온 공연팀도 있을 거랬다. 안산 하면 변두리 느낌이라 좀 그랬는데, 세계적인 공연 축제를 한다는 것이다. 안산 사람으로서 뿌듯하기도 하고 기대도 됐다.

며칠 뒤에는 수학여행을 갈 예정이었다. 제주도까지 배를 타고 간다고 했다. 예전에 티브이 프로그램 〈1박 2일〉에서 제주도까지 배를 타고 가는 걸 봤는데, 참 멋져 보였다.

드디어 지인이도 배를 타고 제주도로 여행을 가게 되었다. 그것도 친구들과 같이 가는 수학여행, 교복을 입고 가는 마지막 여행이다. 수학여행 말이 나왔을 때는 그러려니 했는데, 막상 떠날 날이 다가오니 무척 설렜다.

지인이는 그걸 가졌다. 꿈, 가슴 벅차게 날아오를 수 있는 꿈이 있었다.

"응, 행복해"

지인이는 엄마 아빠에게 대답했다.

"엄마 아빠가 넉넉하게 다 해 주지 못하는데, 괜찮아?"

엄마가 물었다. 아빠도 그걸 궁금하게 여기는 눈치였다.

"응, 괜찮아. 난 행복해."

좀 쑥스럽지만, 다시 한번 말했다. 행복하다. 행복한 마음을 엄마에게, 아빠에게 보여 주고 싶다. 시시콜콜 말하기는 쑥스럽지만, 행복하다는 이 마음만큼은 꼭 전하고 싶다.

지인이는 가진 게 많았다. 사랑하는 가족이 함께하고 있다. 작은 꽃으로 엄마의 꿈에 피어났을 때부터 아빠가, 엄마가 언제나 곁에 있다. 지인이의 시간을 함께 살았다.

한마음 같은 친구들이 있다. 중학교 교복을 입고 만나 고등학생이 되어서도 내내 함께하고 있다. 지인이와 친구들은 같은 시간을 살았다. 서로가 서로의 분신이다. 너와 나의 시간이 차곡차곡 쌓여 '우리'의 시간이 되었다. '우리'가 함께한 기억들은 두터운 지층이 되었다. 비가 내리고 바람이 분대도, 함께 기억하는 시간들은 굳건하게 남아 있을 것이다. 우리의 기억은 결코 잊히지 않을 것이다. 켜켜이 쌓인 지층이 일억 만 년 전의 시절을 오롯이 기억하듯이, 그리하여 공룡의 아름다운 전설이 영원히 되살아나듯이.

어느덧 밤이 깊었다. 지인이는 엄마 아빠에게 인사하고 방으로 갔다. 세상 그 어느 곳보다 아늑한 나의 침대, 나의 방, 나의 집. 가만히 누워 있으니 기분 좋게 노곤한 느낌이 몰려왔다. 부드럽게 잠에 빠져드는데 봄밤의 이야기가 다시 한 번 마음에 울렸다.

나, 행복해.

영원한 작은 새, 엘리사벳

안산 단원고 2학년 3반 **박영란**

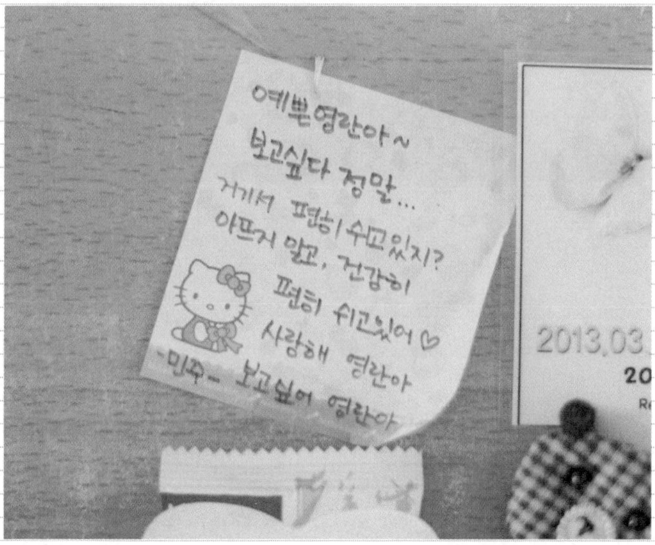

1. 가족 사진.
2. 초상화.
3. 영란 친구들과 함께.

영원한 작은 새, 엘리사벳

언니, 나 둘째 희영이야. 오늘 모처럼 단비가 왔어. 아까 날이 컴컴해지면서 갑자기 번개가 치고 천둥소리가 요란하기에 밖엘 나가 봤지. 장대비가 내렸어. 가뭄 끝에 장맛비가 오려나 잔뜩 기대했는데, 장대비가 한소끔 들이붓고 지나간 후부터 실비가 내려. 할아버지가 계셨음 또 혀를 끌끌 찼겠지. 쩍쩍 갈라지는 저 땅뙈기들 어쩌누, 하면서 말이야. 지금 아파트 앞 베란다 창틀을 타고 실비가 쉴 새 없이 흘러 내려. 언니, 난 이제 울지 않아. 울지 않고도 언니를 떠올릴 수 있어.

우리 아빠, 과묵한 박덕순 씨는 아직 아닌 모양이야. 언니가 우리 곁에 있을 때보다 아빠의 몸이 전체적으로 말랐는데 이상하게 등에만 살이 올랐어. 늘 바쁜 아빠여서 우리가 가장 많이 본 게 아빠의 등이잖아. 아마도 아빠는 자신의 등으로 언니를 기억하나 봐. 등이 허해서, 외로워서 아빠의 몸에 붙을 살이 거기로 몰렸을 가능성이 농후하다고 난 생각해.

내가 살금살금 뒤로 걸어가 아빠를 확 끌어안으며 등에 살이 쪘다고, 중년살이라고 놀리면 아빠는 빙그레 웃곤 그만이야. 아유, 우리 엄마 권미선 씨는 언급을 안 해도 충분히 짐작할 만하지? 처음엔 꽉 쥐어짠 행주처럼 몸과 마음이 바짝 오그라들었는데, 이제 조금씩 아주 서서히 펴지고 있어. 생머리, 소녀 취향은 여전하시고. 그래도 어린 혜경이가 시시때때로 옆에서 찡얼대니까 엄마는 그 힘으로 사는 것 같아.

며칠 전엔 엄마가 김밥과 달걀을 삶아 주셨어. 엄마가 만든 김밥 생각나지?

직장 일로 항상 바쁜 엄마여서 시금치를 삶을 시간이 없는 것 언니도 잘 알지? 시금치 대신 절인 오이를 넣고 싸던 엄마표 야채 김밥. 언니가 오이 넣지 말고 시금치를 넣어 달라고 투정하던 것도 생각이 나네. 언니도 인정했던 우리 엄마의 달걀 삶는 솜씨. 진짜, 찜질방에서 먹던 바로 그 달걀 맛이야. 맛이 어떠냐고?

당근, 맛있지. 완전 맛있어! 언니가 있었다면 또 엄지손가락을 쳐들었을 거야. 언니가 없어도 우린 이렇게 매일매일 무얼 먹어. 먹으면서 하루하루를 지내. 이젠 그런 생각이 든다. 언니는 우리 집, 여기 이 자리에, 형체는 없지만 그냥 공기 중에 스며들어 우리 곁에서 가만가만 살아가고 있는 게 아닌가 하는 생각.

엘리사벳. 언니의 천주교 세례명이지. 엘리사벳이란 이름이 너무 예뻐서 내가 질투했던 것 기억해? 엘리사벳 엘리사벳…… 작게 중얼거리면 하얀 언니 얼굴이 떠올라. 친구들이 계란 두 개라고 부르던 그 말랑말랑한 양 볼과 안경 속에 감춰진 반짝이던 까만 두 눈. 결코 크다고만은 할 수 없는 작은 체구. 그리고 무엇보다도 그 발, 우리 가족만 아는 열 개의 발가락. 언니의 새끼발가락이 못생긴 건 아무한테도 말하지 않을게. 우리가 이렇게 자주자주 불러 주는 것만으로도 언니의 맨발이 시리지는 않을 거야.

언니는 1997년 12월 18일 날 태어났어. 사실 언니가 이 세상에 나왔을 때 할아버지와 할머니는 말도 못하게 섭섭했을 거야. 아빠 박덕순 씨가 우리 집안의 장손이잖아. 표현하지 않으셨지만 할아버지와 할머니는 집안의 성을 이어받을 든든한 맏손자를 무지하게 고대했을 거야. 그런데 그만 언니가 첫째로 태어나고 만 거야. 그 뒤로 나, 그리고 우리 혜경이까지 이렇게 딸만 쪼르륵 세 명이 태어났지.

그래도 아빠는 딸들을 무척 예뻐하셨어. 특히 언니, 너! 엄마와 아빠의 기대를 한 몸에 받았지. 딸이지만 아들 맞잡이라고 든든하게 여기셨잖아. 언니는 당연한 듯 부모님의 기대에 부응했어. 그 마음이 어떤 것인지 나로서는 짐작 못 하지만, 나라면 언니처럼 못 했을 거야. 한 집안의 맏이는 타고나는 거라더니 책임감 있는 성격이나 정체성이 언니에겐 일찍 형성되었던 모양이야.

영란 언니. 언니는 초등학교 6학년 때부터 이미 가정주부처럼 소매를 쓰윽 걷어붙이고 저녁밥을 짓곤 했어. 이 대목에서 우리 엄마 권미선 씨의 오목가슴이 미어져. 그맘때 다른 아이들은 자기 방 청소도 할 줄 모르고 투정이나 부리고 있을 나이였으니. 언니는 그만큼 조숙했어. 환경 탓이 컸을 거야. 엄마가 직장을 다니거나 집에서 늘 부업을 하셨으니까.

부모님 결혼기념일 날 언니는 처음으로 밥을 지었지. 언니의 첫 메뉴는 무쌈말이였어. 언니는 입술을 앙다문 채 그 여린 손으로 오이와 당근을 씻어 도마 위에 올려놓은 후 송송 채를 썰었지. 길이는 일정했지만 크기가 좀 굵었어. 인생 최초로 혼자서 무얼 한다는 일념에 열에 들떠 발간 얼굴을 하고 있었지.

다른 엄마 같았으면 내 딸이 벌써 컸다고, 속 깊은 아이라고 대견해하셨을 텐데 엄마는 그러지 못했어. 언니도 알다시피 엄마는 늘 집에 없었으니까. 밥을 짓는 일이 언니에게 재미보다 의무가 될까 봐 걱정하셨던 거야. 왜냐하면 언니는 학교 다닐 때도 우리 셋째 혜경이의 손목을 잡고 어린이집에 데려다주고, 끝나면 데려오곤 했으니까. 지금 내가 그 나이인데 혜경이가 아무리 예뻐도 난 그렇게 못 해. 엄마가 시키면 입부터 댓 발은 나왔을 거야. 아님 친구들과 일찌감치 딴 길로 샜거나.

일찍 철이 든 맏딸을 바라보는 엄마의 심정이 어떨지, 그걸 전부 헤아리지는 못하지만 어쨌든 속 깊은 아이가 너무 이른 나이에 삶의 무게에 짓눌릴까 봐 엄마는 그 점을 경계하셨던 것 같아.

하지만 그건 기우였어. 언니 친구들의 출현으로 우리의 걱정은 말끔히 해소됐지.

얼마 전에 언니 친구들이 아이스크림 케이크를 사 가지고 우리 집을 대거 방문했거든. 고등학교 3학년이라 다들 바쁠 텐데 하나둘씩 집으로 모여들었어. 학원이 끝나고 오는 길이라며. 저녁 무렵이어서 엄마가 언니 친구들을 위해 간단한 다과상을 차렸지. 우리 가족과 함께 거실에 둘러앉아서 오랫동안 언니 얘길 나눴어. 그때야 우리는, 우리가 모르던 언니의 다른 점을 하나씩 알게 됐어.

참 신기하대. 가족이어서, 피와 살을 나눈 자매라서 언니의 모든 걸 뱃속까지 환히 알고 있다고 자부했는데 친구들과 지내던 언니는 전혀 딴 사람 같았으니. 학교에서의 언니는 정말 밝고 명랑했어. 친구들이 언니에 관해 하나씩 까발리듯 하는 얘기를 들으며 근래 웃음이라곤 통 모르던 아빠마저 빙그레 웃을 정도였으니까. 그때야 우리 가족은 언니에게 가졌던 마음의 짐을 내려놓게 되었어.

언니의 성적표를 읽어 보니 '귀여운데 카리스마가 있다'라고 씌어 있더라. 키가 작고 애교가 많지만, 친하지 않은 사람이 보기엔 냉정한 편이다, 라는 부연 설명이 적혀 있었어. 언니의 혈액형이 AB형이었으니 그랬을 만도 해. 물론 나는 혈액형이나 별자리 신봉자는 아니지만. 내 또래 많은 아이들은 혈액형별로 풀이한 성격의 특징을 따라 읽으며 곧잘 고개를 끄떡이거든.

초등학교 때부터 언니와 단짝이던 조하은, 박민주 언니 생각나지? 하은 언니는 초등학교 4학년 때 언니와 학예회 날 발표할 원더걸스의 〈텔미〉 춤을 연습하다가 나중에 다른 팀이 돼서 언니와 싸운 게 여직 마음에 걸리나 봐. 그날 큰 가방을 들고 가장 늦게 우리 집에 왔는데 아무 말 없이 소파에 앉아 있다가 그 얘길 슬며시 꺼내더라.

민주 언니는 나도 잘 알아. 언니와 같은 학원 다녔잖아. 언니랑 영수 종합반을 같이 들었던가 그랬어. 민주 언니와 줄무늬 티셔츠를 커플 티로 같이 입고 다녔다면서? 나도 그 티셔츠 본 기억이 나. 언니는 얼굴이 하얘서 그 옷을 입으면 핏감이 살곤 했어. 몸에 맞춘 것처럼 딱 떨어지는 옷이었지. 그걸 민주 언니와 커플로 입고 다녔을 줄이야. 그 티셔츠를 입고 민주 언니와 일주일에 한 번씩 몰래몰래 노래방도 갔다며? 완전 내숭!

언니가 참 좋은 친구였다고 민주 언니가 그랬어. 항상 고민을 먼저 털어놓을 수 있게끔 해주었고, 매일 연락하지만 끊임없이 할 말이 많았고, 오랜만에 봐도 어색함이라곤 찾아볼 수가 없었대. 언니는 웃음이 많고 아기자기한 것을 좋아하고 초등학교 때부터 친해서 민주 언니에겐 언니와 함께 지내던 시간이 가족보다 많았대. 민주 언니가 그러는데, 언니랑 커플 티 말고도 같이 커플로 한 게 많았는데 그중에 돼지 핸드폰 고리가 제일 기억에 남는다나?

친구들과 같이 간 노래방에서 신이 나면 언니는 곧잘 이 노래를 했대. 아이유의 〈좋은 날〉이 언니 애창곡이라고 했어. 그 노래의 가사는 이렇게 시작되지. 어쩜 이렇게 하늘은 더 파란 건지. 오늘따라 왜 바람은 또 완벽한지. 그냥 모르는 척하나 못 들은 척 지워 버린 척 딴 얘길 시작할까.

'울면서 할 줄은 나 몰랐던 말 나는요 오빠가 좋은 걸 어떡해' 이 대목에서 민주 언니가 목소리를 높이더라. 언니가 카랑카랑하고 애교 많은 콧소리로 '나는요 오빠가 좋은 걸 어떡해'라고 하면 일동 모두 쓰러졌다고. 그래서 '나는요'라는 대목에선 언니 혼자 독창하게끔 했다고.

"그뿐이 아니야."

민주 언니가 하는 말을 뒷전에서 듣고 있던 혜원 언니가 나섰어. 언니는 원더걸스의 〈텔미〉를 기가 막히게 불렀다고. 중학교 2학년 때부터 단원고등학교까지 쭉 붙어 다니던 짝꿍 지현, 아영, 혜원, 아름, 현화 언니 기억하지? 언니는 특활 시간이면 앞에 나가서 춤추고 노래를 불렀다며? 어쩜 그러냐? 끼가 많기도 해서겠지만 친구들이 춤을 추라고 시키면 언니는 조금도 빼지 않고 나와서 했다며?

언니 친구들이 그 동영상을 휴대폰에 담아 가지고 왔어. 그걸 틀어 놓고 우리 모두 둥그렇게 둘러앉아서 봤어. 흰 얼굴에 자그마한 언니가 휴대폰 속에서 보여. 또랑또랑한 두 눈이 동그란 뿔테 안경 사이로 보여. 친구들이 환호성을 지르며 언니 이름을 불러대. 아, 흰 교복을 입은 언니가 자리에서 쑥스럽게 미소를 띠며 일어나. 그러곤 성큼성큼 교단 앞으로 걸어 나와. 걸음걸이가 왜 저리 씩씩하냐? 언니 반 친구들은 벌써 손뼉을 치며 노래를 불러. 뒤이어 음악 소리가 쿵쿵거리며 따라 들려. 반 친구들의 함성소리, 책상 두드리는 소리가 배경음으로 들린다. 언니는 긴 머리를 손으로 한번 쓰다듬고는 서서히 춤출 준비를 해. 언니가 슬슬 몸을 흔들며 리듬을 타네. 물이 이랑을 따라 흘러내리듯 언니의 작은 몸이 조금씩 흔들려. 언니의 춤은 뭐랄까, 한두 번 춰 본 솜씨가 아니야. 너무나 자연스러워.

나와 엄마 아빠는 그제야 안도를 했어. 언니는 힘들고 고단한 집안의 맏이만은 아니었던 거야. 휴대폰 동영상에 찍힌 언니는 자유분방한 십대 소녀였어. 십대만이 가질 수 있는 끝없는 웃음, 솜털이 보송보송한 그 얼굴. 원더걸스의 〈텔미〉를 세상에서 가장 텔미스럽게(이런 단어밖에는 쓸 수가 없어!) 부를 수 있는 긴 머리 소녀였으니까. 언니가 거기 동영상 안에서 작은 새처럼 부활했으니. 영란 언니, 이것도 기억나? 진짜, 오지랖 넓은 혜원 언니가 이걸 슬그머니 내놓더라.

제 01호

평생 친구 인증서

성명 노아영

성명 최지현, 박영란

위 세 사람은 친구란 강력한 무기로 무장한 친구임을 인증합니다.
이제 이 세 사람은 첫 만남의 설렘을 가슴 깊이 간직한 채
서로가 서로를 이해하고 감싸 주며 배려하는 친구가 될 것이며
태양이 숯댕이가 되는 그날까지 파도가 밀려오다 멈추는 그날까지
서로가 서로를 돌봐 주기로 약속하며 본 증서를 수여합니다.

2013년 8월 24일

우정인증위원회

참, 내가 정말, 얼굴이 다 빨개지려고 해. 아무리 한때의 열풍이라곤 하지만 어쩌다가 이런 걸 다 만들었대? 아, 소녀 취향! 부끄부끄. 그래도 저걸 만들면서 아영 언니와 지현 언니, 이렇게 셋이서 심각했겠지. 우리는 진짜 저러고 놀지는 않는다. 완전 구려! 그래도 저걸 소중히 간직해 온 지현 언니와 아영 언니가 말할 수 없이 고마웠어.

수학 포기자였던 언니, 성적이 중상 정도였던 언니가 반장 건우 오빠를 좋아했었다니? 이런, 앙큼하게도 좋아하는 티를 하나도 안 냈다며?

혜원 언니가 그날 엄마 아빠 앞에서 다 폭로했어. 혜원 언니는 언니를 영란이가 아닌 '앵란'이라고 불렀다더라. 볼이 말랑말랑하고 볼살이 통통해서 그렇게 불렀다며? 키가 작은데 살이 쉽게 찌는 체질이라 걱정이라고 혜원 언니에게 고민 상담도 많이 했다대. 사람 좋은 혜원 언니를 들러리 세워서 은근슬쩍 건우 오빠 문제도 상담을 했다며?

"너, 건우 관심 있냐?" 혜원 언니가 물으면 "좋아하긴 누가? 그런 거 아냐." 언니는 시치미 떼기에 바쁘고. 그래 놓고 "혜원아, 이런 문자가 건우한테 왔는데 내가 이걸 받아 줘야 할까?" 언니가 물으면 혜원 언니는 "물론, 받아 줘야지. 정성을 생각해서"라고 대답했었대.

"아, 귀찮은데 어떡하지?"

언니가 의뭉을 떨며 돌아섰지만, 알고 보니 언니는 이미 건우 오빠랑 사귀고 있었다며? 썸을 타던 사이도 아니고 사귀던 사이였다고, 언니가 그렇게 여우라고, 혜원 언니가 죄다 불었어. 엄마는 자기 딸이니까 이미 짐작한 듯 큭큭 웃으며 고개를 숙였고, 아빠는 무지 멋쩍게 웃으셨지. 모르긴 해도 그날 아빠의 기분이 굉장히 좋았을 거야. 내 딸이 남학생들에게 인기가 없지는 않았구나, 하고. 그 나이 때 누려야 할 것들을 우리 영란이가 온전히 누렸구나, 내심 뿌듯해하셨을 거야.

건우 오빠에게 언니가 좋은 여친이었냐고 묻고 싶지만 언니와 같은 날 같은 곳으로 가서 묻지를 못해. 그래서 내 입이 근질근질해. 친구들이 건우 오빠와 언니 사진을 가슴에 품고 찍은 사진. 그 사진이 우리 거실 모퉁이에 놓여 있어. 안방을 들락날락할 때마다 나는 가끔 언니와 건우 오빠의 사진을 들여다보곤 해. 둘이 거기서도 오래오래 행복하길 바라. 가끔 얼굴이 오종종한 게 둘이 닮았다고 내가 놀리기도 하지만, 진짜 둘이 서로 잘 어울려. 그곳에서는 밀당도 하지 말고 다투지도 말고 예쁘게 사귀어.

우리는 작은 아파트로 이사했어. 물론 언니의 방도 만들었지. 우리 가족이 가장 먼저 한 일이 뭔지 알아? 유리로 만든 사각 장식장을 사서 언니가 입던 교복이며 체육복, 언니가 쓴 노트 등등 언니의 손때 묻은 물건을 정리해 거기다 넣어 둔 거야.

아빠가 드물게 술을 먹고 들어오는 날이면 언니의 방문 열리는 기척이 들리곤 해. 아빠는 언니 방으로 들어가서 언니의 노트를 뒤적거려. 손뜨개를 잘했던 박영란답게 박영란의 노트는 가지런하게 놓여 있어.

원의 방정식을 구하는 문제가 노트에 쓰여 있어. 중심이 (3, -2)이고 반지름의 길이가 4인 원. 중심이 (-1, 2)이고 점 (3.4)를 지나는 원의 방정식을 구하는 문제가 깨끗하게 정서되어 있어. 언니의 동글동글한 글자들이, 왼쪽으로 살짝 눌린 글자들이 언니의 야무진 입매와 오뚝하게 솟은 콧날과 많이 닮았어. 참 이상하지? 사람의 얼굴과 글자가 서로 닮는 것이. 아빠는 우리 몰래 언니의 노트를 넘기며 그 동글동글한 글자들을 가만가만 쓸어보셨을 거야.

엄마는 교복이나 가방 따위를 만지지 않았을까? 아무도 없는 집에서 언니의 교복을 만지며 언니 냄새를 맡았을 거야. 아들을 군대에 보낸 엄마들처럼. 엄마는 언니가 중학교 2학년 때 '한스델리'라는 돈가스 집에 데리고 갔었다고 말씀하셨어.

아마 그날이 언니 생일이었을 거야. 언니 짝패 여섯 명의 친구들을 데리고 가서 처음으로 돈가스를 사 주셨대. 뭐가 그리도 바빴을까. 엄마는 늘 그러셔. 없는 돈이라도 만들어서 경양식집에 자주 데리고 가서 돈가스도 좀 사 주고 스파게티도 사 줄걸. 엄마는 뭐든 언니에 관한 일이라면 마음에 맺히나 봐.

한소끔 내렸던 비가 개고 하늘이 어쩜 이리 파란 것인지. 언니가 즐겨 부르던 아이유의 노래 가사처럼 오늘따라 바람은 왜 이리 완벽한지 몰라. 우리 셋째 혜경이는 벌써 초등학교 4학년, 수줍음 많이 타는 열한 살의 숙녀가 됐어. 그 애도 손목 가는 언니가 잡아 주던 따뜻한 그 손길을 오래오래 기억할 거야.

나? 나는 깜짝 놀랄 만큼 언니를 쏙 빼닮았어. 언니의 꿈인 유치원 교사를 할까 하다가 그만뒀어. 나는 나고, 언니는 언니지. 하지만 우리 모두 언니를 영원히 기억할 거야. 그리고 언니를 오래오래 사랑할 거야. 그리고 마지막으로 나, 박희영이 얼마나 멋있게 이 세상을 살아가는지 언니가 꼭 지켜봐 줘, 알았지? 내 사랑 박영란!

또각또각 구두 소리

안산 단원고 2학년 3반 **박예슬**

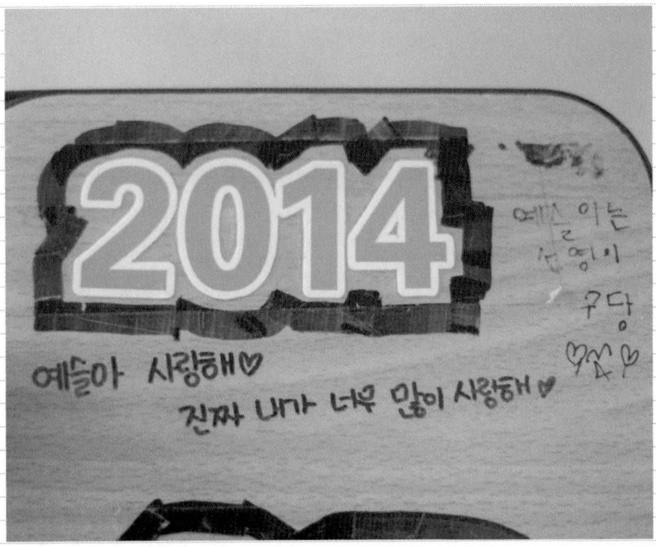

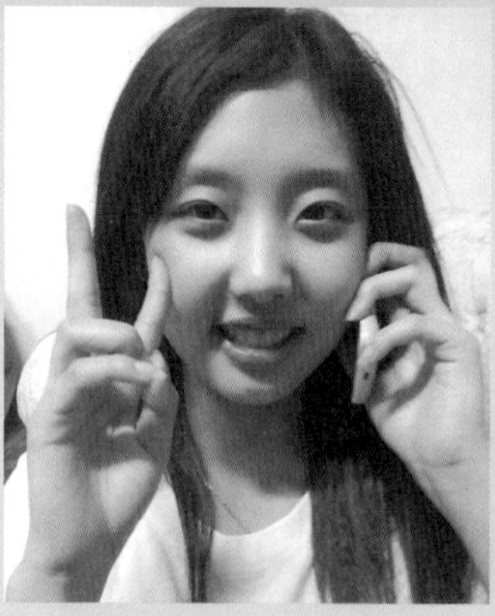

1. 고등학교 2학년 때 예슬이.
2. 고등학교 1학년 때 예슬이.
3. 동생 예진이와 함께.

또각또각 구두 소리

엄마 옆에 앉은 예슬이가 쉴 새 없이 재잘거렸다.

"엄마, 엄마. 싫을 때마다 싫다고 하면 안 되는 거죠, 응?"

붙잡은 엄마 팔을 놓으려 하지 않았다.

아빠 옆에 탄 예진이는 벌써 잠들었는데 개구리 잡다가 뱀을 보고 혼비백산했던 일, 계란 가지러 닭장에 들어갔다가 쪼일 뻔한 일, 자꾸자꾸 이야기보따리를 펼쳐 놓았다. 할머니 집으로 간 지 두 달도 되기 전에 지렁이도 척척 만지던 용감한 예슬이인데 놀란 일도 많았나 보다.

4년 동안 할머니 할아버지랑 살다가 드디어 집으로 돌아가는 길이었다. 며칠 전에 엄마가 전화로 말을 해 놓았는데도 자기는 집에 가기 싫다면서 예진이 데리고 엄마 아빠만 가라고 소리도 질렀다. 할머니 할아버지랑 그냥 살겠다고 울면서 떼를 썼다.

"엄마 아빠 보고 싶다는 말도 좀처럼 안 하던 녀석이다."

할아버지는 손가락 끝으로 눈물을 훔쳤다. 해질녘이 되면 시무룩해져서 울거나 할머니 싫다고 칭얼대는 어린 예진이를 "싫은 마음이 든다고 그때마다 떼를 쓰면 어떻게 해"라며 나무라기도 하고, 눈물로 얼룩진 예진이 얼굴을 어른처럼 능숙하게 세수시켜 주기도 했다면서 할머니가 예슬이 머리를 쓰다듬었다.

가기 싫어하면 예진이만 데리고 가라는 할머니 말에, "갑자기 집으로 가자니까 믿어지지 않아서 이러는 거다"라며 할아버지가 얼른 데리고 가라고 손사래를 쳤다. "5학년이나 되었는데 부모랑 살아야 중학교도 도시에서 다닐 수 있다"면서 등을 떠밀었다.

결국 할머니 할아버지가 마을 앞 삼거리까지 같이 타고 바래다주고서야 이별을 했다. 하지만 할머니가 내린 지 10분도 안 되어서 언제 울었냐는 듯이 조잘조잘 수다쟁이가 되었다. 아빠도 거울로 뒤를 흘끔흘끔 보면서 변덕쟁이라고 놀렸다. 할머니 집으로 보내던 1학년은 온데간데없고, 4년 전이 언제였냐는 듯이 훌쩍 자란 예슬이가 엄마는 무척이나 대견하고 사랑스러웠다.

"이제부터 예슬인 영원히 엄마 거야."

엄마가 예슬이를 꼭 끌어안았다.

"엄마 좋아. 엄마 거 할래."

예슬이가 품을 파고들었다.

"예슬이 아빠 건데, 엄마 못 주는데."

아빠가 어깃장을 놓자, 예진이를 아빠 거 하라면서 엄마를 더 꼭 안았다.

"5학년이나 되었으면서 어리광쟁이네."

아빠가 핀잔을 주어도 아랑곳하지 않았다.

집으로 오자마자 예슬이는 자기 짐 정리는 할 생각도 않고 할아버지 할머니한테 전화부터 했다. 벌써부터 보고 싶다면서 돌아오는 일요일에 놀러 가겠노라고 약속을 했다.

백일도 안 된 예슬이를 다른 사람 손에 맡기고 엄마가 일을 하러 나가서 열심히 사느라 늘 아이들한테 미안했다. 아이들한테 잘해 주지 못한다고 아빠가 짜증을 내거나 하면 예슬이는 "엄마가 참아, 아빤 원래 그렇잖아"라며 1학년밖에 안 된 아이가 마치 어른처럼 엄마를 달래곤 했다. 그때 마침 아빠 고향에 있는 초등학교에 아이들이 없어서 문을 닫는다고 했다. 전교생 17명이 안 넘으면 학교가 없어지는 것이었다. 그 소식을 들은 아빠 동창들이 '부모 고향 학교 보내기 운동'을 벌였다. 이번 기회에 아이들을 물 맑고 공기 좋은 자연에서 자라게 해 보자고 의기투합을 했다. 할머니 할아버지도 대환영이었다. 바빠서 잘 돌보지 못하는 아이들이 적적한 할머니 할아버지랑 살게 되면 더 잘 자랄 것 같았기 때문이었다. 예슬이도 예진이도 전학 가고 두 달도 안 되어서 대자연을 뛰어다니는 생활에 완전히 적응했다.

그렇게 4년여를 지냈다. 부모랑 떨어져 살아서 혹시라도 삐뚤어지지 않을까 걱정도 없지 않았는데, 예진이를 잘 보살피며 자라 준 예슬이가 엄마도 아빠도 참 고마웠다.

예슬이는 전화를 끊자마자 엄마 구두를 신고 밖으로 나가서는 또각또각 걸어 다녔다. 그동안 엄마 구두 못 신어 본 한풀이라도 하듯이. 발도 많이 자라서 넘어질 것처럼 위태롭던 모습은 온데간데없었다.

"머잖아 엄마 구두 신고 길에 다닐 수도 있겠는데." 엄마 말에 예슬이가 더 신이 났다.

마침 윗집 할아버지가 지나가자, "안녕하세요. 할아버지" 깍듯이 인사를 했다. 할머니 집에 살 때도 인사 잘하는 아이로 마을 어른들한테 귀여움을 받던 예슬이었다. 인사를 받은 할아버지도 예의 바르다고 칭찬을 했다.

"엄마 구두가 참 좋아."

예슬이는 걸음마를 떼고 나서부터 엄마 구두 신는 것을 좋아했다. 발이 작아서 구두를 질질 끌면서도 굽이 높은 구두가 내는 또각또각 소리를 무척 좋아했다. 다른 집에서 시끄럽다고 혼낸다면서 그만 들어오라는 엄마 채근에 마지못해 들어오면서, "구두에서 심장 뛰는 소리가 나"라며 활짝 웃었다.

짐을 정리하던 엄마가 예슬이 그림 노트를 발견하고 깜짝 놀랐다. 미술대회에 나갔다 하면 상을 못 받은 적이 없었지만 완전히 달라진 그림이었다. 낙서 같은 것도 많았지만 색깔이 참 좋았다. 그림에 대해서 아무것도 모르는 엄마 눈에도 멋지기만 했다.

"나도 엄마처럼 멋지게 살 거야."

예슬이는 네일 아트 전문가인 엄마를 언제나 부러워했다. 그림 그리는 것을 좋아하니까 엄마보다 더 훌륭한 네일 아티스트가 될 수 있을 거라고 엄마도 언제나 예슬이를 북돋워 주었다. 엄마가 화려하게 손톱을 꾸미고 굽 높은 구두를 신고 다니는 모습을 보고 부러워서 그러는 것일 뿐이라고 생각했는데, 그림 솜씨가 그 정도로 좋은 줄

은 미처 알지 못했다. 조심스럽게 미술 공부를 하지 않겠느냐고 예슬이에게 물었다. 그냥 묻어 버리기에는 그림 실력이 너무 아까웠기 때문이었다.

예슬이는, "글쎄." 시큰둥한 표정을 지었으나 미술 학원을 등록하고 나자 날짜를 손꼽으며 개강 일을 기다렸다. 하지만 미술 학원에 다녀온 예슬이 표정이 어두웠다. 처음이라 적응이 안 되어서 그런 거라고 위로하며 지켜보았는데 날이 갈수록 힘겨워만 했다. 마음껏 그림을 그릴 수 있을 거라고 기대한 미술 학원인데 그림 그리는 기술만 가르치는 것에 몹시 힘들어했다. 예슬이가 나무에 그려 놓은 옹이를 선생님이 지우라고 한 것도 받아들이기 힘들어했다.

"선생님이 하라는 대로 해야 실력이 늘지." 엄마 말에, "엄만 너무 냉정해." 토라져 버렸다. 조금만 참고 해 보자고, 하다 보면 금세 잘하게 될 거라고 용기를 불어넣어 주었으나 두 달을 못 채우고 미술 학원을 그만두어 버렸다. 점점 영혼이 시들어 가는 예슬이를 보다 못한 엄마가 그만 다니게 한 것이었다. 다니면 다닐수록 그림 그리기를 싫어하는 예슬이를 그냥 둘 수는 없다고 판단한 덕분이었다.

미술 학원을 그만두자 다시 예슬이는 그림 그리는 것을 좋아하기 시작했다. 자기 마음대로 그리는 것, 아무도 그림에 참견하지 않는 것이 다시 그림으로 이끈 것이었다.

사진을 찍는 것도 아주 좋아했다. 어딜 가든지 사진을 찍어서 엄마한테 보냈다. 어디에 간다고 무엇을 한다고 전화나 문자 메시지로 알리지 않아도 사진만 보면 어디서 무엇을 하는지 금세 알 수 있었다. 어느 날부터는 풍경에 시계를 넣어서 사진을 찍기 시작했다. 다리 위에서 찍거나 건물 앞에서 찍거나 탁상시계를 화면 안에 넣었다. 처음에는 엄마도 어리둥절했으나 뭔가 까닭이 있을 거라고 생각했다.

"그냥 재밌어서."

예슬이는 그렇게 대답했지만, 설명할 수는 없어도 어떤 예술적 표현일 거라고 믿었다. 꾸준하게 일정한 방법으로 사진을 찍는 것은 아무 생각 없이 하는 행동일 수가 없다고 믿었기 때문이었다.

이런 예슬이를 보면서 엄마는 미술을 가르쳐야겠다는 결심을 다시 하게 되었다.

"우리가 형편이 넉넉한 것은 아니지만 재능이 있는 아이를 그냥 방치한다는 것은 부모 도리가 아니잖아."

아빠도 예슬이 실력을 익히 알고 있었기 때문에 엄마 생각에 찬성이었다.

"우리가 좀 힘들더라도 예슬이를 뒷바라지해 보자."

아빠랑 의기투합을 한 엄마가 유명한 화가 동생인 친구에게 예슬이 그림을 보여 주었다. "그림을 잘 그리는 건지 잘 모르겠어. 혹시 우리 아이에게 재능이 조금이라도 있는지 언니한테 좀 물어봐 주라." 부탁을 했다.

재능이 별로 없다면, 그림 그리는 것을 그저 좋아하기만 한다면 굳이 어려운 길을 가게 할 필요는 없다고 생각했기 때문이다. 며칠 뒤에 만난 엄마 친구가 그림을 본 언니 말을 전해 주었다. "미술 학원 같은 데에 다니면서 그림을 배운 건 아닌 것 같다고 하던데." 실력이 없다는 뜻인 줄 알고 기가 죽으려고 하는데 뜻밖에 말을 했다. "그런데 말이야. 색깔을 쓰는 감각이 참 좋다던데."

그림을 그리는 기술은 열심히 익히면 좋아지는 것이지만 색깔을 쓰는 것은 타고나는 것이라고 했다면서 타고 나지 않으면 아무리 배워도 실력이 좋아지지 않는 것이 색깔을 쓰는 감각이라고 했다.

"아무나 가질 수 없는 재능이니까 잘 키워 주라더라."

가슴이 벅찬 엄마는 집에 오자마자 예슬이를 꼭 끌어안았다.

"아이한테 커다란 결핍이 있었나 보다고도 하던데"라고 했던 친구 말은 아빠한테도 하지 않았다. 자기표현 욕구가 강한 아이 같다는 말도 예슬이한테는 하지 않았다.

"그림에 결핍이 보인대. 그런데 그 결핍이라는 것이 그림을 그리면서 살아가게 될 예술가에게는 커다란 자산이 될 거라고 하더라."

하지만 이 말이 엄마에게 기분 좋게 들릴 수만은 없었다. 할머니 집에 보내는 바람에 부모 사랑을 듬뿍 받지 못한 결핍이기 때문이었다. 예슬이가 디자인한 구두 그림들을 보고 친구 언니가 실력이 보통이 아니라면서 놀랐다는 것도, 구두 굽을 높게 그리는 것은 엄마가 굽 높은 구두를 신은 모습을 부러워하고 따라하고 싶은 마음 때문이기도 하지만 스스로가 높이 날고 싶다는 욕망이 표현된 것이라는 말도 기분이 좋으면서도 마냥 좋기만 한 것이 아니었다.

아무리 친구가 재능이 좋다는 얘기를 했어도 지난번에 미술 학원 갈 거냐고 물을 때보다 미술 배우라는 말을 더 머뭇거리게 될 수밖에 없었다. 역시 예슬이도 그림이라면 서양화 동양화 같은 회화만을 떠올렸다. 세차게 고개를 가로저었다.

"아무리 재능이 있어도 아이가 싫다면 할 필요 없어."

아빠도 예슬이 생각에 따르자고 했다.

"공부 열심히 할게요."

미술 학원이라는 말에 지레 겁을 먹고는 공부 쪽으로 진로를 택하겠다고 했다. 점수가 잘 안 나오는 수학을 열심히 하겠다고 했다. 질리게 한 미술 학원보다는 수학 학원이 더 나을 거라고 기대하면서 등록을 했다.

예슬이는 학원에서 내주는 숙제를 철저하게 해 가겠다며 새벽까지 기를 썼다. 잠을 못 자서 얼굴이 푸석거리고 입술이 부르트면서도 "이까짓 수학, 박살내 버릴 거야" 라며 열의를 드높였다. 그림 그리기를 즐기면서도 진로는 공부하는 쪽으로 간다는 결심이 무색하게도 수학은 예슬이와 맞지 않았다. 일단 공부를 해서 좋은 직업을 가진 다음에 그림을 그리면서 살면 된다는 생각에 몇 달을 수학이랑 씨름했지만 전혀 실력이 늘지 않았다. 호기롭게 말을 했기 때문인지 예슬이는 힘든 기색이 역력한데도 내색을 하지 못했다.

"약속은 꼭 지켜야 해."

언제나 입에 달고 사는 예슬이답게 수학을 정복하겠다는 약속을 지키려고 무진 애를 썼다. 할머니 집에 살 때 주말에 보러 가겠다고 한 약속을 지키지 못한 엄마한테 원망과 섭섭함을 녹여서 늘 했던 말, '약속은 꼭 지켜야 하는 거야'를 스스로에게도 적용한 것이었다. 엄마도 아무 말 않고 그저 지켜보기만 했다. 스스로 그만둔다고 하기 전까지는 최선을 다해서 기회를 주는 것이 좋다고 여겼기 때문이다. 힘들어도 안 힘든 척하는 예슬이를 지켜보는 것이 몹시 힘들었지만 뒤에서 묵묵히 바라봐 주는 것도 엄마가 할 일이라고 여겼다. 석 달이 넘도록 악전고투를 하던 예슬이가 드디어 두 손을 들었다.

"엄마 너무 냉정해"라며 원망도 했나. 그 말에 엄마는 좀 더 빨리 그만두라고 하지 못한 것이 후회스러웠다.

"예슬이는 엄마가 무지 보고 싶은데 엄만 안 보고 싶었어? 엄만 너무 냉정해."

일이 바빠서 오지 못한다는 것을 이해하면서도 약속을 지키지 않는 엄마를 보고 냉정한 엄마라고 했던 대로.

수학을 그만두고 좌절한 예슬이에게 엄마가 조심스럽게 말했다. 미술이 서양화 동양화만 있는 것은 아니라고, 예슬이가 잘 그리는 만화도 미술이고, 중학교 때 그렸던 굽 높은 구두랑 남자 친구 생기면 입겠다고 그린 커플룩도 다 미술이라고.

그림 그리는 기술만 힘들게 배워야 하는 것이 아니라 상상하고 창조하는 것을 좋아하는 예슬이는 미술 대학에 가면 디자인도 배울 수 있다는 것을 알게 되자 미술 학원에 대한 거부감도 없어졌다. 초등학교 때부터 친하게 지내던 윤정이랑, 고등학교 와서 친해진 선희도 같이 다니게 되었다고 무척 신이 났다.

어딘가에 그림을 출품할 일이 생기면 새벽 서너 시가 되어도 자지 않고 그렸다. 수학 공부를 새벽까지 할 때는 힘들다고 안 해도 어깨가 구부정하고 늘 주눅이 든 모습이었는데 그림을 그릴 때는 아침에 활기가 넘쳤다. 잠을 못 자도 얼굴이 푸석거리지도 않았다.

"이제야 살아 있는 녀석 같네."

아빠도 예슬이가 변한 모습을 흐뭇하게 바라보았다.

그날도 엄마가 일을 늦게 마치고 돌아오는 길이었다. 온종일 사람에 치이고 일에 치여서 지쳤지만 집 앞에 오면 허리를 곧게 펴고 발에 힘을 주었다. 아니나 다를까 계단을 다 올라가기도 전에 현관문이 열리고 예슬이가 얼굴을 내밀었다.

"구두 소리 듣고 엄마 오는 줄 알았지."

엄마가 발소리를 힘차게 내야 하는 이유였다.

"엄마 발자국 소리 참 좋아. 엄마 구두 소리 들리면 무지무지 행복해져."

집에 들어오자마자 뒤에서 허리를 껴안았다.

"엄마 힘들지? 힘내."

얼굴을 엄마 등에 바짝 댔다.

낮에 요양원에서 시골에 사는 할머니랑 아주 닮은 분을 만났다고 수다가 늘어졌다. 그러고 보니 한 달에 한 번 가는 노인 요양원 봉사 날이 오늘이라는 것이 떠올랐다. 아픈 할머니들인데 냄새나고 힘들지 않느냐고 하면 시골에 사는 할머니 같아서 좋다고 했다. 할머니들이랑 나눠 먹으라고 과일 같은 걸 챙겨 주곤 했는데 일이 바빠서 깜빡해 버렸다. 미안하다고 하자 이제는 혼자서 알아서 잘하겠다며 엄마가 힘들어서 어떻게 하냐고 도리어 엄마를 위로해 주었다.

"넌 결혼하지 마. 그러면 이렇게 힘들게 살지 않아도 돼."

미안해진 엄마가 짜증을 내자, "엄마처럼 멋진 일을 하면서 꼭 성공하고 말 거야" 라며 맞받았다. 성공하려면 열심히 일해야 하니까 가정을 제대로 돌보지 못하게 될 거라고 핀잔이라도 주면, "엄마처럼 일에 성공하고도 가정을 잘 돌보는 사람이 될 거야" 라고 야무지게 대답했다. 또각또각 소리 나는 구두를 신고 멋지게 일하고 집에 돌아오면 요리도 잘하고 아이들도 잘 돌보는 엄마가 될 거라며 신이 났다.

디자인을 배우면서 생긴 자신감 덕분에 어깨가 쫙 펴져 키도 더 커 보이고, 사진 찍는 것 춤추는 것도 좋아하게 된 예슬이를 보면서 아빠도 싱글벙글 웃었다.

"행복이 별건가. 힘들어도 이렇게 웃으면서 살면 행복이지."

미술 학원을 마치고 밤늦게 돌아오면 지칠 법도 한데, "다녀왔습니다!" 목소리에는 언제나 힘이 넘쳤다.

대학에 가면 유럽으로 무전여행 간다는 첫 번째 꿈을 향해서 힘차게 달려갔다. 계획을 세우면 꼭 실행하는 예슬이는 엄마를, 아빠를, 예진이를 행복하게 만들어 주는 아드레날린이었다.

선물 같은 아이

안산 단원고 2학년 3반 **박지우**

1. 중2 때 미술실에서.
2. 고등학교 배정받고 중3 같은 반 친구들과.
3. 고1 체육 대회 단체 에어로빅.

선물 같은 아이

유빈이 이야기

한참 만에야 5반 뒷문이 열렸다.

나는 쏟아져 나오는 아이들 사이에서 지우를 찾았다.

"오래 기다렸지? 이럴 줄 알았으면 반티고 뭐고 그냥 나오는 건데."

지우는 빨개진 얼굴에 연신 손부채를 해 대며 나왔다.

"뭐로 정했어?"

지우한테 가까이 다가갔다.

"아, 몰라, 몰라. 이러다 우리 반, 반티도 못 입고 체육 대회 하는 거지 뭐."

"정말, 웬일이니? 날짜도 얼마 안 남았는데."

"배고파. 우리 뭐 좀 먹으러 가자."

지우가 내 손을 잡아끌었다.

"참, 나 아까 정은이랑 은진이 봤는데."

"걔들 내가 너랑만 논다고 질투한다. 맨날 '유빈이 뭥미' 그러면서 유치하게 놀리는 거 있지?"

지우가 입술을 삐죽 내밀었다.

나는 갑자기 좋은 생각이 나서 그 자리에 멈춰 섰다.

"안 오고 뭐 해?"

지우가 돌아보았다.

"5반 뭥미?"

팔짱을 낀 채 지우를 흘겨보았다.

"왜 그래?"

지우가 손을 동그랗게 모아 입으로 가져갔다. 당황할 때마다 하는 버릇이다.

"너 요즘 너희 반 애들이랑 노느라 나랑 잘 안 놀아 주잖아."

입꼬리에 힘을 주어 웃음이 나오려는 걸 꾹 참았다.

"내가 언제?"

지우가 어쩔 줄 몰라 했다.

"흐흐흐, 이렇게 딱 걸려요. 그러니깐 애들이 놀리지!"

나는 더 참지 못하고 웃음을 터뜨렸다.

"뭐야?"

지우도 어이가 없는지 그냥 웃고 말았다.

우리는 먹을 걸 사 들고 집으로 왔다. 초등학교 때부터 학교 끝나고 잘하던 일이다. 그냥 다른 데 돌아다니는 것보다 집이 편했다. 리모컨을 찾아 음악 프로그램부터 틀었다. 느긋하게 자리를 잡고 앉아 잔뜩 먹고 실컷 수다를 떨었다. 좋아하는 노래가 나오면 따라 부르고, 일어나 춤도 췄다.

나는 인터넷에서 찜해 놓은 옷을 지우에게 보여 주었다. 지우도 역시 마음에 들어 했다. 우리는 취향이 비슷해서 쇼핑을 할 때면 꼭 같이한다. 이번에 찜해 놓은 후드티도 다음에 같이 사기로 했다.

"지우야, 이리 와 봐."

나는 지우를 거울 앞에 앉혔다.

내가 집에 오면 꼭 하는 게 지우 머리 만지며 노는 거다.

지우는 항상 허리 가까이 내려오는 길고 찰랑찰랑한 머리를 하고 있다. 앞머리도 같은 길이로 길러서 아래만 살짝 웨이브를 준 머리가 꽤 예뻤다. 모든 여자애들이 부러워하는 머리다. 그래서 뭘 해도 근사했다.

드라이기를 꺼내 지우 머리를 손봤다. 볼륨을 살려 머리 모양을 만들고 묶어도 보고 올려도 보았다.

"지우 너는 머리가 생명이야. 이렇게 계속 길러야 해."

"그냥 확 잘라 버릴까? 니가 내 머리 가지고 장난 못 하게."

지우가 몸을 뒤로 돌리며 우스꽝스러운 표정을 지었다.

"짧은 머리도 충분히 만지고 놀 수 있음. 나 실력 좋잖아."

나는 어깨를 으쓱하며 너스레를 떨었다.

머리가 짧은 지우, 상상이 안 간다. 지금껏 한 번도 본 적이 없고. 하지만 아무래도 좋았다. 지우는 내 인생의 베프니까.

지혜 이야기

정말 최악의 체육 대회였다.

10월인데 이렇게 더울 수 있나 싶게 더웠고, 3학년 반 대항 이어달리기에서 아홉 개 반 중 꼴등이라니. 그 많은 큐티한 거 다 놔두고 해병대 아저씨 옷을 반티로 정할 때부터 알아봤다. 촌스런 빨간 티에 얼룩덜룩 군복 바지를 입었을 때 이미 정해진 운명이었다.

모두 어깨가 축 처져서 교문을 빠져나왔다.

"아, 열받아. 애들 얼굴 봤어? 나 때문에 이어달리기 꼴등 했다는 표정이잖아? 완전 역적된 기분."

예진이가 투덜거렸다.

"넘어진 게 좀 임팩트가 강했잖아."

희진이가 고개를 끄덕였다.

좀 그렇기는 했다. 남녀 번갈아 가며 반 전체가 뛰는 이어달리기였다. 우리 반 애들은 유난히 승부욕이 강해 이어달리기에 아주 목숨을 걸었다. 달리기 잘하는 애들도 여럿 있고 3학년에서 제일 잘 달린다는 오상혁도 있으니 잘만 하면 승산도 있었다.

그런데 초반 주자로 나온 예진이가 넘어지더니 다음 주자로 갈수록 점점 뒤로 처지는 게 아닌가. 결국 마지막 주자인 오상혁은 제대로 뛰어 보지도 못한 채 순위가 결정나 버렸다. 오상혁의 그 허망한 눈빛, 지금도 생생하다.

"나, 한 명 역전도 하고 잘 달렸다고. 배턴 주려다 그만 재수 없게 넘어진 것뿐인데."

예진이가 핏대를 세웠다.

"그런데 그 장면이 슬로비디오처럼 우리 반 애들 머릿속에 박혔다는 거지."

유림이가 실실거렸다.

"나 다음에 지혜 뛰는 거 봤어? 완전 동네 마실 가는 아줌마던데. 어찌나 느긋하시던지, 그때 우리 반이 완전 뒤로 처진 거잖아."

그때 갑자기 예진이가 내 얘기를 했다.

"아니, 왜 잘 달린 사람을 걸고 넘어가?"

나는 생각지 않은 내 이름의 등장에 바짝 날을 세웠다.

"야, 제일 잘 달린 애는 김재형 아니니? 완전 날아가던데. 흐흐, 좀 멋있었지?"

다시 마이크가 지우에게로 패스. 지우가 가운뎃손가락으로 턱을 긁으며 히히댔다.

내가 뭐라고 더 말할 틈도 없었다. 보통 우리의 대화는 이런 식이다. 여섯 명이나 되다 보니 이렇게 아무 때나 치고 들어온다.

"지우, 너 혹시?"

"너 아까 덥다고 난리 치더니 드디어 미쳤구나."

"헐, 저 사랑에 빠진 눈빛은 뭐야?"

지우를 에워싸고 다들 한마디씩 하느라 시끌벅적해졌다.

"야, 김재형은 좀 아니다."

나도 어이가 없어 한마디 보탰다.

"어머머, 김재형이 뭐가 어때서?"

지우가 눈을 동그랗게 뜨고 따졌다.

"뭐, 한준수보다는 낫다."

누군가 말했다.

"한준수가 뭐?"

나는 화들짝 놀라 소리를 팩 질렀다. 아니, 얘들이 오늘 왜 이러지? 나를 가지고 뭐라는 것도 모자라 이제 내 남친 이름까지 들먹이다니.

"그래도 지혜 너보다 지우 눈이 쬐끔 더 높다고 할까."

미나가 키득거렸다.

"아, 가만있어 봐. 오늘부터 김재형 내가 찜한 거다."

지우는 아주 신이 났다. 계속 김재형, 김재형뿐이다.

친구들은 나와 지우에게 이상과 현실의 타협이라고 놀려 댔다.

이상은 김우빈, 기성룡인데 현실은 한준수, 김재형이라나. 더 안타까운 건 현실과 타협을 했는데도 우린 졸업할 때까지 내내 짝사랑만 하다 끝났다는 거다.

지우 이야기

나는 중학교 내내 친구들 속에 살았다.

무엇이든 친구들과 함께하는 게 좋았고, 운 좋게도 주변에 좋은 친구들이 많았다. 우리는 정말 헤어지기 싫었다. 그래서 똘똘 뭉쳐 같은 고등학교에 지원했지만, 결국 뿔뿔이 흩어지고 말았다. 그나마 다행인 건 나랑 희진이는 같은 학교가 되었다는 거다.

졸업할 때만 해도 이렇게 만나기 어려울지 몰랐다. 학교가 달라도 집은 가까우니 자주 볼 수 있을 거라 생각했다. 그런데 고등학교는 중학교와는 달랐다. 학교가 끝나도 야자에, 학원에 바빴다. 나도 얼결에 학급 회장이 되고, 동아리 활동도 해야 하고, 새로운 친구들도 사귀다 보니 정신이 없었다.

매일같이 붙어 다니던 유빈이 얼굴 보기도 힘들어졌다.

은진이는 이사를 한 데다 수원으로 학교를 가서 정말 큰맘 먹지 않고는 만날 수 없었다. 정은이는 계속 못 만나다 언젠가 버스 정류장에서 우연히 만났다. 너무 반가워 버스를 놓쳐 가며 수다를 떨었다. 3학년 때 같은 반 친구들도 만나기 어려운 건 마찬가지였다.

자주 카톡을 하고 페이스북을 들락거리지만 아쉬운 건 어쩔 수 없었다. 나는 친구들 만나는 일에 정성을 들였다. 계속 연락을 하고, 만날 날짜를 정하고, 안 되는 일이 생기면 다시 날짜를 조정하고. 그러다 평생 못 만나는 거 아니냐고 토라지기도 했다. 그만큼 소중한 친구들이었다.

그래도 다들 생일은 꼭 챙겨 주려고 했다. 내 생일도 마찬가지였다. 덕분에 요 며칠 친구들과 만나 행복한 시간을 보냈다.

제일 먼저 만난 애는 유빈이었다.

"미안, 편지 이거밖에 못 썼어."

유빈이는 미안하다는 말을 얼마나 했는지 모른다.

나는 지난번 유빈이 생일 때 며칠 동안 편지를 매일 써서 모아 주었다. 유빈이는 내 생일에 그러지 못한 게 계속 마음에 걸렸나 보다.

"이것도 고맙네요."

나는 편지를 받아 들며 웃었다.

나와 유빈이는 자주 편지를 주고받았다. 그 편지를 합치면 아마 책 몇 권은 될 거다. 남는 건 사진뿐이라고 하던데 정말 생생하게 남는 건 편지인 것 같다. 가끔 편지를 꺼내 읽으면 예전 일이 생각나고 기분이 좋아진다.

나는 다른 친구들에게도 편지를 자주 썼다. 생일이나 특별한 날에는 전지에 편지를 써 주기도 했다. 졸업을 앞두고는 반 친구 여섯 명이랑 전지 편지를 썼다. 한 명당 전지 한 장씩, 정말 힘들긴 했지만 무언가 특별한 걸 주고받은 것 같아 뿌듯했다. 크리스마스 편지, 방학 편지, 귤 하나를 주면서도 귤 편지…… 이렇게 친구들과 마음을 나누는 게 좋았다.

우리는 점심을 먹고 선물을 사러 갔다. 유빈이는 내가 고른 수분크림을 선물로 사 줬다. 유빈이도 사고 싶은 게 있었는데 돈이 부족해 못 샀다. 나는 그 오일을 눈여겨봐 두었다. 다음 유빈이 생일에는 꼭 그걸 선물로 사 줘야겠다.

일요일 낮에는 정은이와 은진이를 만났다. 둘은 만나기만 하면 티격태격하더니 여전했다. 저녁에는 3학년 때 반 친구들을 만나러 갔다. 우리는 한 명 한 명 올 때마다 요란스럽게 인사를 했다. 정말 오랜만에 모두 모였다.

"짜잔, 선물 증정식."

친구들이 함께 준비한 선물을 주었다.

"고마워. 어, 근데 이거 속옷이야?"

포장을 보니 아무래도 그런 것 같았다.

"얼른 열어 보기나 하셔."

"너 이거 보면 깜짝 놀랄걸. 진짜 예뻐."

"이거 요즘 인기 최고래."

친구들이 시시덕거리며 내 얼굴을 살폈다.

선물 상자를 열자 체크 무늬 팬티 브라 세트가 나왔다. 하얀색과 빨간색이 섞인 가느다란 체크무늬가 섹시하면서도 귀여웠다.

"우와!"

나는 입을 다물지 못했다. 정말 내 맘에 쏙 들었다.

"이런 거 아무나 안 사 준다. 지우 니가 몸매가 좋으니깐 사 주는 거야."

미나가 거들먹거렸다.

“얘들아, 고마워. 정말 맘에 들어.”

나는 자리에서 발딱 일어나 몸을 흔들며 춤을 췄다.

“야, 얘 뭐 하는 거야?”

“내가 못 살아. 다 쳐다보잖아.”

“감동 먹어 제정신이 아닌가 보다.”

친구들이 나를 뜯어말렸다.

우리는 언제나처럼 신나게 먹고 떠들었다. 이야기는 해도 해도 끝이 없었다.

엄마 이야기

나는 집에 들어서기 무섭게 빨랫줄부터 살폈다. 빨랫줄에는 지우 교복이 단정하게 걸려 있었다.

“얘는 참.”

나도 모르게 한숨이 나왔다.

지우는 주말에 와서 해 준다고 해도 꼭 자기가 교복을 빨아 놓았다. 할머니 손도 빌리지 않았다. 집에 오면서 오늘은 평일이니까 교복을 빨아 줄 수 있겠구나 했는데……

“지우 생일 맞춰 쉬니 잘됐네.”

지우 할머니가 나오며 반가워했다.

지우는 첫아들을 낳고 10년 만에 얻은 귀한 딸이다.

함께 살고 싶었지만 먹고사는 데 바빴다.

돌도 안 지난 애를 할머니 집에 보냈다가 여섯 살이 되어서야 데리고 왔다. 학교도 보내고 이제 좀 부모 노릇 하며 살려고 했는데 쉽지 않았다.

나랑 지우 아빠가 같이 파주에서 사업을 하다 보니 다시 할머니 신세를 져야 했다. 이번에는 할머니, 할아버지가 안산으로 올라오셨다.

오늘은 모처럼 평일에 시간이 났지만, 대개는 주말에나 집에 올 수 있다. 지우 오빠도 직장 때문에 따로 나가 살다 보니 할머니, 할아버지를 포함한 여섯 식구가 모두 모일 수 있는 날은 얼마 되지 않았다.

나는 빨랫줄에서 지우 교복을 걷었다.

주름을 잡아 예쁘게 접어 지우 방으로 가져갔다.

방은 깔끔하게 정리되어 있었다. 교복뿐 아니다. 방 청소며 준비물, 지우는 무엇 하나 손 갈 데가 없었다. 자기 할 일을 다 알아서 하고 남들은 그렇게 심하게 보낸다는 사춘기도 없었다. 이렇게 학교 잘 다니고 예쁘게 자라 준 지우가 고맙고 기특했다.

그리고 항상 미안하고 안쓰러웠다.

지우 생일이어서 그런지 오늘따라 자꾸 그런 생각이 들었다.

"빨리 나오지 않고 뭐 해?"

지우 아빠가 차 키를 들고 나가며 재촉했다.

지우 할머니, 할아버지를 모시고 학교로 갔다. 지우는 벌써 교문 앞에서 기다리고 있었다.

"엄마, 이거 봐. 끝내주지?"

지우는 차에 타자마자 목에 건 목걸이부터 보여 줬다.

지우는 생일 선물로 자기 이름을 새긴 목걸이를 갖고 싶어 했다. 지난 주말에 왔을 때 같이 골라서 주문을 했는데 어제 나왔다고 한다.

"오, 이름도 잘 보이고 이쁘네."

실물을 보니 지우가 카톡으로 보낸 사진보다 훨씬 좋아 보였다.

지우가 좋아하는 갈빗집에 갔다. 지우 오빠랑 근처에 사는 지우 사촌 언니도 왔다. 저녁을 맛있게 먹고 지우가 좋아하는 초코케이크를 사서 집으로 왔다.

지우 오빠가 케이크에 초를 꽂았다.

"우리 시똥꾸리가 언제 이렇게 컸어? 초가 꽉 차네그래."

"아휴, 어머니는, 시똥꾸리가 뭐예요?"

지우가 내 말을 흉내 내며 장난스럽게 대꾸했다.

시똥꾸리. 어렸을 때 내가 지우한테 붙여 준 별명이다.

똥구도 예쁘고 똥도 예쁘다고.

"시똥꾸리가 어때서? 우리 꾸리 생일 축하 노래 불러 줘야지."

나는 여느 때처럼 '꾸리'라고 줄여서 말했다.

생일 축하 노래를 부르고, 촛불을 끄고, 케이크를 나눠 먹고 다 함께 지우 생일을 축하해 주었다.

밤이 깊어 이부자리를 펴고 있는데 지우가 무언가를 들고 왔다.

"내가 깜빡할 뻔. 이거 1+1이라 샀어. 하나는 엄마 거, 하나는 내 거."

지우가 폼클렌징을 내밀었다.

"고마워. 우리 딸 덕분에 엄마 피부 좋아지겠네."

"아빠 거는 준비 못 했네. 헤헤, 등 돌려 봐. 내가 안마해 줄게."

"안마, 좋지."

지우 아빠가 기분 좋게 지우에게 등을 맡겼다.

집에 오면 받을 수 있는 지우의 특별 서비스다.

그 작은 손이 어찌나 야무진지 안마를 받으면 그동안의 피곤이 다 풀렸다.

나도 시원하게 안마를 받고 자리에 누웠다.

지우가 나와 아빠를 사이에 두고 잠자리를 잡았다.

열일곱 살이 되어도 엄마 아빠와 잘 때면 여전히 그 자리가 지우 자리다.

"아이, 아빠 하지 마."

지우가 손을 빼내며 눈을 비볐다.

지우 아빠가 또 장난을 했나 보다.

지우 아빠는 지우 손이나 발을 깨물며 장난치는 걸 좋아했다.

"애 자는데 뭐 하는 거예요?"

내가 핀잔을 주었다.

지우는 어느새 잠이 들었나 보다.

가만히 지우 손을 만져 보았다. 말랑말랑하고 보드라운 손이 참 따뜻했다. 오늘 오길 참 잘했다. 17년 전 오늘, 그렇게 기다리던 아이 지우가 선물처럼 우리에게 왔듯이 지우는 그렇게 엄마 아빠 옆에 누워 있다.

그림이 된 소녀

안산 단원고 2학년 3반 **박지윤**

1. 원일중학교 졸업식 날 할머니 어머니와 함께 포즈를 잡았다.
2. 정원유치원에 다닐 때의 지윤이. 아빠는 이때 지윤이가 제일 예뻤다고 회고했다.
3. 중학생 시절 만화 동아리 'Someday'에서 그린 그림.
지윤이는 이렇게 날씬한 소녀가 되고 싶었다.

그림이 된 소녀

내 이름은 박지윤. 그림 그리는 아이랍니다.

할머니는 사람들에게 이런 말을 자주 했어요.

“지윤이 똥오줌 다 받아 주면서 내가 키았어요.”

그 말을 들을 때마다 난 속으로 풋, 하고 웃곤 한답니다. 아기 때의 내 모습을 상상하게 되거든요. 내 인생에서 가장 많은 시간을 함께 보낸 사람은 할머니예요. 엄마 아빠가 맞벌이를 하셨기 때문에 난 할머니 품에서 자랐어요.

아빠는 건설 회사의 현장 소장이면서 측량 기사였어요. 측량 실력이 뛰어난 고급 기술자여서 꽤 인기가 많으셨어요. 아빠는 지방을 떠돌며 일했기 때문에 한 달에 한두 번 안산에 올라왔어요. 어릴 때부터 아빠는 가끔 찾아오는 사람이었어요. 엄마는 부광약품에서 일했어요. 새벽 여섯 시에 일어나서 회사에 출근하고 저녁 늦게 퇴근했어요. 나중엔 자동차 와이퍼를 만드는 회사에서 일했어요.

아빠는 나를 무척 예뻐했어요. 유치원 때 내가 제일 예뻤다고 말하곤 해요. 그땐 무지 날씬하고 날렵하고 달리기도 잘했대요. 지금의 나를 보면 의외라고 생각하겠지만 그땐 발랄한 성격에 까불이였대요. 맞아요. 난 두 얼굴의 지윤이에요. 겉으론 의젓해 보이고 친구들 앞에선 조용한 내성적인 아이지만 속으론 온갖 장난 다 치고 온갖 생각 다 하는 아이랍니다.

한 달에 한 번 아빠가 오면 “아빠아!” 하고 달려가 안겼대요. 초등학생 때까진 아빠가 집에 오면 나를 꼭 안고 주무셨어요.

우리 가족이 놀이공원 갔을 때가 기억나요. 그때 청룡열차를 처음 봤는데 난 몹시 타고 싶었어요. 오빠는 무서워했어요. 그런데 내 키가 작아 탈 수 없다는 거예요. 난 억울했어요. 나중에 초등학생이 된 후에야 아빠 품에 안겨 청룡열차를 타게 됐어요. 그 후로 내가 놀이공원을 너무 좋아해서 우리 가족은 1년에 한두 번은 꼭 찾아갔답니다. 주로 에버랜드랑 서울랜드에 갔어요.

어릴 때 전 아무 때고 잘 웃는 아이였어요. 정원학원(유치원)을 함께 다닌 내 친구 슬기가 우리 엄마 아빠에게 보낸 편지엔 그때의 내가 있어요.

"제가 기억하는 지윤이는요, 잘 웃는 아이였어요. 사소한 거에도 막 웃음이 많아서 오죽하면 지윤이가 너무 웃어서 애들까지 다 웃는 상황이 많았어요. 그 정도로 웃음이 많은 아이였어요."

웃음이 많은 아이는 무럭무럭 자라 어느덧 초등학생이 되었답니다. 어느 날 난 아빠에게 태블릿을 사 달라고 졸랐어요. 컴퓨터로 그림을 그리고 싶었거든요. 아빠가 태블릿을 사 준 후부터 그림에 더욱 흥미를 가지게 되었어요. 선부초등학교 4학년 땐 교내 만화 그리기 대회에서 장려상을 받았어요. 나중에 고등학생이 되었을 땐 과학의 달 과학 캐릭터 그리기 부문에서 장려상을 받기도 했어요. 난 종이접기도 잘했어요. 색종이로 학도 만들고 별도 만들고 종이 가방도 만들었어요.

할머니도 어릴 때 그림 그리는 걸 좋아했대요. 큰고모는 한복 디자이너로 일하고 계세요. 할머니 말론 우리 집안이 그림 쪽에 소질이 많대요. 집에 피아노가 있었지만 피아노를 치기보단 그림을 더 자주 그렸어요. 그림 그릴 때가 더 즐거웠거든요. 중학생이 된 후엔 그림에 더욱 빠져들었어요. 학교에서 귀가하면 저는 방에 들어가 잠들 때까지 그림을 그렸어요. 누구도 보지 않는 곳에 숨어서 그렸어요. 집에선 엄마 아빠가 볼까 봐 고갤 숙이고 몰래 그리곤 했어요.

한번은 아빠 얼굴을 그려 줬어요. 아빤 지갑 안에 그림을 넣고 다니며 만나는 사람들마다 자랑했대요. 친구분들이 그림이 아빠랑 닮았다고 얘기해 줬어요. 아빠에게 줄 수 있는 나만의 선물이라 기분이 굉장히 좋았어요. 그런데 나중에 아빠가 지갑을 잃어 버렸어요. 그 말을 듣고 초상화를 다시 그려 주려고 했는데…… 그만 기회를 놓쳐 버렸네요.

중학교 땐 만화 동아리 '섬데이(Someday)'에서 활동하며 작품집을 만들었어요. 작품집 이름은 《Summer Dream》이었어요. 난 여름을 주제로 두 편의 만화 캐릭터 작품을 완성했어요. 반팔, 민소매, 반바지를 입은 소녀 모습을 그렸어요. 제가 그린 소녀는 아주아주 날씬하답니다. 내가 꿈꾸는 몸매였어요. 이쯤에서 내 인생 최고의 콤플렉스를 고백해야겠네요.

비밀 하나! 그래요. 난 하체가 튼튼한(?) 여중생이었답니다. 우리 집 식구들이 다 다리가 굵어요. 흑흑. 사진 찍는 걸 싫어했던 것은 약간의 외모 콤플렉스 때문이었어요. 나도 날씬하게 태어나고 싶었다고요. 중학생이 되고부터 살이 부쩍 늘어 버렸어요. 이놈의 살들이 어디서 날 찾아왔는지 모르겠어요.

그래요. 난 맛있는 걸 먹을 때 완전 행복해요. 엄마도 맛있는 것 앞에선 꼼짝을 못 한답니다. 나랑 단짝인 엄마와 주말이면 단골집인 고잔동의 '쿡샵'에서 스파게티와 파스타를 즐겨 먹었어요. 때론 내 친구들을 초대해 '쿡샵'에 데려가기도 했어요.

한번은 학교 앞에서 우연히 엄마를 만난 적이 있어요. 엄마는 택시를 타고 이동하던 중에 나를 발견했어요. 이날의 우연을 기념하기 위해 우린 '쿡샵'으로 향했어요.

'한스델리'도 맛있어요. 내가 서울에 다녀오는 날엔 엄마가 초지역에 마중 나와 '한스델리'에서 맛있는 걸 사 주곤 했어요.

맛있는 것들은 왜 내게 슬픔과 고난을 주는 걸까요? 중3이 되었을 때 내 신체 사이즈는 키 159센티미터에 몸무게 72킬로그램이었답니다. 난 몰래 숀리 다이어트를 시작했어요. 내가 다이어트를 하는 것은 우리 가족과 보건 샘 외엔 몰랐어요. 믿을 만한 사람이 아니면 절대 알려 주지 않았거든요. 이러니 연애가 풀렸겠어요?

아뇨. 짝사랑이었어요. 비밀 둘. 좋아하는 애가 나타났어요. 지금부터 나의 비밀 노트를 공개하겠습니다. 일기장이랍니다. 난 일기 쓸 때 행복했어요. 우리나라 글자는 정말 이쁘거든요. 내겐 글씨도 그림이에요. 난 글씨를 잘 쓰고 싶었어요. 그래서 중학교 때 종종 일기를 썼답니다. 지금 다시 읽어 보니 오글거리는 곳이 한두 군데가 아니네요. 먼저 걔에 관한 내 마음을 일기장에 적힌 그대로 보여 줄게요.

"걔 생각이 나면 나 혼자 혼란스러워지고 막 실실 쪼갬."

"걔도 이쁜 여자를 좋아하겠지? 살부터 빼야겠다. 걔 여친은 정말 똘망똘망 이쁘다. 게다가 날씬. 개부럽다. 나도 날씬하고 다리 얇았으면 좋겠다. 나는 왜 날씬한 몸매를 타고나지 않은 거지?"

내가 왜 걔를 좋아하게 됐는지는 잘 모르겠어요. 여기 걔의 멋진 점을 적어 둔 일기가 있네요.

"걔는 키도 크고 어깨도 넓고 슬림하고 꿀성대고 잘생겼고 공부도 잘하고 착하고 시크하고 빠지는 게 없다."

좋아하는 마음이 생긴 후로 거울을 자주 봤어요. 내 얼굴을 보면 어떨 땐 못생겼단 생각도 들고 가끔 무지 예쁜 것 같기도 해요. 그땐 연경이가 참 부러웠어요. 좋아하는 사람에게 마음을 털어놓는 일이 얼마나 힘든지 알게 됐거든요. 남들은 연애도 잘하던데 그 어려운 고백을 다들 어떻게 한 걸까요? 걔가 여친이 있지만 난 상관 안 해요.

잊을 수 없는 날이 있어요. 그날 일기장은 이렇게 시작합니다.

"꺄꺄. 오늘 진짜 대박 초대박 언빌리버블 내츄럴 액설런트 굿 펄팩트 존나 엄청 쩔게 기분이 좋다. <u>크크크크</u>."

무슨 일이 생긴 거냐고요? 걔가 나한테 말을 걸었거든요. 반 친구들 얼굴을 그려 달라고 부탁했어요. 연필로 스케치를 하고 있을 때 걔가 날 빤히 쳐다봤어요. 난 아무렇지 않은 척 그림을 그렸지만 무지 떨렸어요. 걔가 친구를 데려와선 이렇게 말했어요.

"개잘 그리지? 지윤인 만화가 같아."

이 말을 들을 때 난 쓰러질 뻔했어요. 얼마나 설레고 좋았는지…… 하지만 이 설렘은 오래가지 못했어요. 그놈의 대통령선거가 내 인생을 바꿔 놓을 줄이야! 이날의 일기를 보세요.

"며칠 전 대선 때문에 걔한텐 정이 거의 다 떨어졌다. 걔는 (대선 후보 중에) ○○○빠였다. 정말 오만 정이 다 떨어졌다. 걔는 정말 짜증난다. 걔와 알게 된 것 자체가 후회된다. 정말 싫다. 몇 달 전에 썼던 일기를 보면 내가 왜 저랬지 하면서 존나 오글거린다."

모르겠어요. 걔가 ○○○빠인 걸 알게 된 순간 너무너무 싫어졌어요. 너무 한심하잖아요. 그래서 나의 짝사랑은 고백도 못 하고 엄청난 실망과 함께 끝나 버렸어요.

난 그후로 걔를 완전히 포기해 버렸어요. 물론 내가 사랑한 그림은 포기할 리가 없지요.

내 꿈은 만화가였어요. 한번은 재밌는 일이 있었어요. 할머니가 집에서 벌레 한 마리를 발견한 거예요. 할머닌 집 안에 웬 벌레가 들어왔나 하고 집어내려고 했대요. 그런데 까만 벌레인 줄 알았던 벌레는 제가 그린 그림이었어요. 할머닌 깜짝 놀랐답니다. 그 얘길 첨 들었을 땐 어이가 없었어요. 그런데 조금 지나니까 솔거의 일화가 생각났어요. 솔거가 벽에 그린 소나무 그림이 진짜인 줄 착각하고 새들이 날아와 벽에 부딪혀 죽었다고 하잖아요.

할머니도 그때 이후론 내 그림 실력을 꽤 인정해 주더라고요. 난 작은 그림을 잘 그렸어요. 세밀화라면 자신 있었어요. 학교에서 난 그림으로 통했어요. 우리 반 교실은 내 그림으로 가득했어요. 박지윤 미술관이나 다름없었답니다. 선생님들도 친구들도 날 인정했어요. 그림 칭찬을 들으면 낮아진 자존감이 금세 회복되었어요.

난 2013년에 고등학생이 되었답니다. 단원고에 배정된 날, 날아가는 기분이었어요. 내가 원한 학교에 가서 신났어요. 입학을 앞두고 교복을 사러 갔어요. 재킷이 너무 커서 한 치수 작은 걸로 바꿨어요. 그런데 집에 와서 확인해 보니 그것도 큰 거예요. 그래서 옷을 다시 바꾸러 갔는데 이미 다 나갔대요. 정말 아쉬웠어요. 교복은 인생에서 딱 두 번 입는 옷인데…… 난 예쁜 교복을 입고 싶었어요. 내가 날씬했으면 얼마나 좋았을까요? 눈물이 찔끔 나왔어요.

난 다이어트를 시작했습니다. 맛있는 음식이 앞에 있어도 참았어요. 매일 줄넘기와

훌라후프를 했어요. 방에서도, 우리 집 넓은 베란다에서도, 선부초등학교 운동장에서도 줄넘기를 했어요. 다이어트를 열심히 해서인지 몸무게가 줄고 얼굴도 예뻐졌어요. 그런데 하체는 어떻게 할 수 없더라고요.

고등학생이 된 후 내게 또 한 명의 남자가 찾아왔답니다. 연예인 중에서 김수현 다음으로 내가 사랑하게 된 남자는 박시환이에요. 첫 만남을 기억해요. 2013년 8월 9일이었어요. 오빠와 우연히 〈슈퍼스타K 5〉 첫 방송을 보고 사랑에 빠지게 됐어요. 매일 할머니와 함께 '슈금'을 기다렸어요.

문자 투표에서 시환 오빠의 점수를 올리기 위해 할머니에게 문자 보내는 방법을 가르쳐 줬어요. 평균 점수 70점대를 받았을 땐 시환 오빠가 떨어질까 봐 눈물이 나고 말았어요. 볼트(박시환은 당시 손에 볼트 나사를 쥐고 노래를 불러 '볼트가이'라는 별명을 얻었다)가 혹평을 받으면 심사위원들에게 화가 났어요.

시환 오빠가 날 찾아온 거 알아요? 아빠 친구 중에 연예계에 있는 분이 있어요. 그 분이 장윤정 매니저를 통해 박시환 매니저 연락처를 구해 아빠에게 알려 줬어요. 시환 오빠는 작은 볼트랑 앨범을 들고 찾아와서 사인을 해 줬어요. 시환 오빠가 앨범을 주면서 날 안아 줄 때 내 얼굴이 얼마나 빨개졌는지…… 아빠, 고마워요. 아빤 시환 오빠와 나의 사랑을 완성시켜 주셨어요.

우리 아빠는 연예인도 알고 발이 참 넓답니다. 친구분 중엔 만화가도 있어요. 그분은 세계적인 애니메이션 회사의 한국 지부장님이었어요. 친구분이 할아버지가 돌아가셨을 때 찾아오셨어요. 제 그림을 보고 싶다 하더라고요. 그래서 가장 공들인 작품을 보여 드렸어요. 친구분은 살짝 놀라는 눈치였어요.

"지윤이가 그림을 굉장히 잘 그리는구나. 미술 학원도 안 다니고 독학으로만 익힌 게 사실이야?"

으쓱했어요. 종종 바닥을 치는 내 자존감이 이때만큼 최고인 때는 없었어요. 최고 전문가가 날 인정해 준 거잖아요. 그 일이 있고 며칠 후에 아빠가 나한테 말했어요.

"지윤아. 너 일본 갈래? 친구가 그러는데 만화 배우려면 일본 가면 좋대."

난 그다지 흥미롭지 않았어요.

"후쿠시마 사태 때문에 방사능에 오염된 나라잖아. 일본은 싫어."

난 생활 안전이나 먹거리 안전에 꽤 예민했거든요.

난 미술 학원을 다니고 싶었어요. 학원에 가면 제대로 기본기를 배울 수 있잖아요. 집안 형편이 어려운 것은 알지만 내 인생의 가장 중요한 일이니까 용기를 내서 아빠에게 부탁했어요. 문제는 학원비. 무려 한 달에 40만 원이었어요. 아빠가 보내 줄 수 없댔어요. 엄마도 할머니도 학원비를 줄 수 없대요. 미술 학원을 갈 수 없다는 말을 듣고 눈물이 나왔지만 하품하는 척했답니다.

중학교 때도 미술 학원에 가고 싶었지만 갈 수 없었어요. 학원에 가지 못하는 만큼 난 더욱더 노력했어요. 학원 다니는 친구들보다 더 열심히 그림을 그렸어요.

고등학생이 된 후 내가 예고나 애니고를 갔으면 어땠을까 하는 생각을 자주 했어요. 우리 집 형편이 좋았더라면 난 서울예고에 입학할 수 있었을 거예요. 이런 현실을 생각하면 울적해져요. 가정 형편이 너무 원망스러워요. 간절히 배우고 싶은 걸 배울 수 없는 세상이 원망스러워요. 알아요. 우리 아빠는 좋은 사람이에요. 아빠가 가난한 건 나쁜 어른들 때문이에요. 가난은 엄마 아빠 탓이 아니에요. 난 아빠를 위로했어요.

"아빠. 걱정 마. 내가 나쁜 어른들 혼내 줄 거야."

아빠는 내가 아기였을 때 사업에 손을 댔다 사기를 당해 한 번 망한 적이 있대요. 그 후로 10년 동안 회사에 다니며 빚을 갚았어요. 그런데 제가 중학교 때 다시 사업을 시작했어요. 아빤 착해서 또 사기를 당했어요.

난 만화가의 꿈을 포기했어요. 그리고 진로를 산업디자인과로 정했어요. 우리 친척 중에 세계적인 산업 디자이너가 있는데 돈을 무지 많이 번대요. 난 그림도 그리고 돈도 많이 벌고 싶거든요. 학교는 홍대로 목표를 정했어요.

단원고에서 난 미술 동아리 '미술왕'에서 활동했어요. 미술 학원 대신 동아리에서 열심히 그림을 그려 보려고요. '미술왕' 선배들이 그림을 잘 그린다며 어느 학원 다니냐고 물어보더라고요.

"학원은 다니기 싫어서 안 다니고, 독학으로 그림을 그리고 있습니다."

물론 거짓말이었어요. '미술왕' 동아리를 만든 홍수연 언니는 절 이렇게 기억하고 있어요.

"지윤이는 언니들 말 잘 따르고 그림 잘 그리는 착한 후배였습니다. 동아리에 지윤이와 같은 학년 여자애가 없어서 외로울 법도 한데 언니들이 잘 챙겨 주고 지윤이도 언니들을 잘 따랐습니다."

2학년이 되면서 난 동아리 활동을 더 이상 할 수 없게 되었답니다. 최소 인원 15명이 되지 못해 동아리가 없어진 거예요. 왜 이런 제한이 있는지 모르겠어요. 전 홍수연 언니에게 동아리를 유지할 방법을 묻기도 하고 처음에 어떻게 '미술왕'을 만들 생각을 했는지도 물어봤어요.

좋지 않은 일은 한꺼번에 온다죠? 2014년이 그랬어요. 어느 날 갑자기 낯선 아저씨들이 우리 집에 찾아왔어요. 그러곤 텔레비전에도 냉장고에도 에어컨에도 장롱에도 빨간 딱지를 붙였어요. 집 안의 돈 나갈 만한 물건을 모두 압류했어요. 내 컴퓨터에도 빨간 딱지가 붙었어요.

'컴퓨터 안엔 소중한 작품이 가득 들어 있는데……'

내 심장 같은 컴퓨터예요. 난 몹시 화가 났어요. 내 꿈에 빨간 딱지가 붙은 것 같았어요. 그날 밤 이불에 얼굴을 묻고 엉엉 울었어요. 어른들은 나에게 꿈을 가지라고 말하면서 꿈을 방해하는 존재 같아요. 그날 일은 아빠에게 돈을 받아야 하는 분이 압류를 한 거래요. 난 참지 못하고 아빠에게 화냈어요.

"아빠는 사업을 왜 그렇게 해! 하는 일마다 왜 그래?"

두고두고 이 말을 후회했어요. 내 인생 최악의 말이에요.

아빠에게 이 말을 해 주고 싶어요.

"아빠, 정말 미안해. 사과할게. 그날 한 말은 내 진심 아닌 거 알지?"

스트레스를 많이 받았는지 그 무렵에 머리카락이 빠지기 시작했어요. 맞아요. 원형

탈모. 지금 생각해도 창피해요. 머리카락이 무섭게 빠져 나갔어요. 아침에 머리를 감으면 한 주먹씩 머리카락이 뽑혔어요. 머리카락을 움켜쥐고 울곤 했답니다.

수학여행을 떠나기 전, 토요일에 친구와 서울에 다녀왔어요. 홍익대 교정을 둘러봤죠. 내가 들어갈 학교를 보면 더 열심히 그림도 그리고 공부도 할 의욕이 샘솟거든요. 홍익대학교에서 나와 친구랑 떡볶이를 사 먹고 돌아왔어요.

여행을 떠난 지 벌써 500일이 되었어요. 난 요즘 다이어트에 성공했어요. 바뀐 내 모습을 아빠에게도 엄마에게도 할머니에게도 보여 주고 싶어요. 내 그림 속의 소녀들처럼 완전 날씬해졌어요. 시환 오빠도 날 보면 깜짝 놀라겠죠? 시환 오빠가 나한테 홀딱 반해 버리면 어떡하죠?

하하. 나한테 다 속았어요. 개뿔. 성공은 무슨 성공이겠어요.

다이어트에 실패하면 어때요? 난 매력쟁이니깐요.

참 아빠, 나 어제 아빠 초상화 새로 그렸어. 이번엔 진짜 똑같이 그렸어.

기대할 거지? 내일 꿈속에 찾아가서 줄게.

아빠, 그림 맘에 들면 날 꼬옥 안아 줄 거지?

언제나 세상 모든 것이었던 채연아

안산 단원고 2학년 3반 **박채연**

1. 채연이가 좋아하던 중앙동 매운 꼬치를 먹으러 갔다가.
2. 학교에서 찍은 사진. 박재동 화백이 그린 캐리커처 자료로 사용되었다.
3. 고등학교 입학하면서 사진관에서 찍은 사진. 학생증에 사용되었다.

언제나 세상 모든 것이었던 채연아

아빠에게 딸이자 아들이자 애인이자 친구이자, 언제나 세상 모든 것이었던 채연아. 무엇이든 잘 먹고 체격도 좋아서 아빠가 "돼지야"라고 놀리면 화를 내기는커녕 "꿀꿀" 하며 웃던 사랑스러운 내 딸아.

아빠는 지난 17년간 의지하던 삶의 기둥이 한순간 뽑혀 버린 것만 같다. 주변 사람들이 너에 대한 인상적인 기억을 말해 보라고 하는데, 그럴 때마다 난감하구나. 너와의 하루하루는 특별한 사건이 아니라 매일 마주하는 일상처럼 삶의 일부로 그저 자연스러운 시간이었는데 말이다. 여느 사춘기 소녀들처럼 반항을 하거나 아빠를 서운하게 만든 기억도 안 나는 걸 보니, 너는 태어난 순간부터 내내 말썽 없이 순리대로 잘 자라 줬다는 말밖에 할 게 없는 고마운 딸이다.

채연이가 태어나던 1997년부터 초등학교에 다니기 전까지 아빠는 많이 바빴다. IMF 때문에 실직자가 넘쳐 나던 때였지만, 아빠가 일하던 IT 업계는 오히려 일이 늘어난 시기였지. 자연히 아빠가 너와 여동생 희연이와 많은 시간을 함께하지 못해 그때의 기억이 가물가물하다는 사실이 요즘은 많이 안타깝다. 그래도 여전히 또렷이 남아 있는 너의 모습들이 있단다. 아빠가 "이리 와" 하고 부를 때마다 너는 망설임 없이 바로 내 쪽으로 아장아장 걸어와 옆에 꼭 붙어 있곤 했지.

너는 아빠 말을 참 잘 들어주는 순한 아이였다. 아빠가 다른 건 몰라도 일상적인 예의범절에 민감해하고 유독 엄격하게 가르쳐서일까. 너는 어린아이였을 때도 욕심을 부리거나 네 것을 지키려고 다른 아이들과 싸운 적이 없었던 것 같아. 자라면서도 누군가와 싸워야 할 순간이 오면 웬만하면 피해 버리는 쪽이었지. 돌이켜 보면 아빠 때문에 주눅이 들었던 걸 수도 있겠다는 생각이 들어 마음이 아프다. 그런데 아빠도 당시에는 그럴 수밖에 없었다. 우리는 다른 가정들과는 좀 다른 모양의 시간들을 겪어 내야만 했으니까.

누구도 그 자리를 대신할 수 없는 나의 큰딸. 우리 집에서는 아빠가 없으면 채연이가 그 빈자리를 대신해야 하는 상황이었기 때문에 나는 네게 늘 의젓한 본보기를 보이라고 요구했지. 너는 묵묵히 그 말을 따르며 나를 뒷받침해 주던 든든한 딸이었어. 채연이가 5학년이 되고 희연이가 3학년이 되었을 때, 아빠가 엄마와 헤어지면서 너희를 데리고 집에서 나온 날부터였을 거야, 너희를 더 강하고 예의 바르게 키워야겠다고 다짐을 했던 게. 거의 무방비로 어린 딸들을 데리고 나온 탓에 처음에는 아빠가 아는 사람의 좁은 원룸에서 셋이 살 수밖에 없었다.

아빠는 우리가 맞이한 상황을 너희가 어리다고 속이고 싶지 않아서 우리가 왜 이렇게 살게 되었는지, 앞으로 얼마간 더 이렇게 살 예정인지에 대해 다 털어놓았어. 아빠가 반드시 더 나은 상황에서 살게 해 주겠다는 약속도 함께 하면서 말이야. 그 시절의 우리 셋을 생각하면 나는 여전히 애틋하다. 너희에게도 가장 미안했던 시간이야. 나중에 채연이가 어느 정도 큰 다음에도 아빠 앞에서 그때의 기억을 한 번도 꺼내지 않은 이유를 짐작할 수 있단다. 아빠가 그 기억을 힘들어한다는 사실을 누구보다도 넌 느끼고 있었을 테니까.

그렇게 시간이 지나고 방 두 개가 있는 집으로 이사를 한 다음 너는 중학교에 들어갔어. 감수성이 예민할 수밖에 없는 여중생이 되었으니 얼마나 혼자만의 방을 갖고 싶었을까. 아빠도 그런 채연이의 마음을 알았기 때문에 "아빠에게 불만이 많지?"라고 넌지시 물으면 넌 한 번도 그렇다고 답한 적이 없었어. 아빠 마음도 무척 속상했지만 너도 알다시피 아빠는 너희도 우리가 처한 현실을 모두 알아야 한다고 생각해 왔잖아?

그날 내가 한 말 기억하니? "지금은 채연이의 마음속 불만을 모두 해소해 줄 수는 없어. 좀 더 시간이 흐르고 아빠가 더 열심히 일을 했는데도 상황이 그대로면 그땐 아빠를 원망해도 좋아"라고.

고작 중학생이 된 소녀가 듣기에는 얼마나 서운한 말이었을까 싶지만, 너는 아빠 말에 수긍해 줬어. 또래 친구들 사이에서 갖고 싶은 것도 많았을 테고, 욕심을 부릴 법도 했는데, 채연이는 아빠가 속상할까 봐 모두 참았을 거야. 아빠가 어린 너희에게 우리의 상황에 대해 매번 다 말해 주고 동의를 구해서 채연이는 특히 맏딸로서 책임감을 느꼈을 것도 같다. 이후에 더 넓은 집으로 이사를 했지만, 그때도 아빠의 사정 때문에 채연이만의 방을 만들어 주겠다는 약속을 끝내 지키지 못한 게 늘 마음을 아리게 한다.

아빠는 우리 딸들을 단순히 철없는 어린애들이 아니라 동등한 인격체로 대하고 싶었다. 지금 생각하면, 그런 아빠의 행동이 채연이 마음에 부담이 되었을 수도 있었을 것 같지만 말이야. 내가 이혼을 안 했다면 채연이를 마냥 어린 딸로서만 대했겠지만, 너희를 데리고 나온 후에는 모든 상황이 괜찮은 척 거짓말 같은 걸 하고 싶지 않았어. 힘든 상황에서 나도 버티며 잘 살아야 하고, 너도 그래야 하고, 무엇보다 우리가 함께 잘 살아야 했으니까. 말을 안 하면 오해가 쌓이고 상처는 결국 곪지만, 솔직하게 터놓고 이야기를 하면 그 순간은 힘들어도 결국 서로를 더 잘 이해할 수 있을 거라고 믿었단다.

나는 너희에게 엄마이자 친구 같은 아빠가 되고 싶었던 것 같아. 엄마의 빈자리가 느껴지지 않길 바랐어. 아빠가 집에 없을 때는 채연이가 집안일을 챙겨야 했지만, 내가 집에 있을 때는 너희에게 무엇도 시키고 싶지 않았던 이유도 그래서였어.

무슨 일이 있어도 아침밥은 꼭 차려 주고 싶었고, 친구들 데려오면 맛있는 음식도 많이 해 주고 싶었다. 채연이 친구들이 아빠가 해 준 음식을 맛있게 먹던 모습들이 눈에 선하다. 아빠는 채연이가 사춘기가 되면서 엄마가 챙겨 줄 일들을 어떻게 해 줘야 할지 몰라 답답할 때가 많았지만, 오히려 채연이는 그런 부분을 아빠에게 거리낌 없이 자연스럽게 말했지. 우리처럼 스스럼없이 속옷 매장까지 같이 다닌 부녀는 별로 없을 거야. 내가 아빠로서 권위를 내세우며 딸들에게 친구처럼 다가가지 않으면 우리는 멀어질 수밖에 없는데, 아빠는 그런 상황이 되는 게 너무 싫었다.

채연이가 특별한 날마다 아빠에게 보낸 편지들을 다시 읽어 보니 고마워요, 사랑해요, 미안해요, 더 잘할게요, 늘 이런 말로 끝나더구나. 아마도 채연이는 어린 시절부터 아빠가 믿고 의지하면서 모든 일을 나누던 상대였기 때문에 일찍 철이 들고 아빠를 '아빠'이기 전에 한 명의 인간으로 봐 줬다는 생각이 든다.

우리 셋은 언제나 모든 걸 함께하는 사이였지. 뭐든지 다 같이해야 한다는 아빠의 요구가 싫었을 법도 한데, 채연이와 희연이는 아빠 말을 대체로 잘 들어줬어. 아빠가 술을 좋아해서 소주 한잔하고 싶어지면 너희를 데리고 치킨 집에 자주 갔잖아.

네게 몇 번인가 술 한 잔을 권했을 때, 너는 아빠의 술 파트너가 될 자질이 다분해 보였단다. 혼자 술 마시는 나를 보고 너는 "아빠, 조금만 기다려. 대학 가면 내가 같이 술 마셔 줄게" 하고 의젓하게 말했지. 그러면 나는 "술보다는 빨리 면허 따서 아빠 술 마신 날 대리운전이나 해 줘" 하고 대답하고 말이야. 내가 혼자 술 마시고 들어오면 채연이가 부축도 해 주고 옷도 벗겨 주고 라면도 끓여 주며 아빠를 많이도 챙겨 줬다.

키가 아빠 눈까지 올 정도로 컸던 채연이는 먹성도 참 좋았어. 특히 고기나 곱창을 정말 좋아해서 아빠는 지금도 그 음식들을 보면 채연이부터 떠오른다. 아빠가 곱창 이벤트 해 준 날 생각나니? 단원고등학교 앞 트럭에서 팔던 곱창을 사다가 집에 몰래 숨겨 놓고 학교 앞으로 널 데리러 갔던 날. 그날 내가 곱창 트럭을 보면서 돈 없다고, 저거 먹으면 더 돼지 된다고 놀리면서 그냥 집에 데려왔잖아. 막상 집에 와서 아빠가 숨겨 놓은 곱창을 보고 좋아하던 너의 얼굴이 생생하다. 우리에게는 그런 일상적인 순간에서 우리만의 아기자기한 행복을 찾던 기억이 많구나.

아빠는 주말마다 했던 두 딸과의 나들이가 무척 행복했다. 고궁 나들이도 가고 신사동에 떡볶이를 먹으러 가기도 하고 야구장도 같이 가고 압구정동 구경도 가고 쇼핑도 다니며 우리는 무조건 같이 움직였어. 요즘 돌이켜 보면 채연이를 아빠의 울타리 안에 너무 끼고 살아서 또래들과 접해 볼 것들을 아빠 때문에 제대로 접하지 못했을 수도 있겠다는 생각이 종종 들기도 한다.

하지만 그때 우리 셋이 한 세트처럼 뭉쳐 다니며 했던 일들이 사무치게 그리운 건 어쩔 수 없구나. 나는 채연이가 많은 것을 경험하며 커 가길 바랐어. 경제적 조건 때문에 무언가를 해 주지 못했던 순간들이 가장 슬프고 후회스럽다. 내가 기회가 될 때마다 이런저런 운동 모임에 너희를 데리고 다닌 이유는 딸들과 모든 걸 함께하고 싶은 아빠의 욕심 때문이기도 했지만, 채연이가 최대한 남부럽지 않은 다양한 경험을 해 볼 기회를 갖길 바라서였어.

그러고 보면 어떤 면에서 나는 채연이를 연약한 딸이 아니라 아들처럼 대한 적이 많았던 것 같네. 딸한테 아빠를 업어 달라고 조르고 괜히 툭툭 치며 장난을 걸기도 하고. 내가 지금도 가장 행복하게 떠올리는 우리 셋의 모습은 너와 희연이가 한편이 되어 나를 상대로 침대에서 장난치던 장면이야. 내가 희연이를 다리로 잡고 채연이는 손으로 막으면서 마치 어린 아들과 아빠처럼 거칠게 놀던 순간. 채연이가 고등학생이 된 후에도 그러고 놀았으니 우린 다른 부녀 관계와 달리 참 천진하고 친구 같았다.

무엇보다 너는 아빠가 놀리거나 사내애처럼 대해도 삐치거나 화를 낸 적이 없었어. 너보다 여리고 소심한 희연이는 너한테 했던 것처럼 행동하면 상처를 많이 받는데, 너는 내가 장난을 걸면 그냥 이렇게 말하고 말았지. "아빠, 이건 학교에서는 상상도 못할 일이야. 학교에서는 아무도 나를 못 건드린다니까."

아빠가 종종 학교생활에 대해 물으며 혹시 왕따를 당하는 건 아닌지 걱정하면, 너는 "아빠 내 덩치를 봐" 하며 씩 웃곤 했어. 학교에서의 일상에 대해 시시콜콜하게 말하는 성격은 아니었지만, 아빠는 무난한 네 주변에 친구들이 많다는 건 알 수 있었다. 고등학교를 단원고로 배정받았을 때, 우리가 이사한 아파트가 하필이면 단원고에서 40~50분이나 되는 거리에 있었지. 너무 먼 것 같아서 아빠가 아파트 주변으로 전학을 가는 게 어떠냐고 권했더니 너는 이미 그 동네에서 사귄 친구들이 많다며 거절했어. 나는 언제나 그랬던 것처럼, 등하교가 좀 힘들겠지만 너의 선택이니 책임지며 잘 다니라고 말했고. 그때 단짝이었던 지우와 빛나라를 너는 예전보다 넓어진 우리 집으로 자주 데려와서 놀았고 내게 "아빠 안 나가나?"라고 슬쩍 물을 때가 많았지. 아빠에게 보여 주고 싶지 않은 소녀들만의 비밀도 많았을 거야.

너는 외향적이라고 할 만한 모습을 많이 갖고 있었지만 사람들 사이에서 나서는 걸 그리 즐기던 아이는 아니었던 것 같아. 말도 별로 많지 않고, 자기 하고 싶은 말만 툭 던지고 말이야. 장난도 내가 먼저 걸면 거기 반응해 주는 정도였지.

용돈이 필요하거나 친구들과 옷을 사러 가야 할 때나 내게 뭔가를 요구하며 수줍게 우물거렸는데, 그런 너의 모습이 아빠의 눈에는 무척 귀여웠다. 그게 내게는 너의 애교였어. "아빠, 나 이거 해야 돼." "아빠, 아빠는 이거 해." 조근조근 하지는 않았지만 아빠를 친구처럼 대하는 채연이의 이런 말투가 들리는 것 같다.

채연이에게도 아빠가 모르는 모습들이 있었을지도 모르지만, 적어도 아빠 앞에서 너는 감정을 참지 못하고 폭발하는 모습을 보인 적이 한 번도 없었다. 동생 때문이었을까. 네가 동생과 싸우면 아빠가 이유를 불문하고 너를 먼저 혼내고 잔소리를 했으니 뭔가 못마땅한 감정을 내세워 봤자 너만 손해라고 생각했을 테지.

아빠가 어릴 때부터 "우리는 세상에 믿을 사람 없다. 언니만 한 사람 없고 동생만 한 사람 없다. 둘이 무조건 잘 지내야 한다"고 강조하고 채연에게 장녀의 책임감을 귀에 못이 박이도록 이야기해서 그랬을 거야. 너는 억울할 법도 한데, 그걸 내색한 적이 거의 없고, 희연이에게 웬만하면 다 져 주는 언니였어. 대신 아빠는 희연이에게 늘 이렇게 말했다. "늘 언니가 먼저 혼나니까, 좋은 것도 언니에게 먼저 줘야 해." 너는 우리 집의 중심축이었어.

채연아, 너에게 아빠의 그런 바람과 요구가 부담이 되었던 적이 많았을까? 너와 희연이는 성격이 많이 달랐지. 초콜릿 하나라도 희연이는 계속 아껴 두며 먹는데, 너는 받자마자 한 번에 모두 먹어 버려서 그런 사사로운 일들로 자매 사이에 종종 귀여운 다툼이 벌어지곤 했으니까. 함께 외식을 하러 나가서도 희연이는 아무리 먹고 싶은 게 있어도 혼자 가야 하는 상황이면 금세 포기하는데, 너는 혼자서도 아무렇지 않게 먹고 오는 아이였어. 아빠 눈에 채연이는 쉽지 않았던 상황 속에서도 티 없이, 그늘 없이 무엇보다 씩씩하게 자란 딸이다. 얼마 전 우연히 듣게 된 이야기인데, 희연이에게도 너는 엄마이자, 아빠이자, 가장 친한 친구이자, 모든 것이었단다.

그런 너도 아빠에게 힘들다는 내색을 한 적이 있었지. 고등학교 올라가면서 성적을 따라가기가 벅차다고 했어. 채연이와 희연이를 데리고 나와 살면서 아빠가 어린 너희에게 공부에 대한 스트레스를 너무 많이 준 걸까? 아빠는 내 딸들이 엄마 없이 살아서 혹시라도 다른 사람들 눈에 무언가 부족해 보일까 봐 늘 걱정스러웠어. 그래서 더 공부를 시켜야 한다고 생각했던 것 같아.

아빠는 바빠서 집에서 너희 공부를 도와줄 여유가 없었고, 그렇다고 늦은 시간까지 학원을 보내기는 싫어서 경제적으로 무리를 해서라도 과외를 시켰던 거야. 초등학생 때부터 중학생 때까지 거의 매일을 그렇게 보냈으니 어린 너희에게는 쉽지 않은 시간이었을 거라는 생각이 지금은 든다.

초등학교 때부터 학교 선생님들이 채연이에 관해 성적표에 써 준 내용을 알고 있니? 친구들과 잘 지내고 통솔력은 있는데 조금 산만하고 집중력이 떨어진다는 의견 말이야. 어릴 때일수록 자기가 좋아하는 걸 자유롭게 하게 내버려 둬야 하는데, 아빠가 너무 공부를 강요해서 그런 게 아니었을까 싶기도 하다. 그래서 고등학생이 된 네가 공부가 힘들다는 말을 했을 때, 몇 달간 공부를 쉬어 보라고 한 거야. 물론 착한 채연이는 "아빠, 학원은 그만둬도 야간 자율 학습은 해 볼게"라고 말하며 밤 열 시가 넘어서 집에 돌아오곤 했지만 말이야.

공부를 힘들어하던 너도 가장 행복해하며 즐기던 일이 있었지. 언제부터인가 너는 디자이너가 되고 싶다고 말했어. 중학교 2학년 때부터 옷을 스케치하고 만화를 따라 그리면서 즐거워하던 모습이 기억나는구나. 아빠가 그 꿈을 좀 더 진지하게 생각하고 디자인 전문 고등학교에 보내 줬으면 좋았을 텐데. 채연이가 그림을 따로 배우지 않고 혼자 계속 그리면서 꿈을 키워 나가는 동안, 아빠가 제대로 된 미술 학원에 보내 주지 못했던 것도 마음에 걸린다. 당시에 아빠가 여유가 없기도 했지만, 예상보다 높은 학원비를 본 네가 "아빠, 좀 더 생각해 볼게, 여름부터 해 볼게"라고 말했잖아. 너는 그렇게 아빠의 상황을 또 배려해 주더구나.

나도 채연이가 2학년이 되면 학원에 보내 봐야겠다고 마음먹고 있었는데 결국 그 다짐을 행할 수 없어져서 모든 것이 원망스럽고 후회된다. 너는 디자이너가 되고 싶다는 꿈을 갖게 된 이유를 명확하게는 모르겠지만 그림을 그리고 있으면 다른 생각을 안 할 수 있어서 좋다고 했어. 그리고 즐겁게 만든 그 결과물을 누군가에게 줄 수 있다는 사실이 기쁠 거라고도 했지. 아마도 채연이가 즐거운 마음으로 무언가에 몰두할 수 있었던 유일한 순간은 그림 그릴 때였던 것 같다.

채연이가 디자이너로 유명해지면 아빠에게 차를 사 주겠다고 약속했던 것 기억나지? 아빠가 농담으로 "저기 보이는 별 달린 차 사 줘, 희연이랑 둘이 돈 합쳐서 저런 벤츠 사 줘"라고 말했을 때, 차 이름도 제대로 모르고 가격도 모르면서 그러겠다고 호언장담하던 너의 순진한 얼굴이 떠오르는구나.

우리 채연이에게도 남자 친구가 있었을까? 아빠에게 그런 이야기까지는 털어놓지 않아서 아빠는 잘 몰랐는데, 채연이가 동생에게는 고백을 했던 것 같더구나.

얼마 전에 네 일기장을 잠깐 본 적이 있어. 중간에 서너 장 정도를 읽다가 그냥 덮어 버렸다. 아마 채연이를 좋아하던 남자 친구도 있었고, 채연이가 좋아하던 다른 남자 친구도 있었던 듯해. 그런데 아빠는 속으로 네게 말했어. '이건 너만의 추억이니 아빠가 더 이상 읽지는 않을게.' 언젠가 채연이가 내게 해 줬던 말대로, 우리 딸은 집에서처럼 친구들 사이에서 무난하게 두루두루 인기가 많은 소녀였나 봐. 하지만 아무리 채연이에게 남자 친구가 있다 해도 아빠는 아빠의 꿈을 포기하지 않았을 거야.

아빠가 누누이 했던 말 알지? 서른 살이 되기 전까지는 절대 결혼은 하지 말고 서른이 넘은 다음에도 결혼을 안 하게 되면 무조건 아빠가 데리고 살겠다는 약속 말이야. 채연이가 언젠가 결혼을 하게 된다고 해도 한 건물에서 오순도순 같이 사는 게 아빠의 바람이었다. 친정 엄마와 딸처럼 수다도 떨고 같이 음식도 만들어 나눠 먹으면서 함께 나이를 먹어 가면 얼마나 좋을까. 상상만 해도 든든하고 행복한 꿈이 이렇게 허무하게 물거품이 될 줄은 몰랐다.

요즘도 술에 취한 채 잠이 들 때마다 꿈속으로 네가 찾아온다. "아빠, 술 좀 그만 마셔"라고 걱정하면서 말이야. 너는 예전에도, 지금도 아빠의 힘든 마음을 말없이도 가장 잘 알아주는 아빠의 분신이자 버팀목이다. "아빠, 힘내세요, 우리가 있잖아요"라며 용기를 북돋아 주던 채연이의 힘찬 노래가 이제 내게는 가장 슬픈 노래가 되어 버렸어. 그래도 그 목소리를 기억하며 힘을 내어 보려고 한다. 채연이는 영원히 아빠의 딸이자 아들이자 친구이자 애인이자, 나의 온전한 세상이니까.

가만히 빛나는

안산 단원고 2학년 3반 **백지숙**

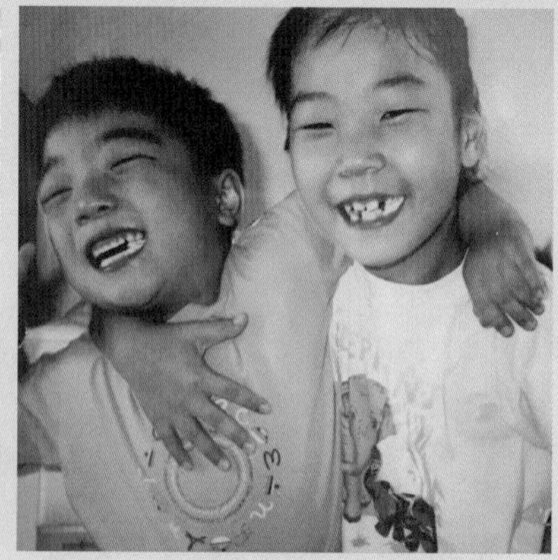

1. 이름이 백지숙이라 별명은 백숙. '100숙2'라고 적기도 했다.

2. 12월 31일마다 가족끼리 연례행사처럼 놀이공원에 간다.

3. 아빠를 닮은 동생 지호와 엄마를 닮은 누나 지숙이. 개구지게 웃는다.

가만히 빛나는

지숙이랑 엄마가 같이 아파트 엘리베이터 앞에 서 있는데, 남자애 하나가 아파트 현관으로 들어왔다.

지숙이 8개월 되던 때에 지금 살고 있는 선부동 아파트로 이사를 왔는데, 남자애도 초등학생 때부터 거기 살았으니까 오래 알고 지낸 사이지요. 그리고 남자애도 단원고에 다녀서 지숙이 선배인 셈이니까, 오다가다 보면 잘 지내냐 한마디씩 주고받아요.

남자애가 꾸벅 인사를 하데요. 그래서 지숙이 엄마도 아는 척을 하고, 엘리베이터 내려오는 시간도 기다릴 겸 해서 지숙이한테 들은 말을 했지요. "누구야, 지숙이 반에 너 좋아하는 애 있다더라?" 하고. 남자애는 살짝 부끄러워하는 건지 우물우물하면서 "네, 알아요. 친구들이 말해 줬어요" 하더라고요. "응, 그러냐" 하고 말았어요.

엘리베이터가 올라가는 동안 지숙이는 합죽 입을 다물고 아무 말도 안 해요. 4층에 먼저 내려서 집에 들어오는데, 문 닫자마자 지숙이가 소리를 빽 질러요. "엄마는 왜 오빠한테 그런 이야기를 해!" 지숙이 엄마는 어리둥절하지요. "왜, 하면 안 돼? 너네 반 애가 좋아한다 그랬잖아." 지숙이는 귀까지 빨개져서는 뭐라고 대답을 못 해요.

엄마는 시간이 한참 지난 뒤에야 지숙이 핸드폰에서 몇 장의 사진을 보게 된다. 몰래 찍어 흔들린 사진들. 흐릿하게 찍힌 것은 그 남자애의 뒷모습이다.

지숙이가 지어 남자애에게 붙인 별명은 '뚜벅이'다.

걸어다니는 모습이 뚜벅뚜벅한다고 뚜벅이랬나, 잘 모르겠어요. 친했던 몇 명만 알아요. 고등학교 1학년 때는 그냥 우리 동네에 그런 오빠 있어 하는 식으로만 말하더니 좀 지나서는 친구 예지한테 뚜벅이 뒷모습 사진 좀 찍어 달라고 난리였어요. 친구들이 보기에는 그냥 멀끔하게 생긴 평범한 남자애였는데 지숙이는 뭐가 좋았던 건지 모르겠어요.

예전에는 그런 거에 진짜 관심도 없었어요. 중학교 때도 남자애들이 막 백숙이라고 놀리거나 여자 친구들 괴롭히면 그러지 말라고 따끔하게 말하는 애였거든요. 남의 연애 상담 들어 주긴 했는데 정작 지숙이는 관심 없어 보였어요. 그냥 남자애들이 다 유치하기도 했고, 여자애들끼리 노는 게 재밌었어요. 고등학교 올라와서 한번은 사탕 바구니를 받아 들고 집에 온 적이 있긴 있었죠. 걔가 고백했을 때도 지숙이 얼굴이 빨개지긴 했는데, 애초에 별로 받아 줄 마음은 없었어요. 학원에서 평판 좋은 애도 아니었고 지숙이가 좋아하는 타입도 아니었으니까. 사탕 갖고 온 날에 엄마한테 나 남자 친구 사귀어도 돼? 하고 물어 봤다는데 슬쩍 엄마를 떠보려고 했던 거겠죠. 지숙이 엄마가 엄하시거든요, 그래서 친구들도 다 무서워했어요.

당연히 엄마는 '이따 크면 사귀어' 하고 말았지요. 지숙이가 좋아했던 스타일은…… 잘 모르겠어요. 인피니트 성열이랑 엑소 백현? 아빠 같은 사람이랑 결혼한다고 한 적은 있어요. 딸들은 으레 그런 말을 하기 마련이니까, 엄마는 그 소리를 듣고 '그으래 애 꼬오옥 아빠 같은 사람이랑 결혼해라!' 했다는데요. 엄마는 엄하게 하고 화장도 못하게 하는데 아빠는 늘 지숙이를 몰래 데리고 나가서 용돈도 주고, 슬쩍 화장품도 사주고 하니깐 그런 게 자상하게 느껴지고 좋았나 봐요. 하여간 아빠랑은 쑥덕쑥덕하면서 마음이 잘 맞았어요. 아마 엄마도 아빠의 그런 모습이 좋아서 결혼했던 거 아닐까 싶기도 해요.

엄마가 아빠를 처음 만난 것은 열아홉 살 때 일이다. 그때는 엄마랑 아빠가 아니라 이미순 양, 백성근 군이었다. 태안 바닷가 마을에 살던 열아홉 살 미순은 선생님이 "취업할 사람?" 물어보기에 냅다 "저요!" 하고 손을 들었다. 위로 오빠 셋에 언니 하나라 집에서는 군기가 있었지만 친구들끼리 어울릴 때는 장난기도 있고 성격도 털털했다.

머리도 짧게 자르고 흰 티셔츠에 청바지만 입고 다녔으니까요. 그렇게 공장에 취업을 나갔다가 먼저 실습 나와 있던 성근을 만나게 된 거죠. 첫 인상은…… 남자애가 참 귀엽고 예쁘구나 이런 느낌이 들었어요. 친구들 여럿이 어울리는 사이여서 언제부터 우리 사귀자, 한 건 없었어요. 근데 군대 가기 전에 성근이 한마디를 남기더라구요. "너, 머리 길러."

그때부터 미순은 머리를 기르기 시작했다. 성근은 군대에 가고 미순은 부천의 기숙사가 딸린 회사로 옮겨 갔다. 흐지부지되나 싶었는데 어느 날 기숙사로 성근이 전화를 걸어왔다. 전화번호를 알려 준 적도 없는데 말이다. 그냥 그렇게 자연스럽게, 물이 위에서 아래로 흐르듯이, 불이 서서히 번지듯이 두 사람은 사랑에 빠졌다.

미순은 주말마다 성근을 면회 갔고, 몸이 가지 못할 때는 편지가 대신 갔다. 결혼하고는 싸운 적이 종종 있어서 방문 닫고 지숙이 혼자 스트레스받을 때도 있었지만, 사귀면서는 큰소리 한 번 난 적이 없었다.

그냥 이렇게 이 사람이랑 결혼하는구나, 그게 자연스러운 거구나 했어요. 1995년 1월, 성근이 제대를 했고 2월부터 약혼하고 같이 살게 됐어요. 그러다가 3년 뒤에 사과 꿈을 꾼 거예요. 사과밭이 있었는데, 아래에는 사과 다치지 말라고 지푸라기들이 포슬포슬 깔려 있었어요. 그 가운데 사람 머리통만 한 사과가 하나 있기에 뚝 따면서 '이거 나 혼자 먹어야지' 했어요.

그 꿈 꾸고 1998년 2월 23일에 지숙이가 태어났어요. 출산 준비하러 대전 시댁에 내려간 그날, 양수가 터졌어요. 예정일보다 조금 일찍 태어났는데 3.4킬로그램 우량아였어요. 아기 때 사진 보면 팔뚝이 울룩불룩 접혀 있어요. 어릴 때는 순하고 속 썩이는 일 하나 없었어요. 3년 뒤에 지호가 태어났는데, 동생한테도 잘했어요. 아기 젖 물리고 있으면 지숙이가 쫑쫑 걸어와서 다른 쪽 무릎에 앉아요. 너 뭐 해, 물으면 그냥 보는 거예요, 하면서 젖 먹는 걸 봤어요. 그러다 자기가 젖을 먹이겠다고 우기기도 하고. 지호가 크면서 응급실 갈 일이 몇 번 생겨서 지숙이를 다른 집에 맡겨둘 때가 있었어요. 어린애가 혼자 있느라고 마음고생을 했을 거예요.

지숙이가 초등학생 때 빽빽하게 써 놓은 일기장들이 있다. 그 가운데 하나를 펼쳐 보니 여름 방학 어느 날의 풍경이 떠오른다. 지숙이는 지호와 함께 대전의 할아버지 할머니 댁에 왔다. 할아버지는 지치지도 않는 어린애들을 데리고 화투패를 맞춰 보며 논다. 한참을 신나게 놀다 엄마 아빠 생각이 나서 입가가 샐쭉해질 때쯤 발소리가 들린다. 지숙이는 단번에 그게 엄마인 줄을 안다. 우다다 뛰어나간 지숙이가 엄마의 품에 안긴다.

8월 2일 목요일
할아버지 댁에 엄마가 오셨다. 우리가 화투를 치고 있었다. 그런데 엄마가 오시자 우리는 화투 치다 말고 엄마를 반가워하였다. 그래서 힘이 쑥쑥 났다. 엄마에게 이것저것 얘기를 했는데 지금까지 콩밥만 먹었어요 하니깐 엄마가 하하하 하면서 웃으셨다. 그리고 밥을 먹을 때 또 콩밥 너무 콩밥이 질렸어! 그러고 나서 할아버지께서 사 주신 것을 구경을 시켜 주었다. 그리고 화투 치기 너무 재미있다. 엄마가 오실 때 꼭 엄마 젊었을 때 같고 왠지 낳설다.

지숙이는 이걸 보고 어릴 때 일기라서 부끄럽다고, '낯'을 '낳'으로 썼다고 얼굴을 가릴지도 모르겠어요. 그런데 이 말이 되게 기억이 남잖아요. '엄마가 오실 때 꼭 엄마 젊었을 때 같고 왠지 낯설다.' 이게 무슨 뜻일까. 고작해야 여덟아홉 살짜리가 쓴 일기인데요, 알 것 같기도 하고 모를 것 같기도 해서요. 며칠 만에 본 엄마 얼굴이 부쩍 낯설어졌는데, 근데 그 얼굴이 사진 속에서 봤던 엄마 젊었을 때 같았나 봐요. 젊었을 때같이 낯설다는 건 무슨 뜻일까 아리송해서, 그래서 자꾸 들여다보게 돼요.

지숙이는 2월 생이라 유치원도 학교도 한 살 먼저 들어갔다.

애들은 한 해 한 해가 너무 다르니까 걱정을 했는데, 지숙이가 야물딱져서 믿고 보냈어요. 앉아 가지고 손으로 만드는 것도 곧잘 했고요. 학교 들어가고 싶어? 물으니까 네! 가고 싶어요, 그랬거든요.

고만고만한 아이들과 지숙이가 서 있는 유치원 단체 사진이 보인다.

나중에 알고 보니까 같은 반에 차웅이가 있었어요. 그때는 몰랐죠. 입학하고는 적응한다고 고생을 했어요. 쪼끄만 애들이 지들도 뭐를 안다고, 지숙이한테 너 우리한테 언니라고 불러, 안 그러면 안 데리고 놀 거야 하고 그랬어요. 6학년 때도 지숙이가 몸 불편한 친구를 돕는 짝꿍이 되었는데 그 친구가 따돌림을 당하고 있었나 봐요. 지숙이는 그래도 짝꿍이니까 그 친구랑 말도 섞고 체육 시간에 도와주기도 하는데 몇몇이 지숙이한테 와서 너 쟤랑 놀지 마, 했대요. 지숙이가 한참을 속으로 끙끙 앓다가 어느 날 엄마한테 말했어요. 힘들다고, 엄마가 말 좀 해 주면 안 되냐고. 선생님이 신경 써 주신 이후로는 재미있게 편하게 다녔어요. 막 나서서 떠들고 장난치는 성격이 아니어서 그렇지 마음 맞는 친구들이랑은 까불면서 놀았어요.

선생님 저 공부 열심히 가르쳐 주세요.

저는 공부를 이번에는 열심히 하고 싶거든요. 저는 부모님을 기쁘게 해 주고 싶고 그리고 초등학교의 마지막 학년이니까요. 어제가 1학년 같은데 세월이 참 빨라서 하고 싶은 것도 못 해서 후회도 해요. 마지막으로 공부를 열심히 하고 싶거든요.

- 6학년 3반 19번 백지숙 올림. 2009년 3월 12일.

중학교 때는 사귀는 친구들 범위도 넓어지고 하니까 중앙동, 고잔동 가서 놀고 싶다고 말하기도 하더라고요. 엄마는 안 돼, 거기는 나쁜 언니 오빠들 다니는 데야, 하고 말았지요. 사실 친구들이랑은 그래서 멀리까지 나가서 놀아 본 적이 별로 없어요. 몇 번 중앙동 몰려가서 스티커 사진 찍고 돈가스 먹고 닭갈비 먹고 옷 구경한 정도.

지숙이는 스파게티 같은 느끼한 거 좋아했어요. 그리고 노래방은 꼭 갔죠. 〈렛잇고〉와 〈소녀시대〉를 부르고, 더 소수 정예 멤버만 가면 아웃사이더의 〈외톨이〉는 꼭 불렀어요. 그거 부르면 웃느라고 정신 없었어요. 언제는 예지랑 지숙이랑 소영이랑 같이 노래방에 갔는데 거기 아저씨가 브이아이피 룸을 주는 바람에 완전 빵 터져서 신나게 놀았어요.

가족끼리는 많이 놀러 다녔어요. 주로 아빠가 인터넷으로 조사해서 계획 다 세워서 출발했어요. 12월 31일마다 놀이공원도 가고, 산천어 축제도, 남이섬도 갔어요. 지숙이는 남이섬 좋아했어요. 설악산도 갔고, 여름마다 해수욕장도 갔고, 음식 당번 정해서 친척들이랑 단체로 여행도 다녔어요. 낚시도 재밌어했어요.

중학교 3학년 올라갈 때부터 지숙이는 치아 교정을 시작했다.

처음 발치할 때는 아프고 무서우니까 엄마랑 같이 갔는데 뒤로는 혼자 잘 다녔어요. 치과에 가게 되면 지숙이는 혼자서 중앙동을 탐험하고 다녔어요. 어제는 치과 있는 건물을 쭉 다 훑어보고 다음번에 갈 때는 옆 건물을 훑어보고. 그렇게 혼자서 발을 넓힌 거죠. 더 어릴 때는 안 돼, 하면 그냥 수그러들었는데 중학교 2, 3학년 되면서는 말을 따박따박 하기 시작하더라고요. 엄마 엄한 걸 아니까 무턱대고 반항하는 게 아니라 '왜 그거 안 해야 돼요?' 물어보기 시작하는 거죠. 엄마가 '어쭈 많이 컸다?' 하면, 이거는 반항이 아니라 엄마가 물어보기에 의사 표현을 하는 거라고 말하기도 했어요.

중학교 2학년 때 한 무리가 지숙이를 은근히 괴롭혀 스트레스를 많이 받았다. 펜 좀 빌려 갈게, 하고 안 돌려주고 하는 소소한 일들이었지만 그게 쌓이고 쌓이니 스트레스가 안 될 수 없었다. 친한 친구들은 그냥 걔들한테 가서 욕 한 번 하고 모르는 척해! 했지만 지숙이는 앞에서는 아무렇지 않게 웃어 주는 애였다.

그게 답답했어요. 그래서 그냥 친구들끼리 수다 떨고 문자 하면서 스트레스 풀었어요. 그래도 그때 제대로 딱 얼굴 보고 너네 그러지 말라고 말했으면 좋았을 것 같아요. 지숙이는 내내 착했거든요. 점심 먹고 나면 가위바위보 해서 식판 정리하는 거 몰아주기 했는데, 지숙이는 자기가 걸린 것도 아니면서 치우는 걸 자주 도와줬어요. 그냥 거기 있으면 편안하고 듬직한 애였어요.

용돈 얼마 받는지 뻔히 아니까, 서로 생일은 그냥 넘기자 했는데 작은 초코케이크 하나 사서 왔더라고요. 그때 되게 감동받았어요. 가만히 있다가 뜬금없이 사랑한다느니 하는 문자를 보내지 않나, 예쁜 짓이라고 애교를 피우지 않나. 하여간 잔정 많은 애였어요. 지숙이 키가 큰 편이 아니라서 안고 있기 좋았어요. 폭신폭신하고. 지숙이한테 이렇게 어깨동무하듯이 팔 한쪽을 걸치고 있으면 얼마나 편했는지 몰라요.

To. 엄마
후하후하 아 손발 떨려 ㅠㅠ …… 엄마한테 말하고는 싶은데 무서워서 말 못 하겠고 (이 편지를 쓴다고 결심할 때부터 떨렸스) 그래요. 결론만 얘기할게요! 아빠가 아침에 말하려고 했는데 말하는 건 더 혼날까 무섭고 편지로 써요! 그래요! 나! …… 나! 사고 쳤어요! (워~ 워~ 그런 사고 말고!) 오늘 스킨푸드에서 아빠가 코팩 사 줬다고 했지? 그때 너무너무 사고 싶어서 틴트도 같이 샀어요. 틴트가 뭔지 몰라서 설명해 드리는 건데 입술에 바르는 일종의 화장품이에요! 아빠한테 뭐라고 하지 마요. 내가 사 달라고 조른 거니까~ …… 그래도 처음으로 하는 거라서 연한 걸로 샀어요. 진짜 티 안 나요. 그래도 히히 나는 좋아 ㅋ 내가 원하는 걸 얻었으니까 애들이 부럽고 사고 싶으니까. …… 내일 엄마가 보고 싶다고 하면 보여 줄 거예요. 방에서 몰래 바르다가 걸려서 맞고 그러는 건 그렇고 엄마가 보는 앞에서 당당하게 바르고 싶어서 그래요. 혼도 들 나고. 헤헤 ^^
From. 지숙

스케치북만 한 편지지에 써 내려간 지숙이 글씨를 보니 얼마나 떨려 했는지 그 마음이 짐작된다. 그렇게 지숙이 필통에는 엄마 몰래 산, 아빠가 슬쩍 사다 준 화장품들이 하나둘 늘어났다.

애들은 어디 나가 놀 때 비비크림에 틴트 바르고 아이라이너도 하니까요. 애들이 파우치를 책상에 갖다 놓고 지숙이한테 해 주기도 했어요. 집에 가기 전엔 싹싹 지웠지만요.

고등학교 올라가면서 지숙이가 부쩍 성숙해져서 화장을 해 놓으면 은근히 예뻤어요. 고등학교 2학년 초반에 롯데리아에서 우연히 중학교 친구를 만났는데 대번에 그 친구가 그러더라고요. 너 왜 이렇게 예뻐졌냐고. 살 빼겠다고 저녁밥을 고구마랑 계란만 먹고 화정천이나 화랑유원지 가서 뛰어서 그랬나. 근데 살은 별로 많이 안 빠졌으니까 그래서 예뻐진 건 아닌 거 같고. 그냥 자연스럽게 예뻐졌어요. 태가 좀 났다고 해야 하나. 어쩌면 누구를 좋아하는 마음이 생기면 예뻐진다는 어른들 말이 진짜였을 수도 있지요.

경찰이 되고 싶어서였는지 추리 소설, 추리 만화 다 좋아했어요. 〈명탐정 코난〉이랑 드라마 〈셜록〉을 특히 좋아했어요. 코난은 일본 버전으로 싹 다 봤는데, 추리도 좋아한 모양이지만 정작 친구들한테 보라고 추천한 건 '런던의 고백' 편이었어요. 그 만화 아세요? 신이치의 여자 친구 란이 런던 빅벤 앞에서 기다리고 있는데 신이치가 나타나요. 주어진 시간은 잠시뿐인데 란은 그동안 쌓인 오해 때문에 눈물을 보이며 돌아서고 말죠. 탐정이면서 어떻게 내 마음도 모르냐고 돌아서는 란의 손목을 신이치가 잡아끌어요. '아무리 명탐정이어도, 좋아하는 여자의 마음은 추리할 수가 없단 말이야!' 라는 대사를 뱉으면서. 친구들은 오글거린다고 손발을 오그리고 난리났는데 지숙이는 그걸 보면서 마음이 쿵쾅대서 잠도 못 잤어요. 지숙이는 그게 좋았대요.

단원고에 가는 걸 엄마 아빠는 반대했는데, 지숙이가 가고 싶다고 엉엉 울었어요. 고등학교 올라갈 때엔 지숙이가 장래 희망을 경찰로 정해 놨거든요. 남들 도와주는 일 하고 싶다고 꽤 구체적이었어요. 경찰학과 가려면 어느 성적이 나와야 되고 그러면 자기한테는 단원고가 맞다 이거예요. 결국 엄마 아빠가 손을 들었어요. 그렇게 단원고 가서는 진짜 재밌게 지냈어요. 유니나 선생님을 좋아해서 선생님처럼 일본에 배낭여행 갈 거라 다짐도 하고. 친구랑 배드민턴부 만들어서 둘이서 회장 부회장 하기도 하고, 엄마 몰래 봉사 활동도 나가고요.

다른 학교에 다니던 친구가 단원고로 놀러간 적이 있다. 친구가 놀러 온 걸 안 지숙이가 교문에서부터 우다다 뛰어 내려온다. 마치 어린 시절 엄마 아빠를 마중 나갔던 때처럼. 겁도 없이 뛰어 내려온 지숙이가 그대로 팔을 벌려 친구를 껴안는다. 폭신하고 따뜻했다.

지숙이는 달래에 간장 비벼 먹는 걸 좋아해 달래를 사 오면 늘 지숙이가 식탁에 앉아 그걸 다 다듬었다. 마늘을 한 보따리 사 오면 네 식구가 둘러앉아 몇 시간씩 마늘을 깠다. 아빠 생일날에는 요리 학원에 가서 케이크를 만들어 오고, 엄마 돌아오는 생일날엔 꼭 미역국을 끓여 먹이겠다고 요리법을 메모해 놨다. 무슨 일 있을 때마다 용돈 모아 엄마에게 몇천 원 짜리 액세사리 사 주었던 것이 이제야 서랍 여기저기서 나타난다. 고사리손으로 사 주었던 귀걸이며 목걸이들이 누가 들여다본 적 없는데도 거기서 가만히 빛나고 있었다.

지숙이가 그래요. 한눈에 확 들어오는 아이는 아닌데, 가만히 보고 있으면 얼굴이 반짝반짝 빛이 나요. 돌아보면 다 그래요. 아파트 엘리베이터 앞에서, 몰래 오빠 뒷모습을 찍던 학교 복도에서, 엄마 오른쪽 무릎에서, 친구들 급식판을 치워 주던 교실에서, 아빠랑 간 화장품 가게에서, 줄넘기 하던 화정천에서, 달래 다듬던 식탁 모서리에서 지숙이 얼굴이 가만히 빛나고 있어요. 어른들이 그러잖아요. 번쩍이고 화려한 건 금세 사라지지만 가만히 빛나는 것들은 절대 사라지지 않는다고. 그러니까 지숙이한테 말해 주고 싶어요. 가만히 너를 들여다보면 네가 얼마나 빛이 나는지, 네가 얼마나 예쁜지 알 수 있다고요. 몇 번이고 몇 번이고 다시 말해 주고 싶어요. 네 얼굴에서는 가만히 빛이 난다고, 그게 참 예뻐서 너를 안았을 때처럼 네 얼굴을 떠올리면 마음 한구석이 폭신하고 따뜻해진다고.

가만히 빛나는 지숙이에게 몇 번이고, 몇 번이고 다시 말해 주고 싶어요.

멈춰 버린 시간을 붙잡고 싶어

안산 단원고 2학년 3반 **신승희**

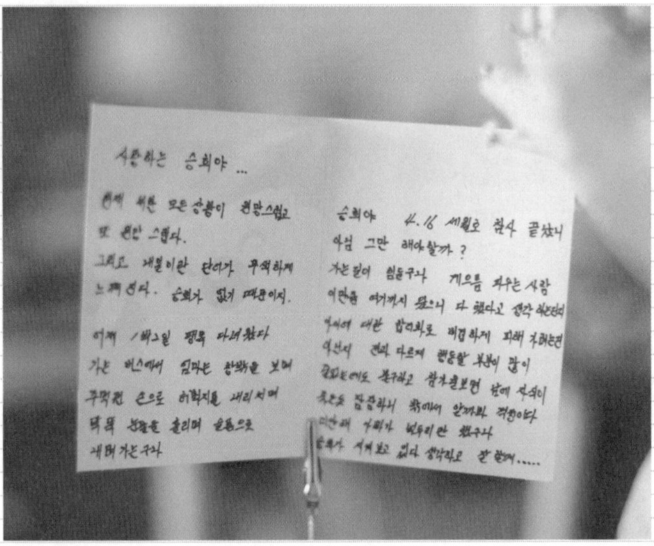

1. 승희 여덟 살 때 시골집 옥상에서 찍은 가족사진.
2. 승희 열한 살 때 놀러 간 눈썰매장에서 찰칵. 승희는 늘 활기차고 에너지가 넘쳤다.
3. 승희 고1 때 찍은 셀카 사진.

"좋아하는 연예인이 누구야?"

"틴탑."

"어, 혜원이도 틴탑 좋아하는데. 혜원아! 세리도 틴탑 좋아한데."

승희가 소리치자 혜원이와 은화가 세리 곁으로 다가왔다.

"난 엘조 좋아하는데?"

"어, 나도."

공통된 관심사에 금세 소녀들의 이야기꽃이 폈다.

"같이 성장해 너무 행복했어"

"담임 샘이 나를 싫어했나 싶을 정도로 중3이 되었을 때 혼자만 뚝 떨어져 반 배정이 된 바람에 혼자였어요. 서먹해서 밥도 혼자 먹고 쉬는 시간에도 잠만 잤는데, 학기 시작되고 2주쯤 지났나, 승희가 웃으며 다가와 말을 거는 거예요. 좋아하는 연예인이 누구냐고. 승희가 친구들을 부르면서 판이 커졌죠. 체육 시간이 됐는데 승희가 놀 계획을 다 짜 놨더라고요. 체육관에 몰려가서 한참을 놀았는데 그때부터 친구들이랑 친해졌어요. 승희랑 혜원이, 민주, 그리고 은화까지, 어디를 가나 늘 함께였죠." 내성적이고 수줍음이 많다는 세리가 승희와의 인연을 설명했다.

함께 둘러앉은 혜원이와 민주가 "나도, 나도" 하며 맞장구를 친다.

"저는 중1 때 함께 놀던 친구들이 있었는데 그 친구들과 크게 싸웠어요. 그러곤 혼자 떨어져 나왔는데, 그때 저한테도 먼저 다가와 준 게 승희예요. 승희가 속상한 말도 잘 들어 주고, 빈말이라도 같이 욕도 해 주고. 고맙다고 미안하다고 하면 괜찮다고, 뭘 친구끼리 이런 걸 신경 쓰냐고……"

민주에게 승희는 늘 고민을 털어놓을 수 있는 친구였다. 공부 스트레스, 친구랑 싸운 이야기, 엄마한테 실수한 것들…… 해답을 못 찾아도 승희랑 얘길 하고 나면 "마음이 뻥 뚫렸다". 처음 본 승희는 신사임당 같았다. 큰 눈과 예쁘장한 얼굴에 얌전한 모범생 분위기가 났다. 하지만 승희는 늘 에너지가 넘쳤고, 활기찼으며, 터프했다.

"쉬는 시간만 되면 승희가 다짜고짜 손을 잡고 복도로 뛰어나가요. 얼떨결에 손잡은 애들이 줄줄이 같이 뛰는데, 항상 맨 앞에 승희가 있었어요. 어디를 간다 그런 건 없죠. 그냥 미친 듯이 복도를 뛰고, 계단을 오르락내리락하고. 술래잡기도 하고 얼음땡도 하고. 지나가는 샘들마다 '뛰지 마라' 혼을 냈죠. 그러면 '네' 하고는 다시 뛰고…… 스트레스가 확 풀리고, 웃겨 죽는 줄 알았어요."

닮은 점이 너무 많아 "우린 영혼의 쌍둥이"라며 하루에도 두세 번씩 연락을 주고받을 만큼 단짝이었던 혜원이의 기억 속에 승희는 늘 "학교를 놀이터 삼아" 그 누구보다 신나고 재밌게 노는 아이였다. 체육복을 교복처럼 입었다.

소풍으로 간 놀이공원에서 승희가 바이킹을 3번이나 타고 다른 놀이 기구를 15번 넘게 타 친구들이 혀를 내둘렀던 기억도 난다. 매년 겨울 방학이면 눈썰매장으로 몰려갔다. 직원보다 먼저 도착해 문이 열리면 일등으로 뛰어나가 한 번도 안 쉬고 눈썰매를 탔던 승희의 모습도 생생하다. 언 손을 비벼가며 함께 먹던 컵라면 맛은 기똥찼다. 매일 동네 놀이터와 분식점, 노래방과 영화관을 전전하다 서울로 진출해 보자며 처음으로 서울 땅을 밟아 홍대로 나들이를 나섰던 날도 있었더랬다. 물론 불야성의 거리를 아침에 가서 대낮에 돌아오는 우를 범하긴 했지만, 고급스런 건물 외관에 밥값이 비쌀까 봐 홍대에서 '김밥천국'을 찾아 헤매며 배를 곯기도 했지만, 함께인 게 좋아 웃음이 터져 나왔던 시간이었다.

“승희는 놀 땐 놀고 할 땐 뭐든 확실히 했어요. 남들 앞에서 춤추는 게 부끄럽잖아요. 그런데도 애들이 하자고 하면 ‘그래’ 하면서 열심히 하고. 피구할 때도 아이들이 무조건 승희랑 같은 편 하려고 했어요. 공 던질 땐 눈빛이 달라졌다가 던지고 나면 표정이 선해지고…… 공부도 늘 꾸준히, 열심히 했어요. 은화랑 반에서 1~2등을 다투기도 했죠. 똑똑하고, 재주 많고, 글도 잘 쓰고, 노력도 많이 하고…… 그렇다고 나대고 잘난 체하는 스타일도 아니고. 우리 승희 자랑하면 끝이 없죠.”

친구들은 그런 승희가, 승희의 열정과 노력이 항상 부럽고 자랑스러웠다.

친구들은 승희를 숭어 또는 신숭생숭이라 불렀다. 이름 때문에 붙은 별명이다.

“별명은 승희가 잘 지어요. 특징을 잘 잡고, 라임도 딱딱 맞춰서. 전 승희가 연락할 때마다 ‘뭐 해?’ 그러면 똥 싼다고 하니까 ‘좋았어, 넌 앞으로 똥년’이라고…… 민주는 멜짱으로 지어 줬는데, 귀엽다고 좋아하다가 나중에 정육면체 불량 식품 필의 젤리 이름인 걸 알고 대박 웃고…… 세리는 시베리아 시박새끼예요. 어른들 보면 욕이라고 뭐라고 할 수도 있는데, 정말 친한 우리들끼리만 기분 좋고 유치찬란하게 부를 수 있는 애칭이에요.”

승희에게 서운한 일, 속상한 일은 없었냐고 묻자 모두 약속이라도 한 듯 “전혀”라고 답한다. 승희가 너무 완벽한 천사가 된 거 아니냐고 재차 되물었지만, 승희에게 마음 상한 적이 없단다. 보통 여자애들끼리는 작은 일에도 잘 삐지고 말도 안 하는데 승희는 좀 달랐다. 누군가 기분이 좀 안 좋아 보이면 눈치 빠르고 쿨했던 승희가 항상 선수를 쳤다. 먼저 말을 건네고 “괜찮아, 친구끼린데 어때”라며 마음을 녹였다. 함께 나눈 시간들이 마냥 행복한 건 뭘 몰라서가 아니다. 지난 추억이라서가 아니다. 충만한 우정을 나눴기 때문이다.

서로 다른 꿈을 찾아 각기 다른 고등학교로의 진학이 예정돼 있던 원일중학교 졸업식 날. 승희는 메모장에 다음과 같이 적었다.

나의 인생에서 중학교란 것은 나에게 깨달음을 주고 몸과 마음을 성숙하게 이끌어 준 거 같다. 물론 힘든 일도 있었고 사춘기의 출발점이라 상처받은 날도 많고 혼자 운 적도 많지만 그 과정을 거치고 나니 후련하고 한층 더 성장한 것 같아서 뿌듯하다. 고등학교 때는 지금보다 더 힘들 거라고 예상한다. 그치만 나의 긍정의 힘이 꼭 성공의 길로 이끌 거라고 굳게 믿는다.

내가 정말 사랑하는 혜원, 민주, 세리, 은화, 혜선, 수현…… 이 친구들과 헤어진다는 게, 너무 믿겨지지 않고 슬프다. 이 친구들과 함께한 시간이 난 너무너무 행복하고 즐거웠다. 너희와 함께했던 추억만 떠올리면 눈물이 날 것 같다. 건강하고 항상 행복했으면 좋겠다. 그리고 나를 정말 좋은 친구로 기억해 줬으면 좋겠다. 같이 성장하는 것이 나는 너무 행복했어.

"희망의 빛을 보여 주고 싶어"

승희는 1997년 1월 11일 밤에 태어났다. 배가 나오지 않았다면 임신인 줄 몰랐을 만큼 배 속에 든 아이는 얌전했다. 입덧도 없었다. 엄마의 배 나온 모양을 보고 사람들은 아들 배라고 했지만 부부는 아들이든 딸이든 괘념치 않았다. 승희가 세상에 나올 신호를 보냈을 때, 엄마는 아빠를 위해 반찬을 만들고 대청소를 했다. 방영 중인 드라마 〈그대 그리고 나〉를 끝까지 챙겨 봤다. 첫째 승아 때 진통이 길었던 터라 병원에는 좀 천천히 갈 심산이었다. 하지만 진통을 너무 오래 참았던지, 병원에 도착하자마자 아이가 태어났다. 까무잡잡한 피부에 머리숱이 많고 크고 예쁜 눈을 가진 아이를 보며 아빠는 오를 승에 기쁠 희 자를 써서 이름을 승희라 지었다. 삶에 기쁘고 즐거운 일이 많길 바라는 마음에서였다.

"제가 어머니 사랑은 많이 받았는데, 아버지는 엄하고 잔정이 없으신 분이라 귀여움을 못 받았어요. 그래서 아이들 키우면서 나는 우리 아버지처럼 되지 말자 다짐했죠. 아이들과 추억도 많이 쌓고 남겨 주고 싶어서 동심으로 돌아가서 함께 놀았죠. 딸들만 데리고도 잘 다니고, 사진도 많이 찍고……"

집 안 곳곳을 가득 메운 사진들은 모두 아빠가 찍은 것이다. 사진 속에는 승아, 승희의 성장기와 단란했던 네 가족의 역사가 고스란히 담겨 있다.

승희는 어렸을 때 눈 가리고 사람 찾는 놀이를 굉장히 재밌어했다. 그 놀이를 할 때면 승희 입에서 깔깔깔 웃음이 떠나지 않았다. 아빠를 말 삼아 타고 놀았고, 베란다를 마당 삼아 숨바꼭질에, 물놀이도 했다. 좀 커서는 곧잘 보자기를 뒤집어쓰곤 장사 놀이, 공주 놀이 등의 상황극을 즐겼다. 아빠가 일찍 퇴근하는 날이면 아이들은 아빠 팔에 하나씩 안겨 무서운 이야기를 자장가 삼아 듣곤 했다. 겁이 많았던 승아와는 달리 승희는 무서운 이야기를 좋아했다. 화장실, 성황당 등 아빠가 어렸을 적 무서워했던 것들이 단골 소재였다.

"성장하는 모습이 너무 예뻐서 보는 것만으로도 좋았죠. 얘는 뭘 신경 쓸 게 없었어요. 성격도 밝고 활달한 데다 낙천적이었죠. 뭘 사 달라 떼쓰고 그런 것도 없어서 장난감도 우리가 사서 안기고 그랬으니까." 아빠의 기억 속에 승희는 불같은 할아버지에게서조차 귀여움을 받는 순하고 애교 많은 자식이었다.

부부가 승희 때문에 맘을 졸였던 건 일곱 살 때가 처음이었다. 승희가 동네 아이들과 골목에서 인라인스케이트를 타고 기차놀이를 하다 넘어져 길가에 방치된 식탁 유리에 무릎을 크게 다친 것. 피범벅이 된 다리는 무릎뼈가 다 드러날 정도로 상처가 깊었다.

"누군가 다친 승희를 안고 왔는데 그걸 보고 식겁했어요. 덜덜 떨면서 비상 깜박이 켜고 중앙선도 넘어 운전해 겨우 병원에 갔는데, 작은 병원에선 치료가 안 된다는 거예요. 큰 병원으로 다시 가는데 승희가 뒷좌석에서 울면서 '나 죽어요? 제발 살려 주세요' 그러더라고요. 큰 병원에 가니 상처가 심해서 마취를 해도 효과가 없다며 생살을 꿰매는데……"

사고 직후 엄마는 집을 내놨다. 딸들이 안전하고 마음 편히 놀 수 있는 환경을 가진 동네로 이사 갈 마음을 먹었기 때문이다. 새로운 보금자리에서 승아와 승희 모두 무탈하게 자라났다. 아기 때부터 야무졌던 승희는 클수록 더욱 야무져지고 똘똘해졌다. 동시에 인정 많고 속 깊은 아이로 성장했다. 신생아 때 태열이 아토피로 변한 것과 너무 깔끔을 떠는 성격에 학교에서는 화장실을 못 가 변비로 한참 고생 했던 것이 있긴 하지만, 승희를 키웠던 18년 동안 건강 문제로 속 끓인 기억이 없다.

'뽀뽀 곱하기 삼' '가족 모두 놀아 주기' '안마 십 분' '심부름 곱하기 둘' '네이트'…… 승희가 승아와 함께 부부에게 줬던 쿠폰 선물 목록이다. 어디를 가든 엄마 아빠 걱정할까 봐 메모나 편지를 곧잘 남기곤 했다는 승희의 메모엔 귀여운 글씨체로, "아빠가 내 아빠라서 자랑스러워" "우리 가족이 함께 웃는 거 자체가 가장 행복해"…… 라고 쓰여 있다. 고등학교 2학년 때는 안산시에서 주는 성적 우수 장학금을 받아 엄마 아빠 결혼 20주년 기념 여행을 보내 주기도 했다.

To. 사랑하는 엄빠
사랑하는 엄마 아빠! 안녕! 오늘은 4월 6일 결혼기념일이지? 딸들이 모를 줄 알았어? ㅎㅎ 딸들이 티 안 내려고 노력했는데. ㅋㅋㅋㅋ 흐아~ 승희는 공부도 그렇지만 제주도 가는 것 때문에 정신없다. 엄마 아빠가 비싼 돈 주고 보내 준 만큼 엄청 신나게 후회없이 놀다 올게! 나 없어도 3일 참으슈. 그리고 내가 사야 할 걸 몰아서 사지만 그동안 사려던 걸 미뤄서 그렇게 된 거야! 꼭! 필요한 것들이니까 이번만…… 쫌 지를게! sorry~♡ 제주도 다녀와서는 진짜 공부만 할 거니까 걱정 마~ 오늘 결혼기념일 정말 축하해?! ♡ 사랑해

결혼기념일 선물 옵션: 1.가족외식권 2.이불권 3.데이트권
(이불권, 데이트권 강추! ★★ 실용적인 것)
부족한 돈이지만 그래도 즐거운 하루되시길 ♡
From. 승희

"승희는 저 알아서 잘 컸어요. 막내인데도 일 마치고 집에 가면 '엄마 힘들지? 내가 다 해 줄게' 하고 어깨도 주물러 줘요. 김치 담글 때도 옆에 와서 '내가 뭘 도와 줄까' 그러면서 설거지도 해 주고, 간도 봐 주고. 밥 먹을 때 생선이나 고기를 주면 애들은

그냥 먹잖아요. 승희는 안 그래요. '아빠 고마워, 잘 먹을게요' 그러고…… 승희 아빠가 잘했어요. 꼭 예쁜 딸이라고 하고, 내 새끼 사랑해 소리를 잘했죠. 그게 몸에 배었죠, 애들이. 그러다 보니까 고맙다는 말이 자연스럽게 나오고, 다 컸는데도 엄마 아빠랑 입에다 뽀뽀하고. 애들을 사랑으로 키우니까 저렇게 크지 않았을까 나는 그렇게 생각했어요. 아빠가 늘 어떻게 저런 딸이 우리 둘한테서 나왔는지 모르겠다며 예뻐했어요. 딸인데도 든든하다고, 자기한테 과분한 애라는 말을 입에 달고 살았죠. 그렇게 애가 속도 깊고 반듯했어요."

부부는 늘 아이들에게 많은 걸 해 주고 싶었다. 여유가 있었기보단 자신들이 어렸을 적 누리지 못한 것들을 많이 누리게 하고 싶었다. 그래서 늘 말했다. 필요한 거 있으면 다 얘기하라고. 스키를 타고 싶으면 타고, 수영을 하고 싶으면 하라고. 기죽지 말라고. 하지만 승희는 늘 충분하다고 말했다.

회계사, 전문 경영인. 승희가 고등학교 1학년 때 꿈꿨던 장래 희망이다. 엄마는 야무진 아이라 뭘 해도 잘할 거라 믿었다.

"사실 나는 세상이 너무 무서워서 그냥 무사히 잘 커 주고 좋은 사람 만나 잘 살면 좋겠다고만 생각했어요. 욕심 없이 평범하게만 살아 줬으면 했죠. 근데 승희는 자기가 알아서 공부했어요. 시험 기간엔 잠도 안 자고 공부를 하더라고요. 열심히 하면 한 만큼 성과가 있으니까, 더 열심히 하고, 욕심도 더 부리고. 꾸준히 노력하는 걸 보니 이대로만 하면 좋은 대학도 가고, 지가 하고 싶은 꿈을 펼치겠구나 싶었죠."

승희가 남겨 놓은 메모에는 "성취감 없이 쉬운 일을 선택하는 것이 싫다"고 적혀 있다. 학생 승희에게 공부란 그의 자리에서 할 수 있는 도전이자 성취이고 효도였다.

중간고사가 2주 정도 남았다. 이제 나 자신과의 싸움이다. 반드시 평균 90을 넘겨서…… 넘겨서…… 지쳐 있는 우리 가족에게 '희망'이라는 빛을 보여 줄 것이다. (중략) 내가 이길 것이다. 지쳐 있고 힘든 아빠를 위해, 아빠를 위한 것은 즉 나를 위한 것.

- 중2 시절 메모

가족 모두가 못 잊는 추억 중 하나는 승희가 선부초등학교 5학년 때 간 가족 여행이다. 아빠의 깨복쟁이 친구들 가족 모임에서 4박 5일 일정으로 떠난 필리핀 세부 여행에서 승희네 여행 모토는 "언제 또 와 보겠냐, 하고 싶은 거 다하고 놀사"였다. 맑고 푸른 바닷속을 깊게 스쿠버 다이빙도 했더랬다. 신기한 것도 많이 보고, 맛난 것도 많이 먹고, 풀장에서 원 없이 물장난도 쳤다. 더없이 신나고 행복한 시간이었다. 그래서였을까? 승희가 서른 이후를 상상하며 꾼 꿈 중 하나는 여행이었다. 가족 여행 가기, 부모님 해외여행 혹은 배낭여행 보내 드리기.

"니가 없으면 너무 슬퍼. 보고 싶어"

"희야가 저보다 생각도 많고 철도 들어서 항상 저를 챙겨 줬어요. 공부 계획도 짜 주고, 교육방송 책도 소개해 주고, 모르는 것도 알려 주고. 제가 너무 많이 자면 옆에 누워 사진 찍으면서 더 찍기 전에 빨리 일어나라고 깨워 주고. 체육 시간에 구르기 같은 걸 해야 하는데 못하면 희야가 곁에서 같이 구르는 거 도와 주고. 방학 때면 점심도 희야가 챙겨 줬어요. 동생이 정말 좋았어요. 뭐든 열심히 하는 희야가 자랑스러웠죠."

고1 때, 공부도, 학교생활도 너무 힘들어 승아가 엄마 아빠 몰래 술 먹고 죽으려고 했을 때, 승아의 맘을 돌린 것도 승희였다. 부모님께 털어놓지 못할 고민들을 승희랑 나눴다.

자매는 많은 걸 함께했다. 책상을 나란히 붙이고 공부하고, 공부하기 싫으면 함께 막춤도 췄더랬다. 잠잘 때도 곁에 누웠다. 친구 얘기, 다이어트 얘기, 내일 뭘 할지를 얘기하다 이어폰 한 짝씩 끼고 서로 듣고 싶은 음악 하나씩 들으면서 잠들곤 했다. 둘만의 비밀 암호도 있었다. 서로 손깍지 끼고 한 번 누르면 엄마, 두 번 누르면 아빠, 그리고 세 번 누르면 사랑해.

까무잡잡한 피부가 콤플렉스였던 승희였기에 승아가 맘에 드는 옷도 승희에게 먼저 선택권이 있었다. 승희 아토피 연고를 발라 주는 것도 승아의 일이곤 했다. 비슷한 시기에 찾아온 사춘기로 서로 화내고 짜증내며 서로를 힘들게 한 시간도 있었다. 승희가 공부에 점점 더 집중하게 되면서 함께하는 시간도 많이 줄었더랬다. 하지만 서점에서 함께 책을 고르고 빙수를 먹으며 배 터지겠다를 연발했던 날도, 팔짱을 끼고 거리를 활보했던 시간도, 품에 앉고 잤던 승희의 체온과 촉감도, 모두 승아에겐 잊을 수 없는 소중한 기억이다.

승희가 수학여행 가던 날 승아는 승희에게 전화를 걸었다.

"가지 마 승희야, 니가 없으면 너무 슬퍼. 보고 싶어."

승희가 '언니 왜 그래?' 했지만, 늘 붙어 있던 자매였기에 승아는 단 하루라도 승희가 곁에 없다는 게 외롭고 버거웠다. 그런 승아가 지금은 늘 승희의 부재와 대면한다. 함께하던 모든 것 속에 덩그러니 홀로 남겨진 승아의 마음을 누가 헤아릴 수 있을까?

너무 빨리 별이 되어 버렸기에 사무치는 그리움과 슬픔. 하지만 가족들의 가슴에, 친구들의 가슴에 승희는 환히 빛나고 있다. 단 한 번도 만나 보지 못한 승희가 오랫동안 알아 온 아이처럼 생생하고 친밀하게 느껴졌던 것도 그 때문이다. 지금이라도 어디선가 불쑥 승희가 나타나 환한 얼굴로 어깨동무를 하며 "얼굴이 왜 그렇게 심각해요?" 하고 물을 것 같다. 승희의 흔적을 더듬는 시간 내내 진한 승희의 향취가 났다. 그 향취가 너무 좋다.

우습게 보지 마, 후회할 거니까

안산 단원고 2학년 3반 **유예은**

1. 수학여행 가기 직전에 기획사에 지원하려고 처음으로 찍은 프로필 사진.
2. 예은이가 다니던 부천 음악 학원에서 했던 공연.
3. 쌍둥이 자매 하은이와 예은이.

우습게 보지 마, 후회할 거니까

휴우! 자리에 앉자마자 한숨이 터져 나왔다. 61번 버스를 안산역 앞에서 타면 자리가 많지만 건너편에서 타면 5분이나 시간을 아낄 수 있다. 안산역 앞을 지난 버스가 유턴해서 건너편으로 오기 때문이다. 서서 간다 해도 얼마 안 가서 자리가 나게 되어 있다. 엄마는 안산역 앞에서부터 편하게 앉아서 가라고 하지만 이 정도는 아무것도 아니다.

예상대로 몇 정거장 안 가서 자리가 났다. 창밖으로 사랑의 교회가 보였다.

"하느님, 내 꿈을 사랑해 주세요."

실력도 없으면서 뜬구름 잡는 헛꿈 꾼다고 놀림도 많이 받는다. 음정 박자가 불안하다는 소리도 많이 듣는다. 하지만 난 이제 겨우 열여섯 살 중학교 3학년일 뿐이고, 점점 좋아지고 있다. 앞으로 더 좋아질 거다. 보컬 학원을 다닐 수 있게 된 것도 하느님 은혜라고 기도를 했다.

지난번에 방송 오디션 프로그램에 나갔을 때도 '인생에서 가장 기쁜 일'에 '보컬 학원 등록한 것'이라고 적었다. 하고 많은 일 가운데에서 학원에 다니게 된 것이 가장 기쁘다 한 것을 보고 사람들이 막 웃었지만 사실을 그대로 적은 거니까 놀려도 기분이 좋았다.

군자공고를 지나면 도시가 끝나고 들판이랑 산이 나온다. 이렇게 논밭이 많은 곳에 있는 화정교회에 우리 가족이 다닌다. 화정은 꽃우물이라는 뜻인데 이름처럼 아름다운 마을이다. 안산으로 온 초등학교 2학년 때부터 다녔다. 엄마는 전도사인데, 교회에 있는 도서관을 관리했다.

일을 하던 엄마가 동네 구경 가자고 나서면 하은이랑 동생들이랑 들판을 뛰어다녔다. 마을 집들에서 키우는 동물 구경도 했다. 봄에 모내기하느라 논에 물을 대면 꽃우물 들판이 호수처럼 변했다. 여름에는 벼가 자라서 푸르게 덮이고, 가을이 되면 익은 벼들이 황금물결로 출렁거렸다. 겨울에 눈이 내리면 온통 하얀 세상이 되었다. 손바닥에 물집 잡히는 줄도 모르고 신나게 쥐불놀이를 한 적도 있다. 나에게는 천국 같은 마을이다.

버스가 오르막길을 부웅 올라갔다. 시흥시로 넘어가는 고갯길이다. 부천 가는 길에 있는 첫 번째 고개다. 예전에 고모가 있는 음악 학원에 갔을 때 텔레비전에 나오는 가수만큼 노래를 잘하는 오빠가 있었는데, 아직도 넘어야 할 고개가 많이 남아 있다고 했다.

그 오빠에 비하면 나는 넘어야 할 고개가 더 많이 남았을 거다. 엄마는 내가 태어날 때도 큰 고개를 넘었다고 했다. 쌍둥이인데 왜 이렇게 다르냐고 친척이나 친구들이 놀란다. 이란성 쌍둥이라서 그렇다. 하은이는 태어날 때 3.3킬로그램이었는데 난 2.6킬로그램이었다. 목이 심하게 뒤로 꺾여 있고, 패혈증 증세도 있었다. 엄마랑 하은이가 퇴원을 하고도 혼자서 일주일이나 병원에 있어야 했다. 다행히 나중에는 내가 잘 뛰어다니고 운동도 잘해서 안심하게 되었다면서 너무 뛰어다니니까 도리어 걱정했다는 말도 들었다.

그 생각을 하니 쿡 웃음이 터졌다. 웃느라 앞으로 쏟아진 머리를 쓸어 올리는데 손가락 끝에 눈썹 옆 흉터가 만져졌다. 초등학교 1학년 때 친구랑 뛰어놀다가 길옆에 서 있는 트럭 모서리에 부딪혔다. 그런데 피가 멎질 않았다. 피를 마구 흘리면서 엄마가 일하는 교회로 갔다. 살짝 부딪혔다고 생각했는데 세게 부딪힌 것이었다.

"하얀 원피스가 빨간 원피스로 변했던 것 기억하니?"

엄마는 그때 일을 말할 때마다 얼마나 놀랐는지 모른다고 가슴을 쓸어내린다. 하은이는 정숙한데 나는 왈가닥이라며 놀린다.

시흥경찰서를 지나고 진말초등학교 앞을 지났다. 나는 정지초등학교를 나왔다. 초등학교로 다시 돌아간다면 엄마 아빠를 졸라서 초등학교 3학년이나 4학년 때부터 음악 학원을 보내 달라 할 거다. 초등학교 때 조르고 싶었는데 안 들어줄 것 같아서 참아 버렸다. 그런데 얼마 전에 내가 오디션을 포기했을 때 아빠가 스파게티 사 주면서 그랬다.

"아빠가 하고 싶은 것을 할아버지 할머니가 안 도와주어서 섭섭했는데 이제 생각하니까 아빠가 하려는 모습을 보이지도 않고 노력도 하지 않으니까 도와주지 않았던 거였어."

아빠 부모인 할머니 할아버지 탓이 아니라 간절하게 원한다는 것을 부모님이 알도록 하지 못한 아빠 탓이라고 했다.

원하는 게 있어도 해 달라고 하지 않고 조르지도 않는 나를 보고 가수 되려는 내 꿈이 간절하다고 생각을 못 했다면서 이왕 시작한 것 열심히 해 보라고 격려해 주었다.

물론 내가 좋아하는 김광석이나 제이레빗, 빅뱅 같은 최고 가수가 안 되어도 좋다. 뮤지컬 무대에서 히로인이 아니어도 좋다. 아빠 말대로 노래하는 것을 즐기면서 살 수만 있으면 좋겠다. 최고 가수로 성공하는 것은 즐겁게 하다 보면 될 수도 있다. 최고 가수가 못 된다고 해도 괜찮다.

버스가 시흥시청 옆을 지나간다. 안산역에서 출발한 지 30분이 지났고, 학교에서 나온 지는 한 시간이 지났다. 늘 여기쯤 오면 허리가 아프기 시작한다. 도착까지는 아직 한 시간이 남았다. 한 시간이나 왔고, 이제 한 시간밖에 안 남았다는 생각이 드는 날도 있다. 한 시간밖에 안 왔고, 아직 한 시간이나 더 가야 한다는 생각이 드는 날도 있다.

그런 날은 힘든 날이다. 오늘도 힘든 날이다. 어제부터 입술도 부르텄다. 아무리 힘들어도 내색을 하는 건 부끄럽다.

학원 선생님 말로는 대학 실용음악과 경쟁률이 500대 1 정도고, 낮은 곳이라도 300대 1은 된다고 했다. 나머지는 실력이 안 좋아서가 아니라 실수를 하거나 운이 나빠 떨어지는 거라고 했다. 그런데 힘들다고 한다면 실수하는 것보다 더 자격이 없는 거다. 이런 게 힘들면 꿈도 꾸지 말아야 한다.

시흥등기소 쪽으로 향하는 길로 접어들면 오른쪽으로는 낮은 산, 왼쪽으로는 넓은 들판이 펼쳐진다. 아득히 보이는 들판 끝이 삼미시장이 있는 시흥시 번화가다. 들판 서쪽 끝으로 멀리 보이는 아파트들은 소래포구다. 몇 달째 다니다 보니 이젠 어디가 어딘지 다 안다.

저 넓은 들판에서 목 터져라 노래 불러 보고 싶다. 주눅 들지 않고 잘할 수 있을 것 같다. 들판 가운데 서서 노래 부르는 모습을 그려 보며 오늘 학원에서 부를 노래를 속으로 목 터져라 불러 보았다.

시흥등기소를 지난 버스가 또 고개를 넘어간다. 연꽃마을을 한 바퀴 돌고는 돌아서 나온다. 기껏 넘어간 고개를 다시 넘어온다. 아무도 안 내리고 아무도 안 탔다. 그래서 그런지 돌아가는 고갯길에서 버스 소리가 더 커지고 속도도 느려졌다.

연꽃마을에 안 들어가면 부천까지 가는 시간이 10분은 당겨질 텐데. 갔다가 도로 나올 거면서 뭐하러 가는지 모르겠다고 생각한 적도 있었다. 아무도 안 들어가고 아무도 안 나오니까 한 번쯤 안 들어가고 그냥 빨리 가도 될 것 같은데, 내가 일요일에도 안 빠지고 학원에 가는 것처럼 한 번도 빠지지 않았다.

음악 학원에서 날마다 되풀이 연습을 하라고 강조하는 것도 마찬가지다. 수십 번 수백 번 되풀이해서 부르라고 한다. 잘 부른다는 생각이 들더라도 자꾸자꾸 부르라고 한다. 자기만이 낼 수 있는 소리와 창법을 찾고, 혹시 모를 실수를 막기 위해서다. 재즈 피아노를 배우는 것도 마찬가지다.

혹시라도 연꽃마을로 들어가야 할 사람이 생기거나 나올 사람이 있을 때 버스가 안 들어가는 실수를 하면 안 되니까 버스 기사 아저씨들 몸에 연꽃마을로 들어가는 습관이 밴 것 같았다. 몸이 기억해 버릴 정도로 노래 연습을 하는 것처럼.

지난번에 방송 다큐멘터리 찍을 때 상황 설정을 하고 반복 촬영을 한 적이 있다. 방송에 나갈 멋진 그림을 만들어야 하니까 참고 찍었다. 한 시간도 안 되는 방송 분량을 찍느라 보름이 넘도록 집에서도 학교에서도 학원에서도 카메라가 따라다니며 찍으니까 짜증도 나고 무척 힘들었다. 그래도 잘 견뎌 냈다.

"한 번 찍는 것도 이렇게 힘든데 직업이 되면 얼마나 힘들겠니?"

엄마가 걱정을 했다.

가수가 되려면 날마다 반복 연습을 해야 하는 혹독한 연습생 시절을 견뎌야 한다. 가수가 되고 나도 행사를 할 때마다 리허설을 해야 하고 날마다 같은 노래를 앵무새처럼 되풀이해서 불러야 한다. 나중에는 아무 생각 없이 입만 뻥긋거리게 된다는 말도 들었다. 좋은 가수라면 무대마다 최선을 다해서 관객에게 감동을 주어야 하니까 가수가 되는 것보다 되고 나서가 더 힘들다는 말도 들었다.

연습을 해 놓지 않으면 나중에 가수가 되어서 빡빡한 일정을 소화할 수 없을 것이기 때문에 지금 즐겁게 해 두라는 당부대로 늘 마음을 단단히 먹는다. 이렇게 학원을 다니는 반복도 즐겁게 하려는 것처럼.

안산역에서 출발한 지 한 시간이 지나서야 삼미시장 정류장에 도착했다. 아파트가 줄지어 있어도 시골 같은 동네들을 지나 드디어 시흥시에서 번화가라고 할 수 있는 곳으로 왔다. 앉아 있기만 했는데도 다리가 저리다. 머리도 멍해진다. 속도 메스껍다. 멀미가 나려고 한다. 여기까지 왔을 때가 가장 힘들다.

내일부터는 오지 말까? 거의 날마다 여기 오면 드는 생각이다. 몸은 완전히 지치지만 이제 30분만 가면 된다는 생각으로 참아낸다. 목적지까지 사분의 삼이나 왔다는 생각으로 풀어지려는 마음을 다잡는다.

가수가 되는 길까지도 사분의 삼을 왔다면 얼마나 좋을까? 아직 백분의 일도 못 왔을지도 모른다. 여기를 오고 또 와도 끝나지 않을 길일지도 모른다. 그래도 오고 또 올 거다. 이제 겨우 천분의 일, 만분의 일밖에 못 왔다고 해도.

할머니 몇 분이 시장 본 것을 들고 탔다. 서울로 이사 간 할머니 생각이 났다. 재작년에 할머니 할아버지가 서울로 이사를 가면서 우리가 할머니 할아버지 살던 집으로 들어갔다. 복층집이라서 나랑 하은이가 위층을 쓰고, 엄마 아빠랑 셋째인 지은이랑 막내인 성은이가 아래층을 썼다. 셋째 생일이 우리보다 딱 하루 늦어서 생일 파티를 다 같이 했다. 하은이 친구들, 내 친구들, 동생 친구들이 다 모이면 서른 명이나 되는데, 그 아이들이 아래위층에서 놀았다.

"사람 사는 집에는 사람이 북적거려야 한다."

할머니 할아버지만 살 때는 집이 너무 넓어서 휑했는데 이제야 집이 꽉 차고 사람 사는 집 같다면서 무척 기뻐하셨다.

나중에 가수가 되면 할머니랑 할머니 친구분들을 집에 초대해서 북적거리면서 놀게 해 드릴 거다. 할머니가 좋아하는 트로트도 많이 연습해서 꼭 즐겁게 해 드릴 거다.

버스가 마지막 고개로 접어들었다. 시흥에서 부천으로 넘어가는 여우고개다. 여기만 오면 여우처럼 약아빠지지 못하다고 늘 핀잔 듣는 게 생각난다. 하은이랑 같이 옷서랍을 썼을 때 어떤 게 내 속옷인지 구별을 못 해 하은이 속옷을 입어서 하은이가 소리를 질렀던 적도 있다. 미안하다는 사과를 얼른 했으면 좋았을 텐데 아무 대꾸도 못 했다. 하은이는 무슨 일이 있으면 딱 말을 하고 원하는 것도 잘 말한다. 생각도 깊어서 꿈도 현실에 맞는 호텔리어다. 빵 굽는 것을 좋아해서 제빵 학원도 다녔다. 그런데 난 가수가 되려고 한다. 뜬구름 잡는 소리라는 말을 가끔 듣는다.

하은이는 내가 노래 부를 때마다 시끄럽다고 짜증을 낸다. 잘하지도 못하면서 어떻게 가수가 되려 하느냐고 화를 내기도 한다. 공부해야 하니까 조용히 하라고 소리칠 때도 있다.

식구들 있는 데서는 노래 안 불러야 하는데 잘 안 된다. 학원에서 연습을 해 오라고 하는 것도 있지만 노래 부르는 게 좋다. 씻을 때도, 공부할 때도, 걸어 다닐 때도 자동으로 노래가 나온다.

그 바람에 하은이랑 사이가 점점 나빠져서 서로 말도 안 하는 사이가 되어 버렸다. 같은 방에서 잠을 자도 눈조차 안 마주치게 되어 버렸다. 어떻게 사이가 좋아지게 할 수 있을지 방법이 떠오르질 않았다.

어느 날 엄마가 선물이라면서 티켓 두 장을 주었다. 빅뱅 오빠들도 나오는 음악 방송이었다. 처음으로 방송국에 가는 것이라 주눅이 들었지만 공연이 시작되자마자 분위기에 압도되었다. 하은이랑 소리 지르고 몸도 흔들면서 목 터져라 따라 부르기도 했다. 하은이가 좋아하는 가수한테 사인도 받고 같이 기념사진도 찍었다.

그동안 말도 안 걸던 하은이가 "이왕 하는 거 열심히 해 봐라" 라며 왜 가수가 되려고 하는지 이해하겠다면서 격려를 해 주었다.

다음 날 엄마가 빨간 주머니 하나를 주었다. 하은이가 준 선물이라고 했다. 내가 좋아하는 가수 시디였다. 드디어 화해를 한 것이 날아갈 것처럼 좋았다. 앞으로 짜증을 내더라도 기분 나빠하지 말아야겠다고 작정했다. 식구들 앞에서 노래 부르는 것도 좀 자제해야겠다고 결심했다. 가수가 되겠다는 결심도 더 굳게 다졌다.

여우고개를 넘어서 내리막길을 빠르게 달리느라 텅텅거리는 버스 진동에 골반뼈가 조여들었다. 꼬리뼈도 아파 왔다. 거의 다 왔다는 안도감으로 버텨 내야 한다. 내 또래 여자 아이들이 우르르 탔다. 같이 학원에 가는 모양이다. 나도 음악 학원 안 다니면 이 시간에 슬비랑 정은이랑 다빈이랑 영어 학원에 있을 텐데. 오가는 데에 네 시간이나 걸려 버리니까 친구들이랑 어울릴 시간이 없다. 같이 학원을 다니면 비는 시간이나 끝나고 잠깐이라도 수다를 떨 텐데. 떡볶이도 먹으러 갈 텐데.

점심시간이나 수업 시간에 친구들이랑 어울릴 수밖에 없다. 그래도 꿈을 향해서 달리는 내가 부럽다고들 한다. 가수가 되고 싶지만 부모님이 절대 안 된다고 해서 공부로 진로를 정한 슬비가 가장 부러워한다. 슬비도 빅뱅을 좋아한다. 막내인 승리를 좋아하는 것도 나랑 같다. 작년에 공연 티켓이 한 장 남았다고 같이 가자 했다. 사실은 슬비를 위해서 가진 돈 다 털어서 산 것이다. 평생 잊지 못할 거라고 좋아하던 생각을 하니 기분이 무척 좋아졌다.

친구들이랑 뭔가를 같이 하는 게 참 좋다. 그래서 뭐가 생기면 남들 다 줘 버린다고 핀잔을 자주 듣는다. 주머니에 돈이 남아 있지 않는다고 놀림도 받는다. 친구들이랑 맛있는 것 먹으러 가거나 선물 주는 걸 좋아하기 때문이다.

드디어 큰길로 나왔다. 서울로 가는 버스들이 건너편 차선에서 지나쳐 간다. 부천남부역이라는 안내 방송이 나왔다. 우르르 내리는 사람들을 따라 내렸다. 뒤쪽으로 가서 왼쪽으로 도니까 하얀 부천역 건물이 앞을 가로막는다. 사람들 행렬을 따라 에스컬레이터를 타고 올라갔다. 쇼핑몰과 역을 이용하려는 사람들이 북적거렸다. 지금은 내가 저 사람들 가운데 아무도 알지 못하는 것처럼 저 사람들도 나를 알아보지 못하지만 가수가 되고 나면 많은 사람들이 나를 알아보게 될 거다. 소리를 지르며 달려와서 사인을 해 달라 하고 사진도 같이 찍자고 할 거다. 그날이 얼른 왔으면 좋겠다.

반대편으로 내려가는 쪽 벽에 성형외과 광고가 커다랗게 붙어 있다. 요즘은 안 하는 연예인이 없다는데 나도 가수가 되려면 성형을 해야 할까? 얼굴이 안 예뻐도 몸매가 안 좋아도 노래 실력만 좋으면 인정받는다는 학원 선생님 말씀처럼 실력파 가수가 되면 더 좋겠다.

좋아하는 가수 제이레빗 노래를 흥얼거렸다.

> 널 기다리는 세상을 기대해 봐 / 다시 달려가 보는 거야 / 힘이 들고 주저앉고 싶을 땐 이렇게 기쁨의 노랠 불러 씩씩하게 / 언젠가 모두 추억이 될 오늘을 감사해 기억해 힘을 내

노래를 따라 부르면 자동으로 힘이 난다.

큰길을 건너고 건물 몇 개를 지났다. 드디어 학원 앞에 도착했다. 멀다. 휴우! 한숨이

절로 나온다. 그래도 끝나고 갈 때는 엄마가 시흥등기소 앞까지 데리러 온다고 했다. 엄마가 나보다 늦으면 사람도 안 다니는 깜깜한 버스 정류장에서 기다려야 하는 게 무섭지만, 엄마 차 타고 가면 집까지 채 한 시간도 안 걸린다.

학원 앞에 멈춰 서서 심호흡을 크게 한 번 하고 씩씩하게 올라갔다. 하나도 안 힘들다. 재능도 별로 없고 아직은 실력도 별로 안 좋지만, 대회에서 상을 받은 적도 있는 나다. 우습게 본다면 후회하게 될 거다.

팔색조 같은 우리의 친구

안산 단원고 2학년 3반 **유혜원**

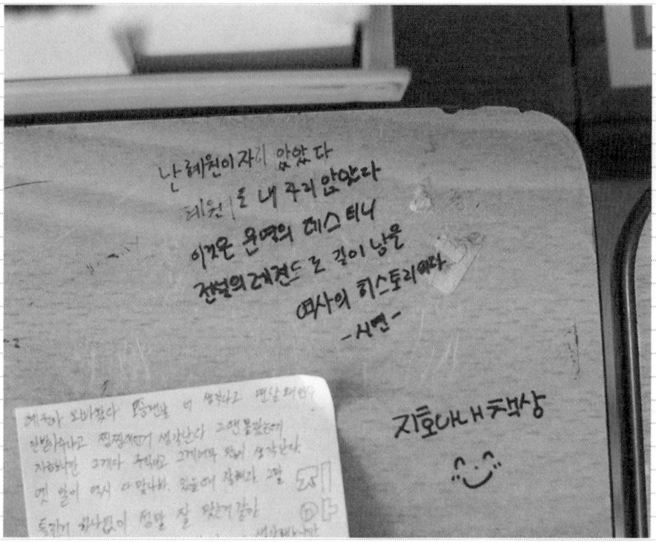

1. 우리 집에 제일 먼저 찾아온 천사.
2. 아빠 엄마의 행복(혜원이와 동생들).
3. 아빠의 세 여자(혜원이랑 엄마랑 여동생).

팔색조 같은 우리의 친구

혜원아, 안녕.

나 수한이야, 전수한.

오늘은 5월 26일, 네 생일이야. 오늘 우리 친구들은 너를 만나러 가기로 했어. 선부중학교 때 매일 보고 또 봐도 보고 싶어서 똘똘 뭉쳐 다녔던 친구들 말이야. 그랬는데 고등학생이 되면서 학교가 달라져 버렸고, 예전처럼 자주 만날 순 없었지. 너랑 세영이만 단원고로 가고, 나머지는 선부고, 강서고, 디자인 문화고로 나뉘어졌잖아. 오늘은 네 생일인데, 내 생일날이 떠오르네.

너랑 나랑은 화정초등학교 때부터 같은 학교를 다니면서 친해졌지. 그런데 중학교도 너와 같은 학교를 배정받아서 얼마나 기뻤는지, 넌 모르지? 어릴 때부터 어른스런 네가 나는 참 좋았거든. 네가 장녀라서 그럴까? 어쩐지 넌 의지하고 싶어지는 믿음직한 친구였어. 가끔은 새침을 떨기도 하고 때론 엉뚱한 게 너의 매력이기도 하지만 말이야.

고등학생이 되고 얼마 후 내 생일날이었어. 그날 아침 제일 먼저 울린 카톡 메시지는 네가 보낸 거였어. '수한아, 생일 축하해.' 난 깜짝 놀랐어. 고등학생이 된 우리는 각자의 생활에 바빴으니까 내 생일을 기억하지 못할 줄 알았거든. 그러고는 그날 오후 학교가 파하고 나서 친구들 다 데리고 우리 학교까지 찾아왔잖아.

너, 완전 의리녀인 거 알아?

하지만 그 한마디로 너를 다 설명할 수는 없을 것 같아. 생각해 보니까 넌 진짜 팔색조 같은 아이였던 것 같아. 중학교 때 네 별명, 기억하니? 놀이터 같은 데 모여서 놀 때, 아이스케키도 사 먹고 과자도 사 먹고 하다 보면 무심코 봉지를 좀 버릴 수도 있는데, 그랬다가는 너한테 아주 혼이 났잖아. 정신없이 수다 떨면서 걸어가다가도 쓰레기가 보이면 주워서 버리던 너였잖아.

무단횡단? 절대 안 될 말이지! 네가 보는 데서는 말이야. 큰 거리도 아닌 한적한 이차선 도로에서도 노노! 자동차 한 대 안 다니는 거리에서도 횡단보도가 아닌 데로 건너면 아주 난리를 쳤잖아. 그래서 우리가 너한테 별명을 붙여 줬지. 할머니라고. 하하하, 여학생에게 할머니라니, 좀 어울리지 않지? 하지만 우리를 야단칠 때 보면 호랑이 할머니 같았다니까.

우리는 그러는 너를 무시할 수 없었어. 네 말이 틀린 게 없으니까. 그럴 땐 정말 카리스마 넘쳤거든. 너는 우리들의 리더 같은 면이 있었어. 수진이랑 은지, 하은이랑 이슬이, 윤희랑 진희, 그리고 세영이까지, 이렇게 우리가 똘똘 뭉쳐서 친하게 된 게 다 네가 엮어 준 덕분이잖아. 넌 어색한 친구들을 엮어 주는 데 천부적인 재능이 있었어. 그럴 땐 사교계의 여왕 같았지. 수진이랑 이슬이가 처음엔 서로 서먹서먹했잖아. 너는 둘에게 각각 연락을 해서 언제 어디서 만나자고 약속을 했지.

그런데 약속 장소에 나가니 너는 나오지 않았고, 결국 그것이 계기가 되어서 수진이랑 이슬이가 말문을 트고 친하게 되었잖아. 나랑 윤희가 어색할 때도 네가 중간에서 다리 역할을 했어. 나를 만나면 너는 윤희 칭찬을 잔뜩 늘어놓았어. 윤희가 참 착한 아이라고, 다른 친구들 고민도 잘 들어 주고 마음도 넓다고 해서 그런가 보다 했는데, 나중에 보니 윤희한테 가서는 내 칭찬을 그렇게 했더라. 어쩜 그렇게 깜찍한 발상을 할 수 있니? 하여간 넌 친구를 소중하게 생각하고 우정을 가꿀 줄 아는 아이였어. 그런 널 보면서 배운 게 참 많아.

그리고 누구 생일 때였더라? 진희 생일이었나? 하여간 걔가 혜원이 네 생일 때 깜빡하고 선물을 못 주고 지나갔는데, 너는 선물을 주면서 그랬다지?

"너는 나한테 안 줬지만, 나는 너한테 줬다."

호호, 넌 좀 쿨하고 대범한 데도 있어. 꽁하고 삐치기 잘하는 여자애는 절대로 아니었어. 그리고 우리들을 하나로 이어주는 오작교 같은 아이였지.

우리는 그렇게 똘똘 뭉쳐서 별일도 없이 늘 붙어 다녔어. 실이 있으니 바늘도 있어야지, 바늘이 가니 실도 가야겠지? 이러면서 말이야. 한동안 세영이네 집이 아지트가 되었다가, 세영이네 눈치가 보이면 윤희네 집으로 옮겨 가고 그랬어.

친구들 생일이 돌아오면 오예스를 사서 케이크를 만들었어. 번듯한 케이크는 아니지만, 아니 어쩌면 번듯한 케이크가 아니어서 우리의 우정이 더욱 빛났던 생일 파티였던 것 같아. 그리고 방학이면, 놀이공원이나 롯데월드를 가기 위해 서울까지 진출하는 게 큰 통과 의례였어. 그렇지만 뭐니 뭐니 해도 우리의 추억이 가장 많이 깃든 장소는 동명일 거야.

길거리에서 군것질도 하고 롯데리아나 피시방 같은 데도 가고, 그러다가 언젠가는 네가 포켓볼을 해 보자고 했었지. 아무도 포켓볼을 해 본 적이 없어 주저하면서도, 못 하면 어때? 처음부터 잘하는 사람이 어디 있어? 이러면서 우리는 호기심 많은 소녀들답게 용감하게 문을 열고 들어갔어. 같이 있으면 우리는 두려운 게 하나도 없었던 것 같아.

우리, 콘서트도 갔었지. 거기도 네가 먼저 가자고 했어. 거기가 어디였더라? 난 잘 알지도 못하는 데였는데, 지금도 찾아가라고 하면 못 찾아갈 거 같아. 난 지리에도 어두운 데다 겁이 많아서 그냥 너만 따라갔잖아. 아시아 뮤직 어워드인지 뭐 그런 타이틀의 이벤트였는데, 아이돌이 잔뜩 나오는 콘서트였어.

넌 그때 블락비의 팬이었지? 네가 블락비의 팬카페 회원이란 건 알고 있었지만, 회비까지 내는 유료 회원이란 건 그때 처음 알았어. 그때 내가 속으로 좀 놀랐던 거 알아? 어떨 땐 아주 도도한 차도녀 같고 새침데기처럼 보이는 애가 이렇게 적극적인 면도 있었구나 싶었거든. 넌 좀 그렇게 나를 깜짝 놀라게 할 때가 있다니까. 그때 우리 모두 연예인을 좋아하긴 했어도 팬카페까지 가입한 애는 너뿐이었어. 와, 정말 그날은 눈알이

팽팽 돌 지경이었어. 무대는 얼마나 화려하고, 귀는 또 얼마나 호사를 누렸는지. 문화적 충격을 받았다고 할까? 그런 데 간 건 난생처음이었으니까.

너만 보면 안 좋은 기분에 햇살이 비춰 칙칙한 피부에 생기가 띄어
나 오늘도 준비한 말들을 말하지 못하고 그댈 보내요
잘못했어 생각에 잠 못 이뤄 괜찮다 하던 내가 바보인걸
나 오늘도 아니 내일도 너 없으면 살지 못할 것 같아 정말

지코가 부르는 〈편지〉, 네가 좋아했었지? 이 노래를 흥얼거리던 네 목소리가 지금도 귓가에 들리는 것 같아. 블락비의 멤버 중에서도 네가 좋아한 건 지코였어. 그래서 그 노래를 흥얼거리던 네 목소리가 살짝 떨리고 얼굴은 엷은 복숭앗빛으로 물들었던 거니?

난 혜원이 너만 보면 안 좋은 기분에 햇살이 비추는 것 같았는데, 하하, 너 알고 있었니? 그런데 이 노래 가사는 남자의 고백이네. 그러고 보니 우린 우리끼리 하도 똘똘 뭉쳐서 다니느라 남자 친구 하나 못 사귀었네.

이때부터였나? 넌 언젠가부터 리듬 타는 걸 좋아했어. 점심시간에도 방송에서 음악이 나오면 우리랑 얘기하면서도 몸은 자연스럽게 리듬을 타고 있었어. 그러다가 흥이 나면 아예 일어나서 춤을 춘 적도 있었어. 넌 댄스 가수를 좋아했지. 샤이니랑 인피니티 말이야. 중3 때는 인피니티의 그 어렵다는 전갈 춤으로 학교 장기 자랑에 나갔었지. 애들한테 춤 가르치고 안무까지 했었잖아.

넌 정말 이렇게 사람 놀라게 하는 재주가 있다니까. 문득, 네가 호들갑스럽게 얼음, 얼음 이러던 게 생각난다. 몸에 열이 많아서 그랬는지, 손이 땀으로 축축해질 때면 너는 얼음을 찾았어. 얼음과 땀, 이것도 너를 설명할 수 있는 말인 것 같아. 겉으로 보면 차도녀 같은 이미지인데 속은 뜨거운 열정으로 가득 차 있으니 말이야. 이런 것들이 시간이 흐르면서 결실을 맺은 게 너의 꿈이겠지? 너는 방송 작가를 꿈꾸었잖아. 너에

게 정말 잘 어울리는 꿈이라고 생각해.

중학교 졸업할 때 네가 만든 동영상 말이야. 그것 보고 우리가 얼마나 깜짝 놀랐었니. 손발이 오글거릴 수도 있다는 너의 멘트 앞에 극장에서 영화 볼 때면 제일 처음에 나오는 20세기 폭스 사의 타이틀이 나와서 얼마나 배꼽을 잡았니. 그러고는 우리가 함께한 그 많은 사진들이 나오고, 차례대로 한 명 한 명 이름을 불러 주면서 네가 쓴 편지 자막이 올라갔지.

유은지에게는 "과묵하게 친구들 챙겨 주는 착한 캐릭터가 탐이 난다고, 그런데 생각해 보니 뭘 해 준 게 없다고, 하지만 집이 가까우니까 괜찮다고, 연락 끊기고 잠수 타면 집으로 쳐들어갈 거"라고 엄포를 놓았지. 김하은에게는 "나 없다고 울지 말고 윤지랑 이슬이랑 손 꼭 잡고 다니고, 누구한테 맞고 다니는지 선부고에 스파이 심어 놓을 거"라면서 꼭 큰언니처럼 안심을 시켰어. 유이슬에게는 "이제 고등학생 됐으니 덤벙거리지 말고, 다른 고등학교 가서 새 친구들 사귀더라도 옛 친구를 잊으면 안 된다"고 마무리를 했지.

배경음악으로 깔린 공일오비의 〈이젠 안녕〉이 울려 퍼지면서 자막으로 올라가는 너의 편지 때문에 다들 감동 먹고 눈물이 그렁그렁해 있는데, 갑자기 반전이 시작됐어. "너희들, 뭔가 잊고 있는 거 아냐? 내가 이대로 끝날 것 같아?" 그러고는 배경음악이 싸이의 〈강남스타일〉로 바뀌면서 하은이의 거지짤, 진희 엽사, 공벌레, 호피 잠옷 사진 유출, 혐오짤까지…… 우리 그거 보고 다들 뒤집어졌잖아. 그게 끝이 아니었지. 마지막 장면은 우리가 귀신처럼 머리를 풀고 한밤중에 운동장에서 찍은 〈여고괴담〉 같은 호러 사진이었어. 10분짜리 동영상에는 너의 재능과 재치가 고스란히 담겨 있었어.

그리고 중3 때 너의 미모가 완전 폭발했던 거, 알고 있니? 너 그때 정말 인기 많았잖아. 그전에 너의 트레이드마크는 빨간 테 안경이었어. 넌 눈이 나빠서 안경을 꼈는데, 대담하게 빨간 안경테를 썼지. 그런데 안경을 벗고 렌즈를 끼니까 감춰진 미모가 드러난 거야. 그리고 춤 연습을 할 때였는데, 너무 더워서 네가 머리를 올려 묶었잖아. 그때 네 옆모습이 얼마나 예쁘던지, 그걸 본 남자애들이 다들 반했잖아. 머리를 묶고 눈을 내리뜰 때, 너 정말 예뻤어. 그 미모를 빨간 테로 가리고 있었다니, 정말 깜찍한 애야.

그런데 더 깜찍한 건, 너의 그 깜찍 발랄한 모습을 식구들은 전혀 모르고 있다는 거야. 너, 집에서는 밖에서랑 완전 딴판이었더라. 엄마는 네가 몸치라고 알고 있었대. 네가 무대에 올라가서 춤을 췄다는 걸 믿으려고 하지 않으시더라. 어릴 때부터 그랬다면서 말이야. 집에서는 있는 듯 없는 듯, 착하고 튀지 않는 무던한 장녀였다고 말하시던걸. 동생 혜빈이는 아주 야무지고 지기 싫어해서 악착같은 데가 있는데 넌 정 반대였고, 쌍둥이 동생들에게도 그저 푸근한 누나였다고 하시더라. 친척이랑 사촌들도 너를 얌전한 요조숙녀로만 알고 있었다고 하니, 진정 팔색조의 면모라고 하지 않을 수 없네.

여유가 흘러넘쳐서 느림보 거북이 별명이 붙은 건 집에서도 똑같더구나. 우리가 다 같이 어디 한번 가려면 너 준비하는 거 기다리느라고 한 시간쯤 늦는 건 보통이었잖아. 엄마도 그러시더라. 일요일 날 집에 있을 때면 넌 낮잠만 잤다고. 잠자는 숲속의 공주처럼 말이야. 그렇게 잠이 많으니 아침에 일찍 일어나 학교 가는 게 얼마나 고역이었겠니. 그런데 배 아픈 게 너를 도와줬다고, 아빠가 웃으시면서 말하시더라.

그날도 넌 배가 아파서 늘 그렇듯이 또 아픈가 보다 하고 부모님은 약을 먹였는데 정도가 너무 심했던 거야. 먹은 걸 다 토할 정도였으니까. 놀란 부모님은 너를 데리고 응급실로 달려가서 내시경까지 찍었는데도 원인을 알 수 없었어. 그래서 정밀 검사를 받았는데 위장에서 십이지장까지 완전히 막혀서 내시경도 들어가지 못했다는 걸 알게 되었고, 병원에 입원해서 약물치료를 받았지. 그때 네가 열흘이나 병원에 입원해 있어서 우리들이 문병 갔던 거 기억하지?

그런 게 부모 자식이라는 걸까? 신기하게도, 너의 엄마 아빠도 십이지장궤양을 앓으셨다니 말이야. 네 아이 중에서 너만 유독 부모의 병을 그대로 물려받았다면서 아빠가 가슴 아파하셨어. 그런데 늦잠을 자서 지각하게 될 땐 그게 아주 좋은 핑곗거리였다면서?

"초조해하는 법이 없어. 아주 만만디야. 병원 들러서 가면 지각해도 괜찮으니까 배

아픈 날은 얼마나 여유를 부리는지 몰라. 진짜 거북이 같았어."

아빠는 네가 느림보 거북이처럼 행동하는 것조차도 사랑스러웠다는 표정으로 말씀하셨어. 그러고는 금방 안타까운 표정을 지으면서 덧붙이셨어.

"그래도 뽀뽀해 달라면 해 주는 건 우리 혜원이뿐이었는데…… 그런 게 첫정이라는 건지, 유독 혜원이하고는 친구처럼 지냈어."

너랑 아빠가 친구처럼 지냈다는 건 우리가 이미 잘 알고 있지. 그냥 하는 말이 아니고 흉허물 하나 없이 장난치고 노는 그런 친구 같았어. 네가 너무 귀찮아서 '절루 가, 절루 가' 이러면 아빠는 '뭐? 절로 가라구?' 이렇게 썰렁한 개그도 하셨는데, 그런 모습이 정말 부럽더라. 아빠가 너를 정말 사랑하고 예뻐서 어쩔 줄 몰라 하시는 느낌이었어. 네가 예쁘니까 우리까지도 예뻐 보이셨나 봐. 우리가 갈 때마다 얼마나 반갑게 맞아주시던지, 먹을 거 챙겨 주시고, 농담하시고. 그렇게 살갑게 대해 주시니까 우리도 아버님, 아버님, 하면서 친해졌던 거야. 언젠가 네가 '나, 이제 너 싫어졌어' 이런 문자를 보내서 깜짝 놀랐는데, 알고 봤더니 너희 아빠가 장난친 거였잖아.

너네 가족이 강원도 양양에 있는 외갓집 갈 때 아빠가 우리들까지 데리고 가자고 한 건 정말 우리를 딸처럼 생각했기 때문이라고 생각해. 4남매를 데리고 다니는 것만 해도 힘드실 텐데. 그게 다 너를 예뻐하신 덕분이지만 말이야.

그때처럼 아무 걱정 없이 천방지축 자유롭게 놀 수 있는 날들이 앞으로 또 있을까? 낮이면 바닷가에 가서 물놀이하고 밤에는 우리끼리 방에 틀어박혀서 화투 치고 밤이 새는지도 모르고 수다 떨고, 시간이 어디로 어떻게 흘러가는지도 몰랐어. 그중에서도 제일 기억에 남는 건 너네 아빠에게 우리가 물대포를 쏜 거야. 하하하, 결국 우리가 더 크게 당했지만 말이야. 머리랑 옷이 흠뻑 젖은 채로 물장난하던 장면이 지금도 생생해. 우리가 아무 걱정 없이 자유로울 수 있었던 건, 듬직한 아빠의 품 안에 있었기 때문일 거야.

그런데 혜원아. 우리가 그렇게 가깝게 지냈어도 우리가 모르는 게 있었더라. 이거야말로 진정한 팔색조의 면모라고 할 수 있겠다. 넌 용돈 한 번 달라고 한 적 없는 딸이었다며? 참고서 산다고 돈 받아 가도 거스름돈 천 원, 2천 원도 꼭 돌려드렸다며? 교통카드 2만 원 찍어 주면 그게 벌써 다 됐을 거 같은데 말도 하지 않고 그냥 걸어 다녔다며? 네가 속 깊은 아이라는 건 우리도 알고 있었지만 이 정도인지는 몰랐어. 이것도 네가 숨겨 놓은 반전이니?

수학여행 갈 때도 캐리어를 빌려서 간다는 걸 아빠가 사라고 우기셔서 샀다며? 그때 아디다스가 대유행이었는데, 그래서 아빠가 사 주겠다고 했는데도 넌 윗도리는 사지 않고 바지만 샀다는 말도 아빠에게 들었어.

"여고생이 돈 쓸 일이 좀 많겠니? 차라리 투정도 부리고 그랬으면 마음이 덜 아팠을 것 같은데……"

평소에는 우리가 늘 너한테 야단맞았는데, 이런 건 네가 좀 야단을 맞아야겠다. 아빠가 너한테 그런 것도 못 해 줄까 봐 그렇게 절약하고 아꼈던 거야? 아빠는 너 대학 가면 쓰려고 등록금도 모으고 계셨다는데. 그리고 어쩌면 우리에게 그런 내색을 조금도 안 했는지, 약간 서운하지만 그게 너겠지?

하지만 우리들이 기억하는 너의 진짜 모습은 이런 거 아닐까? 우리 친구 중에서 하은이네 집이 좀 멀었잖아. 그래서 밤늦게 헤어지게 되면 하은이 집 가는 길 무서울까 봐 네가 집에 도착할 때까지 하은이랑 전화로 수다 떨어 주곤 했었지.

나에게도 그런 기억이 있어. 우리 중3 되기 얼마 전이었을 거야. 그 무렵 우리 아빠가 갑자기 쓰러지셨잖아. 처음 쓰러졌을 때 아빠는 자기가 누군지도 모르고, 나도 못 알아보고 그래서 내가 얼마나 충격을 받았는지 몰라. 얼마나 막막하고 슬프던지, 아무것도 할 수 없었어.

그때 제일 먼저 떠오른 게 너였어. 그래서 무작정 전화를 걸었어. 네가 전화를 받고 "여보세요?" 하는데, 네 목소리를 듣는 순간 나도 모르게 울음이 터졌어. 네가 몇 번 물었지. "수한아, 왜 그래? 무슨 일 있어?" 나는 아무 대답도 못 하고 울기만 했어. 목이 꽉 메어서 아무 말도 나오지 않았으니까. 그러자 너는 가만히 숨죽이고 내 울음소리를 듣고 있었어.

나는 그냥 네가 들어 주고 있다는 생각만으로도 위로가 되었나 봐. 그래서 한없이 울기만 했어. 그냥 그렇게 전화기를 들고 우는 채로 시간이 흘렀어. 얼마나 울었을까? 아마 30분쯤은 지났을 거야. 그런데 갑자기 현관문 두드리는 소리가 들렸어. 문을 여니까 거기에 네가 서 있었어. 너는 왜 그러냐고 묻지도 않았어. 그냥 나를 꼭 안아 주었어. 우리 둘이 거실에서 부둥켜안고 엉엉 울었던 그날의 기억은 절대 잊을 수 없을 거야. 영원히 기억할게.

넌 그런 애였어. 너에게는 팔색조처럼 여러 모습이 있지만, 무엇보다 최고는 의리였어. 혜원아, 지금 만나러 갈게.

궁극의 에이스를 위하여

안산 단원고 2학년 3반 **이지민**

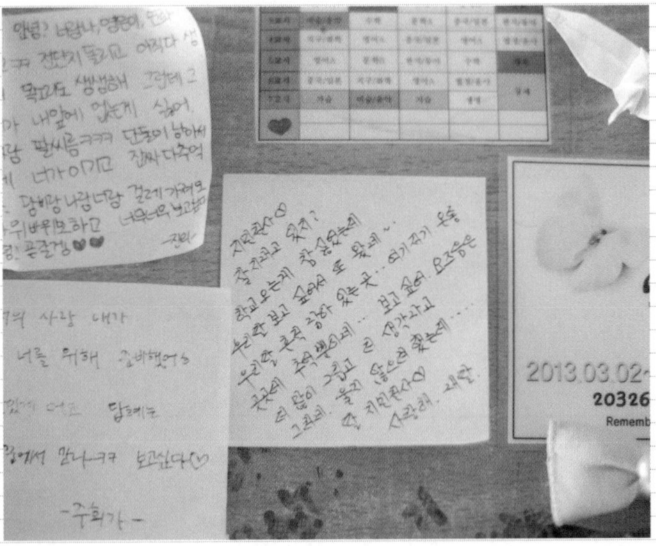

1. 늘 한가족 같은 이모네랑 남이섬에서.
2. 무엇과도 바꿀 수 없는 엄마 아빠의 보물 세 자매.
3. 가슴에 꿈을 품고 환히 웃고 있는 지민이.

궁극의 에이스를 위하여

드디어 다 읽었다

밥 먹는 것도 마다하고 몰입해서 책을 읽은 건 정말 오랜만이다. 그만큼 재미있었다. 《궁극의 아이》라는 소설인데 언니가 재미있다고 권해 준 책이다. 아직 다가오지도 않은 미래를 기억하는 사람이 있다니, 그게 정말 가능할까? 주인공 신가야는 그런 특별한 능력을 지녔는데도 오히려 돈 많은 사람들에게 이용만 당하고, 9·11 테러에서 엄마가 돌아가시게 된다는 걸 알면서도 결국 구하지 못한다. 아무리 뛰어난 능력을 갖고 있어도 사랑하는 사람을 구할 수 없다면 난 그 능력을 저주하게 될 것 같다.

오랜만에 일기나 써 볼까

엄마가 오늘도 내 방에서 잔다고 할지 모르니까 얼른 쓰고 책꽂이에 숨겨 놔야겠다. 엄마는 오늘 마감 조라 늦게 끝난대서 아빠가 고잔초등학교 앞으로 마중 나가기로 했다.

빨간 일기장을 꺼냈다. 원래 이것도 주황색으로 사고 싶었지만 마음에 드는 주황색이 없어서 빨간색으로 골랐다. 친구들은 내가 주황색을 너무 좋아한다고 '주황덕후'라고 부른다. 사실 나한테 주황색 물건이 좀 많긴 하다. 주황색 우산, 주황색 필통, 주황색 펜…… 누가 펜을 빌려 달라고 해도 주황색은 절대 안 빌려준다. 주황색이 내 인생의 색깔이 된 이유는 내 일기장 첫 페이지에 떡하니 적혀 있다.

2014. 1. 1.
JIMIN & ACE ♠ Forever Love

아는 사람은 다 아는 사실이지만 난 에이스를 정말 좋아한다.

에이스는 만화 〈원피스〉에서 동생 루피를 지키다 장렬하게 전사하는 비운의 캐릭터다. 물론 〈원피스〉에 나오는 캐릭터들이 다 좋긴 하지만 그중에서도 에이스는 내게 특별하다. 에이스는 늘 주황색 모자를 쓴다. 그게 바로 내가 주황색을 좋아하는 이유다. 에이스 생일이 1월 1일이라 이 일기장도 1월 1일부터 쓰기 시작했다. 비밀번호 네 자리를 정할 때도 난 무조건 0101로 한다.

에이스를 생각하면 왠지 모르게 눈물이 날 것 같다.

장래 희망이 여군인 내가 눈물이라니. 좀 웃기다. 하지만 난 에이스한테 부끄러운 게 정말 많다. 명색이 에이스 팬이라면서 에이스 팬답게 살지 못해서 그렇다. 에이스가 나라면 어떻게 살았을까?

아마 에이스가 우리나라에서 고등학교를 다녔다면 한 치의 흐트러짐도 없이 계획한 것들을 지켰을 거다. 나도 물론 계획은 세웠다. 지금 내 옆에 있는 화이트보드에 적힌 거창한 계획들만 해도 그렇다.

·영어 : 단어, 듣기, 문법, 독해, 읽기, 인강, 쓰기
·수학 : 수익, 문제집
·한국사·사회·영어·과학 복습
·계획 짜서 공부 + 생활하기
·운동
·EBS

그 밑에는 혹시 까먹을까 봐 '다리 주물러 드리기'라고 적어 놓았다. 엄마는 마트에서 계속 서서 일하셔서 늘 다리가 아프다고 하니까. 나는 엄마가 아픈 다리 때문에 끙끙대면 말없이 다리를 주물러 주곤 한다. 그러면 엄마는 다리가 시원하다는 말씀을 연신 하신다.

"아우, 시원해! 아우, 시원해! 아우, 시원해! 지민이 너는 어쩜 그렇게 안마를 잘하니?"

엄마는 조금만 좋아도 호들갑을 떤다.

우리 엄마지만 진짜 재밌다. 오죽하면 친구들이 우리 엄마가 너무 재밌다며 우리 집에 놀러 온다고까지 했을까.

어쨌든 내 문제는 계획을 저렇게 빠방하게 세워 놓고서도 제대로 지켜 본 적이 없다는 거다. 고등학교 올라와서 성적이 많이 떨어졌기에 2학년이 되면서 다시 열심히 하자고 마음을 다잡았다. 하지만 두 달이 다 되어 가도록 나는 별로 변한 게 없다.

에이스의 세상에서처럼 나의 세상에서도 내가 하고 싶은 대로, 원하는 대로만 되면 얼마나 좋을까. 이렇게 고민할 시간에 계획표대로 공부를 하면 참 좋을 텐데, 그게 잘 안 된다.

답답하다

그냥 어디로든 막 달리고 싶다. 이 늦은 밤에 어딜 달릴 수 있겠냐만.

어릴 때 난 달리는 걸 참 좋아했다. 그래서 육상부도 했었다. 그때 나는 참 가벼웠던 것 같다. 육상 선수가 될 만큼의 실력은 아니었지만 그래도 꽤 잘 달리는 편이었다. 코치 선생님이 신호를 하면 있는 힘껏 달음박질을 했다. 계속 달리다 보면 다리가 둥둥 떠서 저절로 움직이는 것 같은 느낌이 들 때도 있었다.

중력에서 자유로워지는 느낌이랄까? 초등학교를 졸업하면서 육상부도 그만두고, 중학교와 고등학교를 다니는 동안 나는 점점 무거워지고 있는 것 같다. 원래 사는 게 이런 걸까? 나이를 먹으면 그 사람을 끌어당기는 지구의 중력도 점점 세지는 게 아닐까? 나는 에이스만큼 용감하지도, 멋지지도 않다.

하지만 나는 이런 내가 싫지 않다. 가만히 생각해 보면 나는 위로받기보다는 늘 누군가를 위로해 주는 편인 것 같다. 친구들의 고민을 들어 주고 “에이, 별거 아니네” 하며 어깨를 툭툭 쳐 주는 친구, 일에 치여 힘들어하는 엄마가 안쓰러워 설거지랑 빨래도 해 놓고 다리도 주물러 주는 둘째 딸, 얼큰히 술에 취해 들어온 아빠 옆에 앉아 밤늦게까지 이야기를 들어 주는 듬직한 딸. 그게 나다. 딱히 누가 시켜서 그러는 것도 아니다. 그냥 그렇게 하고 싶어서 하는 거고, 내가 누군가를 위로해 줄 수 있다는 자체가 행복하다.

하긴, 어릴 때부터 난 늘 그래왔던 것 같다. 육상부 할 때도 간식을 받으면 친구들은 그 자리에서 다 먹는데 나는 꼭 남겨서 집에 가져오곤 했다. 중학교 1학년 때 담임이셨던 정연채 선생님이 우리 반 애들 때문에 속상해서 우셨을 때도 왠지 안쓰러워 편지를 써서 드리기도 했다.

올해 담임이 되신 김초원 선생님한테도 조금 놀랐다. 우리 반 담임이시긴 하지만 화학 담당이시라 우리 반 수업은 안 하셔서 좀 어색한 감도 있고, 나라는 아이를 별로 눈여겨보지 않으실 거라고 생각했다. 근데 며칠 전에 일대일 상담을 하는데 선생님이 그러시는 거다.

“지민아, 우리 반에서 선생님이 반장 다음으로 너를 믿고 의지하는 거 알지?”

뭔가 얼떨떨했다. 우리 반에 워낙 발랄한 아이들이 많아 나는 상대적으로 더 조용해 보이고 존재감이 없을 것 같았는데, 선생님이 나를 믿고 의지하신다는 말이 확 와 닿았다. 나한테서 나도 모르는 든든한 기운이 풍기기라도 하는 건가 싶기도 하고. 어쨌든 기분은 좋았다.

암튼 친구들 사이에서도 ‘엄마’로 통하는 나. 이런 나도 위로받고 싶을 때가 있다는 말이다. 내가 위로해 주고 얘기를 들어 주는 게 아니라 아무 말 없이 위로받고 싶을 때. 에이스 같은 사람이라면 그렇게 해 줄 것만 같다. 이런 생각이 좀 오글거리긴 하지만 말이다. 내가 에이스를 좋아하는, 아니 사랑하는 이유가 바로 그거 아닐까? 에이스를 보고 있으면 왠지 마음 한구석이 찡 하고, 위로받는 느낌이 든다.

내 꿈은 아주 오래전부터 여군이 되는 거였다

엄마가 이모네 사촌 동생들을 어릴 때부터 키워 줘서 우리는 이모네랑 아주 가깝게 지냈다. 이모랑 이모부는 두 분 다 군인이신데 어릴 때 보면 진짜 멋졌다. 특히 우리 이모는 키가 큰 편이고 체격도 좋고 힘도 세고 군복을 입은 모습이 완전 멋있었다. 그래서인지 나는 이모처럼 멋진 여군이 되고 싶었다. 하지만 요즘은 사실 잘 모르겠다. 내가 진짜 여군이 되고 싶어 하는 건지, 아니면 그저 멋있어 보인다는 단순한 이유로 여군을 꿈꿔 온 건지.

사실 이런 고민이 시작된 건 중학교 때부터였던 것 같다. 중1 담임이셨던 정연채 선생님이 3학년 때도 담임을 맡으셨는데, 선생님은 우리에게 장래 희망에 대해 좀 더 진지하게 고민해 보라고 하셨다. 뭐가 정답인지 알려 주시지는 않았지만 아마 그때부터 나에 대해 고민하고, 내가 원하는 게 뭔지 찾으려고 노력해야겠다는 생각을 갖게 됐던 것 같다.

내가 잘하는 건 과연 뭘까? 엄마는 내가 만들기를 꼼꼼하게 잘한다고 그걸 발전시켜 보면 어떠냐고 했다. 물론 만들기를 할 때면 나도 시간 가는 줄 모르고 집중해서 하게 되고 나름 칭찬받을 만한 결과물이 나오기도 한다. 하지만 그게 진짜 내 꿈인 걸까? 그건 잘 모르겠다.

올해 대학교에 들어간 우리 언니한테 물어볼까? 언니는 디지털미디어고를 나와서 시립대학교에 들어갔다. 대학교에서 방송국 일도 하며 학교를 다닌다. 언니가 다니던 고등학교는 등록금이 비싸서 엄마 아빠가 많이 힘들어하셨는데 대학은 그래도 시립대를 가서 효도한 셈이다. 내가 보기에 우리 언니는 자기가 하고 싶은 게 뭔지 알고 있고, 그걸 이루기 위해 열심히 사는 것 같다. 물론 눈물도 많고 조금은 어리숙해 보이는 우리 언니가 이 험한 세상을 어떻게 살아갈까 걱정이 되기도 한다. 언니는 아직도 내가 귀엽다며 꼭 볼을 꼬집는다. 귀찮을 때도 있지만 그래도 나는 언니가 참 좋다. 가끔씩 대판 싸울 때도 있지만.

동생은 워낙 자기 밥그릇은 잘 챙기는 애니까 잘 살 것 같다. 가끔은 깍쟁이 같아서 얄미울 때도 있지만 나는 정민이가 늘 안쓰럽다. 언니랑 나는 어릴 때 엄마가 집에 계셔서 많은 보살핌을 받은 편이지만 정민이는 그렇지 못했으니까. 내가 6학년, 정민이가 3학년 때부터 엄마가 마트에 출근하기 시작했다. 언니랑 내가 챙겨 줬다고는 하지만 늘 엄마 품이 그리웠을 거다. 요즘 들어 동생은 사춘기여서인지 엄마 아빠한테 불만이 많은 것 같다. 그래서 나도 잔소리를 몇 번 했다.

"야, 이정! 너 정말 엄마 아빠한테 잘해야 돼. 우리 부모님만 한 부모님 없어. 알겠어?"

동생은 내가 진지하게 말하니까 좀 무서웠는지 바로 알았다고 했다. 정민이 때문에 속상한 날이면 엄마는 내 방에 베개를 가지고 와서 잔다.

"정민이 사춘기인가 봐. 왜 저렇게 엄마 속을 썩이니? 엄마는 우리 찌야 옆에서 잘란다."

엄마가 나를 '찌야'라고 부르면 오글거리긴 하지만 그래도 듣기는 좋다. 나중에 크면 난 엄마 아빠를 꼭 모시고 살 거다. 엄마 아빠 모시고 스위스로 여행도 가고 효도도 많이 해야지.

문득 엄마가 쉬는 날 만들어 주던 핫케이크가 생각난다

엄마가 쉬는 날이면 계단 밑에서부터 라디오 음악 소리가 들렸다. 엄마가 옛날 팝송이 나오는 라디오 채널을 틀어 놓기 때문이다. 엄마가 해 주는 간식을 먹으면서 두런두런 얘기를 나누는 게 나는 참 좋았다. 그럴 때면 엄마가 아주 친한 친구 같다. 일이 힘들어 축 늘어진 엄마가 안쓰러워 뒤에서 꽉 껴안으면 엄마가 아프다고 짜증을 낼 때도 있다.

그러면 나는 괜히 서운해서 이렇게 말한다.

"내가 엄마 생각 얼마나 많이 하는데. 엄마는 그것도 모르지?"

엄마를 생각하니까 또 마음이 아프다. 어깨도 아프고 다리도 아픈 엄마가 일을 그만 다니게 되는 날이 얼른 왔으면 좋겠다. 우리 엄마, 유점림 씨. 내가 얼마나 엄마를 좋아하는지 알아요? 엄마 딸로 태어나서 얼마나 행복한지 모르죠?

수학여행 날짜가 정해졌다

이번 수학여행은 가기 전부터 뭔가 특별한 게 많다. 반 친구들 몇몇이랑 안산공단에 있는 공장에서 화장품 뚜껑 끼우는 알바를 해서 번 돈으로 꼭 사고 싶었던 지프 후드 집업을 산 것부터가 그렇다.

사실 쉽게 생각하고 시작했던 알바였는데, 처음에는 진짜 힘들었다. 하루 종일 화장품 뚜껑을 끼우고 집에 오면 몸도 뻐근하고 눈도 침침해지는 것 같았다. 항상 인생은 깨달음의 연속이라더니, 엄마 아빠가 우리 딸들을 위해 얼마나 힘들게 일하시는지 절실하게 느낄 수 있었달까.

마음에 쏙 드는 운동화도 하나 장만했다. 운동화는 우리나라에 없는 모델인데 해외 직구로 엄청 싸게 샀다. 엄마 카드로 결제하고 엄마한테 돈을 드리는 복잡한 과정을 거치긴 했지만. 엄마가 그냥 사 준다고 했지만 내가 싫다고 했다. 나는 이상하게 엄마 아빠한테 용돈을 받아 쓰는 게 왠지 죄송하다. 그래서 꼭 사고 싶은 게 있으면 알바를 해서라도 내 돈으로 사는 게 마음이 편하다. 그래도 정 사 주겠다면 거절하지는 않는다, 킄. 3박 4일이나 가는 거니까 엄마가 속옷도 새로 사 주시고, 아빠도 모처럼 바지를 사 주셨다.

심지어 그게 끝이 아니다. 엄마가 일하는 마트에서 캐리어 가방까지 새로 산 거다. 물론 내가 제일 처음으로 쓸 뿐이지 가족 모두 함께 쓰려고 산 거지만 말이다. 엄마는 캐리어 갖고 도망치면 안 된다며 농담을 했다. 내가 가긴 어딜 간다고. 암튼 우리 엄마는 농담을 참 좋아한다.

일요일에는 한창 알바 중인데 엄마한테서 문자가 왔다

「어디 갔니? 장군아♥」

우리 엄마 핸폰에 내 번호는 '우리집 장군이♥'로 저장되어 있다. 여고생 별명이 장군이라니! 너무 어릴 때부터 여군을 꿈꾸면 이런 부작용이 따를 수도 있다.

「일 왔쪙.」

반장 아줌마 눈치를 보며 답장을 보냈다. 조선족 반장 아줌마는 작업 시간에 잠깐이라도 딴짓을 하면 잔소리를 한다. 모처럼 일요일인데 엄마가 쉬는 날이라 엄마랑 아빠랑 정민이랑 동네 극장에 영화를 보러 간다고 했다. 나도 가고 싶은데 아쉬웠다. 거의 한 달에 한 번씩은 일요일에 아빠랑 같이 영화를 보러 갔는데, 알바하지 말고 그냥 극장에나 따라갈걸 그랬나 싶었다. 사실 수학여행 가서 쓸 용돈 때문에 알바하러 간 거지만 엄마가 주는 용돈으로 아껴 써도 되긴 하는데. 그래도 좀 풍족하게 가져가는 편이 나을 것 같아서 다녀왔다. 영화도 못 보고 번 돈이니 제주도 가서 펑펑 써야겠다. 가족들 선물도 사고, 내가 사고 싶은 것도 사 와야지.

드디어 제주도로 떠난다

수업 끝나고 바로 배를 타러 간다고 해서 캐리어 가방도 같이 끌고 왔다. 머릿속에 제대로 들어올 리 없는 수업을 억지로 듣고 있다.

「사랑하는 찌야♥ 출발했니? 좋은 구경 많이 하고 즐거운 추억 만들고 안전한 여행이 되었으면 한다. 우리 딸.」

엄마가 문자를 보냈다. 수업 시간이라 답장을 못 보내고 있는데 또 문자가 왔다.

「우리 찌야. 배에서는 안전벨트 매는 거 아니다. 조심. 안전. 또 안전. 알겠지? 선생님 잘 따르고 사진 많이 찍고.」

배에서 안전벨트라니, 역시 우리 엄마다운 농담이다. 나는 웃음을 참으며 엄마한테 답장을 보냈다.

「ㅋㅋㅋㅋㅋㅋ 잘 다녀오겠습다~~ 학교 끝나고 바로 출발이야~~ 얼마나 좋은지 말해 줄게. ㅎ」

수업 시간인데 벌써 피곤하다는 나의 말에 엄마도 일도 안 했는데 피곤하다고 답장을 보냈다. 그래서 우리는 '엄마와 딸'이라고. 누가 모녀지간 아니랄까 봐 그런 것까지 닮았나 보다. 맞다! 이번에 주문한 책이 아마 며칠 내로 도착할 텐데. 배송이 늦어져서 수학여행 갔다 와서 뜯어볼 수 있을 것 같다. 나는 선생님 눈치를 보면서 문자 한 통을 더 보냈다.

「ㅋㅋㅋㅋㅋㅋ 수고햐요. 혹시 책 오면 잘 놔둬 줘용~ 내가 뜯어야 돼. 꼭!!!!」

「알써.」

몇 시간 뒤면 수학여행을 떠난다

커다란 배를 타고 바다로 나가면 〈원피스〉에 나오는 해적이 된 것 같을지도 모르겠다. 드넓은 바다를 보며 내 꿈에 대해서도 좀 생각해 봐야지. 나는 《궁극의 아이》에 나오는 주인공 신가야처럼 미래를 모두 알 수 있는 초능력을 갖고 있지는 않으니까. 하지만 내가 사랑하는 에이스처럼 미래에 닥칠 시련을 피하지 않고 꿋꿋하게 맞서며 살아갈 거다. 궁극의 에이스, 궁극의 이지민이 되고 말 거다!

주이라는 아름다운 세계

안산 단원고 2학년 3반 **장주이**

1. 어려서부터 주이는 잘 걸었다. 주이의 걸음걸이는 유난히 씩씩했다.
2. 2013년 봄, 주이는 저렇게 환히 피었다.
3. 장주이 캐리커처.

주이라는 아름다운 세계

1. 두루 넓은 아이, 주이

두루 주(周) 자에 저 이(伊)라는 이름을 썼다. 작명소에서 지어 온 이름이었다. 그곳에서는 소띠 여자아이가 드세다는 속설이 있다고 했다. 의견과 신념이 분명한 것, 그리고 의지력과 실천력이 강한 것을 두고 드세다고 부르는 것이라면 몇 번이고 그렇게 불려도 좋으리라, 남자아이든 여자아이든 상관없이. 주이의 이름을 다시 풀어 보면 아래와 같은 수가 나온다. 주이에게 주이라는 이름이 생긴 후 주이는 꼭 주이처럼 자랐다.

周伊 : 성격이 온화하고 원만하며 감정이 풍부하다. 자기주장이 강해 낯선 환경에서는 타인과 조화를 이루지 못하는 경우도 있으나 강한 정신력을 바탕으로 자신의 마음을 돌보는 데 힘쓰면 인덕과 인복을 얻는 경우가 많다.

2. 1997년 9월

주이는 엄마 배 속에서 작은 문제를 일으켰다. 여수의 한 종합병원에서는 8개월 된 주이의 머리 둘레가 평균보다 너무 작은 수치라며 경고를 해 왔다. 일주일에 한 번씩 병원에 갔는데 3주가 지나도 주이의 머리 둘레는 정상적인 수준으로 자라지 못했다. 이런 경우 선천적으로 가질 수 있는 장애들에 대해 의사는 슬머시 이야기했다.

한국사회에서 장애를 가진 아이가 어떻게 자라나는지, 그리고 그 장애를 가장 가까이에서 지켜봐야 하는 가족들의 삶이 어떤 것인지 주이의 부모님은 너무 잘 알고 있었다. 집안에는 한숨이 끊이질 않았다. 그러다 출산을 한 주 앞두고서야 주이의 머리 둘레는 정상으로 돌아왔다.

3. 3.2킬로그램

주이는 여수에서 태어났다. 당시 주이의 부모님은 안산에 거주하고 있었는데 출산이 임박해지자 친가가 있는 여수로 내려간 것이었다. 1997년 10월 20일 저녁 7시 16분. 주이는 건강하게 태어났다. 그날 여수의 평균 기온은 19.7도였고 하늘에는 구름 한 점 없었다. 가장 아름다운 한국의 가을 하늘이 주이를 반겼다.

4. 깊고 부드러운 주이의 잠

어려서부터 주이는 잘 잤다. 두 시간마다 깨어나서 잠투정을 했던 두 살 터울의 오빠와는 달리 주이는 밤에 우유를 먹으면 아침까지 한 번도 깨지 않아 부모님을 한결 편하게 해 주었다. 낮에도 깊은 잠을 자서 그 시간에 주이의 엄마는 집안일을 하거나 주이의 오빠와 마음 놓고 산책을 다녀오기도 했다.

다섯 살 무렵 주이는 에어로빅을 하는 엄마를 곧잘 따라나섰다. 신기하게도 매번 주이는 에어로빅장에 음악이 울려 퍼지면 곧바로 잠이 들고 음악이 끝나면 잠에서 깨어나 함께 엄마와 운동을 하는 사람들의 예쁨을 독차지했다. 주이의 뒷머리는 유난히 납작했는데 이것이 깊고 길게 잠을 잤던 유년기와 무관하지 않을 것이다.

5. 가출

주이가 집을 나갔다. 아니 주이가 없어졌다. 주이의 나이 세 살 때 일이다. 주이가 사라진 날 아침, 주이의 엄마는 집의 문을 열어 놓고 청소를 하고 있었다. 처음에는 주이가 보이지 않는 것을 대수롭게 생각하지 않았다. 그런 시간이면 으레 주이는 앞집 남자아이의 집에 가서 놀거나 집 앞 공터에서 소꿉놀이를 했기 때문이다. 하지만 그날은 달랐다. 이웃에 사는 엄마들과 온 동네, 온 집을 뒤졌다. 하지만 주이는 어디에도 없었다. 그렇게 황망함에 빠져 있는데 전화가 한 통 걸려 왔다. 와동초등학교에 주이가 있다고 했다. 한걸음에 달려가 보니 주이는 초등학교 벤치에 앉아 환경미화원 아저씨와 천진난만한 표정으로 아이스크림을 먹고 있었다.

당시 주이가 차고 있던 팔찌에 전화번호가 있는 것을 보고 환경미화원분이 고맙게도 연락을 해 온 것이었다. 주이를 보자마자 주이의 어머니는 울음부터 터트렸고 주이는 여전히 태연하게 아이스크림을 먹었다. 당시 주이가 살던 집에서 와동초등학교까지는 큰 신호등을 두 개나 건너야 하는 먼 길이었다.

지금도 주이가 사라졌던 몇 시간과 어린 걸음으로 걸었을 그 멀고 위험한 길을 생각하면 더없이 아득해질 따름이다. 당시의 주이처럼 세 살 아이가 걷는 걸음은 시속 1킬로미터 정도 되는데, 한 가지 즐거운 사실은 이 속도가 계절이 변화하는 속도와 동일하다는 것이다.

제주에 처음 봄꽃이 피고 20일, 480시간 정도가 지나면 약 480킬로미터 떨어진 서울에도 같은 꽃들의 개화가 시작된다. 집을 나가는 소동을 벌여 부모님은 물론 온 동네 사람들이 가슴을 쓸어내렸던 그날 이후, 주이는 문제가 되는 어떠한 일도 일으키는 법이 없었다. 그리고 봄이 오는 속도처럼 고요하고도 생기 있게 자라났다.

6. 돈

주이는 유치원을 다니지 않고 집에서 어머니로한테 한글과 수를 배웠다. 그때까지 주이에게 돈의 개념은 크게 서지 않았다. 초등학교에 가자 어머니는 주이에게 용돈을 주기 시작했다. 아침에 학교를 가는 주이의 가방에 휴지로 곱게 싼 오백 원짜리 동전 하나를 넣어 주면 학교가 끝난 주이는 그 돈으로 간식을 사 먹으며 돌아왔다.

중학교에 가서는 일주일에 오천 원을 주었고 고등학교에 가서는 한 달에 삼만 원으로 용돈을 올려 주었다. 원래 사만 원으로 올렸는데 주이가 스스로 자기의 용돈을 만 원 깎았다. 그렇게 깎은 만 원을 어머니에게 용돈으로 쓰라며 인심을 쓰듯 말하기도 했고 통장에 넣어 달라고 하기도 했다. 돈이 생기면 한 번에 다 쓰고 보는 오빠와 달리 주이는 계획적으로 돈을 썼다. 용돈이 남은 달은 다음 달 용돈을 스스로 덜 받기도 했고 오빠에게 돈을 빌려주어 채무 관계를 만들기도 했다.

7. 주이는 치마를 입지 않는다

중학교에 가자 주이는 자신의 의사를 분명하게 표현하기 시작했다. 그 대표적인 것이 치마였다. 중학교에 처음 입학해서는 교복 치마를 입었지만 "치마는 활동하기 불편하고 종종 끌어내리는 모습도 남들 눈에 보기 싫다"며 같은 중학교에 다니던 오빠의 바지를 입기 시작했다. 이후 고등학교에 가서도 주이의 '바지 사랑'은 계속되었다.

8. 부서진 문

주이와 오빠는 사이가 좋을 때는 더없이 다정하게 지내다가도 싸울 때는 서로 물러나는 법이 없었다. 오빠가 돈을 빌리고 늦게 갚으려 할 때, 각자 보고 싶은 채널이 다를 때, 그냥 서로가 마음에 들지 않을 때 등등 여느 남매들처럼 싸움의 이유가 되는 것들은 다양했고 또 사소했다. 평소 눈물을 흘리지 않던 주이도 오빠와 싸우는 날이면 종종 울었다. 분해서 울었고 "동생이 그러면 안 된다"라고 말하는 엄마의 말에 서운해서 울었다. 다만 일반적으로 생각되는 여동생과는 다르게 주이는 터프했다.

어느 날 오빠와 싸우고 방문을 닫고 들어간 주이 방에서 큰 소리가 났다. 분을 이기지 못한 주이가 자신의 방문을 발로 찬 것이다. 연한 빛들이 맴도는 주이의 방, 지금도 방문은 움푹 패여 있다.

9. 주이는 분위기를 사랑해

주이의 아버지는 안산의 공단에서 기술자로 일했다. 일이 바쁘다 보니 아이들과 친밀하게 놀아 주거나 함께 지낼 시간이 많지 않았다. 그것이 이어져 주이의 아버지와 오빠 사이에는 대화가 거의 없었다. 하지만 주이는 아버지의 이야기에 대꾸도 잘하고 말도 먼저 건넸다. 아버지에게 잔소리를 들어도 꽁해 있는 법이 없었다. 가끔 엄마에게 반찬 투정을 하는 오빠와 달리 주이는 엄마가 밥상을 차리면 매번 엄지손가락을 치켜세웠다. 그러고는 음식 투정을 하는 오빠에게 "엄마가 힘들게 했는데 뭐가 맛이 없어"라며 핀잔도 주었다.

그것은 또래 아이들과 다르게 쌈이나 나물이나 풋고추 등 토속적인 음식을 좋아하는 식성 덕분이기도 했고 밖에서 일을 하고 돌아와 다시 집안일을 해야 하는 엄마를 위한 마음이기도 했다. 하지만 정작 주이는 요리를 못했다. 엄마가 집에 없는 날이면 주이는 오빠를 살살 설득해 자신이 먹고 싶은 음식을 내오게 했다.

10. 세상에서 가장 싫은 것

주이는 내숭이 많은 사람이 싫었다. 겉과 속이 다른 사람이 싫었다. 심장이 약하고 체구가 작다는 이유로 다른 아이들이 친구 준혁이를 놀리는 일도 싫었다. 하지만 그 무엇보다도 주이가 세상에서 가장 싫어했던 것은 엄마가 아픈 일이었다.

유통업에 종사하는 엄마가 늦게 일을 마치고 돌아오면 주이는 가끔 서비스로 발 마사지를 해 주었다. 센 악력으로 엄마의 부은 다리를 안마하면서 주이는 "엄마 아픈 게 싫다" "아프면 제발 병원에 가라" "나중에 아프다고 하면 좋아할 자식 하나 없다" 등등 귀여운 협박을 섞어 속마음을 드러내곤 했다.

11. 은빈

주이는 초등학교 5학년 때 학원에서 만난 은빈이를 유독 좋아했다. 은빈이의 담대한 성격을 좋아했고, 은빈이가 짓는 표정을 좋아했고, 그리고 은빈이의 행동들도 좋아했다. 그리고 따라 했다.

은빈이가 시계를 사면 똑같은 시계를 사고 은빈이가 머리를 짧게 자르면 주이도 머리를 짧게 잘랐다. 치마 대신 바지를 좋아했던 것도 은빈이의 영향이 컸다. 처음 은빈이는 자신을 따라 하는 주이의 행동이 마음에 들지 않았다. 하지만 그럴 때마다 주이

가 "네가 산 것이 예쁘기에 나도 샀어" 하고 먼저 솔직하게 말해 오는 것을 보고 은빈도 마음을 열었다.

12. 당고와 인형 뽑기

주이와 은빈은 함께한 기억들이 많다. 초등학교 6학년 때에는 학원에 가기 싫어 땡땡이를 치고 친구들이 떠난 빈 학교에 남아 놀았던 적도 있고, 중학교 2학년 때에는 자주 가던 동네 분식집에서 고구마맛탕과 비슷한 신메뉴를 내놓자 함께 '단 고구마'라는 뜻으로 메뉴의 이름을 "당고"라고 지어 분식집 아저씨께 드린 적도 있었다.

부모님 결혼기념일이라 선물을 사야 한다는 주이와 함께 은빈은 중앙역으로 나갔다가 아무것도 고르지 못하고 두세 시간 넘게 걷다가 지쳐 돌아온 적도 있었다. 하루는 동네에 만 원짜리 지폐를 닮은 전단지가 뿌려졌는데 장난으로 그것을 인형 뽑기 기계에 넣어 보았다가 인식이 되는 것을 알고 학원도 빼먹고 뽑기만 했던 사소한 비행(?)의 기억도 갖고 있다.

13. 서로의 슬픔을 나누다

주이와 은빈은 서로의 슬픔도 공유하는 사이였다. 중학교 1학년 은빈이의 생일, 주이는 당시 사정이 넉넉지 않아 휴대 전화를 갖지 못했던 은빈에게 아이들이 갖고 노는 장난감 무전기를 선물했다. 얼핏 장난스럽지만 다시 생각해 보면 친구의 슬픔을 함께 공감하고 상처를 유쾌한 방법으로 넘어서려고 하는 주이의 넓고 깊은 마음이 느껴지는 장면이다. 그 이듬해에는 엄마가 일하느라 자주 아프다며 하루 종일 엄마 걱정만 늘어놓는 주이를 은빈이가 나서서 위로해 주어야 하는 날이 많았다.

14. 금구모를 결성하다

중학교 때 친했던 남자 친구 둘과 주이는 단원고로 진학을 했다. 하지만 함께 진학한 그 친구들과는 반이 갈라진 터라 주이는 고등학교 생활에 잘 적응하지 못했다. 그러다 2학기가 되고 주이는 마음이 잘 맞는 친구들을 만났다. '금구모'라고 모임의 이름도 정했다. 주이는 금구모 친구들과 강원도로 여행을 다녀오기도 했다.

15. 취미는 기타, 가장 자신 있는 곡은……

주이는 중학교 3학년 방학을 맞아 새로운 취미에 빠져들었다. 역시 은빈이와 함께였다. 당시 학교에서 밴드부를 하던 다른 친구가 기타를 알려 주겠노라 해서 셋은 새벽부터 인근 교회로 몰려가 함께 기타를 배웠다. 한번은 은빈이가 기타를 치고 주이가 노래를 부르는 것을 동영상으로 찍어 생일을 맞은 친구에게 선물한 적도 있다. 이후 고등학교에 가면서 주이는 독학으로 기타를 쳤다. 어차피 기타 교습 학원에 가도 배우는 것은 적고 혼자 연습하는 시간이 더 길다며 '학원 무용론'을 지론으로 삼았다. 씨엔블루의 곡을 연습했고 기타 입문자들이 주로 연습하는 곡들도 쳤다. 하지만 주이는 기타에 더 깊이 빠져들지는 않았다. 열일곱 살 주이에게 흥미진진하고 아름다운 세계는 기타의 선율 외에도 너무나 많았다.

16. 주이의 꿈

초등학교 시절 주이는 학교에서 돌아오면 자기 방에서 1인 2역을 하면서 놀았다. 한 역할은 나중에 커서 되고 싶은 선생님이었고 다른 한 역할은 학생이었다. 초등학교 6학년 마지막 시험에서 주이는 국어 84점, 수학 68점, 사회 68점, 영어 84점을 맞았다. 이후에도 주이는 수학이나 암기 과목보다는 국어와 영어 성적이 더 좋았다. 노력하는 것에 비해 성적이 잘 나오지 않아 아쉬워한 적도 많았다.

중학교에 다닐 때에는 축구 선수가 되고 싶어 했다. 주이는 남자 친구들과 축구도 즐겨 했는데 한동안은 여자 축구 국가 대표가 되겠다며 축구부가 있는 고등학교로의 진학을 꿈꿨다. 고등학교에 진학하자 주이는 여군 장교가 되겠다는 꿈을 갖는다. 그래서였는지 주이는 초록색도 좋아했고 학교 선도부에도 들어갔다. 선도부원은 다른 학생들보다 아침 일찍 등교를 해야 했지만 주이는 규율이 몸에 밴 선도부 선배들이 멋있다며 그 생활에 큰 자부심을 갖고 임했다. 여군 장교는 누가 보아도 의리 있고 호탕한 주이의 성격과 아주 잘 맞는 꿈이었다.

17. 주이라는 사람

주이는 하나의 감정, 하나의 말로 정의할 수 있는 단선적인 사람이 아니었다. 말투는 무뚝뚝했지만 마음은 따뜻했고, 행동은 터프했지만 타인의 마음을 살피는 것에는 섬세했다. 얼굴에는 장난기가 많았지만 늘 진지했고, 감수성이 풍부했지만 잘 울지 않았다. 주이는 잘 울지 않았다. 잘 울지 않았다. 잘 울지 않았다.

18.

제주도로 떠나기 전날 밤, 주이는 오빠에게 받은 용돈으로 산 새 옷을 입어 보며 마냥 신났다. 먼저 제주도를 다녀온 은빈이한테 여행용 캐리어는 이동할 때 불편하다는 말을 듣고 배낭에 짐을 쌌다. 그리고 다시 부드럽고 깊은 잠에 들었다.

18+n. 주이의 눈동자

주이가 매일 오가던 안산의 집 앞은 골목이 길고, 골목이 길어 가로등이 많고, 가로등이 많아 밤도 많고, 밤이 많아 별도 많았다. 그 별을 바라보는 주이의 눈동자도 오래 빛났다.

나의 신(神), 나의 교주, 나의 딸

안산 단원고 2학년 3반 **전영수**

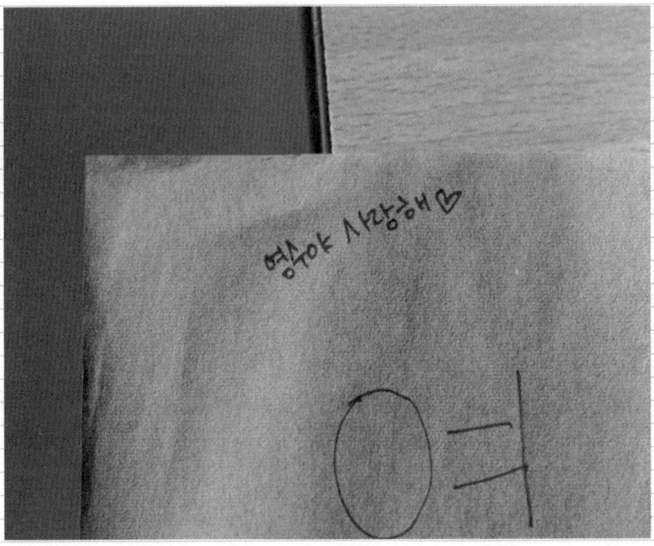

1. 중학교 동창이 그려 준 얼굴.

2. 유치원 때 소풍 가서.

3. 고2 때 친구들과 놀면서 한 컷.

나의 신(神), 나의 교주, 나의 딸

나는 영수교 신도

영수야, 이름을 부르니 또 눈물이 쏟아진다. 그렇게 많은 눈물을 흘리고 또 흘렸지만 눈물은 끝없이 고이는구나. 얼마 전에 너의 약전을 쓴다는 작가를 만났다.

그래서 들여다볼 용기가 나지 않아 깊숙이 넣어 두었던 네 사진들을 꺼냈다.

작가분이 필요하다고 해서였다.

방에서 한참 소리를 내 운 뒤에 마루로 나와 네 사진들을 봤다.

정말 예쁘고 예쁘구나. 자식 자랑하는 부모는 팔불출이라지만, 나는 팔불출이어도 좋다. 아니 너는 엄마 눈에만 예뻐 보이는 것이 아니다. 보는 사람마다 다 예쁘다고 했으니 사실이 아니냐.

엄마는 작가에게 이렇게도 말했다.

"영수는 저한텐 신이었어요. 저는 영수교 신도고요."

"아유, 그러셨군요. 정말 따님을 자랑스럽게 여기셨나 봐요."

"그럼요. 일부러 자랑하고 다녔어요. 편의점 갈 때도 같이 가고, 시장 갈 때도 같이 가고."

"다른 사람한테 자랑하는 걸 영수가 싫어하지 않았나요?"

"아뇨. 엄마가 좋아하니까 우리 영수도 좋아했어요."

말을 하자니 눈물이 또 볼을 타고 흐르는구나. 168센티미터 키에 늘씬한 몸매, 어디 하나 빠질 데 없는 미인인 내 딸아. 너는 나의 교주, 엄마는 너의 광신도였다. 종교가 없는 엄마는 영수 네가 종교였어. 그렇게 너는 내가 온 영혼으로 믿는, 딸 이상의 존재였구나. 엄마가 "우리 교주님" 하고 말할 때면 너는 어이없어 하면서도 방긋 웃곤 했지. 그 웃음이 못 견디게 보고 싶다.

작가가 네 사진을 한참 들여다보더니 말하더구나.

"참, 인상이 선해요."

작가가 들고 있는 사진은 엄마가 정말 좋아하는 유치원 때 사진이었다.

네가 여섯 살 때 원천유원지에 가서 찍은 사진이지. 그때도 너는 키가 큰 편이었어.

"그럼요. 우리 영수는 얼굴만 예쁜 게 아니에요. 마음도 말도 못하게 착했어요."

영수야, 네가 착했다는 말을 하다 보니 생각나는 게 있구나. 네가 여덟 살 때였지. 엄마가 평소에 좋아하는 요리를 배우고 싶어서 학원을 다녔잖니. 요리사 자격증을 딴 다음 식당에서 일을 하거나 음식점을 하고 싶었어. 그래서 참 열심히 배웠단다. 어느 정도 요리에 자신이 생겨서 자격증 시험을 보게 되었지.

시험 보러 가는 날 아침이었어. 막 집을 나서려는데 네가 "엄마, 잠깐만" 하고 얼른 방으로 들어가더니 뭔가를 갖고 나왔지. 그건 그림과 글을 쓴 작은 종이였어.

너는 종이를 예쁘게 접어서 엄마 옷 속에 넣어 줬지.

그러면서 네가 말했어.

"엄마, 이건 시험에 합격하라는 부적이야. 꼭 갖고 있어야 해."

그때 엄마는 그동안 힘들었던 것들이 한꺼번에 다 사라지는 느낌이었어. 너는 그런 감동을 엄마에게 줬단다. 그 부적 때문인지는 몰라도 엄마는 그날 시험에 합격을 했지. 그토록 원하던 '한식조리사' 자격증을 당당히 가지게 되었지.

너에게 한 가지 더 알려줄게. 엄마는 일식조리사 자격증도 이번에 땄단다. 네가 떠나고 엄마는 집에서는 견딜 수가 없었다. 집 안에 멍하니 앉았다 보면 나쁜 생각도 자꾸 나고 속에서 불덩이 같은 것이 치밀어 올라 안절부절못했어. 그래서 엄마는 생각했지. 뭐라도 마음을 집중할 수 있는 것을 해야겠다고 말이야. 그게 요리 학원 등록이었어. 엄마는 늘 일식조리사 자격증도 따고 싶어 했잖아.

학원에 가서도 가끔씩 넋을 놓는 바람에 무슨 요리를 해야 하는지 잊어 먹을 때가 많았지. 그런데 이상한 일이지 뭐니. 너를 잃은 슬픔을 잊으려고 요리에 집중을 하다 보니 이번엔 더 빨리 자격증을 땄구나.

네 사진 앞에 일식조리사 자격증을 놓고 보니 가슴이 미어진다.

이번에도 네가 부적을 써 준 거니? 고맙다, 영수야.

많이 아팠던 어린 시절, 하지만 씩씩하게 이겨 냈지

네가 없는 이 현실을 생각할수록 분노가 치밀어 오른다. 아직도 아무런 진실은 밝혀지지 않았단다. 너와 네 친구들을 그렇게 많이 희생시키고도 제대로 된 안전 대책은 나오지도 않는다. 그 대책을 요구하는 우리 유가족을 오히려 '세금도둑'으로 몰아붙이는구나. 이 얼마나 가슴 찢어지는 일이냐.

하지만 무엇보다 엄마를 힘들게 하는 것은 따로 있단다. 엄마가 너의 부재를 받아들일 수 없는 까닭은 네가 정말 힘든 어린 시절을 견뎌 왔기 때문이란다. 영수 너는 서너 살 때부터 감기가 자주 걸렸어. 자식이 아프면 대신 아파 주고 싶은 것이 세상의 부모들이지.

보통 감기에 걸리면 한 일주일 앓다가 낫는 것이 대부분이잖니. 그런데 영수 너는 한 번 감기가 걸리면 쉽게 낫지를 않았어. 동네 약국의 약으로는 어림도 없고, 안산에 있는 병원들에도 가 봤지만 낫지를 않았지. 열이 펄펄 끓고 힘이 하나도 없는 너를 안고 동동거리는 나에게 안산 병원의 의사 선생님이 서울의 큰 병원을 소개해 주시더구나.

그 병원은 안산에서 좌석버스를 타고 가다가 전철을 바꿔 타고 전철도 한 번 갈아타고 가야 했지. 아픈 너를 데리고 가기엔 먼 길이었어. 하지만 너는 잘 견뎌 줬어. 병원에서 진찰을 하고 난 뒤 의사 선생님이 말했지.

“감기에 자주 걸리는 체질이에요. 환절기에 조심하시고요, 감기가 걸리면 곧바로 오셔서 치료받고 약을 가져다 먹이세요.”

다행히 그 병원의 약은 영수 너에게 잘 맞았어. 잘 내리지 않던 열도 내리고 기침도 멎었으니까. 그렇게 낫는 줄 알았지만 아니었어. 그게 긴 치료의 시작이었던 거야. 병원의 약을 먹었지만 워낙 체질이 약해서 그랬는지, 너는 감기를 달고 살았어. 어느 날은 네가 숨을 잘 못 쉬겠다고 힘들어했지.

단걸음에 그 큰 병원으로 달려갔는데, 너는 폐렴이었어. 폐렴은 쉽게 걸리지만 심한 경우 죽을 수도 있는 무서움도 갖고 있지. 오헨리가 쓴 단편 소설 《마지막 잎새》의 주인공 존시가 죽음의 공포를 느끼는 병도 바로 폐렴이잖아.

존시는 자기 방의 창문 밖으로 보이는 담쟁이덩굴의 잎이 떨어질 때마다 자기 수명이 줄어든다고 생각해. 그리고 마지막으로 잎이 다 떨어지면 자기도 죽을 거라고 믿었어. 이 사실을 알게 된 아래층에 사는 베어만 할아버지가 담쟁이 잎을 하나 벽에 그려. 진짜 담쟁이 잎은 다 떨어졌지만 베어만 할아버지가 그려 놓은 잎을 보고 존시는 기운을 차리고 점점 병이 낫게 되지. 그런데 비 오는 밤에 벽에 그림을 그리던 베어만 할아버지는 폐렴에 걸려 결국 죽고 말지. 나이가 너무 많아서 견딜 힘이 없었던 거야. 젊은 존시를 살리고 대신 자기 목숨을 희생한 거란다.

엄마는 생각했단다. 영수 네가 나을 수만 있다면 엄마도 얼마든지 베어만 할아버지처럼 할 수 있다고 말이지.

영수 너는 치료를 잘 받았고 아픔을 이겨 냈어. 일주일 정도 입원했다가 괜찮아져서 퇴원했는데, 병은 뒤끝이 있더구나. 조금씩 나아지는가 싶더니 또 똑같은 증세를 보이는 거였어. 할 수 없이 또 입원을 했지. 그렇게 두 번을 입원해서 너는 치료를 받았단다. 너는 아픈 중에도 엄마 손을 꼭 잡고 예쁘게 웃었어. 그런 네 눈을 보면서 엄마는 간절하게 맹세하고 또 맹세했어. 무슨 일이 있어도 너를 건강하게 잘 자라게 할 거라고 말이야.

엄마의 간절한 마음이 통했는지 너는 곧 폐렴이 나았어. 의사 선생님이 말해 주셨지.

"염증이 많이 사라졌습니다. 앞으로 조리를 잘하면 괜찮겠어요. 긴 시간이라 쉽지는 않겠지만요."

의사 선생님이 말한 긴 시간은 생각보다 정말 길었단다. 네가 두 번째 입원했다가 퇴원한 뒤로 2주일에 한 번씩 꼬박꼬박 엄마가 병원을 다녀와야 했으니까. 약을 타러 5년을 다녔으니 길다면 참 긴 시간이었다. 그래도 약을 잘 챙겨 먹고 조리를 해서 더는 입원하지 않아도 되었으니 엄마는 그것만으로도 기뻤다.

마흔 살에 낳은 늦둥이. 게다가 막내라서 더 예뻤던 영수야. 엄마는 다른 엄마들보다 나이도 많았지만 그리 힘들지 않았어. 때로는 회사에서 조퇴도 해야 했지. 2주에 한 번씩 서울을 다녀와야 했으니까.

버스를 타고 전철을 갈아타고 오가면서 엄마는 생각했단다. 우리 영수, 건강하게만 된다면 엄마는 못 할 게 없다고 말이지. 아마도 이때 서울을 오가면서 엄마는 점점 더 영수 너를 신처럼 생각하게 된 건지도 몰라.

회사일과 서울 다녀오는 일에 가끔은 지칠 때도 있긴 했지. 그때마다 영수 네가 배시시 웃으며 "엄마, 사랑해" 하고 말해 주면 온몸에서 기운이 펄펄 솟곤 했단다.

한 살씩 나이가 늘어가면서 너는 감기에 걸리는 횟수도 줄어들었지. 열두 살이 되면서 너는 건강한 아이가 되었어. 이것저것 많이 먹지는 않았지만 너는 과일과 고기를 좋아했지. 과일을 잘 먹는 건 좋은 식습관이었던 것 같아. 미인은 과일을 좋아한다는 말도 있는데, 그건 딱 너를 가리키는 말인 것 같구나.

건강해지니깐 좋은 일이 많았어. 어디든 놀러갈 수 있으니까 말이야. 롯데월드도 가고 서울대공원도 가고 에버랜드도 가고 세계 꽃박람회도 갔지. 네가 얼마나 좋아하던지 엄마는 '아, 이게 사람 사는 즐거움이구나' 하고 속으로 생각했단다.

건강해진 데다 워낙 착한 성격이어서 그런지 너는 친구도 참 많았지. 중학교 친구도 많고 고등학교 친구도 많았어. 네가 떠나고 난 뒤에 너의 중학교 때 친구들이 네 사진을 많이 갖고 왔단다. 네 얼굴을 그림으로 그려서 갖고 오기도 했어. 말갛게 웃고 있는 네 모습을 보면서 엄마는 또 울고 말았단다.

친구는 잘 이해해 주고 배려심이 있을 때 진정한 친구가 될 수 있겠지. 영수 너는 몸이 아프면서 안으로 단단하게 들어찬 힘이 있었던 것 같아. 엄마가 보기엔 누구보다 이해심 많고 배려심 많은 아이였어.

보통 엄마들이 이런 이야기를 많이 하거든. "청소년하고는 정말 같이 살기 힘들어요." 청소년이 누구겠니. 바로 중학교와 고등학교에 다니는 아들과 딸이지. 사춘기를 겪고 있는 자식은 부모와 많이 다투게 된단다. 심지어는 서로 말도 안 하고 완전히 사이가 틀어지는 경우도 있어. 아들보다 딸은 좀 더 심하다고 해.

그런데 우리는 영수야, 그런 게 없었잖아. 영수 너는 엄마에게 짜증을 부리지도 않고 엄마가 귀찮을 정도로 데리고 다녀도 다 받아 줬지. 그러니 너는 엄마가 '영수신'으로 모실 수밖에 없었어. 너만 보면 마음이 편안하고 저절로 기쁨이 찾아오니, 그게 종교가 아니고 뭐겠니.

신을 잃어버린 신도는 어떻게 살아야 할까. 영수야, 엄마는 세상이 무너졌구나. 중심을 잃고 정말 어떻게 살아야 할지 모르겠다. 이대로 이렇게 엄마가 무너지는 건 네가 원하지 않을 텐데. 불쑥불쑥 찾아오는 절망감 때문에 하루하루가 힘겹다.

영수야, 엄마가 힘을 내야겠지? 그래서 일식조리사 자격증도 따 봤어. 어떻게든 삶의 끈을 이어가야 하니까. 그게 우리 영수가 원하는 것일 테니 말이야. 엄마가 자신 있게 할 수 있는 초밥을 만들어 영수 너에게 맛보이고 싶구나. 네 영혼이 엄마를 찾아와 맛있게 먹어 줄 거지?

그림 그리는 역사 선생님과 세계 여행

엄마와 너는 생각만큼 많이 여행을 다니지 못했지. 너도 바쁘고 엄마도 바빠서 그랬어. 뭘 그렇게 바쁘게 살았는지, 지금 생각하면 안타까움도 많구나. 돈은 넉넉하지 않더라도 마음 여유만 있으면 얼마든지 여행도 자주 갈 수 있는데 말이야. 그걸 못 했어.

영수야, 너는 말했지. 역사를 가르치는 선생님이 되고 싶다고. 네가 역사 선생님이 되겠다고 하니까 자연스럽게 엄마도 역사에 관심을 가지게 되더구나. 전에는 그냥 지나치던 것들도 유심히 보게 되었어.

텔레비전에서 언젠가 '임나일본부'에 대해서 이야기하는 걸 봤지. 일본이 4세기 후반에 한반도 남부지역에 진출해서 백제, 신라, 가야를 지배하고 특히 가야에는 '일본부'라는 기관까지 설치하고 이백 년이나 지배를 했다는 거야. 나는 처음 그걸 보고 충격을 받았어. 도대체 어떻게 저런 일이 있을 수 있을까 말이지. 내가 그런 말을 했을 때 너는 웃으며 말했지.

"엄마, 그거 일본 역사학자들도 인정 안 하는 거야."

"그런데 왜 텔레비전에서 떠들어?"

"일본이 자꾸 역사를 왜곡하니까 가만 놔둘 수는 없지 뭐."

"영수야, 니가 역사 선생님이 돼서 다 바로잡아."

"호호, 그럴까."

역사에 대한 책도 많이 읽고 엄마한테 좋은 이야기도 들려주던 영수야. 지금 또 일본은 독도를 가지고 난리란다. 일본 초등학교 6학년 교과서에 '한국이 독도를 불법 점거하고 있다'는 표현을 넣었다고 하는구나. 너와 이런 것들에 대해 이야기도 하면 참 좋을 텐데, 이젠 그럴 수가 없구나.

영수야, 엄마는 생각을 해 본단다. 네가 대학교를 졸업하고 네가 원하던 대로 역사 선생님이 되었다면 어떤 모습일까. 아마도 너는 그림을 그리는 역사 선생님으로 유명해졌을 것 같다.

너는 그림 그리기를 좋아하고 또 잘 그렸으니까. 그림을 그리진 않더라도 그림에 대한 관심을 늘 갖고 있을 테니까, 그림으로 풀어 보는 역사 이야기 같은 것도 넌 충분히 잘했을 것 같아.

우리나라에도 역사 속에 유명한 화가가 많잖아. 안견, 김정희, 신윤복, 장승업, 김홍도 같은 조선시대 화가의 그림을 갖고 이야기해도 참 재미있을 것 같아. 특히 산수화와 풍속화의 대가이면서 인물화와 꽃과 새 그림 등 모든 분야에 독창적인 회화를 선보였던 김홍도는 단원고등학교와도 관계가 있단다. 김홍도의 호가 '단원'인데 안산시에서 구의 이름으로 썼고, 고등학교도 그 이름을 그대로 쓴 거거든.

영수 네가 만약 한국화 말고 서양화나 판화 같은 것에 관심을 가졌다면 세계사 선생님을 해도 좋겠지. 그림으로 풀어 주는 세계사! 참 멋있을 것 같다.

유럽, 북아메리카, 남아메리카, 아프리카, 아시아의 역사를 그림을 통해 이야기하는 선생님. 생각만 해도 아이들이 좋아할 것 같아.

세계 이야기를 하다 보니 생각이 나는구나. 그때가 언제더라. 텔레비전에서 세계 여행 프로그램을 볼 때였지. 요즘은 여행 프로그램이 텔레비전에 넘쳐나잖아. 어떤 방송국의 여행 프로그램인지는 확실하게 기억이 나질 않는다.

하지만 참 보기 좋았던 장면이었던 것 같아. 우리나라에선 볼 수 없는 그런 장면들. 거대한 폭포라든가 일년 내내 눈이 덮인 산, 온갖 진기한 물건을 모아 놓은 박물관, 피라미드 같은 것들. 평생 꿈에서나 가 볼 그런 곳에 가서 웃고 즐기는 사람들을 보면서 엄마가 그랬지.

"휴, 나도 애들 다 키워 놓고 저런 데나 놀러 갔으면 좋겠다."

엄마가 혼잣말처럼 했는데 옆에서 영수 네가 듣고는 말했지.

"엄마. 왜 엄마 혼자 가. 나랑 같이 가야지. 내가 모시고 다닐 거야. 엄마 가고 싶은 데 다."

말만이라도 얼마나 고맙던지, 영수야 그땐 눈물이 다 핑 돌더구나. 요즘처럼 가슴 찢어지는 아픔의 눈물이 아니라 흐뭇한 감동의 눈물이었지.

영수야, 엄마는 그때 그 감동을 잊지 않고 있단다. 우리 예쁜 딸. 너는 언제나 내 마음 속에 살아 있고 늘 나와 함께할 거야. 엄마는 지지 않을 거다. 아무리 사람들이 나쁜 말을 해도 씩씩하게 견딜 거야. 꼭 진실을 밝히고 다시는 이런 가슴 아픈 일이 일어나지 않는 세상이 되는 데 힘을 보탤게.

그리고 엄마가 힘을 내서 여행도 갈게. 세계 여행은 아직 못 가겠지만, 가까운 문경이라도 가 볼게. 문경은 새도 쉬어 넘는다는 새재가 있지. 문경새재엔 사극 촬영장도 있고 말이야. 너와 같이 꼭 가 보고 싶었던 곳인 만큼 엄마가 빠른 시일 내에 가 보도록 할게.

엄마가 또 편지할게. 영수야, 나의 신, 나의 교주, 그리고 나의 예쁜 딸.

눈이 오는 날마다, 너는

안산 단원고 2학년 3반 **정예진**

1. 가족들과 호수공원에서. 예진이는 엄마를 닮고 동생 의찬이는 아빠를 닮았다.
2. 머리를 한쪽으로 넘기고, 예쁘게 찍은 예진이의 증명사진.
3. 소품까지 다 스스로 챙겨 찍었던 사진. 박스를 든 사람이 예진이다.

눈이 오는 날마다, 너는

온 나라에 눈이 내렸다. 밤부터 쏟아지기 시작한 눈은 아침까지 이어졌다. 부른 배를 하고서도 기어이 눈길을 걸어 출근하는 남편을 배웅한 것은 오늘이 남편의 지방 출장날이기도 했거니와 아직 예정일이 보름이나 남았는데 무슨 일이 있을라고 하는 마음 때문이기도 했다. 예정일은 크리스마스이브였다.

남편이 멀어지는 모습을 보고 눈길을 되밟아 집으로 걸어오는 길에 배가 살살 아파오기 시작했다. 남편은 삐삐에 응답이 없었다. 병원으로 급히 갔으나 담당 의사는 일주일 뒤에 있을 대통령 선거 때문에 자리를 비운 상태라, 할 수 없이 대타 의사에게 출산을 맡겨야 했다. 진통은 진통대로 겪고, 점심 먹을 시간쯤이 되자 대타 의사는 수술을 권했다. 통뼈라 힘들다면서.

1997년 12월 11일, 그렇게 아기가 태어났다. 눈 때문에 길이 많이 막혔다는 남편은 한참이 지나서야 아기의 얼굴을 볼 수 있었다. 3.7킬로그램의 여자아이. 소가 점심 먹고 한잠 늘어져 잘 시간에 태어난 소띠라 팔자가 좋다는 아이는 커다란 알밤 꿈을 꾸고 태어났다.

아이는 백일이 될 때까지는 낮밤이 바뀌어 엄마 아빠를 고생시키더니 백일이 딱 되자마자 언제 그랬냐는 듯 낮에는 깨고 밤에 잠들었다. 젖도 잘 뗐고, 병치레도 없었다. 4개월째에 뒤집었고 오래 지나지 않아 뭘 잡고 주춤주춤 서기 시작하더니, 어느 날 별일도 아니라는 듯 화장실에서 안방까지 턱턱턱 걸어왔다. 16개월 차로 태어난 남동생을 질투하지도 미워하지도 않던 아이. 엄마가 동생 기저귀 갖고 와, 포대기 갖고 와, 하면 바닥에 질질 끌면서도 재깍재깍 가지고 오던 아이.

너는 언젠가 이 아이를 만난 적이 있을지도 모른다. 어느 오후, 소아과 대기실에서 엄마 품에서 칭얼거리는 아이들과 함께 의자에 앉아 있던 네 앞에 여자애 하나가 선다. 부끄러워하거나 몸을 배배 꼬지도 않고 당당한 자세로 네 앞으로 턱턱 걸어온 여자애는 대뜸 큰 목소리로 "안녕? 나는 다섯 살 정예진이야" 하고 인사를 건넨다.

초등학교 5학년쯤 되었을까. 너는 예진이를 잘 모른다. 옆 반에 목소리가 크고 키가 큰 애가 있다는 정도만 알고 있다. 샌드위치를 만들기로 한 날, 성큼 다가온 예진이 "마요네즈 좀 써도 될까?" 묻고 마요네즈를 가져가 식빵에 척척 바른다. 자연스럽게 예진이는 너와 친구가 된다. 큰 목소리로 네 이름을 부르면서, 아이들이 비밀 통로라고 부르곤 했던 교실 사이 좁은 복도에서 같이 놀자고 말한다. 너는 예진이의 그 큰 목소리를 한동안 기억하게 된다.

쩌렁쩌렁하게 부르는 노랫소리가 밖까지 들려서 너는 웃고 만다. 동방신기와 같은 무대에 서야 한다고 줄창 노래 연습을 하던 예진을 따라 온 곳은 압구정에 있는 어느 엔터테인먼트 회사의 공개 오디션장이다. 노래방에 가서 소파에 앉아 있는 건 반역, 핸드폰 들여다보는 건 역적이라며 누구보다 신나게 춤추고 노래 부르던 예진은 가수가 되고 싶다고 여기까지 왔다. 노래방에서도 빅마마의 〈체념〉이더니, 오디션장에 와서도 이 노래다.

다른 참가자들의 목소리는 들리지도 않던데 예진이는 어찌나 목청이 좋은지 벽을 뚫고 노래가 들린다. '널 미-워 해야만 하는- 거니' 소리에 우리 예진이 잘하고 있네, 하는 마음이 든다. 압구정에 나왔으니 맛있는 걸 먹자 했지만 돈도 없고 처음 와 본 동네도 낯설어 편의점 컵라면에 소시지 하나로 만족한다. 예쁘장하게 생긴 남자애들이 있어 보니 무슨 아이돌이라 또 뒤를 한참 쫓아가 본다. 사인을 받고 싶지만 부끄러워진 네가 "야, 그냥 가자" 하고 소매를 붙잡지만 예진이는 "뭐가~ 사인 받으면 되지" 하고 먼저 걸어 나간다. 언제나 이런 식이었다. 네가 우물쭈물 망설이고 있을 때 예진이는 어느새 성큼성큼 앞서 나가 있었다. 몸을 배배 꼬지도 않고, 부끄러워 하지도 않았다.

이마 한가운데에 사마귀인지 점인지가 있는 할머니가 예수 믿고 천국 가라며 너를 붙들었을 때도 그랬다. 할머니는 냅다 너를 붙잡고 기도를 시작하고, 앞서 나가던 예진이 뒤를 돌아보더니 "야 너 거기서 뭐 해. 시간 없어!" 소리를 질렀지만 어쩔 수 없이 "아멘"까지 해야 했을 때, 할머니가 예진이더러 '저런 친구 만나지 마라'고 했을 때도 예진이는 너의 손을 잡아끌며 "적당한 말로 뿌리칠 줄 알아야지, 그냥 부처님 믿는다고 해"라며 제가 먼저 화를 냈다.

예진의 말이 거침없어 걱정일 때도 있었다. 명절날 모여 앉은 친척들을 위해 너 혼자 부엌에서 음식 준비를 할 때면 모두 들으라는 식으로 "왜 엄마 혼자 일해? 엄마도 여기 와 앉아!" 하곤 했으니까. 그렇게 속에 있는 말 다 하고 살 수 없다고 네가 뭐라고 해도 예진은 "할 말은 하고 살아야지" 할 뿐이었다. 사실 예진이 대신해 준 그 말들로 네 속이 더 시원했다. 서서 밥 먹지 마, 꾸미고 다녀, 지고 살지 마! 예진이는 언제나 참지 않고 너의 속엣말을 대신해 주며 언제나 너의 옆을 듬직하게 지켰다.

중1 겨울 방학, 뒤에서 누가 따라오는 기분이 들어 무작정 예진이에게 전화를 걸었을 때, "누가 따라오는 거 같아" 하는 너에게 예진이는 대뜸 "근데 왜 전화를 해?" 라고 버럭했다. "너 넘버원도 안 봤어? 그럴 때는 한 쪽 귀를 열고 뒤에서 나는 소리를 잘 들어야지. 일단 집으로 가!" 예진의 말을 방패 삼아 빠르게 집으로 들어갔더니, 전화를 끊은 지 2분 만에 예진이가 너희 집까지 뛰어왔다. 잘 들어갔는지 확인하고 싶어 왔다는 예진이는 오자마자 또 큰 소리를 냈다. 그런 일이 있으면 문자로 하고! 어디 골목은 위험하니까 혼자 가지 마!

예진이의 용감함은 어디서 왔을까. 너는 예진이와 함께 시내 영화관에 갔던 일을 떠올린다. 2009년, 초등학교 졸업을 앞둔 겨울. 신도시 영화관까지 굳이 가야 했던 건 〈천국의 우편배달부〉라는 영화 때문이었다. 영웅재중 오빠의 첫 주연작이었으니 어디서 상영하건 반드시 보러 가야 했지만, 여자애 둘이 가기엔 먼 길이라 겁이 났다. 위험한 일이 생길 수 있다며 예진이는 두꺼운 패딩을 입고 주머니에 문구용 가위를 챙겨 넣었다. 덕분에 든든했고, 덕분에 아무 일도 없었다.

너는 체구가 작아 동급생들에게 괴롭힘을 당하는 일이 종종 있었다. 어릴 때야 손잡고 같이 학교에 갔지, 머리 크고 나서는 길에서 만나도 아는 척을 하지 않던 너의 누나 예진이 너의 교실을 찾아온 건 그 때문이었다. 예진은 너를 괴롭힌 아이들에게 따끔하게 한마디를 날리고, 너의 담임 선생님까지 찾아갔다. 네가 가벼운 교통사고로 병원에 갔을 때는, 정작 병원에 와서는 까칠하게 굴었지만 일기장에는 우리 동생에게 무슨 일 생기면 절대 안 된다고 힘을 주어 써 두었다.

저금통을 들고 뛰쳐나온 너를 일단 불러다가 밥을 먹이고 함께 피시방에 갔던 친구도 예진이다. 따돌림당하는 친구를 도우려다 도리어 네가 따돌림을 당하게 되었을 때 매일 너의 고민을 들어 주었던 것도, 다른 고등학교에 가게 되어 적응을 못하는 너를 챙겨 준 것도 예진이다.

너와 예진이는 패스트푸드점 구석탱이 자리에 앉아 500원짜리 아이스크림콘 하나 시켜 놓고 한참 수다를 떤다. 선생님 몰래 서로의 고등학교로 잠입해서 급식을 훔쳐 먹는다. 수요일마다 학교 앞에 오는 다코야키 트럭을 손꼽아 기다린다. 소품부터 의상까지 상자째로 챙겨 들고 서울로 가 스튜디오 사진을 찍는다. 여름이 되면 캐리비안 베이로, 겨울이 되면 롯데월드로 놀러 간다. 깊지도 않은 파도 풀에서 키가 작은 네가 파도에 밀려 밀려 깊은 곳까지 갔을 때, 큰 키의 예진이 성큼성큼 걸어가 너를 건져 내준다. 예진이가 너를 살려 주었다고 또 웃는다.

서로의 집을 드나들며 많이도 먹는다. 묵국수가 맛있다고, 날을 잡아 묵을 여섯팩 사서 냉면 육수 콸콸 넣어 먹고 있는데 하필 텔레비전에 나오는 게 이영돈의 〈먹거리 엑스 파일 : 냉면 육수의 비밀〉 편이다. 그걸 보고 또 웃는다. 예진이 밥솥으로 핫케이크를 구울 거라며 전화가 온다. 조금 늦게 출발했더니 그사이를 못 참고 삐친 예진이가 “내가 다 먹을 거니까 너는 너 먹을 거 알아서 사 와” 한다. 미안하다고 헐레벌떡 가서 보니 핫케이크는 부풀지 않아서 완전 실패다. 맛있는 거 해 달라는 너의 말에 예진이는 라면 하나 끓인 다음 식은 밥에 랩을 씌워 전자레인지에 돌리면서 “이렇게 하면 완전 새 밥 돼” 한다. 그리고 돌린 밥을 라면 국물에 말아 준다.

의욕에 비해 요리 실력은 별로여도 뭘 해서 먹이는 걸 좋아한다. 종류별로 산 라면을 한데 넣고 끓이다가 계란을 넣으니 마니 가지고 또 톡탁거린다. 송년회라고 친구 집에 모여 앉아 치킨 다섯 마리에 피자까지 시켜 먹는다. 와구와구 먹고는 다 같이 호키포키 춤을 추면서 자지러진다.

독서실에서 예진이의 커널스 팝콘 몇 알을 네가 몰래 먹는다. 자리를 비웠다 돌아온 예진이 금세 알아채고 너를 닦달한다. 너는 먹지 않았다고 잡아떼지만 “너한테 커널스 냄새 나거든?” 하는 말로 상황은 마무리된다.

동방신기가 컴백해서 프로그램 세 개에 연속으로 출연하던 날, 네가 물어볼 것이 생겨 독서실 예진이 자리 커튼을 살짝 열어 본다. 예진이는 잘 보이는 곳에 테이프로 꽁꽁 디엠비를 매달아 놓고 이어폰을 끼고 1.5리터 짜리 콜라를 품에 안고 있다. 뭐 하냐 물으니 오늘 오빠들 방송을 놓칠 수 없으니 3시간 동안 건들지 말라고 아주 경건한 자세로 말한다.

예진이는 중학교 2학년 때 댄스 동아리에 들어가서 춤을 추기 시작한다. 학교 축제를 앞두고는 발 냄새 나는 친구네 지하실을 빌려다가 쓸고 닦아 연습실을 만든다. 무대에 올라서는 온통 자기 세상인 것처럼 춤을 춘다. 땀이 줄줄 흘러도 상쾌하기만 하다. 너는 집으로 돌아오는 횡단보도에서 처음 예진이가 가수, 뮤지컬 배우가 되고 싶고 유노윤호와 같은 무대에 서고 싶다 말하는 걸 듣는다.

고등학교에 들어간 예진은 뮤지컬 학원에 다니기 시작한다. 학교에서 저녁밥을 먹고 학원으로 가서 노래 연습을 한다. 학교 공부도 놓칠 수 없다고, 엄마한테 힘 주겠다고 시험 기간에는 밤을 새면서 공부한다. 그렇게 공부하랴 학원 다니랴 아이돌 스케줄 맞춰 공방(공개 방송) 뛰랴 봉사 활동 나가랴 하루를 48시간으로 사는 예진이다. 색색깔 형광펜으로 칠한 일주일 계획표가 빽빽하다. 일요일엔 지친 몸을 충전하려는지 한낮이 되어도 침대에 꿈쩍 않고 누워 깨질 않는다.

어느 날, 예진이 씩씩거리면서 들어와 너에게 말한다. "엄마! 앞으로는 길에서 내 친구 누구 만나도 인사하지 마!" 어제까지 딱풀처럼 붙어 다니더니 무슨 일인가 싶어 되물으니 "걔가 나 왕따시켰단 말야" 하고 서운한 속내를 비친다. 하지만 손바닥처럼 빤한 동네에 살면서 알아온 세월이 얼만데, "어머니 안녕하세요!" 하는 인사를 무시할 수가 없다. 네가 인사를 받아 주는 걸 보고 예진은 화를 낸다. 그러기를 얼마나 지났을까, 예진이 그 친구와 함께 아무 일도 없었다는 듯 집으로 들어온다. 너는 그 모습이 웃기기도 하고 귀엽기도 해서 "어머 누구가 예진이 왕따시켜서 이제 안 논다더니 집에는 왜 와?" 하고 되묻는다. 친구는 당황하며 "어머니! 저희 안 그랬어요" 하는데 예진이 "얘가 왕따시킨 건 맞는데 그냥 우리 화해했어" 하고 만다.

생각해 보면 너와 싸웠을 때도 매번 이런 식이다. 화산이 폭발하는 것처럼 큰 소리로 대거리를 하고는 방문을 쾅 닫고 들어갔다가 다시 쾅 소리 나게 문을 열고 나와서는 "엄마! 밥 줘!" 하곤 했으니까. 아빠는 종종 저렇게 금방 풀릴 걸 왜 서로를 들들 볶는지 의아해했지만 너는 뒤끝 없이 화끈하게 싸울 땐 싸우고 화해할 때 화해하는 게 좋았다.

너는 언젠가 예진이를 만난 적이 있다. 여러 가수가 나오는 콘서트장, 이리 치이고 저리 치이는 몸싸움에 지쳐갈 때쯤 아까부터 목소리 우렁차게 환호하는 여자애가 1.5리터 물병을 들고 있는 게 보인다. 망설이다가 물 한 모금만 마실 수 있냐는 너의 말에 여자애는 흔쾌히 물병을 건네준다. 그걸 본 옆 사람이 저도 한 모금만, 저도 한 모금만 해서 여자애의 물병은 빈 통이 되어 제자리로 돌아온다. 그러거나 말거나 여자애는 노래 따라 부르고 춤추기 바쁘다.

너는 대학가 앞 그라피티가 많이 그려진 굴다리를 지나고 있다. 멀리서부터 시끄럽던 한 무리의 여고생들이 맞은편에서 걸어온다. 너를 본 여고생들은 뭐가 부끄러운지 저희들끼리 쑥덕거린다. 모르는 척 지나가려는데 그 가운데 키가 제일 큰, 보라색에 흰 줄이 간 저지 위에 노란 패딩을 겹쳐 입은, 비니 쓴 여자애가 너에게 다가와 "죄송한데 사진 한 장만 찍어 주시면 안 돼요?" 한다. 놀러 온 모양이네, 싶어 너는 핸드폰을 받아든다. 한 장만 찍어 달라던 아이들은 나란히 서더니 부끄러움은 다 버렸는지 온갖 포즈를 취한다. 너는 그 모습이 웃기기도 하고 재밌기도 하다. 아이들은 찍힌 사진을 보고 와르르 웃어댄다. 그 여자애가 예진이었다.

하얀 눈이 펄펄 나리던 1997년 1월의 마지막 날, 아는 언니가 하는 치킨집에 놀러 간 여자는 같은 자리에 앉게 된 남자에게 눈길이 간다. 6년 전 안산으로 와 언니의 집에 얹혀 살던 스물여섯의 여자와, 영월에서 안산으로 와 일을 하던 서른의 남자가 한 테이블에 앉는다. 한참 이야기를 하며 어울렸던 여자는 화장실로 간다며 자리를 뜬다.

화장실 문이 고장났으니 살짝만 닫아 놓고 일을 보라는 언니의 말을 까먹어서, 여자는 꼼짝없이 화장실에 갇히고 만다. 안에서 별수를 다 써도 문은 열리지 않고, 스물여섯의 아가씨가 큰 소리를 낼 수도 없어 문 위로 조그맣게 난 창문을 통해 "살려주세요 살려주세요" 해 보지만 듣는 사람이 없다. 한 평도 안 되는 화장실에 갇혀 아주 난감하다. 남자는 화장실을 간다던 여자가 시간이 지나도 돌아오지 않자 걱정된 마음에 슬쩍 화장실로 갔다가 화장실에 갇혀 낑낑거리는 여자를 발견한다. 남자는 날쌔게 창문을 타고 넘어 화장실 안으로 들어와 문을 철커덕 열어 준다.

시간이 지나면 남자는 어린 딸 예진을 위해 운동회 날 운동장을 달리고 있을 것이다. 딸에게 1등을 안겨 주고 싶어서 벽에 부딪힐 때까지 달릴 것이다. 멋을 부리기 시작하는 예진이 새로 산 옷을 보여 주며 "아빠, 예쁘지?" 하면 한 치의 주저함도 없이 "응응 예쁘네" 하고 대답할 것이다.

시간이 지나면 여자는 예진이를 퉁순아, 하고 부르게 될 것이다. 봉사 활동을 같이 갔다가 예진이가 할머니 손에 발린 매니큐어를 보고 "할머니 너무 고우세요" 하는 말을 듣고 슬며시 웃음 짓게 될 것이다. 예진이 새로 산 옷을 보여 주며 "엄마, 예쁘지?" 물으면 "하이구 그게 뭐가 예뻐?" 했다가 한참이나 지난 뒤에 "자꾸 보니깐 예쁘긴 하네" 하고 대답하게 될 것이다.

너는 버스를 타 비어 있는 2인용 의자에 앉는다. 다음 정거장이 예진의 학원이 있는 곳이라 신기하게 매번 한 정거장이 지나면 예진이가 올라탄다. 그리고는 비어 있는 네 옆에 앉는다. 집으로 돌아가면서 그동안 어떻게 지냈니, 요즘엔 뭐 하니 시시껍절한 이야기를 나눈다. 너는 예진이가 옆에 앉아 있는 것만으로 듬직하고 마음이 좋아진다.
누구에게 썼는지, 왜 주지 못했는지 엄마는 모르는 예진이의 연애편지는 이렇게 끝난다.

> 그니까 우리 못 해 봤던 거 많이 해 보장!! 근데 진짜 학교가 같았다면 급식실에서라도 잠깐 보고 매점에선 요맘때나 같이 나눠 먹고 집 갈 때 같이 가고…… ㅠㅇㅠ
> 지금 내리는 눈도 같이 맞았을 텐데!! ㅠㅠ 앙

눈이 펑펑 내린다. 기모 스타킹에 수면 바지까지 껴입고 너희들과 예진이는 가까운 학교 운동장에서 만난다. 겨울밤, 너와 예진이는 시린 손을 불어 가며 눈을 뭉쳐 눈싸움을 한다. 볼이 땡땡 얼도록 추운데도 이 놀이가 재미있기만 하다. 몸에 맞은 눈뭉치가 흩어지며 가로등 아래 반짝인다. 너는 앞으로 눈이 내리는 날마다 이날을 두고두고 추억하게 된다.

눈이 오는 날마다, 눈이 오지 않는 날에도 너는 너의 딸이자 너의 누나인 예진이를, 너의 친구이자 동생이자 언니인 예진이를, 너의 연인이자 너의 학생이자 너의 팬이자 너의 가수인 예진이를 떠올리게 될 것이다. 그러다 보면 어느 날, 보라색 저지를 입고 비니를 쓴 여자애 하나가 너에게 척척 다가와 마치 어제 헤어진 사람처럼 환하게 웃으며 장난기 어린 표정으로 "안녕! 나는 정예진이야" 하고 인사를 건넬 것이다. 그러면 너는 울지 않고 씩씩하게 "오랜만이다 정퉁순!" 하며 예진이를 두 팔로 안을 것이다. 예진이가 간지럽게 뭐 하는 거냐 소리를 치고 몸을 흔들어도 너는 예진이를 꽉 안고 절대로, 절대로 놓아주지 않을 것이다. 너와 예진이의 머리 위로 눈이 내리고, 그 눈이 쌓였다가 또 녹을 때까지도.

너와 예진은 두 번 다시 헤어지지 않을 것이다.

88100488

안산 단원고 2학년 3반 **최수희**

수희야 너가 너무너무 보고싶다.
살아있는다 일어나는..
많이 춥고 무섭지 조금만 더버텨줘
구하러 갈게 조금만더 힘내자!
너얼굴 내 따뜻한 품으로 안아
주위로 떨었던 몸 내가 이곳안에서
녹여줄게 수희야 [illegible]
보고싶다 수희야 사랑해
수희야..

1. 천사가 된 동생 수연이와 보낸 여덟 살의 봄.
2. 중학교 졸업식 날 교실에서 엄마 아빠와.
3. 다이어트로 찾은 미모. 타칭 '고준희', 자칭 '지나'.

88100488

배가 45도는 기울었어.

구명복을 입은 아이들을 친구가 핸폰으로 찍고 있어.

어쩌면 이게 마지막일지 몰라.

지금 이 순간 누구보다 먼저 생각난 사람이 아빠였어. 아빠를 다시 만날 수 없으리라는 생각이 들었어. 내 머리 위에서 친구들은 장난처럼 깔깔 웃으며 구해 주세요, 살려 주세요, 이러다 우리 진짜로 죽는 거 아냐? 하고 외치며 사진을 찍고 있어.

벌써 많이 기울어진 객실 벽면에 미끌어지지 않으려 발로 버티고 누워서 난 아빠를, 그리고 엄마를 아프게 생각하며 울었어. 이게 끝일 수도 있다는 걸, 그렇게 죽음이 한순간에 덮쳐 올 수도 있다는 걸 나는 알고 있었어. 아빠, 사랑해. 아빠, 미안해. 정말 미안해. 그동안 내가 잘못한 거 용서해줘. 내가 외치는 소리를 아빠가 들을 수 있을까?

형광색 불빛이 쉴 새 없이 깜박이고 음악 소리가 쾅쾅대며 내 심장을 때린다. 내 몸이 부웅 하고 공중으로 떠올랐다가 미끄럼틀을 5배속쯤 빨리 돌린 것처럼 아래로 내려간다. 끼악, 하는 여자아이들의 비명소리가 꼭 그만큼의 속도로 하늘로 치솟았다 빠르게 떨어진다. 아아, 여기는 중앙동 디스코팡팡이다. 그 새된 소리가 귀에 익다. 내 친구들이다. 그런데 수학여행을 떠난 내가 왜 디스코팡팡에 와 있는 걸까. 음악은 점점 커지고 난 현란한 불빛 속에 회전하고 있다. 내가 이 세상에 나오던 그날처럼.

아빠 이름은 최주헌, 엄마 이름은 서경애. 내가 어디로 갈지 어떻게 될지 몰라도 절대로 잊으면 안 되는 이름. 엄마 아빠는 남들보다 늦게 결혼했고, 힘들게 나를 얻었다. 아빠는 그때 정선에서 제일 잘되는 슈퍼마켓을 하고 있었고, 엄마도 같이 일을 하셨다. 하키 선수였다는 엄마는 건강했지만 가게 일이 너무 힘들었는지, 나는 여덟 달 반 만에 세상에 나왔다. 1997년 8월 4일 체중 2킬로그램의 저체중아였다. 원주 기독병원 인큐베이터에서 2주를 보냈다. 그게 이 세상에 나와 처음 한 일이다.

그 뒤로 나는 미달한 내 체중을 보태려는 듯 잘 먹는 아이가 되었다. 할머니 할아버지부터 온 식구가 내게 좋은 것을 먹이느라 분주했다. 볼이 터지게 통통한 아이로 자라면서 나는 가족은 물론 이웃들에게도 귀염받는 아이였다.

그때부터 수다쟁이가 될 조짐이 보였단다. 한번은 너무 더운 여름이라 두부가 일찍 동이 났다. 쉴까 봐 조금만 준비해 뒀던 것이다. 뒤늦게 장을 보러 온 이웃 아주머니가 두부가 없어서 어쩌나 걱정하는 말을 듣고 갓 두 돌이 된 내가 참견을 했다. 두부가 없으면 콩나물을 사면 되지 않느냐고. 상점에 있던 모든 사람이 폭소를 터뜨렸다고 지금도 엄마는 그때 이야기를 한다.

1999년에 동생 수연이가 태어났다. 나는 수연이가 여동생이라 더 좋았다. 수연이는 마음이 여리고, 애교가 많고, 배려심이 많았다. 그렇게 짧은 생을 살다 갈 거라고는 우리 가족 아무도 눈치채지 못했다.

나는 부모님의 첫아이였고, 더구나 초등학교 입학하기 전까지 집안 사정이 윤택해서 많은 것을 누렸다. 나는 세 살부터 어린이집에 가고 여덟 살까지 유치원에 다녔다.

아빠는 엄마와 함께 낮에는 가게를 보고 오후에 잠시 쪽잠을 잔 뒤 밤새 트럭을 운전해서 제천까지 물건을 사러 다녔다. 새벽에 돌아오면 물건을 진열하며 손님을 받고. 그렇게 열심히 살았는데 2003년 아빠의 가게가 부도로 문을 닫았다. 너무나 급작스러운 일이라 아빠는 그 충격으로 병을 얻었다.

사채업자가 날마다 찾아와 협박과 폭력을 휘두르자 아빠는 나를 서둘러 인천 둘째 고모 집으로 보냈다. 일곱 살이라 눈치가 빤한 내가 상처입을까 봐 보호하신 거지만 수연이는 너무 어려서 집에 남았다. 아무리 어렸어도 수연이는 그때 다 알지 않았을까? 그때 다섯 살이던 수연이는 어린이집도 유치원도 가지 못했다.

외갓집을 도우려던 엄마의 실수가 원인인 모양이었다. 그래서 우리는 그 후 3년 동안 아빠의 손에서 자랐다. 아빠는 우울증과 불면증으로 죽을 만큼 힘들어했다. 무엇보다 극심한 두통이 아빠를 괴롭혔다. 둘째 고모 집에서 큰고모 집으로, 다시 정선으로 우리는 옮겨 다녔다. 그 지독한 두통 속에서도 아빠 손으로 밥하고 빨래하며 우리를 키웠다. 병으로 거의 말을 못 하고 죽음의 유혹에 시달리면서도 아빠는 우리들 손을 놓지 않았다.

내가 초등학교에 입학했을 때 하교 시간이면 아빠가 수연이를 데리고 학교까지 마중을 왔다. 그때 아빠를 보면 얼마나 안심이 되었던지. 수연이의 손을 붙잡고 교문 앞에 서 있던 아빠의 모습은 내 행복한 기억 중의 하나다.

나는 초등학교를 네 곳이나 다녔다. 고모 집에서 살 때 상인천초등학교에 입학했고, 그 후 아버지를 따라 정선에 가서 봉양초등학교로, 다시 읍내 정선초등학교로, 거기서 다시 안산 석수초등학교로 전학했다. 나는 글짓기나 포스터, 독서 신문 만들기로 매달 상을 타다시피 했고, 리코더 경연 대회에서 독주도 했다. 성적도 전교 1등이는데, 그게 아빠의 자랑이었다.

그때 내 꿈은 어떻게 해서든 아빠를 기쁘게 해 주는 것이었다. 나는 변호사가 되겠다고 했고, 수연이는 경찰이 되겠다고 했다. 아마 우리 집 사건을 겪은 탓이었을까. 우리는 아빠에게 힘이 되는 딸이 되고 싶었다.

아빠는 다시 정선에서 삼촌과 함께 슈퍼마켓을 열었지만 곧 삼촌에게 맡기고 안산으로 올라왔다. 안산에 와서 먼저 올라와 일을 하고 있던 엄마를 만났다. 우리가 너무 보고 싶어서 엄마가 아빠에게 연락을 해 왔던 것이다. 기사촌사거리 근방에 반지하 방을 얻어서 우리는 함께 살게 되었다. 그때까지도 극심한 두통에 시달리던 아빠는 집에 있고, 엄마가 식당으로 일을 나갔다. 그래도 가족이 다시 보이니 얼마나 좋았던지. 석수초로 전학한 것이 3학년 2학기였다.

나는 아침마다 1학년인 수연이의 옷을 예쁘게 맞춰 입히고 손잡고 학교에 갔다. 우리는 함께 교회도 다니고 우울증으로 집에만 있으려는 아빠를 채근해서 공원으로 자전거를 타고 산책을 나갔다. 수연이는 아빠 가슴에 나는 등에 매달려 바람을 가르고 있으면 어쩐지 안심이 되었다. 모든 일이 잘될 것만 같았다.

아빠도 공장에 일을 잡았고, 밤낮을 가리지 않고 일을 했다. 얼마 지나지 않아 햇빛이 잘 드는 빌라 2층으로 이사했을 때 우리는 다시 부자가 된 것 같았다. 지금 생각하니 그때가 최고였다. 거기까지였다.

수연이는 4학년 2학기가 되면서부터 가슴이 아프다고 했다. 병원을 들락거리면서도 우리 가족은 그 뒤에 기다리는 게 무엇인지 몰랐다. 있을 수 없는 일이 일어날 수도 있다는 것, 초등학교 5학년에 죽을 수 있다는 것은 생각지도 못했다.

병은 걷잡을 수 없이 나빠졌고, 결국 고대병원에서 수연이는 심장 이식 수술을 했다. 시청을 비롯한 여러 곳의 도움을 받았다. 학교와 교회에서 많은 분들이 기도와 격려를 보내 주셨다. 수술에 성공해서 신문에도 났다. 우리는 모두 병원에서 살다시피 했고, 수연이가 살 수 있다는 것만으로 행복했다. 나는 중학교 1년 동안 거의 학교를 가지 않았다.

병원에서 퇴원한 수연이는 집에서 거의 격리된 상태로 지냈다. 이식한 장기가 몸에 적응하기까지 힘든 싸움이 기다리고 있었다. 그러나 수연이는 아직 아이였다. 갑갑해서 슈퍼마켓에라도 가고 싶다고 보챘다. 퇴원 후에 아빠가 가입해 놓은 보험 덕에 조금 여유가 생겼는데 수연이는 아빠에게 언니가 사진 찍는 걸 좋아하니까 언니에게 카메라를 사 주자고 했다.

어디서 무엇이 잘못되었을까? 수연이는 수술 후 6개월도 살지 못하고 떠났다. 10월 4일이었다. 1004 내 동생 수연이는 천사가 되었다.

해가 바뀌었지만 나는 학교에 가지 않는 날이 많았다. 학교에 가고 싶지 않았고, 공부하기도 싫었다. 아무 것도 의미가 없었다. 내 성적은 꼴찌였고, 거기다 나는 이미 토실한 볼살이 귀여운 어린이가 아니라 뚱뚱한 중학생이었다. 초등학교 5학년 때 간 체험 학습에서 누군가 뚱보라고 놀린 이후로 나는 학교 밖 활동에 참여한 적이 없었다.

엄마는 안방에서 이불을 뒤집어쓰고 몰래 울었고, 아빠는 제대로 울지도 못했다. 내가 학교를 결석해도 말리지 않았고, 공부하기 싫다고 하면 안 해도 된다고 했다.

우리는 서로에게 숨기기 바빴다. 수연이가 보고 싶다는, 그 간절한 말을 입 밖으로 낼 수가 없었다. 누가 아는 체하는 것도 싫었다. 학교에서 수군대는 아이를 보면 화를 내고 싸웠다. 나는 자주 아팠고, 지각하거나 조퇴했다.

중학교 2학년 때 담임 양미혜 선생님은 이런 나의 우울한 마음을 눈치채고 자주 나를 불러 이야기를 시켰다. 나는 학교 동아리 '히스토리아'에 들어가서 역사 신문을 만들었다. 선생님은 늘 우리 조가 제일 잘 만들었다고 칭찬해 주셨다. 일본군 위안부 문제로 토론이 벌어졌을 때 내가 정말 흥분해서 말을 많이 하는 바람에 선생님도 놀라셨다. 부당한 것은 참을 수가 없다.

나는 하얀 장갑으로 빨간 벼슬을 단 부활절 계란을 만들어 선생님께 선물했다. 선생님은 너무 멋진 작품이라며 감탄하셨다. 나는 그림이나 만화, 글씨 쓰는 일을 잘해서 교실 뒤 벽면 환경 정리는 언제나 내 몫이었다. 체육 대회에서 피켓이나 플래카드가 필요하면 친구들은 내게 달려왔다. 아무리 힘이 들어도 나는 친구들의 부탁을 거절한 적이 없다. 누군가에게 도움이 되면, 그것이 내 존재의 의미가 되었으니까. 선생님의 배려로 공부 잘하는 수현이가 내 짝이 되었다. 수현이의 도움을 받아 가며 나는 꼴찌를 벗어났다.

그렇게 어두운 터널을 벗어나려 허우적거릴 때, 나는 아현이를 발견했다. 친구도 없고 결석도 잦은 아이. 내가 겪은 그대로 아현이도 학교생활에 적응하지 못했다. 남에게 자신을 드러내는 데 서툴고 친구에게 다가갈 줄 모르는 아현이. 나는 먼저 아현이에게 말을 걸고, 아침이면 전화해서 결석하려는 아현이에게 같이 가자고 권했다. 학교가 끝나면 같이 우리 집으로 와서 냉장고를 뒤져 떡볶이도 해 먹고 고기도 구워 먹었다. 잔뜩 먹고 나면 둘이서 컴퓨터 게임을 했다.

신기하게 아현이에게 손을 내밀면서 구원받은 것은 나였다. 그때부터 아현이는 나의 가장 친한 친구가 되었다. 아현아. 네가 미용사가 되면 내가 첫 손님이 되고 싶었어. 기억해 줘.

누구보다 오래 내 곁에 있어 준 임송희 언니. 안산에 처음 와서 교회에 나가 만났으니까 벌써 8년이다. 언니는 처음에 내 동생 수연이와 먼저 친했다. 그러다가 우리가 언니네 집 가까이로 이사 가면서 온 가족이 가까워졌다. 우리는 걸핏하면 같이 장을 봐서 집에 와서 음식을 만들어 먹었는데, 둘 다 식탐이 많아 너무 많이 만들어서 남기는 바람에 엄마한테 혼나곤 했다.

한 살 위 언니인데도 화장하는 법을 가르쳐 주고 옷을 골라 주고 머리를 만져 준 것은 나였다. 수연이가 병원에 입원해 있을 때, 식구처럼 병원을 오가고 텅 빈 우리 집에 와서 설거지며 청소를 해 준 것은 송희 언니였다. 다이어트로 예민해진 내가 식탐을 부리다 아빠한테 혼나고 가출해서 찾아간 집도 언니 집이었다. 서로 작은 일에 삐쳐서 뜨음하다가도 내가 먼저 찾아가 사과를 하면 두말없이 받아 준 언니. 우리는 정말 자매간이었다. 언니랑 다시 한번 오뎅국이랑 닭강정을 먹을 수 있다면 얼마나 좋을까.

중3이 되면서 성적도 오르고 미래에 대한 관심도 생겼다. 담임은 이미연 수학 선생님이었다. 나는 선생님 눈에 들고 싶어 어려운 수학 공부를 열심히 했다.

다이어트에도 열심이었다. 하루에 고구마 하나로 버티면서 20킬로그램을 뺐다. 정말 지옥이었다. 나는 친구에게 나중에 죽으면 내 관 속에 맛있는 음식을 잔뜩 넣어 달라고 할 거라고 말했다. 바보같이 왜 그런 말을 했을까. 그래도 아침에 학교 갈 때마다 거울을 통해서 본 내 모습에 나도 기분이 좋아졌다. 나는 스스로를 걸어다니는 인형이라거나 아이유를 닮았다고 떠들어서 친구들을 웃겼다.

할머니가 중환자실에 계시다며 친구 주희가 힘들어했을 때, 나는 주희에게 내 동생 수연이 이야기를 했다. 할 수 있을 때 하고 싶은 말을 하라고. 나는 그걸 못 해서 후회하고 있다고. 얼마나 사랑하는지, 얼마나 미안한 일이 많은지, 모두 이야기하라고. 나는 이제 화내지 않고 친구에게 동생 이야기를 할 수 있게 되었다.

우리 반 열두 명은 늘 함께 어울려 다녔다. 석수분식에 가서 떡볶이도 사 먹고, 파리바게트 빙수도 단골 메뉴였다. 그리고 매주 한두 번은 디스코팡팡에 갔다. 현란한 불빛 속에 귀가 터질 듯 신나는 노래에 묻혀 디스코팡팡이 돌 때마다 비명을 있는 대로 질러댔다. 그때는 우리의 삶도 그렇게 빛나고 즐겁고 신나는 것이 될 줄 알았다. 졸업 무렵 우리 열두 명은 약속을 했다. 2016년 1월 2일에 다시 만나자고. 그 약속을 지킬 수 있을까.

그즈음 나는 수연이가 선물한 카메라로 촬영하는 게 취미였다. 알 없는 둥근 테 안경을 사서 끼고 셀카도 찍었다. 한번은 교외로 나가는 버스 안에서 갑자기 배탈이 나서 도저히 종점까지 참을 수가 없을 것 같아 아빠에게 전화해서 데리러 오라고 할까 했더니, 뭐 그런 일로 아버지를 찾느냐며 다들 어이없어 했다. 다행히 종점까지 무사히 가기는 했지만 만약 내가 전화했다면 아빠는 어디서든 달려왔을 것이다.

나는 또래 중에서도 유난히 꾸미는 걸 좋아한다. 내가 화장품이며 옷 같은 걸 사고 싶어 하면 엄마는 어떻게든 해서 모두 사 주셨다. 내가 권지용이 광고한다는 이유로 ○○ 화장품을 사자고 했을 때도 엄마는 당신이 쓰는 화장품과 다르다고 투덜대면서도 잔뜩 사서 내게 안겨 주었다. 자라면서 엄마와 나는 제일 친한 친구가 되어 갔다. 엄마는 언제나 내 편이었다. 내 걱정은 두 분이 너무 일만 하시는 것이다. 나는 밤새워 일하는 아빠가 걱정이 돼서 늘 쉬어가면서 하시라고 채근했다.

단원고에 입학하고 우리 집은 단원고 근처로 이사 왔다. 나를 위해 아빠가 내린 결정이었다. 나는 대학을 목표로 공부에 매달렸다. 아무리 열심히 해도 중학교 때의 공백을 메우기가 쉽지는 않았다.

아이들을 좋아해서 유아교육을 전공하기로 마음먹었다. 내 미래는 벌써 그림이 그려졌다. 유치원을 위한 건물을 짓고, 부모님과 꼭대기 층에 살고, 아버지는 유치원 차량을 운전하고 엄마는 아이들을 위한 맛있는 식사를 마련한다. 아빠 엄마는 내 계획을 듣고 폭소를 터뜨렸다. 알뜰히도 부려 먹을 생각이라고.

2학년이 되어 자기소개 시간이 있었다. 내가 할 말을 머릿속에 그리고 있는데, 누군가 나보다 앞서 말해 버렸다. 권지용을 사랑한다. 대학 가면 권지용과 연애하고, 나중에 결혼하는 게 꿈이다. 그래. 많은 사람이 그를 좋아하기 바란다. 그렇지만 이건 아니다. 지용이 일본 모델 키코와 데이트하는 사진을 봤을 때도 이렇게 허무하지는 않았다. 나는 어쩔 수 없이 대사를 바꿨다. 나도 권지용을 사랑한다. 그러나 나는 열렬한 팬으로 만족한다. 결혼은 정말 멋진 여자와 만나서 하기를 바란다. 내 핸드폰 번호는 내 생일과 수연이의 기일, 그리고 권지용의 생일로 연결되어 있다.

그래. 내 17년 인생에서 권지용을 뺄 수는 없다. 그는 나의 첫사랑이다. 시계 필통 노트 파일 파우치. 모조리 권지용이다. 팬카페를 들락거리고, 사진을 펌질하고, 콘서트 티켓 사느라 얼마나 클릭을 해 댔던가. 분명 팬질도 사랑이다.

야외 학습 한 번 안 가던 내가 처음으로 수학여행을 왔다. 일주일 전부터 설레며 짐을 쌌다 풀었다. 그런데 왜 지금 디스코팡팡일까. 귀가 터질 듯 지용의 노래가 울린다. 비명소리가 들린다.

…… 오늘 밤은 삐딱하게 내버려 둬
어차피 난 혼자였지 아무도 없어 다 의미 없어
사탕발린 위로 따윈 집어쳐 ……

실은 나 있지. 두려워.

「엄마 사랑하고 미안해. 고맙고. 아빠 너무 일만 하지 말고. 사랑해.」

-2014. 4. 16. 오전 9:42

「엄마 걱정마.」

-2014. 4. 16. 오전 10:14

머리부터 발끝까지 이쁜 아이

안산 단원고 2학년 3반 **최윤민**

1. 가족들과 함께 활짝 웃고 있는 윤민이. 왼쪽부터 둘째 언니 윤정이, 큰언니 윤아, 아빠, 윤민이, 그리고 엄마. 윤민이는 엄마 곁에 몸을 붙이고 있기를 좋아했다.
2. 윤민이네가 해마다 빠지지 않고 놀러 갔던 망상해수욕장에서. 윤민이는 바다보다는 모래에서 노는 걸 더 좋아했다.
3. 설날 외가에 다녀오는 길에 들른 화랑유원지에서.

머리부터 발끝까지 이쁜 아이

머리부터 발끝까지 이쁜 아이 최윤민.

할아버지는 늦게 얻은 손주를 위해 윤주와 윤민이라는 이름을 지어 주셨고, 엄마는 두 개의 이름 중에서 윤민이를 골랐습니다. 아들을 바라고 낳은 늦둥이 셋째에게 어울리는 이름이라고 생각했습니다.

식구들 중에서 가장 늦게 태어났지만, 윤민이는 지난 18년 동안 귀염둥이 막내로 그 누구보다 많은 사랑을 듬뿍 받았습니다. 윤민이네 가족사진 속에서도, 윤민이가 그린 그림 속에서도, 윤민이는 늘 가족들 한가운데 자리를 잡고 활짝 웃고 있습니다.

윤민이네 집에서는 '윤민이가 1인자, 엄마가 2인자'였습니다. 키 161센티미터에 몸무게가 38킬로그램도 나가지 않을 만큼 체구가 작고, 성격은 소심하고, 겁이 많아 큰 소리 한 번 낼 줄 모르는 아이였지만 집안에서는 늘 한가운데 자리를 차지했습니다.

1997년 9월 10일, 엄마는 목숨을 걸고 윤민이를 낳았습니다. 목숨을 걸었다는 건 괜한 허풍이 아닙니다. 윤민이를 가졌을 땐 입덧이 너무 심해서 두 달 동안 집 밖으로 나가지 못할 정도였고, 또 세 번째 제왕절개도 쉬운 일은 아니었습니다. 윤민이가 세상 밖으로 나오고 나서는 수술한 자리가 지혈이 안 돼서 얼음주머니를 배 위에 올려놓아야 했을 정도였지요.

어린 윤민이는 얼굴에 오동통하니 젖살이 붙어서 귀여운 사내아이 같았습니다. 주말이면 다섯 식구는 캠핑을 하러 산으로 강으로 다녔습니다. 평소에는 바빠서 식구들과 시간을 보내지 못하던 아빠도 낚시터에서 낚시를 하며 식구들과 한가로이 시간을 보냈습니다. 식구들과 놀러 다닐 때면 아빠는 식구들보다 조금 앞서서 뒷짐을 지고 걸으며 손가락을 까딱까딱했습니다.

그러면 어린 윤민이가 쪼르르 달려가 고사리처럼 작은 손으로 아빠의 손가락을 꽉 쥐고 헤헤 웃었습니다. 언니 윤아가 그걸 보고 아빠 흉내를 내어 손가락을 까딱거리면 윤민이는 또 냉큼 달려와 언니의 손가락을 꽉 잡고 헤헤 웃어 주었습니다. 늦게 얻은 막내의 재롱에 식구들 모두 행복했습니다.

"이쁜아!"

언제부턴가 식구들은 모두 윤민이를 이쁜이라고 불렀습니다. 식구들 앞에서 재롱을 부릴 때도, 겁이 많아 천둥 번개만 쳐도 무섭다고 식구들 품으로 달려들 때도, 밥상 앞에 앉아 고기반찬이 없다고 입을 쭉 내밀고 구시렁거릴 때도, 속상한 일이 생겨 구석에 쪼그리고 앉아 무릎을 안고 훌쩍이고 있을 때도, 식구들 눈에는 막내가 그저 예쁘고 귀엽기만 했습니다.

언젠가 식구들과 제주도 여행을 갔을 때 일입니다. 숙소인 2층 난간에서 놀던 윤민이가 언니들이 아래층에서 노는 모습을 보겠다고 난간 사이로 고개를 내밀었는데 그만 얼굴이 그 사이에 끼고 말았습니다.

"엄마아! 얼굴이 안 빠져!"

두 손으로 난간을 꽉 붙잡고 얼굴이 벌게져서 울고 있는 윤민이를 보고 아래층에서 놀고 있던 언니들이 놀라서 뛰어 올라왔습니다.

"아이고, 우리 이쁜이 큰일 날 뻔했네."

아빠가 당황한 윤민이를 달래며 난간 사이에서 얼굴을 빼주고는 안아 주었습니다. 아래층에서 놀라 달려온 언니들은 아빠 품에서 훌쩍거리고 있는 윤민이를 보고 귀엽다는 생각에 자꾸 웃음만 나왔습니다. 울고 있어도, 웃고 있어도 윤민이는 언제나 귀엽고 사랑스럽기만 했습니다.

윤민이가 다섯 살이 되던 해부터 엄마는 일을 하기 시작했습니다. 결혼을 한 뒤로 내내 집에서 아이들을 키우고 시부모님을 모시며 살림만 하던 엄마가 일을 하게 되면서 많은 것이 달라졌습니다. 예전에 엄마가 했던 많은 일을 초등학교 5학년이던 윤아가 맡아서 하게 되었습니다.

윤민이는 언니들이 다니는 초등학교 병설 유치원에 다녔습니다. 아기 때부터 유모차를 타고 언니들을 데리러 다니던 곳이라 낯설지는 않았습니다. 이제는 언니들이 동생 윤민이를 데리러 갔습니다. 처음엔 윤아가, 윤아가 졸업하고 나서는 윤정이가 윤민이를 데리러 갔습니다.

언니들 눈에는 여섯 살, 네 살 차이 나는 동생이 늘 어리고 약하게만 보였습니다. 유치원 낮잠 시간에 윤민이를 깨우면 어린 동생은 눈을 비비며 언니를 따라나섰습니다. 언니들은 저도 모르게 동생의 가방을 들어 주었습니다. 나중에 윤민이가 새 교과서를 받아 오는 날에도 언니들이 교과서를 들어 주러 가방을 들고 동생의 교실로 찾아가기도 했습니다. 윤아나 윤정이가 초등학생일 땐 엄마가 교과서를 들어 주러 학교로 오곤 했습니다. 바빠서 엄마가 못 오는 날에는 각자 자기 책을 들고 집으로 돌아왔습니다. 하지만 윤민이는 엄마가 일이 있으면 기어코 언니들이라도 달려가서 가방을 들어 주었습니다.

그렇게 동생을 챙겨서 집으로 돌아오면 자매들은 간식을 챙겨 먹고 옥상으로 올라갔습니다. 옥상은 세 자매의 특별한 놀이터였습니다. 원래는 할머니, 할아버지가 기르는 고추, 상추, 방울토마토가 자라고, 이불 빨래가 널려 있는 곳이었습니다.

하지만 그곳에 텐트를 치고 인형, 스케치북, 크레파스, 보자기들을 갖다 놓으면 옥상은 세상에서 가장 근사한 놀이터가 되었습니다. 햇볕 아래 바짝 말라 가는 이불 사이로 뛰어다니며 숨바꼭질도 하고, 인형들을 죽 늘어놓고 학교 놀이도 했습니다.

윤민이는 색칠 공부도 좋아했습니다. 윤아는 그런 동생을 위해 직접 색칠 공부 책을 만들어 주기도 했습니다. 친구들끼리 있으면 유치하다고 손사래를 칠 놀이도 윤민이 하고는 재미있게 할 수 있었습니다. 윤민이 덕분에 언니들의 어린 시절이 훨씬 더 길어진 셈이었습니다.

나중에 할아버지, 할머니와 떨어져 아파트에 살게 된 뒤에는 윤정이와 윤민이가 같이 쓰는 방이 세 자매의 아지트가 되었습니다. 방학이면 가끔 부모님 몰래 좋아하는 과자를 잔뜩 사다 놓고 나란히 늘어놓은 의자 위에 얇은 이불을 걸쳐서 텐트처럼 꾸며 놓고 밤새 놀았습니다. 수다를 떨다가 컴퓨터 게임을 하다가 만화도 보면서 밤새 놀다 보면 옥상에서 신나게 놀던 어린 시절로 돌아간 듯했습니다.

그때마다 셋이라 참 좋았습니다. 가끔은 서로 다투기도 하고 누군가 토라지기도 했지만, 금세 다시 깔깔거리며 웃을 수 있었습니다. 무던하고 양보심 많은 맏이 윤아, 야무지고 자신감 넘치는 둘째 윤정이, 귀엽고 소심한 투덜이 막내 윤민이. 서로 다른 개성이 넘치는 셋이 함께 있어서 즐겁고 행복했습니다.

"엄마, 쉬는 날 언제야?"

윤민이가 엄마에게 자주 하던 말입니다. 사실 엄마 근무 시간표 정도는 하도 물어서 줄줄 외고 있을 정도지만 그래도 틈만 나면 물었습니다. 언니들하고 신나게 노는 것도 재미있었지만 엄마가 쉬는 날에는 더 멀리서 더 신나게 놀 수 있었기 때문입니다.

여름에는 엄마와 함께 수영장에도 곧잘 갔습니다. 세 자매가 함께 물에서 신나게 물장구를 치고 놀다 보면 시간 가는 줄을 몰랐습니다. 주말에 아빠가 바빠서 집을 비우더라도 엄마는 늘 세 딸을 데리고 밖에 놀러 갔습니다. 가끔은 중앙동으로 맛있는 걸 먹으러 가기도 했는데 그럴 때면 노래방에도 종종 갔습니다. 막상 노래방에 가면 윤민이는 그저 잠자코 언니들이 부르는 노래를 듣거나 작게 따라 부르는 게 전부였습니다.

친구들끼리 있을 때는 최신 유행가부터 제법 리듬이 빠른 랩까지 신나게 부를 수 있었지만 식구들 앞에서는 어쩐지 부끄러웠습니다. 신나게 노래 부르고 춤을 추는 언니들 곁에서 들릴 듯 말 듯, 보일 듯 말 듯, 그렇게 노래하고 춤을 추는 게 더 즐거웠습니다. 그래도 "우리 놀러 가자!"고 나서는 건 늘 막내 윤민이었습니다. 심지어 고등학생이 되어서도 윤민이는 어린이날이면 식구들이 같이 놀러 가야 한다고 했습니다.

어린이날 선물도 당연히 받아야 했지요. 그러면 언니들은 용돈을 쪼개어 동생에게 스티커며 캐릭터 인형 따위를 사 주었습니다. 대학에 다닐 때에는 일부러 주말에 시간을 내어 아르바이트를 해서 동생 선물을 사 주기도 했습니다. 졸업하고 취직을 하면 막내 동생이 좋아하는 리락쿠마 미니어처도 종류별로 다 사 줄 수 있겠다 생각하며 설레기도 했습니다. 윤민이가 무리하게 뭘 사 달라고 졸라 대는 아이였다면 그런 생각은 하지 않았을지도 모릅니다. 같이 놀러 갔다가 "와, 이거 진짜 예쁘다" 하며 작은 목소리로 종알거리는 걸 듣고 있으면 그냥 모르는 척할 수가 없었습니다.

윤아가 대입 시험을 딱 한 달 앞두고 있을 때 일입니다. 초등학교 6학년이던 윤민이가 갑자기 동물원에 가고 싶다고 해서 온 식구가 동물원 나들이를 갔습니다. 동물원에는 유모차에 어린아이를 데리고 온 젊은 부부와 데이트하러 나온 젊은 연인이 대부분이었습니다.

아빠가 허허 웃으며 큰딸 윤아에게 말했습니다.

"다음에 윤민이가 동물원에 또 가자고 하면 그때는 너희가 남자 친구랑 같이 데리고 와라. 여기 아무리 둘러봐도 우리처럼 나이 먹은 사람은 하나도 없는 것 같아!"

아빠는 오랜만에 동물원에 놀러 와서 지나가는 사람들을 보니 새삼스럽게 세월이 많이 흘렀다는 걸 실감할 수 있었습니다. 한편으로는 세 딸도 이제 곧 어른이 되어 사랑하는 사람을 만나고 자기들끼리의 인생을 꾸려가겠구나 싶었습니다.

딸들이 어렸을 때, 세 딸을 놀이공원이나 영화관에 데리고 가는 건 언제나 아빠 몫이었습니다. 사람 많고 복잡하거나 어둡고 답답한 곳을 싫어하는 엄마를 대신해 아빠가 딸들을 데리고 다닌 거지요. 하지만 이제 딸들은 아빠가 따라다니지 않아도 상관없습니다. 오히려 딸들이 아빠와 함께 극장에 가 주는 모양새입니다. 다행히 딸들은 모두 애교가 많았습니다. 아빠 손을 슬쩍 잡거나 장난스럽게 배를 만지며 말을 거는 건 큰딸 윤아입니다.

"잡아 둬. 어디 가서 이렇게 젊은 아가씨 손을 잡아 보겠냐고. 나중에 결혼식 날 처음

잡았다고 그러지 말고! 아휴, 우리 아빠. 이 배 좀 봐. 이거 어떡하면 좋아!"

살가운 말은 잘 못 하지만 제 용돈을 쪼개어 아빠에게 꼭 필요한 선물을 챙겨 주는 건 둘째 윤정이입니다. 한참 자기 꾸미고 놀기 바쁠 나이인데도 아빠 생각이 나서 샀다는 선물들을 보면 여간 기특한 게 아니었습니다. 막내 윤민이는 언니들과 달리 가끔 설거지를 하는 아빠를 뒤에서 안고 어리광을 부렸습니다. 아빠는 말없이 꼭 껴안아 주는 딸이 사랑스러웠습니다. 식구들끼리 밖에 나가 밥을 먹을 때면 아빠는 말없이 막내딸의 밥숟가락 위에 아이가 좋아하는 반찬을 얹어 주곤 했습니다.

'우리 집 2인자'인 엄마는 식구들끼리 놀러 가는 것을 참 좋아했습니다. 특히 휴가는 무조건 온 가족이 함께 가야 했습니다. 윤아와 윤정이가 취직을 해서 직장 생활을 하게 된 뒤로도 원칙은 바뀌지 않았습니다. 그렇게 해마다 갔던 곳이 망상해수욕장입니다. 물론 다른 곳에도 많이 놀러 갔지만 여름에는 늘 망상해수욕장에 갔습니다. 아무리 좋은 곳에 놀러 갔다 왔어도 망상해수욕장에 다녀오지 않으면 어쩐지 서운해서 잠깐이라도 시간을 내서 꼭 다녀오는 곳이었습니다.

아빠와 윤아, 윤정이가 물속에서 노는 것을 좋아했다면 엄마와 윤민이는 물 밖에서 노는 것을 좋아했습니다. 윤민이는 물에 들어가서도 커다란 튜브에 누워 둥둥 떠다니는 게 전부였습니다. 어려서부터 수영장과 바다에 그렇게 놀러 다녔는데도 개헤엄도 못 칠 정도였지요.

윤민이는 모래밭에서 모래찜질을 하다가 너무 더우면 잠시 바닷물에 발을 담그고 놀았습니다. 그러다가 아빠랑 언니들이 조개를 주우러 바닷속으로 들어가면 바닷물 위에 튜브를 띄워 놓고 따라가서 언니들 곁에서 발장구를 치고 놀았습니다. 배가 고파지면 다시 바닷가로 나와 컵라면이며 양념 통닭을 먹었습니다. 망상해수욕장에서 찍은 사진들만 모아서 봐도 오동통한 사내아이 같았던 아기 윤민이가 유난히 팔다리가 길고 수줍음이 많은 여고생으로 자라난 것을 볼 수 있습니다. 겉모습은 달라졌지만 환한 웃음은 여전한 채로 말입니다.

윤민이가 중학교를 졸업하고 고등학생이 되었을 때 엄마는 10년 넘게 하던 일을 그만두고 딱 1년 동안 쉬었습니다. 언니들도 모두 취직을 해서 저녁이면 엄마랑 윤민이가 시간을 보내는 일이 많아졌습니다. 윤민이는 집에 올 때마다 엄마가 있는 게 참 좋았습니다.

사실 엄마가 일을 할 때도 윤민이가 집에 혼자 있었던 적은 거의 없었습니다. 엄마는 윤민이가 저녁에 집에 혼자 있지 못하게 하려고 신경을 많이 썼으니까요. 퇴근을 하면 곧장 집으로 왔고, 어쩌다 퇴근이 늦는 날에는 언니들이라도 집에 일찍 오라고 단단히 일러두었습니다. 약속이 있어서 집을 비우게 되면 윤민이를 데리고 가라고 할 정도였습니다. 덕분에 윤민이는 언니들의 데이트에도 곧잘 따라다녔습니다.

엄마가 집에 있다고 윤민이랑 특별한 시간을 보내는 건 아니었습니다. 같이 밥을 먹고, 같이 시장에 가고, 같이 산책하고, 같이 텔레비전을 보는 게 전부였지만 엄마도 윤민이도 그 시간을 무척 좋아했습니다. 느긋하고 편안한 시간이었습니다.

"윤민아, 엄마랑 시장 갈래?"

"윤민아, 엄마랑 산책 갈래?"

엄마가 윤민이를 부를 때마다 윤민이는 좋아서 따라나섰습니다. 어렸을 때나 고등학생이 되어서나 한결같았습니다. 시장에 가면 엄마가 장을 보는 사이 윤민이는 제가 좋아하는 과자들을 골라 장바구니에 담았습니다.

콜라와 아이스크림은 윤민이네 냉장고에 떨어지면 안 되는 품목이었으니 장을 볼 때마다 장바구니에 가득 담았습니다. 스파게티 소스는 늘 토마토소스로 골랐습니다. 윤민이가 좋아하는 거니까요. 엄마가 좋아하는 맥주까지 장바구니에 담고 나면 늘 무거운 걸 집까지 들고 가는 게 일이었습니다. 그때마다 엄마는 나중에 사위가 생기면 같이 장을 보러 다니고 싶다고 웃으며 이야기했습니다. 세 딸은 늘 바쁘고 일만 아는 남자보다는 같이 시장도 보러 다닐 만큼 자상하고 무거운 짐도 척척 들어 주는 듬직한 남자를 만났으면 좋겠다 싶었습니다.

엄마는 문득 오십을 훌쩍 넘긴 엄마 나이를 생각했습니다. 막내딸인 윤민이가 자라서 시집도 가고 아들딸 낳고 알콩달콩 사는 모습 볼 때까지 건강하게 살아야겠다는 생각이 들었습니다. 오랫동안 하던 일을 1년 동안 쉰 것도 몸이 예전 같지 않기 때문이었습니다. 1년 뒤에 다시 일을 시작하면서도 앞으로 1~2년만 더 하고 그만두어야겠다고 마음을 먹었습니다. 일을 다시 시작하려니 엄마가 집에 있기를 바라는 윤민이가 마음에 걸렸지만, 한편으로는 윤민이 대학 등록금이라도 엄마 손으로 미리 마련해 놓고 싶었습니다.

화랑유원지는 엄마와 윤민이가 종종 산책을 나왔던 곳입니다. 햇볕이 좋은 날이면 엄마랑 윤민이랑 유원지를 걸으며 운동을 했습니다.

"윤민이 너는 토끼뜀으로 깡충깡충 뛰면서 따라와! 그래야 성장판이 자극을 받아서 키가 크지."

엄마는 또래 아이들보다 느리게 자라는 윤민이가 마음에 걸려 늘 줄넘기며 뜀뛰기를 하라고 했습니다. 평소에 많이 먹지도 않고 체력도 약한 편이라 늘 입안이며 혓바닥에 뭐가 나서 아파하는 것도 마음에 걸렸습니다. 그래도 팔다리가 길쭉길쭉한 모양이 열심히 운동을 하면 체력도 좋아지고 키도 크겠다 싶었습니다.

평소 윤민이는 움직이는 걸 좋아하지 않았지만 그래도 엄마가 시키면 아무 말 않고 깡충깡충 뛰었습니다. 그러다 지치면 슬쩍 엄마 곁으로 와서 팔짱을 끼고 같이 걸었습니다. 사람들하고 팔짱을 끼거나 포옹하는 걸 별로 내켜 하지 않는 엄마였지만 이상하게도 막내인 윤민이는 그렇지 않았습니다. 윤민이도 그걸 아는지 어렸을 때부터 말 그대로 껌딱지처럼 엄마 옆에 붙어 있는 것을 좋아했습니다.

그렇게 윤민이랑 같이 화랑유원지를 걷다 보면 엄마는 종종 옛 기억이 떠올랐습니다. 결혼한 뒤부터 줄곧 안산에서 살며 세 딸을 낳고 키웠습니다. 아이들은 벚꽃이 화사한 공원 잔디밭에서 걸음마를 했고, 호수 옆에 있는 광장에서 인라인스케이트도 타고 자전거도 탔습니다. 설날에는 외가에 다녀오는 길에 하얀 눈이 쌓인 공원에 들러 사진을 찍기도 했습니다. 통통한 볼이 발갛던 꼬마 윤민이는 이제 팔다리가 늘씬한 여고생이 되었지만 엄마 눈에는 여전히 아기 같았습니다.

언니들은 엄마에게 윤민이를 너무 어리게 키우는 거 아니냐며 가끔 걱정하는 소리를 했습니다. 그렇게 말하는 언니들에게도 윤민이는 언제나 어리고 귀엽고 사랑스럽기만 한 동생이었습니다. 두 언니가 어린 동생을 그렇게 잘 챙겨 주고 사랑할 수 있었던 까닭은 어린 시절 가족들에게 사랑을 듬뿍 받았기 때문입니다.

엄마와 아빠는 세 딸을 귀하고 곱게 키우려고 최선을 다했습니다. 무겁고 힘든 일은 맡기지 않고, 어둡고 험한 곳에는 가지 못하게 했습니다. 사랑을 많이 받고 자란 만큼 다른 사람들에게도 밝고 따뜻한 기운을 전해 주는 사람이 될 거라고 믿었습니다. 사랑을 많이 받고 자란 두 언니가 막내 윤민이에게 따뜻하고 친절했던 것처럼, 머리부터 발끝까지 이쁜 막내 윤민이는 또 누군가에게 따뜻한 사람이 되어줄 거라고 생각했습니다.

코스모스를 닮은 은지야

안산 단원고 2학년 3반 **한은지**

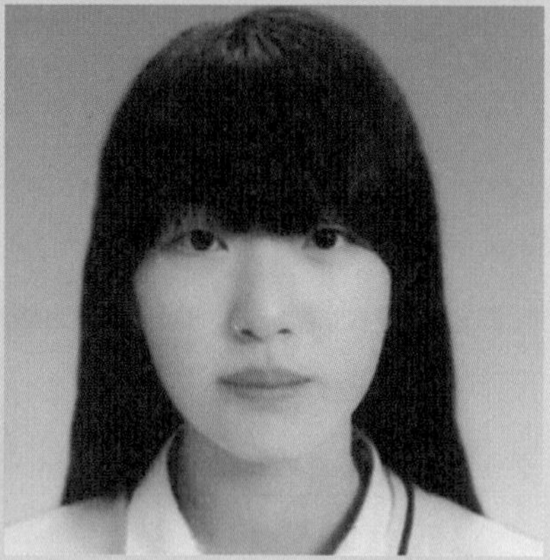

1. 은지가 초등학교 6학년 때 서울대공원에서 찍은 가족사진(좌로부터 엄마, 여동생, 남동생, 은지, 아빠).
2. 은지 서너 살 때, 화랑유원지에서 엄마와 함께.
3. 은지 증명사진.

코스모스를 닮은 은지야

너는 오늘도 걷는다. 키가 커서 열여섯 살의 여고생이라기엔 조숙한 얼굴이다. 흰 얼굴에 훌쩍 큰 키, 가녀린 몸피 때문에 길가에 핀 코스모스를 많이 닮은 것도 같다. 네가 걷는 걸 언제부터 좋아하게 됐는지 아무도 모른다. 시간이 나면 무조건 걸었던 것 같다. 네가 걷는 모습은 여느 사람들이 하는 느긋한 산책과는 다르다. 그렇다고 운동을 하려는 목적도 아니다. 네 안의 들끓는 마음 때문에 하고많은 것 중 걷기를 택한 것 같다.

걷는 모습을 보노라면 그맘때의 여고생에게서 풍길 법한 조급한 티라고는 조금도 찾아볼 수가 없다. 속도를 줄이거나 팔을 심하게 흔들지도 않는다. 너는 다만 생각에 잠겨 있다. 바람이 분다. 검고 긴 머리카락이 바람에 후르르 나부낀다. 앞머리가 눈을 가리자 습관처럼 머리를 좌우로 흔든다. 그 반동으로 흐트러진 머리카락이 한 차례 요동을 친 뒤 귀 옆으로 단정하게 떨어진다. 이제부터 가풀막진 길이 시작된다. 너는 가풀막이 힘들다는 것쯤 익히 알고 있다.

은지는 1997년 8월 31일 전주예수병원에서 2녀 1남 중 첫째로 태어났다. 출산 날이 다가오자 엄마(이양남, 현 46세)는 남산만 한 배를 해 가지고 외가가 있는 전주로 내려갔다. 그때 이미 네가 여자아이라는 걸 알았다. 엄마는 배 속의 네가 여자아이여서 더욱 좋았다. 물론 첫딸은 살림 밑천이라는 옛말에 동의해서 좋아했던 것만은 아니다. 네가 태어나기 전부터 서해실업에 근무하던 젊은 아빠(한홍덕, 현 49세)는 네 이름을 미리 지어 놨었다.

은혜 恩 지혜로울 智

은혜롭고 지혜로운 딸아이가 태어났으면 하는 것이 엄마와 아빠의 희망 사항이었다. 온전히 열 달을 기다린 끝에 은지는 세상과 조우했다. 너는 아빠를 닮아서 눈이 별처럼 예쁘게 생긴 갓난아기였다. 모처럼 벼르고 별러서 온 가족이 외식을 하러 간 음식점에서 갓 나온 요리를 먹다가도 은지는 졸리면 그 자리에서 그냥 자는 정말 엉뚱한 아기였다. 은지가 훗날 고집이 세고 의무감이 남다른 아이로 자라나게 될 거라는 걸 그날 그 음식점에서 미리 알아보았노라고 엄마가 조곤조곤 말씀하셨다.

막내 고모와 함께 부천에 사시는 친할머니 손도영 여사는 가끔 첫 손녀인 은지를 보러 오셨다. 부천에서 안산까지 환승 없이 한 번에 오는 직행버스가 있었다. 은지는 남보다 키가 큰 아빠의 두툼한 손을 잡고 아장아장 걸어서 마중을 나간다. 1번 직행버스가 정차하는 안산역 버스 정류장. 언제쯤 할머니가 오실까, 땅꼬마인 은지는 까치발을 하고 지나가는 버스마다 점검하듯 두리번거린다. 그러다가 아빠의 손을 잡은 채 길에서 그대로 잠이 든다. 아빠의 두툼한 손이 얼마나 든든했기에, 그 손 하나에 여린 몸을 온전히 맡기고 선 채로 잠이 들어 버렸을까? 어쨌거나 은지는 그만큼 담대하고 초저녁잠이 많은 아이였다.

서너 살의 은지는 안산시 단원구청 옆 화랑유원지에 있다. 사진을 보니 벚꽃이 피기 전의 어느 이른 봄날 같다. 은지와 엄마가 함께 앉은 나무 벤치 뒤로 5층짜리 아파트가 여러 동 보인다. 사진 속의 은지는 양 볼에 젖살이 뽀얗게 올랐고 암청색 원피스를 단정하게 입고 있다. 양 갈래로 깡총하게 묶은 머리 밑으로 빠져나온 가늘고 보드라운 잔머리들이 가랑가랑 보인다. 은지는 매우 멋진 검정 가죽 부츠를 신고 있다. 엄마가 신발 가게에서 매운 눈으로 신중하게 골랐을 것이다. 검정 끈으로 여러 번 단단히 묶은 걸로 보아, 그 부츠는 은지의 발에 약간 큰 모양이다. 은지는 가죽 부츠를 신고 뒤뚱뒤뚱 계단을 오른 뒤 얼마간 보도블록이 깔린 길을 걸어와서 엄마와 단둘이 벤치에 앉은 듯하다. 은지는 작고 오동통한 손가락을 가졌다. 그 작은 두 손을 앞으로 모아 깍지를 낀 채 신뢰가 가득 담긴 눈으로 엄마를 쳐다보며 뭔가 쉴 새 없이 종알종알 얘기하고 있다.

사진 속의 엄마는 곱고 젊고 앳되다. 생에 대한 설렘이 가득한 눈이다. 엄마 역시도 은지처럼 두 손을 앞으로 모은 채 세상에서 가장 지긋한 자세로 어린 딸의 얘기를 깊이 경청하고 있다. 사진을 보며 엄마가 말씀하신다. 서너 살 무렵의 은지는 발육이 남보다 빨라서 안산시 원곡동 주공 1단지 아파트 5층을 자유자재로 오르락내리락했다고.

엄마는 은지를 데리고 외가에 자주 다녔다. 대중교통을 이용해 안산에서 외가가 있는 전주까지 내려가는 데는 꼬박 일곱 시간이 걸린다. 그 긴 시간 동안 어린 은지는 보채지도 떼쓰지도 않았다. 그때 이미 너의 정체성이 형성되었나 보다. 그 무렵 네 밑으로 은지를 꼭 빼닮은 여동생 은선이가 있었고, 엄마의 배 속에 또 다른 동생 병규가 자라고 있었다. 태중에 있는 남동생에게 장애가 있다는 걸 알게 된 것도 그즈음이었다.

행복했던 가족에게 닥친 최대의 위기였다. 병규가 태어나도 세상을 살아갈 수 있을지 장담할 수 없다고 의사 선생님께서 눈을 내리깐 채 조용조용 말씀하셨다. 병규가 앓는 병은 식도 폐쇄증이다. 식도가 점점 좁아지다가 나중에는 호흡 곤란이 오는 병이었다. 의사 선생님의 그 말은 병규를 포기하라는 말과도 같았다. 가정을 책임진 아빠는 아주 잠깐, 배 속의 아기를 포기할까 하는 생각을 했다고 한숨 쉬듯 말씀하셨다. 아빠의 말 속에 숨은 고뇌, 짧지 않은 시간을 견디며 겪었을 가장의 고통을 읽는 것은 그리 어렵지 않았다. 너의 부모님은 끝끝내 남동생 병규를 포기하지 않았다. 그 선택은 생각보다 쉽지 않았을 것이고, 엄마와 아빠의 깊은 사랑이 없었으면 불가능했을 것이다. 은지 부모님은 보기 드물게 강건한 분들이셨다.

초등학교 1학년이 된 은지는 엄마 아빠와 보름간 떨어져 지냈다. 남동생 병규가 중환자실에 있을 때였다. 병규 뒷바라지를 하려면 아직 어른의 보살핌이 필요한 은지와 은선이를 친척집에 떼어 놓아야만 했다. 때마침 여름 방학이어서 은지는 서울 신림동 이모 집에 맡겨졌고 동생 은선이는 전주 외가로 보내졌다. 은지는 아마도 그것이 부모와 최초의 결별이었을 것이다. 두 아이를 떼어 놓은 엄마의 심장이 바짝바짝 타들어 갔다. 여름이 끝나갈 무렵 남동생 병규가 퇴원했고, 가족들은 다시 한집에 모이게 되었다. 어린 은지는 신통하게도 엄마를 곧잘 도와주었다. 병규는 식도가 좁기 때문에 분유를 주사기로 주입해 주어야만 했다.

"오늘 병규가 의자를 잡고 일어섰어요!"

"동생이 코에 달린 튜브 줄을 뗐어요!"

"드디어 병규 혼자서 음식을 먹을 수 있게 됐어요!"

은지는 동생을 자주 칭찬하는 성정이 밝은 누나였고 부모님에겐 대견하고 든든한 맏딸이었다. 동생의 병이 깊어질 때마다 감당할 수 없는 병원비로 아빠의 눈동자가 풀리고 등이 굽을 때, 엄마의 살이 조금씩 내려 여윈 목뼈가 드러날 때도 은지는 유쾌하게 웃으며 부모님의 힘이 되어 주었다.

선부중학교에 다니던 은지, 시도 때도 없이 가방에 꽂혀 만 원 정도 하는 가방을 네 개나 사기도 했다. 네가 좋아하는 건 주로 폼이 나는 백팩이었다. 백팩의 한쪽 끈만 매고 다니던 너. 은지는 새로운 학년으로 올라갈 때마다 가방을 샀다. 또래 친구들과 어울리길 좋아하던 은지는 손톱에 색색의 매니큐어를 바르고 다녔다. 엄마는 일절 간섭하지 않았다. 사춘기의 은지, 엄마의 눈엔 자신을 예쁘게 가꾸는 게 당연해 보였고 은지가 순수 그 자체로 보였다.

하지만 아빠는 달랐다. 은지와 스킨십을 할 만큼 다정한 아빠였지만 딸의 귀가 시간에 대해서만큼은 엄격했다. 은지의 귀가 시간은 저녁 일곱 시이거나 여덟 시였다. 은지가 살던 선부3동엔 그즈음 가로등이 없었다. 밤이면 골목이 어두웠고 버스 정류장도 없었다. 길에서 손을 들면 버스가 서는 후미진 동네였다. 사춘기의 은지는 키가 자랄 대로 자라 또래 친구들보다 성숙해 보였다. 아빠는 그 점이 염려스러웠다. 귀가 시간이 조금이라도 늦으면 은지는 아빠에게 된통 혼이 나곤 했다.

어느 주말인가, 파자마 파티에 가고 싶어서 아빠를 졸라 어렵사리 허락을 얻어 냈다. 절친인 혜원이와 예슬이랑 얘기하느라 그만 밤을 꼬박 새웠다. 일요일 점심때까지 집에 들어가야 하는데 은지는 오후 서너 시경에 귀가했다. 당연히 아빠는 벼락같이 화를 내셨다. "이럴 줄 알았으면 우리 은지에게 그러지 말 것을. 자유롭게 풀어 줄 것을." 아빠는 지금도 그 일이 가장 마음에 걸린다. 과거로 돌아가 지울 수만 있다면 그날의 일을 지워버리고 싶다.

은지는 중학교 3학년 때 장염을 앓은 것 외엔 튼튼하게 자랐다. 은지가 다슬기 킬러였다고 폭로하며 아빠가 드물게 웃음을 터뜨리셨다. 안산 초지동엔 5일과 10일에 장이 선다. 은지와 동생들이 해산물을 유난히 좋아하는 터라 부모님은 장 나들이에 나선다. 오일장이 서는 시민시장엔 발 디딜 틈이 없다.

은지는 알이 많은 암꽃게보다는 가을이면 살이 꽉 차는 숫꽃게를 좋아했다. 4인 가족이 두 끼 정도 먹을 꽃게 10마리, 5킬로그램을 산다. 꽃게를 손질해 냄비에 넣고 된장을 풀고 호박을 숭숭 썰어 꽃게탕을 끓이면 앉은 자리에서 거덜이 나곤 했다. 밥 두 공기는 기본. 은지가 한창 자랄 때라 아낌없이 거둬 먹였다며 아빠의 눈길이 사방으로 풀어졌다.

기아산업 협력업체에 다니던 아빠는 주간 여덟 시간 야간 아홉 시간, 2교대 근무를 했다. 회사에선 야간 근무를 하는 직원들에게 간식을 준다. 직원들이 포장도 뜯지 않고 책상 위에 놔둔 빵과 우유가 있으면 아빠는 쑥쑥 자라는 맏딸을 위해 그것을 몽땅

수거해 간다. 간혹 간식이 남아 있지 않을 때면 편의점에서 산 샌드위치와 우유를 냉장고에 넣어 둔다. 야근을 한 아빠가 자러 들어오고 은지가 학교로 향하는 그 엇갈리는 새벽 시간에, 그렇게 은지의 아침 식사가 준비된다.

은지의 간편한 아침 식사를 엄마가 몰랐을까?

엄마는, 진심으로 따뜻하고 찰진 아침밥을 준비하고 싶었던 엄마는, 청각 지적 장애인인 남동생 병규에게 스물네 시간 매달려 있어야 했다. 병규의 인지 치료, 언어 치료, 물리 치료를 위해 이 병원 저 병원의 복도를 뛰어다녔고 분초를 나눠 써야 했다. 주중엔 하루가 마흔여덟 시간이면 좋겠다고 말할 만큼 엄마는 병규 뒷바라지로 늘 시간에 쫓겼다. 엄마는 가만히 있어도 애가 마르는 사람이었다.

어찌 가족에게 슬픔만 있으랴

병원에 가지 않는 주말이면 병규의 얼굴에도, 애가 달아 바싹 마른 엄마의 얼굴에도 웃음꽃이 폈다. 은지는 가족과 함께 등산하는 걸 즐겼다. 사춘기여서 따로 놀 법도 하건만 은지는 그렇게 하지 않았다. 아니 그렇게 하지 못했다. 산에서는 병규와 엄마 아빠의 얼굴이 놀랍도록 밝아졌으니까. 수리산으로, 관악산으로, 광덕산으로. 너희 가족은 정말 여러 산을 찾아다녔다. 서너 살의 너, 단원 주공아파트에 살 때 이미 5층을 자유자재로 오르락내리락하던 너였으니까. 젊은 아빠가 애기 안는 띠로 너를 감싸 안고 산을 타기 시작했으니 은지의 등산 경력은 결코 짧지 않았다. 안산시 와동에 살 때는 가을이면 뒷산에 올라가 밤을 따곤 했다. 은지는 긴 다리를 이용해 밤나무를 썩 잘 탔다. 너는 그렇게, 하루가 다르게 자연 친화적인 성격으로 자라났다.

프로야구 광팬이었던 너, 롯데와 두산의 경기가 있던 날 사촌 오빠와 함께 야구를 보러 가기로 약속했다. 하필이면 그날 바람이 심하게 불면서 태풍의 전조 현상이 있어서 사촌 오빠는 은지와 한 약속을 취소했다. 은지는 롯데와 두산이 맞붙는 경기를 오랫동안 기다렸다고 한다. “그게 마지막이 될 줄 알았으면 은지와 한 약속을 취소하지 말았어야 했는데. 나중에 같이 야구 보러 가자는 약속을 이젠 영원히 지킬 수가 없게 됐습니다. 인생에 ‘나중은’ 없다는 것을 그때 미리 알았다면 얼마나 좋았을까요?”

미국에 사는 너의 사촌 오빠 김봉익은 그렇게 말했다.

중학생인 너에게 J라는 남자 친구가 있었다. J는 너의 짝꿍이었고, 수학에 약한 너를 많이 도와준 친구였다. J와 장난치다가 선생님에게 걸린 날 반성문을 썼다.

“그냥 장난치고 싶어서 J가 한은지의 남자라고 했는데, 기분 나빠할 걸 알면서도 반응이 재밌어서 계속하게 됐습니다. 흑흑. 다시는 J가 한은지의 남자라는 말을 하지 않겠습니다. 마지막으로 내 남자 J야, 사랑해 ㅠㅠ.”

너의 반성문은 이렇게 끝난다. 이런 널 누가 말릴 수 있으랴. 너는 이토록 엉뚱하고 발랄했다. 학교에서의 은지는 그늘 한 점 없었다.

고등학교 1학년이 된 은지의 일기를 보니 교환 일기 같다는 느낌이 온다.

“가장 현명한 사람은 자신만의 방향을 찾는다.”

“끝날 때까지 끝난 것이 아니다.”

“사랑은 무엇보다 자신을 위한 선물이다.”

은지는 이런 문구를 일기의 각 장 첫머리에 적어 놓았다. 몇 년 사이에 은지는 몰라보게 키가 자랐고 마음도 훌쩍 자랐다.

2013년 8월 24일 일기를 보자

“하루 종일 기분이 좋았다. 기린 화이트, 필기구, 좋아했던 패턴의 파우치, 화산송이 폼클렌징, 군복 무늬 옷! 매일 생각하는 거지만 어떻게 길 가다가 한 번도 마주치지 않는지 모르겠다. 난 요즘 너랑 같이 할 일을 상상하면 마냥 기분이 좋은데. 넌 내 생각을 할까? 나중에 네가 이걸 보게 된다면 다 읽고 날 꽉 안아 주면 좋겠어. 그리고 많이 힘들었지, 라고 한마디 해 줬으면 좋겠다. 그러면 그간 쌓인 감정이 전부 녹아내릴 듯이 행복할 텐데. 아차, 오늘 병규가 응급실에 갔다. 넘어졌는지 지금 꿰매고 온단나. 신짜 밤이 되면 쓸데없는 생각이 많아져서 감수성이 넘쳐나다 못해 폭발할 지경이다. 다음 주 토요일이 내 생일인데 넌 관심 없겠지? 축하한다고 말해 주면 좋을 텐데. 또 실망하는 건 아닌지 모르겠다. 힘내야지, 파이팅! 가장 행복한 생일이 됐으면 좋겠다. 긍정적으로! 다 잘될 거야, 그치. 대따 많이 보고 싶다. 그때 봤을 때 머리 잘랐던데 난 그게 뭐 그리 좋은 건지 잘 모르겠다. 난 지금 엄청나게 멍청해진 것 같아. 한은지 왕멍청이."

누군가에게 보낼 예정으로 쓰인 네 일기장 곳곳엔 언제나 남동생 병규가 목에 걸린 가시처럼 도사리고 있다. 방학이 시작되면 병원에서 물리 치료 하는 동생을 보러 가는 은지, 그런 동생을 보면서 은지가 사회복지사라는 직업에 관심을 가지게 되고, 특수 교사라는 직업을 장래 희망으로 여긴 건 어쩌면 자연스러운 과정이었으리라. 은지는 '자기소개서'에 자신의 꿈을 야무지게 서술했다.

"나는 내 꿈을 위해 동생이 물리 치료나 인지 치료 하는 것을 자주 보기도 했고, 그 밖에 지인을 통해 특수 교사에 대해 알아보기도 했다. 내 미래의 목표를 위해 했던 것 중 역경은 딱히 없었던 것 같다. 굳이 역경이라면 특수교육학과가 경쟁률이 매우 높다는 것과 세계사를 보는 대학이 있는데 우리 학교 수능 과목에는 세계사가 없다는 것이다. 하지만 내가 하고 싶은 일을 하기 위해선 그 정도쯤이야 잘 넘길 수 있다고 생각한다."

글짓기를 잘했던 은지, 돼지고기를 듬성듬성 썰어 넣은 김치찌개를 좋아했던 은지, 자기 주관이 뚜렷했던 은지, 걷기를 유난히 좋아했던 은지, 그런 은지로 인해 한때, 여러 날, 이 세상은 빛나고 투명해졌다. 네 웃음소리, 향긋한 샴푸 냄새, 너의 경쾌한 걸음걸이, 그 모두를 기억하는 것은 이제 우리의 몫이겠다.

오늘 네가 택한 산책로는 단원고에서 시작해 와스타티움을 지나고 온누리병원을 지나는 바로 이 길이다. 길이 얼마 남지 않았다. 아, 선부동이 저만치 보인다. 안산의 끝머리, 한적하고 조용한 동네. 앞산의 아카시아 향기가 짙은 걸 보니 최종 목적지가 멀지 않았다. 너의 집이 있는 안산시 선부3동 11XX번지. 너는 4층 베란다로 흘러드는 앞산에서 풍기는 아카시아 향기를 좋아했다.

세상이 어떤 곳인지, 궁금증을 이기지 못해 아침에(오전 8시 44분) 2.64킬로그램으로 태어난 갓난아기 한은지, 뺨이 오동통했던 서너 살의 한은지, 다리가 쑥쑥 길어지던 열 살 무렵의 한은지, 호기심이 많은 중학생 한은지, 친구들과 잘 어울리던 명랑한 고등학생 한은지, 엄마와 아빠의 가슴속엔 그 모든 한은지가 영원히 각인되어 있다. 부모님이 깊고 무겁게 말씀하신다. 내 사랑 은지야, 그곳에서 너의 꿈을 활짝 펼쳐라!

꿈이 없으면 뭐 어때!

안산 단원고 2학년 3반 **황지현**

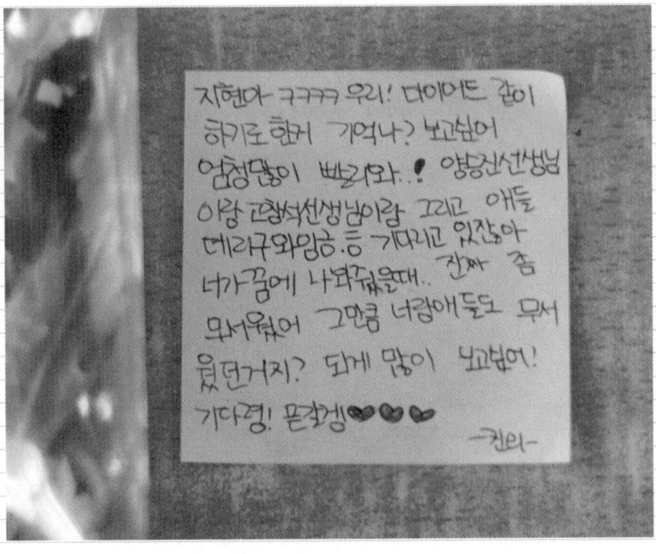

1. 2014년 겨울 끝무렵 봄이 오기 직전에 찍었다. 어머니가 핸드폰에 간직하고 다니는 사진.
2. 행복하라고 인사하는 지현(초등학교 시절).
3. 뚝심 가득한 단단한 모습(중학교 시절).

꿈이 없으면 뭐 어때!

친구들이 황지 때로는 동동이라고 불렀던 내 딸 지현아.

동동이라고 불린 날이면 넌 나에게 널 낳았을 때 이야기를 해 달라고 조르곤 했지.

"또야? 전에 해 줬잖아."

나는 퉁명스럽게 대꾸하곤 했어. 그때 엄마는 몰랐어. 네가 낮에 어떤 마음이었는지, 어떤 상처를 받았는지.

밤엔 늘 그랬어. 하루 종일 식당 주방을 종종걸음 치며 바삐 오가야 했던 엄마는 코끼리 다리처럼 퉁퉁 부은 발을 끌고 집으로 돌아왔어. 네가 엄마야? 하고 한 톤 높여 외치며 현관문을 열면 내 눈엔 거실에 펴진 잠자리밖엔 뵈지 않았어.

그렇게 늙은 엄마였던 게, 다른 친구 엄마들처럼 같이 놀아 주지 못하는 게 넌 싫었겠지. 그런데도 넌 내색하지 않고 엄마를 위해 거실을 깨끗이 청소하고 이부자리를 펴 놓았지. 다 늦은 밤 집에 와 네가 펴 놓은 이부자릴 보면 굳었던 몸이 아이스크림처럼 스르륵 녹아내렸어.

나를 아껴 준 내 유일한 딸.

대충 씻고 자리에 누우면 넌 내 옆구리를 파고들었지.

"또 해 줘 봐. 난 어떻게 해서 생겼어?"

아빠는 다 큰 게 애기처럼 거실에서 엄마랑 잔다고 놀렸지만 듣지 않았어. 자동차 부품 회사에선 주야 교대로 일해야 하기에 아빤 가족과 함께 잠자는 일이 별로 없었으니까. 넌 네 방을 놔 두고 거실에서 엄마랑 자는 게 버릇이 됐지. 항상 내년부터는 네 방에서 혼자 자겠다고 약속하면서.

하는 수 없이 나는 까물까물 잠에 빠지면서도 웅얼거렸지.

"넌 말야, 마치 기적처럼 생겼단다……"

내 목소리는 점점 흐려지는데 날 붙든 네 손은 여전히 생생했지. 그것이 네가 맘의 상처를 다독이느라, 아픔을 혼자 보듬느라 그러는 거란 걸 그땐 몰랐어.

그래, 넌 기적처럼 찾아온 아이였단다. 엄마는 1990년에 결혼을 했어. 아빠는 독신주의를 포기할 만큼 멋있었어. 키 크고 잘생기고 장난기 넘치는 유쾌한 성격이었어. 그런 남자의 아이라면 얼마나 멋질까 상상하니 가슴이 두근두근했어. 그런데 결혼하고 얼마 지나지 않아 임신을 했는데 2개월 만에 유산되고 말았단다. 그담부터 도통 소식이 없는 거야. 초조했어. 아빠는 위로 형님들이 많이 계시니 우린 자식이 없어도 별 문제될 게 없다고 큰소리쳤지만 엄마 맘은 그러지 못했어. 한 명이라도 좋으니 아이를 갖고 싶었어.

아기집을 바로잡는다고 요가 같은 운동도 하고, 좋다는 민간 요법도 해 보고, 불임 시술을 받으러 병원을 들락거리고, 온갖 좋다는 처방은 다 따라 했는데도 소식이 없었어.

용인 외할머니는 안 되겠다 싶었던지 내게 정성을 들여 보라고 했어. 절에 가서 기도를 하라는 거지. 망설이다 뭐 나쁠 게 없겠다 싶어 기도를 시작했어. 그런데 이상하지. 하다 보니 기왕에 하는 거 간절히 제대로 하고 싶어졌어. 항상 목욕재계하고 마음도 깨끗이 하려 애썼어.

"아이만 주신다면 더는 바라지 않겠습니다. 예쁜 아이, 잘난 아이를 바라는 욕심은 내려놓겠습니다. 아이가 있기만 하면 그것으로 감사하겠습니다."

부처님께, 천지신명께 수없이 바친 내 기도는 그랬단다. 있기만 하면 기쁘고 감사할 거라고. 그렇게 7년이 지나고 네가 생겼지.

네가 진도 앞바다에서 올라온 바로 그날인 10월 29일 너는 태어났어. 네가 첫울음을 터뜨렸을 때 나도 엉엉 울고 말았지. 다들 진통에 지쳐 눈물을 질금거린다지만 난 소리내어 울었단다. 긴 기다림 끝에 널 만나서 기뻤고, 우리 같은 작은 사람의 희망도 헛되지 않다는 증거가 너인 듯해서 와락 울음이 터졌던 거야.

"씨도둑은 못 한다더니 제 아빠를 쏘옥 뺐네."

강보에 싸인 널 본 친척들은 입 모아 말했어.

"엄마도 닮았는데요. 눈하고 코를 보세요."

아빠가 나서서 대신 반박하곤 했어. 사실 키 크고 어깨가 튼실한 체형은 아빠 그대로지만 얼굴은 엄마와 아빠를 절반씩 닮았지. 이마에서 눈까지는 엄마였고 볼이며 턱은 아빠였어.

행복했어. 널 안고 젖을 먹이노라면 세상을 다 가진 듯 부러울 게 없었어.

그런데 넌 젖을 잘 물지 않았어. 어려서부터 입이 까다로웠지. 난 애가 탔어. 다른 아기들처럼 체중이 쑥쑥 늘지 않는 것도 그렇고, 혹시 잘못되는 건 아닐까 걱정되기도 했어. 주변의 충고를 받아들여 모유에 분유를 섞어 먹여 보았어.

다행히 넌 잘 먹었는데, 안 먹는다고 가슴을 졸였던 터라 먹기만 하면 고마웠지. 그러다 보니 체중이 불어나고 불어나 마침내 우량아가 되고 말았어. 그래도 난 계속 더 많이 먹이려고 했지. 아빠가 키가 크니까 너도 아빠를 닮아 키가 크겠지, 아빠는 호리호리하니까 저 살들은 다 키 크는 데로 가겠지 믿었어. 그런데 너는 키도 컸지만 과체중이었어.

"저러다 살이 안 빠지면 어쩌지? 여자애니까 나중에 곤란하지 않을까?"

애 키우는 덴 빠삭한 이모에게 그렇게 상의한 적이 있었어. 이모네는 애들이 많아 아는 것도 많았지. 또 한 살 위인 네 사촌은 너에게 옷이며 신발, 유모차, 그림책, 장난감 등 온갖 것을 물려주었지.

난 그땐 별 생각 없이 주는 대로 받아서 너를 입히고 신기고 쓰게 했어. 그러나 네가 17년이란 짧은 생을 살다 갈 줄 알았더라면…… 새 옷 한 번 입히지 않고 널 키운 것도 미안하단다.

"애가 크느라고 찐 살은 다 빠지게 돼 있어. 걱정하지 마."

이모의 장담과 달리 네 살은 빠질 기미가 없었어.

통통하다, 우람하다는 게 어렸을 때 네가 듣던 덕담이었어.

운동을 시켰어. 세 살 때부터 자전거며 스케이트를 타게 했고, 유치원 때는 검도 학원에도 보내 초등학교 땐 1단 자격도 딸 만큼 열심히 하게 했지. 다행히 너는 운동을 좋아했어. 검은 도복을 입고 씩씩하게 검을 휘두르면서 즐거워했어. 시키면 시키는 대로 불평 없이 하는 우직한 성격이었어.

지금 사는 와동으로 이사 오기 전 사동에서 살 때, 엄마가 낮엔 일 나가야 하니까 널 혼자 집에 둬야 했어. 그게 싫어서 운동뿐 아니라 웅변, 미술, 바둑 등 여러 학원을 다니게 했는데도 넌 군소리 없이 따라 주었어. 선생님 말씀으론 넌 혼자 있기를 좋아하는 조용하고 내성적인 성격이라고 했어. 그러니 하루 종일 학원이나 도장에 가서 사람들 틈바구니에서 지내야 하는 게 쉽진 않았을 거야. 그런데도 넌 불평 한마디 없었어. 내가 그렇게 하라고 말하면 넌 그냥 그렇게 했지.

또 그러고 보면 넌 그다지 조르거나 우기지를 않았어. 엄마들이 안 돼, 해도 제 뜻대로 하겠다고 마구 울고 떼쓰는 아이들도 많은데, 너는 안 된다고 하면 그냥 포기했어. 엄마가 섭섭할 정도로 쉽게 그랬어.

여섯 살 때 엄마 친구인 지빈이네랑 중앙시장에 갔던 거 기억하니? 꽤 멀었고 하루 종일 물건을 산답시고 많이 걸었지. 집으로 돌아올 때 동갑인 지빈이는 업어 달라고 떼를 썼어. 그날 엄마들은 많이 지쳤어. 장바구니도 무거웠고. 지빈이 엄마는 힘들어 죽겠으니까 걸어가라고 했지. 지빈이는 막무가내였어. 그러나 넌 엄마 힘들어, 하니까 군소리 없이 타박타박 따라왔어. 가다가 문득 보니 넌 내 손을 붙든 채로 꾸벅꾸벅 졸면서 걷고 있었어.

"그때 얼마나 웃겼던지. 지현이처럼 순한 애는 처음 봤다니까. 지빈이가 반만 그랬어도 내가 덜 힘들 텐데."

지빈이 엄마는 나중에도 종종 그 일을 얘기하며 웃곤 했지.

"순해 빠져서 다른 애들한테 치일까 봐 걱정되기도 해."

넌 그런 아이였어. 뭐든 조건 붙이지 않고 순순히 받아들이는. 그 때문에 엄마인 나도 무심해져 버려 네 아픔을 제대로 몰라주고 충분히 다독여 주지 못해 미안해.

여덟 살이 되자 넌 고잔초등학교에 들어갔지. 넌 체격이 컸어. 뒷번호로 교실 뒷자리에 앉곤 했어. 거기서 잠잠하게 조용히 지냈어. 여자애치곤 튼실했으나 그땐 그게 문제가 되진 않았어. 다 한동네 친구들이었고, 넌 남의 눈에 띄지 않는 편이었으니까. 그때 네 친구들은 그래. 돌아보면 언제나 네가 있었다고. 마치 등 뒤에 버티고 선 바위처럼.

초등학교 시절의 넌 듬직했고, 엄마 아빠를 행복하게 해 주었고, 행복해 보였어. 몸무게가 조금 많이 나갔지만 키가 크니 문제 될 게 없을 듯했고, 공부도 중간 정도였어. 앞으로도 뒤로도 눈에 두드러지지 않으니 좋다고 엄마는 생각했어. 글짓기도 그림 그리기도 못하는 건 아닌데 그렇다고 특출나게 잘한다고 할 수도 없는 정도인 것도 엄마는 좋다 싶었어.

널 주십사고 기도했을 때 난 속으로 몇 번이고 되뇌었어. 특별한 아이를 바라는 게 아니라고. 예쁜 아이, 잘난 아이 같은 건 바라지 않는다고. 내가 사랑하고 나를 사랑할 보통의 행복한 아이 하나면 충분하다고.

너는 내가 기도했던 바로 그런 아이였어.

초등학교를 졸업하고 광덕중학교에 진학했지.

중학교를 배정받은 날, 너는 한동네 사는 사촌과 학교가 다르다며 섭섭해했어.

"현주하고 헤어지면 난 어떡해?"

"뭐 어떡해? 다른 친구랑 놀면 되지. 앞으론 다른 친구도 많이 사귀어 봐."

난 후덕한 네 등을 철썩 때리면서 눈물 흘릴 일도 많다고 눈을 흘겼어.

그러면서도 속으로는 뭔가 큰일이 난 듯 심장이 쿵쾅거렸던 건 엄마만이 가질 수 있는 예감이었던 걸까.

내가 걱정한 건 등굣길이었어. 노선이 나빠 등교할 때 타는 버스는 30분에 한 대씩 드문드문 왔어. 게다가 학교가 언덕에 있어 정문까지는 200개나 되는 가파른 층계를 걸어 올라가야 했지. 아이들이 오르내리기엔 벅차 보였어. 아침마다 서둘러도 깜빡 버스를 놓치면 지각하기 일쑤였지. 다른 집과 카풀을 해서라도 제때 등교하도록 애썼지만 쉽지 않았어. 저녁이면 난 걱정돼서 살펴보았어.

"다리가 아파서 못 다니는 건 아니겠지? 개근상은 꼭 타라."

엄만 눈치 없이 고작 그런 걱정이나 하고 있었던 거야.

근데 문제는 다른 데 있었어. 고잔에서 광덕중학교로 간 학생은 몇 명 되지 않았어.

네가 간 뒤 친구들에게 들었는데, 새로 친구 사귀는 걸 많이 힘들어했다며?

미술이나 음악처럼 교실을 이동해서 수업하거나 체육처럼 운동장에서 자유롭게 뛰거나 노는 시간, 또 점심시간이면 같이 다닐 짝이 없어 머쓱해하며 뒷전에 물러나 있었다고 하더구나. 더욱 말수가 줄고 가만히 앉아 있기만 하게 되었지.

사실 다른 학생들은 같은 초등학교에서 올라와 이미 친한 사이였으니 거기에 네가 끼어들기란 쉽지 않았을 거야. 입학해서 어어 하는 사이에 훌쩍 봄이 지나가고, 여름 무렵엔 다들 단짝이 있었지. 게다가 넌 생리도 늦은 편이었어. 중학생이 되어서야 시작했지. 요즘 여자아이들이 초등학교 때 시작해서 화장이니 옷이니 밝히니까 말이 잘 안 통하기도 했을 거야.

갑자기 넌 음식에 집착하기 시작했어. 식사량이 늘었지. 저녁에 집에 와 보면 저녁을 먹었다면서도 라면을 끓여 먹고 군것질을 하는 널 볼 수 있었어. 떡볶이며 피자 같은 걸 자주 먹었지. 청소를 하면 집안 구석구석에서 다람쥐가 도토리 저장하듯 네가 숨겨둔 과자 봉지가 나왔어. 싱크대를 열어 보면 찬장 곳곳에 비축해 둔 초콜릿이며 비상식량도 있었지.

넌 어두워 가는 텅 빈 아파트에서 아무 종이에나 닥치는 대로 낙서하며 먹는 걸로 마음을 달래면서 엄마 아빠를 기다렸겠지. 사각사각 입안에서 부스러지는 과자 소리가 유일한 낙이었겠지.

피자나 햄버거를 좋아했어. 이상하게 치킨은 그다지 먹질 않았어.

나는 걱정돼서 용돈을 줄여서라도 먹는 걸 자제시켜야 하지 않나 걱정했는데 아빠가 반대했어.

"괜찮을 거야. 애들 클 땐 이런 일도 있고 저런 일도 있지 뭐. 저러다 멋내기 시작하면 살을 뺄 거야. 애가 행복한 게 더 중요해."

아빤 네가 예쁘기만 하다고 했는데, 나도 마찬가지였으니 계속 우길 수가 없었어. 반신반의하면서 지켜보았어. 자꾸 불어나는 몸무게에 비례하듯 저녁에 내가 현관문을 열고 들어서면 넌 달려와 꼭 껴안기 시작했어.

"엄마? 날 사랑해? 사랑한다고 해 줘 봐."

장난처럼 가벼운 말투여서 엄만 눈칠 채지 못했어. 껴안은 네 등 뒤로 휑뎅그렁한 집 안 풍경이 눈에 들어오는데도 다 큰 게 아기처럼 군다고 탓만 했지. 오후 내내 혼자 집에서 외로웠구나, 하고 다독여 주지는 못하고.

널 대학까지 공부시킨다고, 하나뿐인 딸 남부럽잖게 키운다고 엄마까지 일을 나갔던 게 잘못이었을까? 차라리 집에 있었어야 했을까?

넌 자매인 고모네 딸들을 부러워했어.

"현주는 현정이 언니가 있어서 좋겠어. 왜 동생 안 낳았어?"

"안 낳은 게 아니라 안 생겼다니까. 너는 기적처럼 생겼던 거야."

학년이 올라가면서 간신히 하나둘 친구가 생기기 시작했어. 너의 죽음을 놓고 아직도 울고 있는 중학교 때 친구들은 대개가 3학년이 되어서야 친해졌지. 나현이, 슬기…… 지금도 종종 네 휴대 전화에 안부 문자를 남기곤 해.

단원고등학교에 올라가면서 넌 비로소 어른이 됐어. 더 이상 친구 관계도 어려워하지 않게 됐어. 그러나 한번 찐 살은 도통 빠지지 않았고, 탐식하는 버릇도 종종 도졌지. 하지만 걱정할 정도는 아니었어. 엄마는 마음을 놓았지. 그러나 넌 살찐 자기 모습이 신경 쓰였던 것 같아. 지훈이, 지빈이, 네 또래는 이름에 '지'가 들어간 경우가 많아서 학교에선 널 '황지'라고 불렀다는데, 그런 별명이 있는데도 가끔 널 '동동이'라고 부르는 애들이 있었어.

"뚱뚱이라고 부르지 않는 것만도 다행이지 뭐."

긍정적인 넌 무던히 넘겼으나 그래도 맘에 상처는 어쩔 수 없었지.

그런 날은 꼭 7년이나 간절히 기도해서 낳았다는 이야길 듣고 싶어 했지. 그만큼 사랑이 필요했던 거지. 그러나 네가 사랑받기만 바라는 이기적인 아이가 아니었다는 것, 사랑할 줄도 아는 아이였다는 것이 엄마는 너무너무 고마워.

너는 사랑할 줄을 알았어. 말이 아닌 행동으로. 고등학생이 되자 일 다니는 엄마의 힘듦을 헤아려 청소며 집안일을 하고 음식도 만들었지. 엄마 생일이라고 미역국을 끓여서 아침 밥상을 차려 줬던 거 잊을 수가 없어.

또 외할머니가 음식을 보냈을 때 엄마도 먹어야 한다며 롤러스케이트를 타고 엄마가 일하는 식당까지 잡채 접시를 들고 찾아온 일도. 그때 종업원들은 그런 널 보고 환성을 질렀지. 원흥동까지 차가 많이 다니는 그 먼 길을 달려오다니. 엄만 자랑스러워 어깨가 으쓱했어.

"식기 전에 먹어. 잡채는 당면이 굳으면 맛이 이상해져."

난 괜히 트집을 잡았어.

"너 수학 학원 빠진 거지?"

넌 멋쩍게 웃었어. 난 잔소리에 열을 올렸지.

"대학 안 갈 거야? 무슨 애가 목표도 없니? 다른 집 애들은 뭐가 되겠다, 뭐가 되겠다 꿈도 많던데?"

나는 너의 사랑에 목이 메면서도 잔소리를 그치지 못했어.

너는 엄마 가슴을 슬쩍 쳤지.

"됐어. 지금 충분해. 행복하기만 하면 된다며? 더 안 바란다고 했다며?"

그 충분하다는 말을 후에 또 한 번 들었지.

수학여행 떠나기 전날 밤. 짐을 꾸리는데 우리 집엔 여행용 트렁크, 캐리어라고 부르는 가방이 없었어. 그러다 보니 자잘한 가방이 여럿 필요했어.

"짐이 하나라야 여행하기 편해."

오히려 엄마인 내가 나가서 캐리어를 사 오자고 애들처럼 방방거렸지.

넌 엄마 가슴을 슬쩍 치며 씩 웃었어.

"이거면 충분해."

그렇게 너는 충분하다면서 세월호를 타러 갔지……

너는 내 딸로 충분했던 정도가 아니라 차고 넘쳤어.

정말 미안해. 그리고 고마워.

경기도교육청 '약전발간위원회'

위원장 | 유시춘

위원 | 노항래 박수정 오시은 오현주 정화진

경기도교육청 약전작가단(139명)

강무홍 강정연 강한기 공진하 권현형 권호경 금해랑 김경은 김광수 김기정 김남중 김동균 김리라 김명화 김미혜 김민숙 김별아 김선희 김세라 김소연 김순천 김연수 김용란 김유석 김은의 김이정 김인숙 김지은 김하늘 김하은 김해원 김해자 김희진 남궁담 남다은 남지은 노항래 명숙 문양효숙 민구 박경희 박수정 박은정 박일환 박종대 박준 박채란 박현진 박형숙 박효미 박희정 배유안 배지영 서분숙 서성란 서화숙 선안나 손미 송기역 신연호 신이수 안미란 안상학 안재성 안희연 양경언 양지숙 양지안 오수연 오시은 오준호 오현주 유시춘 유은실 유하정 유해정 윤경희 윤동수 윤자명 윤혜숙 은이결 이경혜 이남희 이미지 이선옥 이성숙 이성아 이영애 이윤 이재표 이창숙 이퐁 이해성 이현 이현수 임성준 임오정 임정아 임정은 임정자 임정환 임채영 장미 장세정 장영복 장주식 장지혜 전경남 정덕재 정란희 정미현 정세언 정윤영 정재은 정주연 정지아 정혜원 정화진 정희재 조재도 조지영 진형민 채인선 천경철 최경실 최나미 최아름 최예륜 최용탁 최은숙 최정화 최지용 하성란 한유주 한창훈 함순례 홍승희 홍은전 희정

416 단원고 약전
짧은, 그리고 영원한 3권 (2학년 3반)

우습게 보지 마, 후회할 거니까

초판 1쇄 2016년 1월 12일
초판 3쇄 2018년 3월 20일

지은이 경기도교육청 약전작가단
엮은이 경기도교육청
펴낸이 이재교
책임감수 유시춘
책임교정 양순필
책임편집 박자영
그림 김병하
손글씨 이심
디자인 김상철 박자영 이정은
인쇄 신사고하이테크(주)

펴낸곳 굿플러스커뮤니케이션즈(주)
출판등록 2013년 5월 7일 제2013-000136호
주소 서울시 마포구 동교로17길 51 (서교동 458-20) 4, 5층
대표전화 02.6080.9858
팩스 0505.115.5245
이메일 goodplusbook@gmail.com
홈페이지 www.goodpl.net
페이스북 www.facebook.com/pages/416book

ISBN 979-11-85818-14-6 (04810)
ISBN 979-11-85818-11-5 (세트)

「이 도서의 국립중앙도서관 출판시도서목록(CIP)은
서지정보유통지원시스템 홈페이지(http://seoji.nl.go.kr)와
국가자료공동목록시스템(http://www.nl.go.kr/kolisnet)에서 이용하실 수 있습니다.
(CIP제어번호: 2015035428)」

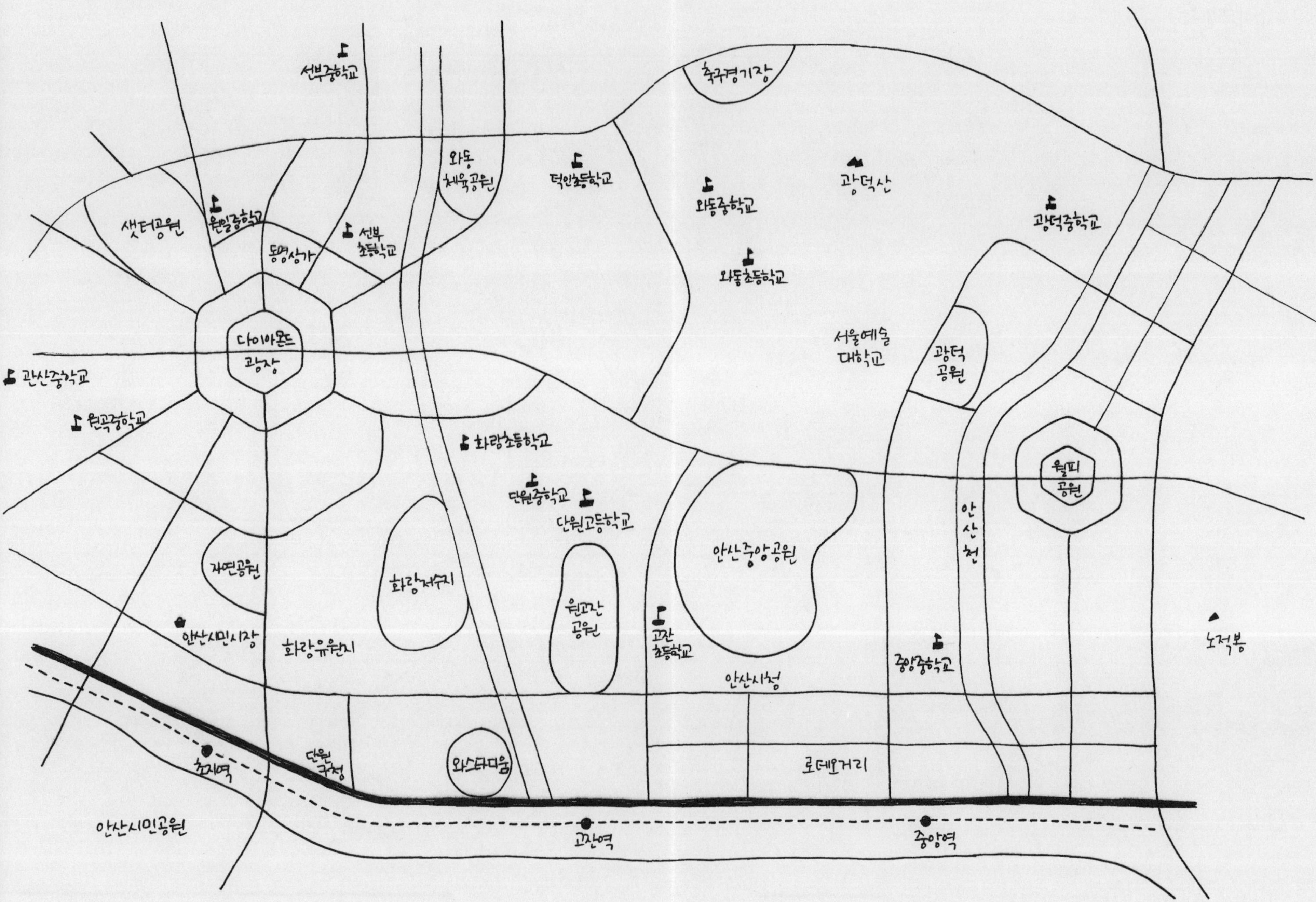

선부중학교
축구경기장
와동
체육공원
덕인초등학교
광덕산
와동중학교
광덕중학교
샛터공원
원일중학교
선부
초등학교
동명상가
와동초등학교
다이아몬드
광장
서울예술
대학교
광덕
공원
관산중학교
원곡중학교
화랑초등학교
월피
공원
단원중학교
단원고등학교
안산중앙공원
안
산
천
자연공원
화랑저수지
원고잔
공원
안산시민시장
고잔
초등학교
노적봉
화랑유원지
중앙중학교
안산시청
단원
구청
와스타디움
로데오거리
초지역
안산시민공원
고잔역
중앙역

머물렀던 거리

←